Deine Liebe muss es sein

~ Die Sullivans Aus Seattle 2 ~

Mia & Ford

Von Bella Andre

Deine Liebe muss es sein

Die Sullivans Aus Seattle 2

Übersetzung Jo Schweiger –

Language+ Literary Translations, LLC

bella@bellaandre.com

www.BellaAndre.com

Bella auf Twitter @bellaandre

Bella auf Facebook: facebook.com/bellaandrefans

Melden Sie sich an für Bella's Newsletter

http://bellaandre.com/DeutscherNewsletter

Der erfolgreichen Immobilienmaklerin Mia Sullivan kann niemand etwas vormachen ... abgesehen von dem sexy Musiker, dem sie vor fünf Jahren ihr Herz schenkte, und im Gegenzug dafür nichts bekam als ein paar sündhaft perfekte Tage – und Nächte – in seinem Bett. Sie schwört zwar, dass sie ihn nie mehr wiedersehen will, doch kann sie den Mann nicht vergessen.

Ford Vincent, einer der heißesten Rockstars der Welt, kann jede Frau haben, die er will ... nur nicht Mia Sullivan. Millionen Menschen singen mit seinen Songs mit, aber er weiß, dass sie die Leere in seinem Inneren nicht füllen können. Nur Mias Liebe hat diese Macht – deshalb hat er sich geschworen, alles zu tun, um ihr Herz zurückzugewinnen.

Vom ersten Augenblick, in dem sie sich wiedersehen, fliegen zwischen ihnen Funken. Werden unwiderstehliche Küsse, eine romantische Sullivan-Hochzeit in Napa Valley und eine nicht zu verleugnende, zutiefst sinnliche Verbindung Mia und Ford endlich die Chance geben, eine Liebe wiederzuentdecken, die stark genug ist, um für immer zu halten?

Eine Anmerkung von Bella

Nachdem ich über zwanzig Bücher geschrieben habe, habe ich gelernt, dass jede Geschichte ihren eigenen Rhythmus hat. Manche sind schnell und heiß, andere langsamer und süß … und noch andere – wie dieses Buch – sind das alles zusammen!

Besonders genossen habe ich es, über die Sullivan-Frauen zu schreiben (Sophie „Liebchen" in *NUR DU IN MEINEM LEBEN* und Lori „Früchtchen" in *„DU GEHST MIR NICHT MEHR AUS DEM SINN"*, weil sie das Leben derart unbändig lieben. Deshalb war es so reizvoll, endlich Mia Sullivan ihr ewiges Glück mit Ford, ihrem brennheißen Rockstar-Helden zu bescheren.

Ich hatte auch einen Riesenspaß, die ersten acht San-Francisco-Sullivans auf Marcus' und Nicolas Hochzeit (Yesss, es wurde Zeit!) wiederzufinden … und ich *kann es nicht erwarten,* dass Sie erfahren, welche Frau Ian Sullivans Herz ganz und gar stehlen wird. (*Dir nah zu sein* ist jetzt erschienen!) Glauben Sie mir, wenn ich sage, dass Sie sie lieben werden.

Nochmals vielen Dank, dass Sie die tollsten Leserinnen und Leser der Welt sind! Ihre E-Mails, Tweets und Nachrichten auf Facebook und Goodreads machen mich glücklich.

Viel Spaß bei der Lektüre!
Bella Andre

PS.: Wenn Sie zum ersten Mal ein Buch über die Sullivans lesen, können Sie problemlos jeden Band als eigenständiges Buch lesen – auf meiner Website gibt es einen Sullivan-Stammbaum (BellaAndre.com/sullivan-family-tree), damit Sie sehen können, wie die Bücher miteinander verbunden sind.

Kapitel 1

Die Musik klang noch in seinen Ohren, als Ford Vincent durch die verwinkelten Flure das Stadion in Tempe, Arizona, verließ, wo er gerade gespielt hatte. Beinahe 75.000 Zuschauer waren heute Abend gekommen und er hatte ihnen alles, was er in sich hatte, gegeben. Und jetzt warteten wie jeden Abend auf Tournee Dutzende von Frauen gleich vor dem Hinterausgang und schrien: *„Ich liebe dich, Ford!"*, und *„Ich werde alles tun, um heute Nacht bei dir zu sein!"*

Trotz seines Sicherheitspersonals, das sein Bestes tat, um zu vermeiden, dass die Situation außer Kontrolle geriet, pressten sich mindestens fünf Frauen an jeden Teil seines Körpers, den sie nur erwischen konnten, sobald er aus dem Gebäude trat. Das Einfachste wäre, den Kopf zu senken und sich einen Weg durch die Menge zu bahnen, aber es war nicht Fords Art, seine Fans abzuweisen. Auch wenn sie oft die Grenzen seiner Distanzzone nicht respektierten.

Das war es, was er immer gewollt hatte, rief er sich in Erinnerung, als er begann, Autogramme zu geben. Dass die Menschen ihn liebten. Dass sie ihn schätzten.

Und das war ihm weit besser gelungen, als er es sich je hatte träumen lassen.

Warum fühlte es sich dann so schal an?

Ford hatte die Menge fast durchquert, als ihn eine neuerliche Welle von Frauen vom Parkplatz um die Ecke ins Visier bekam. Er gab seinen Sicherheitsleuten ein Zeichen, ihm den Weg frei zu machen und gelangte endlich zu seinem Bus.

Natasha Lawrence saß vor ihrem offenen Computer in der Essnische. Sie blickte auf und sagte: „Ein ziemlich wilder Haufen heute Abend, was? Geh duschen, dann muss ich dir ein paar Sachen zeigen."

Sie war eine der geachtetsten Dokumentarfilmerinnen in diesem Geschäft, und nachdem er ein paar Monate mit ihr gearbeitet hatte, schätzte er nicht nur ihre Fähigkeiten und ihr Talent, sondern auch ihre absolute Treue gegenüber ihrem Ehemann und der Familie. Nach allem, was er während seiner Tourneen in mehr als einem Jahrzehnt gesehen und erlebt hatte, war er zu der Überzeugung gekommen, dass diese Art der Hingebung sehr, sehr selten war. Der einzige Mann, für den er sie je strahlen sah, war ihr Mann. Nach Jahren als Sexsymbol genoss er es, in der Nähe einer Frau zu sein, die nicht im Geringsten dazu neigte, sich ihren BH vom Leib zu reißen und ihm zuzuwerfen.

Eine Minute später stieß er einen erleichterten Seufzer aus, als er sich unter den heißen Wasserstrahl stellte. Eine Dusche nach der Show war sein einziges Must-have, nachdem er die Bühne verlassen hatte. Andere Rocker brauchten Frauen, Drogen, Alk und ihre Entourage. Er hätte jede dieser Frauen heute Abend haben können, hätte nur irgendeiner mit den Fingern zuschnipsen müssen. Aber der Kater am nächsten Morgen, der eingenebelte Kopf und schleimende „Freunde“ hatten ihm, schon lange bevor er dreißig wurde, keinen Spaß mehr gemacht. Ganz zu schweigen davon, dass das Erwachen neben einer Unbekannten *wirklich* schnell öde wurde.

Besonders, wenn er jedes Mal unweigerlich diese Frauen mit der Einzigen verglich, neben der zu erwachen er wirklich genossen hatte …

Er spülte das Shampoo und die Seife aus den Haaren und von seinem Körper, ließ dann noch ein paar Sekunden das warme Wasser auf sich prasseln, bevor er die Dusche abdrehte. Er schüttelte sich das Wasser aus den Haaren, öffnete die Tür und griff nach einem Handtuch, das von einem metallenen Handtuchhalter in dem kleinen gefliesten Bad hing. Nachdem er sich schnell abgetrocknet hatte, schlüpfte er in ein Paar Jeans und ein T-Shirt.

„Wir haben super Filmmaterial von heute Abend“, sagte Natasha, als er in die Essnische schlüpfte und sie in einem ihrer Bildschirmfenster auf ‚Play‘ klickte. „Ein wirklich buntes Publikum und“, fügte sie grinsend hinzu, „die Musik war auch nicht übel.“

„Arizona ist immer gut“, stimmte er zu.

Aber trotz der Begeisterung der Menge und seiner großartigen Band, die ihn unterstützte, wusste Ford, dass es nicht seine beste Show gewesen war. Während früher schon als er die Bühne betrat, der Zauber einfach da war, musste er jetzt jeden Abend schwerer und schwerer arbeiten, um die Funken wieder zum Sprühen zu bringen. An manchen Abenden wie heute hatte er das Gefühl, als er die Bühne verließ, die Rufe nach Zugabe nicht verdient zu haben.

Natasha schob ein paar Flaschen Wasser zu ihm herüber, als der Bus sich in Bewegung setzte, und er trank eine in einem langen Zug aus, um den Schweiß, den er während seines dreistündigen rasanten Auftritts quer über die Bühne mit Gitarre und Mikrofon verloren hatte, auszugleichen. Sie würde seine nächste Show morgen Abend im Stadion von Albuquerque, Neu-Mexiko, filmen, und da Ford gewöhnlich ein paar Stunden brauchte, um nach einem Auftritt wieder auf den Boden zu kommen, war es sinnvoll, ein wenig an dem Film zu arbeiten, auch wenn es bedeutete, eine Mitternachtssitzung einzubauen, wie diese hier.

„Wie du weißt, habe ich Video-Clips der früheren Phasen deiner Karriere genommen, die von Nachrichten-Kameras und den persönlichen Geräten von Leuten gefilmt wurden.“ Sie schloss das Video-Fenster mit der Show des heutigen Abends und öffnete ein neues Fenster mit einem Video, das offensichtlich mit einer nicht so ausgezeichneten Kamera gefilmt worden war. „Die Qualität einiger dieser Clips ist nicht spektakulär, aber ein paar von ihnen sind so beeindruckend, dass ich leicht kurze Ausschnitte aus diesen Clips einbauen kann, ohne dass die Gesamtqualität des Films davon beeinträchtigt wird."

Anfangs war Ford nicht daran interessiert gewesen, dass man einen Film über ihn drehte. Nicht nur, weil er sich manchmal noch wie ein kleiner Junge fühlte, der in der Sandkiste des Rock-and-Roll-Spielplatzes spielte, in dem Jagger und Bowie sich einen Platz auf den Schaukeln verdient hatten – sondern auch, weil er nicht die geringste Lust hatte, Fremde in seiner Vergangenheit herumschnüffeln zu lassen. Erst als Natasha klargestellt hatte, dass sie nur an seiner Musik interessiert war und an der Art, wie gewaltig seine Musik die Menschen rund um den Erdball berührte, erlaubte er ihr, seine Tournee zu filmen. Natürlich hatte er das letzte Wort über alles, was in den Film kam. Bis jetzt war er einfach nur beeindruckt von dem, was Natasha ihm gezeigt hatte – nicht nur von den Clips von seinen Shows und Interviews mit seinen Bandmitgliedern und Aufnahmetechnikern, sondern auch von den interessanten Diskussionen mit Musiktherapeuten, die seine Musik für den Heilungsprozess ihrer Patienten benutzten.

„Diese Aufnahmen wurden vor fünf Jahren gemacht. Du hast in einem kleinen Club in Seattle gespielt als Vorschau auf deine erste CD bei einem der großen Labels, daher gab es jede Menge Kameras, die die Show fotografierten. Ich habe einige Clips von besserer Qualität gefunden, aber glaube, dass dieser hier der interessanteste ist. Ich möchte wissen, was du davon hältst."

Vor fünf Jahren?

Seattle?

Fords Finger umklammerten die Wasserflasche fester, die er gerade öffnen wollte, als sie auf ‚Play' klickte.

Gütiger Himmel, da war sie.

Der Kameramann hatte Ford herangezoomt, wie er auf die Bühne hinausging, um seinen ersten Song zu singen, bevor er ins Publikum schwenkte, das außer Rand und Band geriet. Seine Fans tanzten, sangen mit und brüllten ihr Lob, aber eine Frau stach aus allen heraus.

Sie trug ein kleines Silberkleid, das blonde Haar fiel über ihre Schultern und ein Ausdruck von reinem sinnlichen Genuss war auf ihrem Gesicht, während sie die Musik über sich hinwegfluten ließ. Der Kameramann konnte sichtlich die Kamera nicht mehr von ihr wegschwenken.

Ford war ebenso wenig fähig gewesen, seinen Blick von ihr abzuwenden. Als die Kamera wegzoomte, um Ford und die Menge zu filmen, hielt sie den Augenblick fest, in dem er und Mia Sullivan sich zum ersten Mal in die Augen sahen.

Ein mit Elektrizität aufgeladener Augenblick.

Alles kam ihm mit einem Schlag wieder ins Gedächtnis – das Staunen, dass eine Frau *so* schön sein konnte, die Fassungslosigkeit, dass sie einem Fremden erlauben konnte, so viel ehrliches Gefühl in ihren Augen zu sehen, die unglaubliche Sinnlichkeit jedes Zentimeters ihres seidigen Haares, ihrer zarten Haut und ihrer süßen Kurven. Beinahe hätte Ford nach dem Bildschirm gegriffen. Nur dass er etwas spät bemerkte, wie Natasha ihn aufmerksam beobachtete, hielt ihn davon ab.

„Du warst umwerfend an jenem Abend, Ford."

Natasha hatte recht. Jener Abend in Seattle war eine der besten Shows, die er je gegeben hatte. Weil er zum allerersten Mal nicht nur für sich selbst und ein Publikum von Fremden gespielt hatte.

Er hatte für *Mia* gespielt.

Natasha stoppte Playback, und bevor er seine Gedanken wieder so weit beisammenhatte, um ihr zu sagen, sie sollte aufhören, öffnete sie ein anderes kleines Fenster rechts auf ihrem Bildschirm. „Ich wollte auch, dass du dir diesen Clip in der Backstage ansiehst."

Jetzt war jeder Muskel in Fords Körper angespannt, als sie wieder auf ‚Play' klickte, denn er hatte richtig geraten, was er jetzt zu sehen bekam: Mia wurde zum Backstage-Bereich begleitet. Nach diesem ersten flüchtigen Blick auf sie im Publikum wollte Ford sie unbedingt kennenlernen, sie berühren … sie für *sich* fordern.

Als er auf der Bühne und sie im Publikum standen, waren die Funken zwischen ihnen schon heiß gewesen, aber als sie sich einander im fensterlosen Backstage-Bereich näherten, wo er gerade sein Meet-and-Greet mit der Presse vorhatte, da schossen beinahe die Flammen vom Bildschirm.

Als Ford auf dem Video Mias Hand in seine nahm, drückte Natasha auf Pause. „Erinnerst du dich noch an sie?"

Obwohl sie nur eine Woche zusammen gehabt hatten, konnte Ford es sich nicht verkneifen, regelmäßig im Internet nachzusehen, ob Mia eine ernsthafte Beziehung hatte. Wieder und wieder quälte er sich so, obwohl sein Herz jedes Mal stillstand, wenn er ein Bild von ihr mit einem anderen Mann sah, genauso wie heute Abend. Um sich wieder zu fangen, trank er mehr, feierte mehr, verbrachte sogar noch mehr Stunden im Tonstudio und auf Tournee, alles, um zu versuchen, sie zu vergessen.

Aber es war ihm nie gelungen.

Weil Mia Sullivan unvergesslich war.

„Da sich dieser Dokumentarfilm um meine Musik dreht und nicht um mein Privatleben, verstehe ich nicht, welche Rolle das spielt."

Aber selbst, wenn er sich unmissverständlich ausdrückte und sagte: ‚*Das reicht*', machte Natasha keinen Rückzieher, anders als die meisten Menschen, die augenblicklich kuschten. Und obwohl er noch nicht bestätigt hatte, dass er sich noch an Mia erinnern konnte, fragte Natasha: „Bist du mit ihr in Verbindung geblieben?"

„Nein." Dieses kleine Wort war nicht viel mehr als ein irritiertes Knurren von seinen Lippen.

Er stand auf, da er unfähig war, noch länger in der Nische zu sitzen. Ford hatte sich Natasha gegenüber noch nie als der Rockstar gebärdet, aber Mia so unerwartet auf dem Bildschirm zu sehen, schien jeden Zentimeter seines Inneren und Äußeren bloßzulegen.

„Warum zum Teufel willst du das wissen?"

„Ich habe die letzten beiden Monate praktisch in deiner Westentasche gelebt, Ford. Du bist super mit deinem Team und deinen Fans und es stimmt, dass ich die Absicht habe, mit diesem Film deine Musik zu erfassen. Woher sie kommt. Wie sie die Menschen berührt. Aber es ist unmöglich, dass mir dies gelingt – oder gut gelingt – ohne zu wissen und zu zeigen, was dich zu dem gemacht hat, der du bist und warum du diese Songs schreibst. Und ich fürchte, dass ich irgendwann in dieser Zeit begonnen habe, dich zu mögen", sagte sie mit einem kleinen Lächeln. „Ein gutes Stück mehr, als ich je angenommen habe, einen Rockstar mögen zu können, dem die ganze Welt zu Füßen liegt." Natasha blickte wieder auf den Bildschirm, der zwei der wichtigsten Augenblicke seines Lebens eingefangen hatte. „Ich habe diese Frau noch nie gesehen. Ich habe dich nie über sie sprechen hören. Aber sobald ich diese Clips gesehen hatte, sagte mir mein Bauchgefühl, dass sie lebenswichtig war. Ich habe im Laufe der Jahre auf die schwere Tour gelernt, immer auf mein Bauchgefühl zu hören – selbst“, fügte sie mit einem leicht entschuldigenden Blick hinzu, „wenn ich weiß, dass es das Sujet meines Films-in-Arbeit anpissen wird.“

Sie nahm ihre Lesebrille ab und sah ihn so an, wie er sich immer vorgestellt hatte, dass eine sich um ihn sorgende Schwester oder Mutter ihn würde angesehen haben, wenn er das Glück gehabt hätte, eine solche Schwester oder Mutter zu haben. „Ich verspreche dir, dass meine Fragen über diese Frau nichts mehr mit meinem Film zu tun haben. Jetzt rede ich mit dir als deine Freundin.“

Die Sonnenblende an dem langen Fenster hinter dem eingebauten Tisch war hochgezogen, und während sie jetzt um Mitternacht, bei Tempo 100 auf der Autobahn fuhren, konnte Ford nur unscharf Schlusslichter, beleuchtete Werbetafeln und die Schilder der Tankstellen sehen. In seinem ganzen Erwachsenenleben hatte der Asphalt immer unter den Reifen zuerst seines Wohnmobils gebrannt, dann seiner größer und größer werdenden Busse, als sein Ruhm und Einkommen zunahmen. Er mietete Hotelsuiten in Los Angeles und New York, für die

Tage, wenn er gelegentlich nicht auf Tournee war, aber nie betrachtete er sie als sein Zuhause. Er hatte sich immer gesagt, dass er weder eines wollte noch brauchte, dass die Straße sein Zuhause war und dass er sich immer dieses Leben gewünscht hatte.

Aber er war nicht mehr so dumm oder so jung, um so zu tun, als ob der Tag nicht kommen würde, an dem er zu alt sein würde, um jeden Abend auf der Bühne herumzurennen. Besonders, wenn er daran dachte, wie sehr eine dreistündige Show jetzt an ihm zehrte. Wie würde es bei diesem unablässigen Rhythmus in fünf Jahren sein? In zehn Jahren? Wohin würde er dann gehen? Und mit wem würde er dorthin gehen?

Er konnte sich nicht wieder in Boston sehen, wo er aufgewachsen war – oder in New York, Los Angeles oder London, wo er den Großteil seiner Geschäfte abseits der Tourneen abwickelte. Egal, wie sehr er sich bemühte, die Gedanken zu unterdrücken, sie kehrten immer zurück nach Seattle, wo er eine unglaubliche Woche mit dem schönsten Mädchen der Welt verbracht hatte.

„Wie lange ist es her, dass du sie gesehen hast?"

Im Laufe der Jahre hatte Ford mit vielen Musikern gearbeitet, die genesende Alkoholiker waren. Er verstand, dass ein Schluck genügte, selbst wenn sie seit Jahren trocken waren, damit ihre Sucht sie heftiger als zuvor wieder erfasste, als hätte es die Jahre der Abstinenz nicht gegeben. Jetzt verstand er genau, wie sich das anfühlte, weil er nicht aufhören konnte, auf den Bildschirm des Computers zu starren, wo Mias Schönheit und Vitalität ihn noch stärker als damals anzogen.

„Fünf Jahre."

„Hast du je versucht, wieder Verbindung zu ihr aufzunehmen?"

Wieder war seine Antwort ein kurz angebundenes: „Nein."

Er hatte alles getan, nur *das* nicht. Er hatte wie besessen gearbeitet und so versucht, sie zu vergessen, die Gefühle, die er für sie hatte, zu begraben. Er war von einer Frau zur nächsten gezogen, von einer Stadt zur anderen, von einer Bühne zur anderen. Aber, Herrgott nochmal, schon bei dem Gedanken, Mia wieder in seinen Armen zu halten, durchströmten ihn seit langem schwelende Sehnsüchte und Verlangen.

„Warum nicht?"

Wie konnte er erklären, wie schön es mit Mia gewesen war … und wie hässlich es dann geendet hatte? Besonders da er wusste, dass er Natasha nicht noch mehr erzählen sollte, vorausgesetzt, dass er es überhaupt in Worte kleiden konnte. Er hatte ihr bereits zu viel gesagt – und gezeigt. Denn, wenn sie beschloss, ihr Versprechen zu brechen und irgendetwas davon öffentlich zu machen, dann war er reif für das Grab. Für ein tiefes.

Nur hatte dieses sehr unerwartete Gespräch zu seiner Überraschung dieselbe Wirkung auf ihn, wie wenn er einen Song schrieb – bei einem Songtext nach dem anderen bekam er das Gefühl, das Geheimnis dessen zu entdecken, was er wirklich glaubte. Schließlich gestand er: „Wir waren jung."

Aber das war nicht die ganze Wahrheit. Nicht einmal nahe dran. Er hatte jeden möglichen Fehler mit Mia gemacht. Stolz. Ego. Schuld. Sie alle spielten eine große Rolle, als er sie verließ und ihr dann fernblieb.

„*Ich* war jung. Dumm. So wie du gesagt hast, ich hatte geglaubt, die ganze Welt müsste mir zu Füßen liegen. Sie eingeschlossen."

„Wir waren alle einmal jung und dumm", erwiderte Natasha, „aber, wenn du mich fragst, die Tatsache, dass du sie noch liebst, übertrumpft das alles."

Sie wartete dann, als wollte sie ihm die Möglichkeit geben, zu bestreiten, dass er Mia noch liebte. Aber er konnte nicht.

Denn jetzt wurde er sich bewusst, dass jedes Wort, mit dem er es leugnete, ganz offensichtlich eine Lüge wäre.

„Die Art, wie du sie von der Bühne in Seattle vor fünf Jahren angesehen hast ... ich wünschte, ich hätte dich gerade jetzt gefilmt, damit du sehen könntest, wie du sie auf meinem Computer haargenau gleich angesehen hast. Und, Ford, was wäre, wenn sie auch noch so in dich verliebt ist wie du in sie?" Ihre Stimme wurde sanfter, als sie hinzufügte: „Ich weiß, dass die Leute glauben, du hättest alles. Ruhm. Erfolg.

Überfüllte Stadien und große Hits. Und ich habe selbst gesehen, dass du wirklich genießt, was du machst." Sie sah sich im luxuriösen Inneren des Tourneebusses um. „Aber ich muss mich fragen – wenn ihr beide dieses Mal eine Beziehung zuwege brächtet, was wärst du bereit aufzugeben, um sie zurückzubekommen?"

Das Wort *alles* blitzte in seinem Kopf in genau dem Augenblick auf, als das alte Backstage-Video sich wieder einschaltete. Als er es ansah, erinnerte er sich, dass Mia ihm gerade ihren Namen gesagt hatte, als mehrere dürftig bekleidete Groupies sich zwischen sie beide geschoben hatten. Während er den Frauen ein Autogramm gab, zählte er die Sekunden, bis er wieder bei Mia sein konnte.

In seinem aufgemotzten Tournee-Bus wurde sich Ford jetzt bewusst, dass er in all den fünf Jahren, seit er sie das letzte Mal gesehen hatte, nie aufgehört hatte, die Sekunden zu zählen.

Es war einmal vor langer Zeit, da hatte er geglaubt, dass seine Musik, seine Gitarre und seine Songs alles waren, was er brauchte. Aber heute Nacht, während sein Tournee-Bus wieder auf einer Autobahn zu noch einem anderen Stadion raste, wurde sich Ford endlich bewusst, dass seine Songs und sein Publikum nie auch nur annähernd die Leere in ihm würden füllen können.

Nur etwas – nur eine Person – war je dazu fähig gewesen.

Nur Mia.

Kapitel 2

Mia Sullivan wusste nichts über den Mann, dem sie gleich begegnen sollte ... außer, dass er reich sein musste.

Wirklich stinkreich.

Mia war am Vortag von einem Rechtsanwalt kontaktiert worden, dessen Klient ein Haus in Seattle kaufen wollte. Das Budget? Zehn Millionen Dollar, ein paar Millionen rauf oder runter, wenn nötig.

Wo? Am Wasser, natürlich.

Wann? Sofort.

Der Kunde? Anonym bis zum heutigen Treffen.

Als Eigentümerin von Sullivan Realty mit einem halben Dutzend Immobilienhändlern, die unter ihr arbeiteten, hatte Mia bereits für Freitagvormittag einen vollen Terminkalender mit Besichtigungen und Sitzungen. Außerdem hatte sie es ein wenig suspekt gefunden, dass der Käufer anonym bleiben wollte. Welchen Grund konnte ein potentieller Käufer denn haben, seine oder ihre Identität vor ihr geheim halten zu wollen? Insbesondere, da sie bereits Immobilien an einige der reichsten Menschen der Welt verkauft hatte, ganz zu schweigen, dass sie die Cousine des Filmstars Smith Sullivan und des Profi-Baseball-Spielers Ryan Sullivan war. Sie zog schnell in ihrem Kopf verschiedene Möglichkeiten in Erwägung und kam dann zur Annahme, dass der potentielle Käufer vielleicht ein reicher und gefährlicher, bereits verurteilter Verbrecher sein könnte, der seine Zeit abgesessen hatte und jetzt ein neues Leben mit einem großen Haus am Ozean im pazifischen Nordwesten beginnen wollte.

Natürlich würde ihr die Provision auf einem Zehn-Millionen-Dollar-Verkauf gefallen, aber zu diesem Zeitpunkt brauchte sie sie nicht unbedingt. Davon abgesehen hatte Mia Sullivan vier ältere Brüder und liebevolle Eltern, die ihr gründlich beigebracht hatten, auf sich aufzupassen. Sie war keine Frau, die sich etwas vormachen ließ.

Einmal abgesehen von jener einen Woche vor fünf Jahren, als sie eine vollständige und absolute Idiotin war, und das nur wegen der Liebe …

Sie schob diesen hässlichen Gedanken zurück in die dunklen Tiefen, wohin er gehörte, und fragte schlankweg: „Hat Ihr Kunde wegen eines schrecklichen Verbrechens eine Strafe abgesessen?“

Es hatte so geklungen, als würde sich der Rechtsanwalt nur mühsam ein Lachen verkneifen, als er antwortete: „Nein, ich kann Ihnen garantieren, dass er ganz entschieden kein Mörder ist.“

Da hatte sie wenigstens gewusst, dass es ein Mann

war. „Es tut mir leid, aber es wird extrem schwierig sein, für einen Kunden das perfekte Haus zu finden, der darauf besteht, anonym zu bleiben." Da der Rechtsanwalt weiter schwieg, fügte sie hinzu: „Ich muss zumindest wissen, wie alt er ist und wie groß seine Familie oder wie viel Personal er hat."

„Ich bitte wirklich um Verzeihung, dass ich nicht in der Lage bin, weitere Details über meinen Klienten zu verbreiten, aber ich kann garantieren, dass er bei gesundem Verstand ist und nicht beabsichtigt, Ihnen irgendeinen Schaden zuzufügen."

„Wenn Sie mich damit beruhigen wollten ..."

„Ich habe auch mit einem Kurier als Anzahlung auf Ihre Gebühr einen Scheck über zwanzigtausend Dollar rübergeschickt. Ob Sie ein Haus finden, das mein Klient kaufen will oder nicht, das Geld gehört Ihnen."

Als wäre es Teil einer Choreographie, brachte Orlando, Mias Assistent, in dem Augenblick, als der Rechtsanwalt aufhörte zu sprechen, einen Umschlag herein.

Mia zog den Inkassoscheck über zwanzig Tausender heraus und als sie erneut den Mund öffnete, kamen keine weiteren Proteste heraus. Trotz der vielen Warnflaggen in ihrem Kopf, Warnungen, dass bei dieser ganzen Situation definitiv etwas nicht ganz koscher war, hätte es gewiss keinen Immobilienmakler auf der ganzen Welt gegeben, der diesen Kunden ignorieren würde. Anonym oder nicht, er war offenkundig ernsthaft interessiert, ein Haus am Wasser in Seattle zu kaufen. Deshalb beschloss sie, ihre ursprünglichen Kunden für diesen Freitag Orlando zu überlassen und neue Besichtigungen der drei besten Immobilienangebote am Wasser zu buchen.

Mia dachte jetzt, während sie zum Vordereingang des ersten Hauses hinaufging, dass es sicherlich viel wahrscheinlicher war, dass es sich bei dem Kunden wohl eher um einen zwanzigjährigen Nerd ohne nennenswerte soziale Kompetenzen handelte, der mit einem High-Tech-Start-up plötzlich reich geworden war, als um einen verrückten, gefährlichen Sträfling, der wegen einer Formalität nicht mehr im Gefängnis saß.

Als sie die Eingangstür zu dem stupenden Anwesen öffnete, dankte sie im Stillen, dass es ein perfekter Tag war. Die Wolken am strahlend blauen Himmel waren weiß und flauschig und das Wasser des Lake Washington war so ruhig, dass es aussah wie Glas. Mia genoss es zutiefst, in einer in einem Hochhaus gelegenen Wohnung mit Ausblick über die Innenstadt von Seattle zu leben, aber sie konnte sehr wohl den Reiz dieses Hauses sehen. Ohne Zweifel, dachte sie mit einem Grinsen, als sie in das prachtvolle Haus eintrat, wenn sie zehn Millionen Dollar hätte, die nur so rumlagen und Staub ansammelten, würde sie sich entschieden ein solches Zuhause kaufen.

Sie ging rasch und mit professionellem Blick durch

alle Räume im Erdgeschoss, schaltete die Lichter ein, richtete Blumenvasen und verschob ein wenig die Möbel, damit das Haus wirklich perfekt aussah.

Nicht, dass dieses Zuhause diesbezüglich großartige Hilfe gebraucht hätte. Sie glaubte zwar, dass alle drei Häuser in ihrem heutigen Programm auch dem wählerischsten Käufer zusagen würden, so hatte sie doch eine Vorliebe für dieses hier, weil es ein einzigartiges Element aufwies.

Den Turm.

Welches Mädchen würde die Vorstellung nicht lieben, dass ein kraftvoller Prinz, über Stein und Reben hinaufkletterte und ihr in einem Turm den Kuss der wahren Liebe gab? Und welcher Junge würde es nicht lieben, unbemerkt von hoch oben wie ein Krieger vor vielen Jahrhunderten Invasoren zu erspähen? Obendrein – aus einer praktischeren Sicht – hatte der Turm ausgezeichnetes Licht, schöne Steinmauern und eine unglaubliche Aussicht.

Das Haus war gegenwärtig im Besitz eines wirklich netten Ehepaars, das sich leider trennte. Mia war im Laufe der Jahre auf einigen ihrer Partys gewesen und war immer erstaunt, wie ähnlich sie sich waren – in allem, von ihrem blonden, guten Aussehen bis zu ihrem klassischen Modegeschmack. Sie war zutiefst überrascht, als sie sie anriefen, um ihr zu sagen, dass sie sich scheiden ließen und wollten, dass sie ihr Zuhause in ihr Angebot aufnahm. Soviel sie gesehen hatte, hatten sie nie gestritten oder waren hinter einem aufgesetzten Lächeln oder falschen Liebenswürdigkeiten wütend aufeinander gewesen, wie das so viele Ehepaare machten. Andrerseits, je mehr sie darüber nachdachte, konnte sie sich auch nicht erinnern, dass sie sich berührten. Ihre Scheidung, so schien es, ging jetzt mit ebenso wenig Leidenschaft voran wie ihre Ehe.

Mia blieb auf der Hälfte der Wendeltreppe, die zum Turm führte, stehen und blickte durch ein kleines Fenster, das auf das weitläufige Areal ging.

Wie, fragte sie sich, *finden die Menschen überhaupt die Ausgewogenheit zwischen Liebe und Lust? Freundschaft und Leidenschaft?*

Sie sah hinaus auf den blauen See und die direkt vor dem Fenster verankerte Yacht, aber nahm kaum etwas davon wahr, während sie über diese Fragen nachgrübelte, die ihr jetzt, da so viele Mitglieder ihrer Familie *den Richtigen* oder *die Richtige* gefunden hatten, immer wieder in den Sinn kamen. Zuerst hatten sich ihre acht Cousins in San Francisco alle verliebt. Vier waren bereits verheiratet und die anderen vier verlobt. Marcus' und Nicolas Hochzeit stand am Sonntag auf seinem Weingut in Napa Valley bevor. Und dann hatte sich ihr Bruder Rafe letzten Sommer Hals über Kopf in ihre langjährige Freundin Brooke verliebt.

Natürlich freute sie sich wahnsinnig für ihren Bruder und die Cousins und Cousinen. Aber nachdem sie all die glücklichen Paare zusammen gesehen hatte, waren ihr ernsthafte Zweifel gekommen, ob sie je finden würde, was jene im jeweiligen Partner gefunden hatten. In Anbetracht ihres vergangenen großen Beziehungsfehlers hatte sie offenbar keinen Schimmer, wie wahre Liebe war.

Das Geräusch einer Möwe, die nur wenige Meter vor dem Fenster kreischte, riss sie aus ihren Grübeleien. Ihr anonymer Käufer würde in einer Viertelstunde eintreffen und sie wollte absolut bereit für ihn sein. Sie stieg die letzten Treppen immer zwei auf einmal hinauf und erreichte eine halbe Minute später die schwere Holztür zum Turm.

Sie war ein wenig überrascht, dass die Tür offen war. Aber als sie dann eintrat, war sie noch *viel* überraschter, als sie bemerkte, dass der Raum nicht leer war … und dass der anonyme Käufer der absolut letzte Mann auf Erden war, den sie je wiedersehen wollte.

Im Nu waren die fünf Jahre ausgelöscht und sie erlebte nochmals den Augenblick, als sie ihn zum ersten Mal gesehen hatte.

* * *

Vor fünf Jahren in einem Lokal in der Innenstadt von Seattle …

Es war für Mia Sullivan der beste Tag ihres Lebens. Sie hatte zum ersten Mal eine Immobilie zu einem siebenstelligen

Betrag verkauft und an diesem Freitagabend ein wunderbares Familienessen im Haus ihrer Eltern genossen, bei dem ihre Mutter, ihr Vater und ihre vier Brüder sie mit einem riesigen Blumenarrangement und Champagner überrascht hatten, um ihren Erfolg zu feiern. Anschließend war sie nach Hause gefahren, um etwas weniger Professionelles und Verführerischeres anzuziehen und in einem sehr bekannten Club von Seattle mit einigen ihrer Kollegen und Kolleginnen weiterzufeiern, die in dieser Woche ebenfalls gute Abschlüsse gemacht hatten.

Während des Abendessens war sie so zappelig, dass sie nur ein paar Schlucke von dem Champagner getrunken hatte, den sie für sie hatten knallen lassen, und jetzt schmeckte ihr Mojito so gut wie noch nie. Sie war geladen mit Energie. Mia war quirlig und konnte kaum erwarten, dass die Band zu spielen begann, damit sie auf das Tanzparkett gehen konnte. Sie fühlte sich besonders sexy heute Abend in ihrem schimmernden Silberkleid mit den dünnen Spaghettiträgern und einem tiefen Dekolleté am Rücken. Mia war nicht besonders groß, aber mit dem Saum ihres Kleides, der kaum ihre Schenkel streifte und ihren silbernen 13cm-Heels, fühlte sie, dass sie es mit jedem der Möchtegern-Supermodels im Publikum aufnehmen konnte.

Der schnuckelige Typ, mit dem sie gerade flirtete, war eben noch einen Drink holen gegangen, als die Musik und Lichter gedämpft wurden und Dutzende Mädchen im Publikum zu kreischen begannen. Mia verfolgte die Musikszene nicht sehr aufmerksam, aber diese Show heute Abend war offensichtlich das Angesagteste in der Stadt. Mia tendierte eher Richtung Navy-Seal-Typen mit ihren Muskeln und Stärke und weniger zu Rockern mit ihren Tattoos und der Lederkluft. Aber so, wie sich die anderen Frauen im Lokal aufführten, wurde sie ziemlich neugierig auf den Sänger.

Wie großartig konnte Ford Vincent schon sein?

In dem Augenblick schnitt eine tiefe Männerstimme durch den Lärm im Publikum und das Kreischen wurde lauter – und dann verebbte es wie durch ein Wunder, als seine Stimme in allen ihren Seelen widerhallte.

Mia vergaß vollkommen den Typen, mit dem sie geflirtet hatte und ging durch die Menge, um näher zur Bühne zu kommen. Sie hatte es fast bis ganz vorne geschafft, als der Scheinwerfer aufflammte.

Oh mein Gott, der Sänger war umwerfend. Aber nicht wie ein typischer Rockstar. Ja, er trug Hosen aus Leder und sein dunkles Haar war so lang, dass es seine Schultern streifte, aber er war toll gebaut mit breitem Brustkorb, muskulösen Armen und Schenkeln und einer überraschenden Robustheit, als würde er regelmäßig Dinge hochstemmen, die schwerer waren als eine elektrische Gitarre.

Aber wenige Sekunden später wurde sich Mia bewusst, dass sein Aussehen unwichtig war, weil sie sich vollkommen in der Musik verlor, die Augen geschlossen, während sie ihren Körper dem Rhythmus überließ.

Als ein Ellbogen sie in die Seite stieß, öffnete Mia die Augen, um zu sehen, wer sie angestoßen hatte. Das Mädchen neben ihr sagte: „Er singt direkt für dich!“

Einen Augenblick später drehte sich Mia zur Bühne und

schaute direkt in den erhitzten Blick des Sängers. Ihre angeborene Sinnlichkeit hatte sie noch nie bange gemacht, aber … ach, nur ein Blick von diesem Mann ließ sofort ihr Inneres schmelzen und eine seltene und sehr überraschende Alarmglocke in ihrer Brust laut klingeln.

Sie hatte immer die Kontrolle über ihre Beziehungen gehabt, sie war es gewohnt, mehr begehrt und gebraucht zu werden, als sie je jemanden begehrt oder gebraucht hatte. Beziehungen und Sex waren immer so zum Spaß gewesen. In dreiundzwanzig Jahren war ihr Herz nie in Gefahr gewesen – und das war so okay für sie. Sie war der Meinung, dass sie reichlich Zeit hatte, den Richtigen *zu finden.*

Gefangen in der Hitze und Intensität von Fords Blick, konnte Mia nichts anderes tun, als im Publikum von verrückt gewordenen Fans zu stehen und zurückzustarren. Erst als am Ende des Songs die Menge vollkommen überschnappte und der Bassist etwas zu Ford sagte, das seine Aufmerksamkeit ablenkte, kam sie aus diesem Zustand, der einer Hypnose so nahekam, wie sie es noch nie erlebt hatte, wieder heraus.

Ihr Körper fühlte sich sonderbar an, der Mund war trocken, ihre Hände und Füße kribbelten … und ihr Herz pochte viel zu heftig. Sie versuchte, die Fassung wiederzugewinnen, wandte sich von der Bühne ab und ließ den Blick über die Menge schweifen, um ihre Freunde zu finden. Sie brauchte noch einen Drink, um ihre Kehle zu befeuchten und dann würde sie vielleicht nach Hause gehen, obwohl es noch gar nicht so spät war.

Aber anstatt einen ihrer Kollegen unter dem Publikum zu

finden, das sich während des ersten umwerfenden Songs vervierfacht zu haben schien, konnte sie nur Dutzende hinreißende Mädchen sehen, die eindeutig alles tun würden, um für eine Nacht ins Bett des Sängers zu gelangen.

„Ihr seid ein verdammt tolles Publikum, was?"

Fords Frage, die er mit dieser tiefen Stimme gesprochen hatte, ließ Schauer von Verlangen durch Mias ganzen Körper strömen und das Publikum schrie und kreischte zurück, dass sie ihn liebten, dass er ihr Held war und dass er sie so haben konnte, wie er wollte.

„Ich war schon bereit, euch alles zu geben", sagte er mit einer Stimme voll sexueller Anspielung, „aber jetzt habt ihr mich dazu gebracht, dass ich euch wirklich *alles gebe."*

Sie hätte schwören können, dass sein Blick ein Loch in sie brannte, während er sprach, und etwas sagte ihr, dass er seine Worte nicht nur an das Publikum gerichtet hatte ... sondern, dass sie eine Herausforderung an sie waren, weil er gesehen hatte, dass sie vorhatte zu gehen.

Mia hatte sich in ihrem Leben noch nie vor etwas gefürchtet. Aber, fragte sie sich, wenn schon ein Blick – ja nur der Klang seiner Stimme – sie so stark bewegte, was würde erst eine Berührung mit ihr anstellen? Ein Kuss?

Sie erschauerte bei dem erregenden Gedanken, wie diese Hände, die mit solcher Hingabe auf seiner elektrischen Gitarre spielten, dasselbe auf ihrer nackten Haut machen würden. Sie war schließlich hier, um zu feiern, und was konnte da schon eine heiße Nacht mit einem Rocker schaden?

Als sie sich schließlich umdrehte, um wieder auf die Bühne zu schauen, hob Ford die Augenbraue, als ob er etwas fragen wollte. Sie ließ ihre Lippen zur Antwort ein Lächeln formen. Ein Lächeln, das sagte: „Wenn du eine Nacht mit mir willst, Rockstar, dann musst du sie dir verdienen."

Und wie er sie verdient hatte, diese Nacht, als er sie endlich in sein Bett bekam …

Kapitel 3

Schön.

Wie sie so dastand, überrascht – und gleich darauf rasend vor Wut – war Mia Sullivan noch immer die schönste Frau, die Ford je gesehen hatte.

Auch als sie ihm das erste Mal mitten auf einer überfüllten Tanzfläche unter die Augen gekommen war, hatte sie ungefähr vier Meter entfernt von ihm gestanden. Damals trug sie ein kleines silbernes Kleid und die Spitzen ihrer blonden Haare schwangen über die Schwellung ihrer Brüste. Wie sie in jener Nacht in Seattle aussah, als sie die Augen schloss, um sich im Rhythmus des Songs zu bewegen, den er geschrieben hatte – so sinnlich, dass er beinahe den Text vergessen hätte – war es unmöglich, den Blick abzuwenden. Und als sie die Augen öffnete und ihn ansah, fühlte er die Wirkung ihres Blicks, als würde eine Bassdrum bis hinein in seine Seele nachklingen.

In jener Nacht hatte er mit aller Kraft wissen wollen, wie weich sich ihre Haut unter seinen schwieligen Fingerspitzen anfühlen, wie süß ihr Mund schmecken und wie gut es sein würde, sie in seinen

Armen zu halten. Fünf Jahre später konnte er sich noch erinnern, dass er nie genug davon bekommen hatte, sie zu berühren, jede ihrer süßen Kurven und sündhaften Mulden, wieder und wieder, bis sie beide fast verrückt waren vor Lust.

In jener Nacht im Club hatte ihr kurzes Kleidchen ihre unglaublichen Beine zur Schau gestellt, aber irgendwie sahen ihre Beine in dem blassgelben Wickelkleid, das sie heute trug, sogar noch sexyer aus. Ihre Haare waren jetzt ein bisschen länger, aber ihre Augen waren genauso ein strahlendes Blau und ihr voller roter Mund ein wenig feucht, als hätte sie sich, kurz bevor sie durch die Tür gekommen war, mit der Zunge über ihre Lippen gestrichen.

Es war aber nicht nur ihre Schönheit, die ihn in Staunen versetzte … es war die Musik, die mit ihr in den Raum gekommen war. Sie hatte vor fünf Jahren seine besten Songs inspiriert – eine Woche lang hatte er sie entweder geliebt oder die endlosen Riffs und Songtexte niedergeschrieben, die in seinem Kopf herumschwirrten. Je länger sie getrennt waren, desto weniger spontan war ihm die Musik gekommen.

„Was zum Teufel machst du hier?“

Verflucht, dachte er, als ihre Augen hitzig und wütend funkelten, sie war atemberaubend. „Du bist sogar noch hübscher, als in meiner Erinnerung.“

Er glaubte, er sah Freude über sein ehrliches Kompliment in ihren Augen aufblitzen, bevor die Wut zurückkehrte.

„Und du bist ein noch größerer Trottel als in meiner Erinnerung.“ Ihre Stimme war fest, aber überhaupt nicht cool, als sie zu ihm sagte: „Da du jetzt deinen Spaß gehabt hast, will ich, dass du dich augenblicklich aus diesem Haus verziehst, damit ich es abschließen und mit meiner Arbeit weitermachen kann.“

Ford wollte sie in seine Arme ziehen. Er hatte nie, nicht während einer einzigen Sekunde in den letzten fünf Jahren vergessen, wie gut sie zusammenpassten. Aber er hatte keinen Zweifel, dass es im Augenblick streng verboten war, Mia zu berühren – oder noch schlimmer, sie an sich zu reißen.

Da er sah, wie wütend sie war, begriff Ford, dass er behutsam vorgehen musste. Es würde nicht genügen, einfach zu sagen, dass es ihm leidtat, vor fünf Jahren ein unreifer Idiot gewesen zu sein und dass er es nicht schon früher begriffen hatte, egal wie wahr es war. Mia würde zweifelsohne kein einziges Wort glauben. Jedenfalls noch nicht.

Anstatt den Fehler zu begehen, doch zu versuchen, sie mit zärtlichen Worten in seine Arme zurückzulocken und zu scheitern, wählte Ford einen anderen Ansatz. Nämlich die heftigen Funken der Anziehung auszuspielen, die eindeutig genauso stark zwischen ihnen waren wie vor Jahren.

„Ich habe geglaubt“, sagte er, während er sich an

die Steinwand lehnte, als wäre er vollkommen locker, „dass es deine Arbeit *ist*, mir dieses Haus zu zeigen."

„Zu deiner Information", sagte sie, während sie auf ihn zuging und sich ihre prachtvolle Brust unter dem weichen Stoff ihres hübschen Kleides hob und senkte, während ihre Augen blitzen und ihre Haut vor Gefühlsbewegung errötete, „wenn ich auch nur den leisesten Schimmer gehabt hätte, dass du mein anonymer Kunde sein würdest, hätte ich so schnell nein gesagt, dass deinem Rechtsanwalt noch der Kopf schwirren würde."

„Wirklich?" Ford sorgte dafür, dass dieses eine Wort aus seinem Mund genau in dem Graubereich zwischen Frage und Spöttelei lag. Er hatte sich als ein anonymer Kunde ausgegeben, um absolut sicher zu sein, dass sie sich wieder Angesicht zu Angesicht begegnen würden. „Du hättest nicht eine Gelegenheit haben wollen, mich nach all diesen Jahren wiederzusehen?"

Bei diesen Worten hob sie eine Augenbraue. „Ich verstehe, dass du ein wahnsinniger Egomane bist, aber sogar du kannst das nicht im Ernst denken." Dann lachte sie, aber es hatte einen bitteren Klang. „Warum um Himmels willen würdest du glauben, dass ich dich *je* wiedersehen wollte?"

Weil du nie aufgehört hast, mich zu lieben, so wie ich weiß, dass ich nie aufgehört habe, dich zu lieben, war die Antwort, von der er verzweifelt hoffte, dass sie noch in ihrem Herzen war, wenn auch tief begraben. Aber da er wusste, dass er zuerst Jahre der Wut gutmachen musste, sagte er: „Aus dieser Entfernung könntest du mir mit dem Absatz deines Schuhs einen ordentlichen Schaden zufügen.“ Da ihr Ausdruck ihm sagte, dass sie es tatsächlich in Betracht zog, fügte er hinzu: „Und denk nur, auf welche anderen Arten, du mich fertigmachen könntest, wenn du noch näher kämst.“

„Verlockend“, murmelte sie und sah auf ihre hochhackigen Schuhe hinunter. „So unglaublich verlockend. Aber ich könnte es nicht ertragen, all deine weinenden Fans auf dem Gewissen zu haben, wenn ich dein hübsches Gesicht ruiniere.“

Als wäre sie sich bewusst geworden, dass sie ihm in die Falle ging, indem sie auf ihn reagierte, machte sie plötzlich einen tiefen, beruhigenden Atemzug, der ihre errötete Haut wieder kühlte und ihre Fäuste entspannte. Ein anderer Mann hätte denken können, dass dies ein Schritt in die richtige Richtung war, aber Ford wusste es besser. Mia Sullivan war dazu bestimmt, Feuer und Funken zu sein.

Kühl bedeutete, dass er sie verlor.

Er hatte sie einmal verloren. Egal, was er zu tun hatte, er würde sie nicht wieder verlieren.

Jetzt war sie es, die locker am Türrahmen lehnte, die prachtvollen Beine an den Knöcheln überkreuzt, während sich ihre Mundwinkel zu einem spöttischen Lächeln verzogen. „Bist du wirklich auf der Suche nach einem Haus in Seattle? Oder hast du dich nur unterwegs ein bisschen gelangweilt und wolltest dir heute einen Spaß auf meine Kosten machen?"

Ja, er konnte nicht leugnen, dass er seinen Rechtsanwalt aus einem reinen, unbezähmbaren Impuls heraus gebeten hatte, sie wegen der Besichtigung von Häusern in Seattle anzurufen. Aber bevor heute Morgen Mia gekommen war, hatte er ein wenig Zeit damit verbracht, sich auf dem Anwesen umzusehen und war dann zum Turm hinaufgegangen, wo er erfreulicherweise eine unverschlossene Tür gefunden hatte. Es hätte ihn mehr überraschen sollen, dass ihm die Vorstellung gefiel, ständig in Seattle zu leben. Zumal er in seinem ganzen Erwachsenenleben nie irgendwo lange genug geblieben war, um seinen eigenen Rasen zu mähen oder seine Küche sauber zu halten, sondern nur in einem Tourneebus lebte, den er jedes Jahr gegen das neueste, protzigste Modell austauschte. Es war aber etwas eigenartig Verlockendes an diesen bodenständigen Arbeiten.

Der Gedanke, *alles* für Mia aufzugeben, schien ihm aus heiterem Himmel in seinem Tourneebus gekommen zu sein. Aber jetzt in ihrer Nähe fühlte er, dass der Gedanke immer da gewesen war, dass er während fünf langer Jahre in ihm gesummt hatte, so wie manche Melodien über Wochen, Monate, sogar Jahre mit ihm spielten, bevor sie endlich ein wirklicher Song wurden.

„Ja, ich will ein Haus in Seattle“, bestätigte er und konnte kaum die Worte *wegen dir* zurückhalten. Es war zu viel zu früh, aber er musste ihr sagen: „Ich musste dich wiedersehen.“

„Glückwunsch“, sagte sie im selben eisigen Ton. „Du hast bekommen, was du wolltest. Du hast mich gesehen. Zum allerletzten Mal.“

Obwohl sie nur wenige Meter von ihm entfernt war, hatte Ford das Gefühl, als sie sich von ihm abwandte, als wäre sie schon so gut wie fort. Das hieß, dass er nichts zu verlieren hatte, wenn er sagte: „Ich habe nie geglaubt, dass ich dich so wiedersehen würde.“ Als sie sich nicht umdrehte, legte er noch eins drauf: „So verängstigt von unserem Wiedersehen, dass du in weniger als fünf Minuten schon wegläufst.“

Das Eis, in das sie sich eingeschlossen hatte, begann mit jedem seiner Worte mehr und mehr Sprünge zu bekommen, bis er zusah, wie es zerbrach und wegen der Stärke der wieder aufflammenden Wut, vollkommen von ihr abfiel. Sie wirbelte herum, um ihn zu konfrontieren.

„Ich fürchte mich vor gar nichts.“ Sie schüttelte den Kopf und ihre langen, dunkelblonden Haare fielen über ihre Schultern und Brüste. „Bestimmt nicht vor *dir*.“

Dieses Mal hob er eine Augenbraue. Er zuckte die Achseln, dabei unterdrückte er immer noch gewaltsam den Drang, quer durch den Raum zu gehen und sie an sich zu ziehen. „Könntest mich getäuscht haben.“

Ihre Fäuste ballten sich heftiger zusammen, als sie sich ihm näherte. Ihr Duft – ein süßer blumiger Hauch eingebettet in sündhaft heiße Würze – hüllte ihn ein. Guter Gott, er liebte ihre Leidenschaft. Das Problem war, dass er zu jung gewesen war, zu idiotisch, um sie schätzen zu können … oder um den wahren Wert der Liebe einer Frau zu begreifen und sie dagegen abzuwägen, von einer Bühne aus die Welt zu beherrschen.

„Es ist nicht Angst, weshalb ich dich nicht als Kunde haben will. Es ist, weil du launenhaft und ichbezogen bist und ich habe keine Zeit für Menschen wie dich, die sagen, dass sie ein Zuhause in Seattle wollen, aber in Wirklichkeit nur meine Zeit verschwenden, weil du dich mit all deinem Geld und den Spielereien und deinen Angestellten, die bei jedem deiner Befehle katzbuckeln und Kratzfüße machen, langweilst."

„Seattle war immer meine Lieblingsstadt", sagte er locker. Er zuckte wieder mit den Achseln. „Aber ich verstehe, wenn du nicht glaubst, mich als Kunde akzeptieren zu können, weil du noch nicht über mich hinweggekommen bist."

„Nicht über dich hinweggekommen?" Ihr stechender Blick war so scharf, dass er beinahe fühlen konnte, wie er durch seine Kleider schnitt, um seine Haut zu durchbohren. „Wenn du mit diesem echt lustigen Trip ins Erinnerungsland fertig bist, dann habe ich drei

Häuser, die heute zu sehen sind." Sie deutete mit einer Geste der Hand in den Raum. „Das ist der Turm. Er ist einzigartig und ist eines meiner Lieblingselemente in diesem Haus. Die Steine wurden von einem Schloss in Nordengland aus dem 13. Jahrhundert importiert."

Jedes Wort war knapp und penibel professionell, aber er musste sich trotzdem höllisch bemühen, nicht zu lächeln – wenigstens nicht, bis sie ihm den Rücken zuwandte, um zum Treppenhaus zu gehen.

Ford Vincent hatte vor Millionen Menschen auf der Bühne gestanden, die Verkaufsrekorde der Musikindustrie mit seinem letzten Album gebrochen und hatte einige der berühmtesten Menschen der Welt auf seiner Kurzwahlliste … und doch hatte er sich seit Jahren nicht mehr so lebendig gefühlt.

Kapitel 4

Im ersten Augenblick, in dem Mia Ford zu Gesicht bekam, wie er so im Turm stand, umwerfend und stark, hatte ihr Herz einen Sprung gemacht, als wäre er der Märchenprinz, der endlich gekommen war, um sie mit dem Kuss der wahren Liebe von ihrem Gefühlsschlummer aufzuwecken.

Im zweiten Moment erinnerte sie sich gottseidank daran, wer er wirklich war.

Trotzdem konnte sie unmöglich leugnen, dass ihn wiederzusehen, nicht nur ein Hieb in den Magen war. Es war ein Hieb in ihr Herz … und auch in ihre Libido.

Die Woche, in der sie vor fünf Jahren Ford begegnet war, hatte als die beste ihres Lebens begonnen und war als die schlimmste zu Ende gegangen … weil alle ihre Liebesphantasien entfacht und entzündet worden waren, um dann verbrennen und verrauchen zu müssen und lange noch, nachdem er fort war, hatten ihre Augen getränt.

Ford ging nur ein bisschen zu nahe hinter ihr, als sie die Treppen hinunterstiegen. So nahe, dass sie seinen sauberen, männlichen Duft riechen konnte, denselben, der sie in jenen Nächten toll gemacht hatte, wenn sie Haut an Haut lagen und ihre Herzen von ihrem heftigen, wilden Liebesspiel rasten. Sie konnte ihm nie nahe genug kommen und damals glaubte sie, dass es einfach ein körperliches Zeichen dafür war, wie sehr sie ihn begehrte.

Erst als er weg war, hatte sie verstanden, dass es eine wirkliche Distanz zwischen ihnen gegeben hatte, denn für jedes Stück ihres Herzens, das sie ihm geschenkt hatte, hatte er ihr nur wenig von seinem zurückgegeben.

Leider konnte sie jetzt in dem engen Treppenschacht wieder seine Wärme fühlen, und ihre Haut wurde automatisch heiß, als würde er sie berühren. Ein Blitz reinen, instinktiven Verlangens durchschoss sie bei der Vorstellung, seine Hände auf ihrer Haut zu spüren. So wie beim ersten Mal, als sie ihn auf der Bühne gesehen hatte, trug er dunkle Hosen und ein T-Shirt, das so abgetragen war, dass sie deutlich sehen konnte, dass er noch muskulöser geworden war, als wäre er in seinem Körper gewachsen. Ein halbes Dutzend neuer Tattoos schlängelte sich an seinen Armen hinauf und sogar entlang seinem Hals und über seine breiten Schultern – allein der Anblick seiner unglaublichen männlichen Schönheit ließ ihr das Wasser im Mund zusammenlaufen.

Egal, wie sehr sie ihn hasste, es war eine Tatsache,

dass sie sich bei niemandem so gut, so lebendig gefühlt hatte … oder, wie sie sich gnadenlos in Erinnerung rief, so am Boden zerstört.

Bis sie Ford traf, war Mia die Herzensbrecherin gewesen. Nicht, weil sie es genoss, Männer zu verletzen, sondern einfach, weil sie nie die Gefühle ihrer Boyfriends mit derselben Intensität erwiderte. Aber nachdem Ford ihr Herz gebrochen hatte, wäre sie beinahe – so sehr ihr diese Vorstellung verhasst war – eine willenlose Frau geworden. Beinahe hätte sie alles für ihn aufgegeben, war knapp daran gewesen, im Namen der *Liebe* ihre Identität zu verlieren.

Offen gesagt war sie sich noch nicht sicher, wen sie mehr hasste: ihn, weil er ein Dreckskerl war, oder sich selbst, weil sie so schwach war. Und so dumm.

Während sie zurück zum Hauptbereich des Hauses gingen, rief sie sich jedoch in Erinnerung, dass sie wegen der Vergangenheit wirklich nicht zu hart mit sich ins Gericht gehen sollte. Schließlich war sie erst dreiundzwanzig, als sie Ford in jenem Club in der Innenstadt zum ersten Mal auf der Bühne gesehen hatte, jung und voller Träume. Tatsache war, dass *jede* Frau Mühe gehabt hätte, sich nicht als etwas Besonderes zu fühlen, als sich in der Menge seine Augen in ihren verfingen und er direkt für sie gesungen hatte. Es war nur natürlich, dass jemand, der so jung und idealistisch war wie sie damals, an die Vorstellung glaubte, dass sie die Yoko für ihren Lennon sein würde, dass sie die einzige Frau sein könnte, die für ihn zählte, wo er doch jede hätte haben können … und dass es okay wäre, zuzulassen, dass sich ihre Leidenschaften und Träume in seinen auflösten, einfach, weil sie ihn liebte.

Nun, dachte Mia, als sie in die Küche eintrat und sich langsam umwandte, um ihn zu konfrontieren, sie war verdammt viel gescheiter dieses Mal. Egal wie großartig ein Typ war, sie würde nie mehr ihre eigenen Träume, ihre Identität oder ihre Karriere aus den Augen verlieren. Und sie würde entschieden nicht auf Fords Charme hereinfallen oder auf sein gutes Aussehen, oder wie wunderbar die Liebe mit ihm gewesen war oder …

Verflucht, genug jetzt. Er war ein Kunde. Und sie war hier, um ihm ein Haus zu verkaufen. Sonst nichts.

Sie griff mit ruhiger Hand in ihre Ledertasche, holte eine Farbbroschüre heraus und reichte sie ihm. „Okay Rutherford, hier stehen alle Einzelheiten über das Haus."

Er packte ihre Hand zusammen mit der Broschüre. „Du weißt, wie ich zu den Leuten stehe, die mich so nennen."

Er verbarg nicht die Gemütsbewegung in seinen Augen und sie verlor sich einen Augenblick zu lang in den dunkelbraunen Tiefen. „Du hast recht", antwortete sie, während sie ihre Hand aus seiner riss. „Jeder, der die Zeitschrift *Rolling Stone* gelesen hat, weiß, dass dir dein Vorname nicht gefällt.“

Es war die perfekte Erinnerung daran, dass sie ihm nie wichtiger war, als irgendein anderes Groupie, mit dem er geschlafen hatte, denn sie war ihm nicht wichtig genug gewesen, dass er ihr unter anderem den Grund erklärt hätte, weshalb er seinen vollen Namen hasste.

Sie hatte den Kommentar von *Rolling Stone* flapsig, wenn auch bitter ausgestoßen, war jedoch überrascht, als er mit sich zu kämpfen schien. Würde er ihr endlich vertrauen? Fünf Jahre zu spät, aber immerhin …

Sein viel zu schöner Mund wurde schmal, bevor er sagte: „Der Name passt nicht zu mir. Er hat nie gepasst und wird nie passen.“

Sie wartete, dass er etwas hinzufügte, dass er erklärte, warum Rutherford nicht passte, dagegen Ford schon, bis ihr klar wurde, dass sie schon wieder eine Närrin war.

Nichts. Er teilte mit ihr dasselbe Nichts wie gehabt.

Die Enttäuschung überkam sie, bevor sie vorgeben konnte, dass es nicht so war. Wie oft noch musste sie diese Lektion lernen?

Ford nahm alles … und gab dann gerade genug, um sie an sich zu binden.

Trotzdem, sie hätte nicht so schäbig sein sollen, ihn mit seinem offiziellen Vornamen anzusprechen, da sie wusste, dass er ihn hasste, auch wenn sie keine Ahnung hatte, warum. Es war nicht nur gemein von ihr, sie fiel auf sein Niveau hinunter. Sie musste sich im Gegenteil absolut darüber erheben.

Nicht tiefer fallen.

Mia unterdrückte ihren Stolz, um fähig zu sein zu sagen: „Entschuldige. Das war unprofessionell."

Er sah einen Augenblick überrascht über ihre Entschuldigung aus, bevor er sich ihr näherte. „Mia ..."

Sie unterbrach ihn und entfernte sich einen Schritt von ihm. „Dieses Haus hat vier Schlafzimmer, vier Bäder, einen olympischen Swimming Pool, einen nach Maß gebauten Weinkeller, der in der Zeitschrift *Wine Spectator* abgebildet wurde und den Turm, den du natürlich schon gefunden hast."

„Alana sagte mir, dass sie dorthin ging, wenn sie allein sein wollte, um nachzudenken."

„Du kennst Alana?" In ihrem Kopf tummelten sich sofort Bilder, wie intim er wahrscheinlich die Besitzerin des Hauses kannte, in dem sie sich befanden.

„Sie ist die Schwester meiner Business Managerin", sagte er und fügte dann hinzu, da er eindeutig ihre Gedanken gelesen hatte: „Und war nie etwas anderes als eine Freundin."

Sie schob die Erleichterung beiseite und blaffte: „Ich brauche keine Liste von allen, mit denen du vor oder nach mir geschlafen hast." Zu spät wurde sie sich bewusst, dass es ihr ziemlich misslungen war, cool und gelassen zu bleiben, also sagte sie: „Schau, Ford, ich glaube, du wirst mir zustimmen, dass es am besten ist, um das hier durchzuziehen, wenn wir strikt professionell bleiben."

„Nein, Mia", sagte er mit einer genauso festen Stimme wie ihre, „dem kann ich nicht zustimmen."

Feuer – und unsinnig heftiges Verlangen – schoss durch sie, bevor sie es unterdrücken konnte. „Wenn du willst, dass ich deine Immobilienmaklerin bin", informierte sie ihn, „wirst du dem zustimmen müssen."

Seine Augen waren jetzt dunkel und so rätselhaft, wie sie es immer waren. „Ich werde nichts für die Zukunft versprechen, Mia, aber für heute werde ich es versuchen."

Es war kein großartiges Zugeständnis hinsichtlich der Regeln, die sie für sie beide aufgestellt hatte, oder etwas Ähnliches wie ein Versprechen. Sie hätte es nicht akzeptieren sollen, hätte sich einfach umdrehen und gehen sollen. Stattdessen fand sie es unmöglich, von ihm fortzugehen. Sie sagte sich, dass sie nur ihre Arbeit machte, und fragte ihn: „Hast du viel Zeit in diesem Haus verbracht, abgesehen vom Turm?"

„Nein."

„Wollen wir dann mit dem Erdgeschoss anfangen?" Sie rief sich in Erinnerung, dass sie ihn genau wie jeden anderen Kunden behandeln würde, als sie von der Küche in das große vornehme Wohnzimmer gingen, und stellte ihm die Fragen, auf die sie gewöhnlich bereits die Antworten kennen würde, wenn ihr Kunde nicht darauf bestanden hätte, bis zur ersten Besichtigung anonym bleiben zu wollen. „Soll das der Hauptwohnsitz oder ein Ferienhaus sein?"

Sie standen Seite an Seite in dem eleganten Raum mit Blick auf die außergewöhnliche Wasserlandschaft, als er antwortete: „Hauptwohnsitz."

Sie konnte es sich gerade noch verkneifen herumzuwirbeln, um ihm überrascht ins Gesicht zu blicken und wollte sofort eine Erklärung. „Aber da du die ganze Zeit auf Tournee bist, nehme ich an, dass du das Haus wahrscheinlich so oft benutzen wirst wie ein Ferienhaus."

„Nein", sagte er und schüttelte entschieden den Kopf. „Ich werde nicht mehr auf Tournee gehen."

Dieses Mal konnte sie ihre Überraschung nicht zurückhalten. „Moment mal. *Du* wirst nicht mehr auf Tournee gehen?" Als er wieder den Kopf schüttelte, musste sie ihn fragen: „Warum nicht?"

„Weil ich endlich begriffen habe, dass einige Dinge wichtiger sind als Tourneen." Sein Blick wurde intensiver, als er sich vom Wasser abwandte und ihr in die Augen sah. „*Viel* wichtiger. Sobald diese Tournee nächste Woche zu Ende ist, ist es vorbei."

Sie war total verdutzt, dass Ford die Tourneen aufgab, die ganz eindeutig sein Lebenselixier waren. Trotzdem achtete sie penibel darauf, ihre Stimme professionell klingen zu lassen, als sie fragte: „Und wie viele Personen werden ständig hier wohnen?"

„Anfangs nur ich. Ich hoffe aber, dass es nicht zu

lange so bleiben wird.“

Plötzlich kam ihr der Gedanke, dass der Grund für diese ganze Hauskaufsache aller Wahrscheinlichkeit nach eine umwerfende – und irritierend geistlose – Freundin war, die ums Sterben gerne mit ihm Hausmütterchen spielen wollte und alles bis zum letzten Zentimeter Randleiste an den Holzdielen in der Waschküche renovieren würde. Auch wenn das Haus und die Einrichtung, die mit verkauft wurde, bereits perfekt waren.

Aber welche Sorte Frau würde behaupten, Ford lieb zu haben und ihn dann bitten, alles, was für ihn wichtig war, für sie aufzugeben?

Sie sagte sich, dass es sie nichts anging und dass es ihr egal sein sollte, was er mit dem Rest seines Lebens anfing, deshalb stellte sie ganz betont keine weiteren Fragen über sein persönliches Leben, während sie durch die übrigen Räume im Erdgeschoss gingen. Stattdessen wies sie auf die vielen Elemente des schön gebauten Hauses hin. Und während der ganzen Zeit tat sie ihr Allerbestes, um zu ignorieren, wie Ford immer ein wenig zu nahe neben ihr stand oder noch schlimmer, sie streifte, wenn er sich etwas näher ansehen ging.

Schließlich erreichten sie das Hauptschlafzimmer und Fords Mundwinkel bogen sich nach oben, als er zum großen Bett ging. Er strich mit der Hand über die Plüschdecke, als er sagte: „Hübsches Schlafzimmer, nicht wahr?“

Professionell. Sie musste professionell bleiben, auch wenn er absichtlich versuchte, jede Taste ihrer Sinnlichkeit zu betätigen. Mia war ausreichend selbstkritisch, um zu wissen, dass es bei ihrem leidenschaftlichen Temperament eine ganze Reihe solcher Tasten gab …

„Ja“, stimmte sie ihm zu, „der Architekt hat fabelhafte Arbeit geleistet und Alana und ihrem Mann einen wunderbaren Ausblick auf den See geschenkt und den Raum trotzdem überaus abgeschottet gehalten, sowohl vom übrigen Haus als auch vom Außenbereich.“

Natürlich musste Ford auf das Bett, die Hände hinter seinem Kopf auf dem Kissen kreuzen und es sich bequem machen, als hätte er das Haus schon gekauft. „Du hast recht, die Aussicht ist genauso schön, auch wenn man liegt.“ Er wandte seinen dunklen Blick von der beeindruckenden Seeaussicht zurück zu ihr. „Weißt du zufällig, wie gut der Raum schallisoliert ist?“

Sie hatte sich erwartet, dass er ihr im Schlafzimmer mit etwas unverhohlen Sexuellem kommen würde, deshalb gelang es ihr, trotz der sofortigen Reaktion ihres Körpers auf die Unterstellung von lautem, verrücktem Sex, gelassen zu klingen, als sie antwortete: „Du wirst wahrscheinlich noch eine zusätzliche Schalldämmung vornehmen müssen, wenn du deine elektrische Gitarre spielen willst und der Ton nicht durch das ganze Haus dringen soll.“ Oder was immer er tatsächlich hier mit seiner schönen, einfältigen Freundin vorhatte, die Mia einfach hassen musste. Sie zeigte zum Badezimmer. „Das ist ein großes Bad für sie und ihn und zwei große begehbare Schränke. Du kannst sie dir ansehen und dann können wir als Nächstes den ersten Stock besichtigen.“

Obwohl Ford seine langen Beine über den Bettrand schwang und hinüberging, um den Kopf in das Badezimmer und die Schränke zu stecken und sagte: „Sieht gut aus“, konnte sie das Gefühl nicht loswerden, dass er sich kaum mehr im Zaum halten konnte … oder, dass seine Probe-liegen-Eskapade im Bett nur eine Kostprobe war und er sie heute noch viel mehr zu bedrängen versuchen würde.

Sie war mehr als froh, als sie aus dem Hauptschlafzimmer rauskamen, und begleitete ihn die Treppen hinauf zum ersten Stock. Als sie den Treppenabsatz erreichten, sagte sie: „Außer dem Elternschlafzimmer im Erdgeschoss gibt es oben noch drei weitere Schlafzimmer.“

„Nur drei, äh?“ Er ging in eines der kleineren Schlafzimmer und hob eine Fußballtrophäe auf, die der Home Stager auf dem Schreibtisch eines Jungen aufgestellt hatte. „Nun, ich schätze, dass die Kinder sich die Zimmer teilen können.“

„Kinder? Zimmer teilen?“ Sie schüttelte den Kopf und fragte sich, wie er denn Kinder haben konnte, von denen sie nichts wusste. Denn egal, wie sehr sie jedes Mal, wenn sein Name im Laufe der Jahre im Fernsehen, im Radio oder in einer Zeitschrift auftauchte, den Kopf in den Sand stecken wollte – es war einfach unmöglich. Er war zu berühmt. „Wessen Kinder werden hier leben?"

„Hoffentlich meine, eines Tages. Ihr wart fünf in deiner Familie, stimmt's?" Noch immer verwirrt von der brandneuen Information, dass er eindeutig vorhatte, eine große Familie zu gründen, gelang ihr nicht viel mehr als ein Nicken. Und als er fragte: „Hattest du nicht gesagt, dass einer deiner Onkel sechs hatte?", verbesserte sie ihn sofort mit: „Acht."

„Wow, acht Kinder." Er grinste bei dem Gedanken. „Das muss ein lustiges Tollhaus für sie gewesen sein, mit all diesen Kindern drin aufzuwachsen."

„Das war es", stimmte sie ihm zu, bevor sie sich bewusst wurde, welch sonderbare Richtung ihr Gespräch eingeschlagen hatte.

„Dein Onkel und seine Frau müssen sich wirklich gerngehabt haben, da sie nicht anders konnten, als all diese Kinder zu machen."

„Mein Onkel starb, als ich klein war, aber was meine Mutter und mein Vater so über Onkel Jack und Tante Mary sagen, waren sie wahnsinnig ineinander verliebt."

„Wahnsinnig verliebt", sagte er leise und seine Stimme ließ vom Kopf bis zu den Füßen Wärme durch sie fluten. „Ich weiß genau, wie sich das anfühlt."

Halt … was machte sie da, wozu erzählte sie ihm all diese persönlichen Dinge? Und warum um Himmels willen war sie denn so dumm, in seiner Gegenwart von Liebe zu sprechen, wo er doch der letzte Mensch war, der verstand, was wahre Liebe war?

„Wollen wir nach draußen gehen?" Es würde guttun, aus dem Haus hinauszukommen. So groß es auch war, wenn sie im selben Raum wie Ford war, wurde es viel zu eng.

Direkt hinter der rückseitigen Terrasse lag ein unglaublicher Rosengarten. Der Turm, die Rosen und der Seeblick, all das gab einem das Gefühl, auf diesem Anwesen fast im Paradies zu sein. Auch wenn sie Personen bei einer Besichtigung herumführte, konnte sie nicht widerstehen und musste stehen bleiben, um an den Rosen zu riechen. Zu ihrer Überraschung machte Ford genau dasselbe.

„Ich habe diese *October-Moon*-Rose nur selten außerhalb von Seattle gesehen." Er atmete ihren süßen Duft ein und sagte dann: „Es ist deine Lieblingsrose, nicht wahr?"

Während ihrer gemeinsamen Woche hatten sie seine luxuriöse Hotelsuite – insbesondere das breite Doppelbett – nicht oft verlassen. Bei einem ihrer wenigen spontanen Ausflüge hatte er sie gebeten, ihn zu ihrem Lieblingsplatz in Seattle zu führen. Sie hatte ihn zum Rosengarten im Woodland Park Zoo begleitet und zusammen hatten sie an jeder Rose im Garten gerochen. Ford hatte ein paar Meter von ihr entfernt im Garten einen kurzen Telefonanruf gemacht. Als sie dann zum Hotel zurückkehrten, wieder begierig aufeinander, nachdem sie weniger als zwei Stunden nicht mehr in den Armen des anderen verbracht hatten, stellte sie fest, dass dieser Anruf kein Geschäftsgespräch gewesen war. Er hatte Körbe voll Rosen bestellt, die während ihrer Abwesenheit in sein Hotelzimmer geliefert werden sollten.

Bis spät in die Nacht hatte er ihre Haut mit den weichen Blütenblättern gestreichelt, bis sie ihn bettelte, sie mit mehr als nur mit den Blütenblättern zu berühren.

Als diese mächtigen Erinnerungen sie überschwemmten, konnte sie nicht lügen, sie konnte nur nicken. Während all dieser Jahre hatte Mia sich gezwungen, die schönen Erinnerungen an das Zusammensein mit Ford zu begraben. Aber jetzt, da der Duft ihrer Lieblingsrose die Luft erfüllte, war es fast unmöglich, die berauschenden Bilder von ihnen beiden, wie sie gemeinsam lachten und sich liebten, beiseitezuschieben. Er hatte sie verwirrt, als er unangekündigt als ihr anonymer Kunde auftauchte. Aber es war die süße Kraft dieser Erinnerungen, die sie wirklich durcheinanderbrachte.

Während sie zur Pool-Terrasse gingen, wünschte sie sich dringend, das Thema zu wechseln, weg von ihrer Vergangenheit und zurück zum Haus, also fragte sie: „Also, wie gefällt dir bis jetzt das Haus?"

„Wie gefällt es *dir?*"

Sie sagte sich, dass es nicht sonderbar war, die Frage an sie zurückzurichten – Kunden wollten oft wissen, ob sie dachte, dass ein Haus eine gute Investition sei, bevor sie sich darauf einließen. „Es ist gut geplant, gut gebaut und hat eine außerordentliche Lage. Der Turm ist etwas Einzigartiges, aber das Anwesen gewinnt durch ihn. Er wird keine möglichen zukünftigen Käufer abschrecken."

„Aber kannst du eine Familie hier leben sehen?"

Mia hatte immer nur ihr Allerbestes für ihre Kunden gegeben, deshalb schob sie jetzt ihre persönlichen Gefühle für Ford beiseite und betrachtete das Haus aus dem Blickwinkel einer Frau mit einem Ehemann und Kinder.

„Ja", sagte sie, während sie um den Pool gingen, „ich kann mir vorstellen, wie viel Spaß Kinder hätten, im Gras herumzutollen und zu spielen und den Turm zum Versteckspielen zu benutzen. Und auch wenn es ein großes Anwesen ist, so glaube ich doch, dass es genau die richtige Größe hat, damit die Eltern darauf achten können, dass sich niemand verletzt oder einer mit seinen Geschwistern zu grob wird."

„Gut. Ich möchte kein Haus, wo die Leute das Gefühl haben, dass sie vorsichtig sein müssen, um nichts zu zerbrechen oder wo ich Personal brauche, um den Laden zu schmeißen."

Endlich hatte sie das Gefühl, dass sie begann, etwas über den wahren Ford zu erfahren. Zu spät, ja, aber immer noch interessant, fand sie, ohne es zu wollen. „Ehrlich gesagt ist das Haus zwar großartig, aber in Wirklichkeit bezahlst du die Lage. Ich kenne viele Familien hier vor Ort, die in ähnlichen Häusern leben und ich glaube mit Sicherheit nicht, dass es für eine Handvoll schmutziger Kinder zu schick ist, bestimmt würden sie sich absolut wohl fühlen, auch wenn sie Dreck in die Küche schleppen." Sie grinste, als sie daran dachte, wie oft sie und ihre Brüder das getan hatten, sehr zum Entsetzen ihrer Eltern. „Als wir Kinder waren, entsprach die Menge Dreck am Boden direkt, dem Spaß, den wir beim Spielen draußen hatten."

Bevor sie sich erinnern konnte, warum sie sich nicht gegenseitig anlächeln sollten, ging Ford über das Gelände zu einer grasbedeckten kleinen Erhöhung an der Seite des Hauses, von der man einen Ausblick über den See hatte und die an drei Seiten von hohen, laubbedeckten Büschen umgeben war.

„Dieser Platz erinnert mich an den Tag, an dem wir den kleinen Park mit der tollen Aussicht gefunden hatten", sagte er. „Erinnerst du dich?"

Wie hätte sie es je vergessen können? Der blaue Himmel hatte sich in einen Nieselregen verwandelt, als sie eine Decke im Kerry Park hinter dem üppigen Gebüsch ausbreiteten, das sie von der übrigen

Umgebung abschirmte, aber Ford hatte sie mit seinem Körper auf ihrem gewärmt. Sie hatte geglaubt, dass er ihr die Liebe schenkte, auf die sie gewartet hatte, und dass kein anderer Mann sie so würde erregen können wie er.

Leider hatte sie sich zwar hinsichtlich der Liebe geirrt … hatte aber hundertprozentig recht gehabt, was die Erregung anging. Bei keinem anderen Mann hatte sie sich je annähernd so wild oder so gut gefühlt.

Sie schüttelte die Erinnerungen ab und blickte weiter hinaus auf das Wasser am Rande des Anwesens. „Die Aussicht hier ist wirklich schön."

„Du warst tausend Mal schöner an jenem Tag, als die Aussicht je sein könnte", sagte er. Jedes der leise ausgesprochenen Worte landete direkt in ihrem Herzen, über das sie im Augenblick vergessen hatte zu wachen. „Du bist es immer noch, Mia."

„Nein." Sie rückte von ihm weg, von seinen süßen aber so hintergründigen Worten und den Gefühlen, die sie erweckten und die sie nie mehr für ihn empfinden durfte. „Wir haben uns schon geeinigt, dass du nicht so mit mir sprechen kannst."

„Das Schwierigste, was ich je getan habe, ist dich in der letzten Stunde nicht berührt zu haben." Er senkte seinen Blick auf ihre Lippen. „Nein, das stimmt nicht", sagte er fast zu sich selbst, während seine Augen vor Verlangen noch dunkler wurden. „Es war noch verdammt viel schwieriger, dich nicht zu küssen."

Vor fünf Jahren hatte sie nichts Besseres gewusst, als ihr Herz im Sturm erobern zu lassen, so dass sie alles außer ihm vergaß. Aber jetzt, obwohl sie gescheiter *war,* sehnte sie sich immer noch nach seinem verbotenen Kuss.

„Glaubst du, ich kenne deine Spielchen nicht? Du tauchst hier als anonymer Kunde auf und überrumpelst mich, dann streifst du mich, wenn du durch eine Tür gehst, spielst mit mir mit deinen heißen Blicken und sexy Worten. Wir wissen beide, dass du das *tust*, Ford. Du bist ein Meister darin, Frauen dazu zu bringen, dich zu begehren. Du brauchst nicht zu versuchen, mich zurückzugewinnen, um das zu beweisen."

„Es gibt nur eine Frau, von der ich mir wünsche, dass sie mich will, Mia."

Sie war entschlossen, sich ab jetzt nichts, von dem, was er sagte, zu Herzen zu nehmen, und verdrehte die Augen. Ehrlich gestanden war es zu diesem Zeitpunkt lächerlich zu glauben, dass sie irgendwie professionell ein Haus für ihn suchen könnte. „Ich bin sicher, dass ich mich gebauchpinselt fühlen sollte, weil du glaubtest, dass ein Blick auf dich, wie du im Turm so dagestanden hast wie der heimkehrende siegreiche Held, mich sofort auf die Knie fallen lassen würde, um mit den Zähnen den Reißverschluss deiner Hose zu öffnen." Sie lachte laut auf, um ihn wissen zu lassen, was sie von dieser Vorstellung hielt und betete insgeheim, dass er glaubte, dass sie tatsächlich von dem

Gedanken, wieder mit ihm beisammen zu sein, angeekelt war. Ihr Herz und ihr Verstand waren es natürlich – es war nur ihr Körper, der sie gemein verriet. „Den Küchenboden mit einer Zahnbürste schrubben klingt tausend Mal besser als das."

„Also", sagte er mit trügerischer Ruhe, „nur um das klarzustellen. Du sagst, dass du kein Interesse mehr an mir hast?"

„Nicht im Geringsten."

„Und du hast keine Funken zwischen uns gefühlt, so wie früher?"

„Nein." Sie zuckte die Achseln, als wäre die Antwort auf seine Frage total offensichtlich. „Nichts."

„Komisch, ich hatte genau das Gegenteil geglaubt."

„Dann hast du dich geirrt."

„Wie wäre es damit? Du lässt mich dich küssen, und wenn du recht hast und letztendlich nichts zwischen uns ist, höre ich auf, dich zu etwas zu drängen, was du nicht willst. Aber, wenn es etwas gibt …"

„Glaubst du wirklich, dass ich auf eine blöde Herausforderung eingehe, bei der du nachher, egal, was geschieht, erklären wirst, dass es *Funken* zwischen uns gegeben hat?"

„Du bist diejenige, die sagt, dass ich dich kaltlasse." Er hatte seine Augen von ihren nicht abgewandt, und während er diese wenigen Worte sagte, waren sie dunkler, intensiver geworden. „Ein

Kuss, Mia. Das kannst du doch sicher überstehen."

Was hatte sie getan, um seine Rückkehr in ihr Leben zu verdienen? Sie hatte jeden schönen Augenblick, jede süße und sündhafte Erinnerung ihrer Zeit mit Ford weggepackt und im tiefsten, dunkelsten Teil ihres Herzens begraben. Sie hatte sich so sehr bemüht, die Vergangenheit auszulöschen. Sie hatte ihn überwunden.

Er konnte nicht einfach so zurückkehren, er konnte sie nicht wieder dazu bringen, ihn zu begehren, konnte nicht ihre Gefühle mit nur einem dunklen Blick und ein paar mit seiner tiefen, faszinierenden Stimme dahingesagten Worten in Aufruhr versetzen. Verdammt, sie hatte heute Abend ein Date mit einem wirklich tollen Typen, der sich sehr wohl als der Richtige herausstellen konnte.

Aber jetzt, nach weniger als einer Stunde, die sie allein mit Ford verbracht hatte, rang sie wieder mit all ihren alten Dämonen.

Sie musste einen Schritt weg von ihm machen, dann noch einen und noch einen, bis sie weit genug entfernt war, dass sie ihn nicht mehr sehen, ihn nicht mehr riechen konnte und nicht die Hand ausstrecken, um herauszufinden, ob seine Haut noch so heiß zu berühren war wie früher.

Verfluchter Stolz, sie musste ihn diese Runde gewinnen lassen, indem sie von ihm davonrannte … wenn auch nur, um sicher zu sein, dass er das Einzige, was wirklich zählte, nicht zurückerobern konnte.

Ihr Herz.

Oder schlimmer noch, ihre Seele.

Aber ihre Füße horchten noch immer nicht auf sie, weil sie sie nicht weiter weg von ihm trugen, sondern näher, dann noch näher, bis sie direkt in Kussentfernung war.

„Ein Kuss", hörte sie sich zustimmen, obwohl sie sich davor hätte hüten sollen. „Und wenn du dir klar wirst, dass der Kuss und du mir absolut gar nichts bedeutet …" Sie hätte jetzt nicht innehalten dürfen, hätte nicht auch nur ein bisschen zögern sollen, als sie erklärte, was sie *wusste,* dass geschehen musste. „… dann versprichst du, mir nie mehr nahezukommen."

Er zuckte nicht einmal mit der Wimper, bevor er mit einem rauchigen: „Du hast mein Wort", zustimmte.

Und dann nahm er ihr Gesicht zwischen seine Hände und senkte den Kopf zu ihrem hinunter …

Kapitel 5

Ford war nie ein großer Planer gewesen, er hatte stattdessen lieber seinen Leidenschaften nachgegeben. Andrerseits hatte noch nie so viel auf dem Spiel gestanden. Ein Kuss, um zu entscheiden, ob Mia in seinem Leben bleiben würde … oder ob er sie für immer aufgeben musste.

Selbst, wenn er daran gedacht hätte, den Kuss sorgfältig zu planen und all ihre Luststellen auszuspielen, so hätte Ford doch keine Chance gehabt, sich an den Plan halten zu können. Denn in dem Augenblick, in dem sie dem Kuss zustimmte, machte das verzweifelte Verlangen, sie zu berühren, jeden anderen Gedanken, jeden anderen Sinn, jedes andere Bedürfnis zunichte.

Allein in ihrer Nähe zu sein, ließ seine Selbstbeherrschung in tausend Scherben zerschellen.

Die ganze Welt glaubte, dass Ford Vincent der ultimative Frauenheld sei, und dass es keine Frau auf Erden gab, die ihn in die Knie zwingen könnte. Aber die Welt irrte sich. Gewaltig.

Mia war die einzige Frau, die ihn je wahrhaftig

gezeichnet hatte. Nicht nur seinen Körper, sondern sein Herz … und sogar noch tiefer. Für keine andere hatte er dieselbe Leidenschaft empfunden.

Er fühlte, wie ihr Atem in ihrer Brust stockte, als seine Daumen sanft über ihre Backenknochen strichen, seine Fingerspitzen leicht ihr Kinn und die Spitzen ihrer Ohrläppchen streichelten. Er wusste, dass ihre Ohrläppchen extrem empfindlich waren. Als sie noch zusammen waren, brauchte er nur mit der Kante der Zähne eines zu erfassen und schon begann sie ihn zu betteln, sie zu nehmen.

Sie hatte frisch Lippenstift aufgetragen gehabt, als sie in das Turmzimmer getreten war, und obwohl er jetzt fast weg war, verblieb noch eine leichte Rotfärbung. Ihre Augen waren zwar offen, aber die Wimpern flatterten bei ihrem Kampf, die Lider nicht zu schließen.

Der Atem aus ihren Lippen war warm und so verdammt verführerisch an seinem Mund, als er versuchte, den Augenblick anzuhalten. Aber Ford war es nicht gegeben, die Erwartung länger hinauszuzögern, wo er sie doch ums Sterben wieder kosten wollte.

Mit ihrem Namen auf seinen Lippen überwand er schließlich den letzten Abstand zwischen ihnen.

Es war ganz unmöglich, dass er das Stöhnen der Lust hätte unterdrücken können, so gut fühlte sich die einfache Berührung von Mias Lippen an seinen an. Er fühlte sich fast trunken vom Druck ihrer Kurven, obwohl sie versuchte, steif und starr in seinen Armen zu bleiben.

Während seine Hände in ihr Haar wanderten, leckte Ford mit der Zunge eine langsame Bahn über ihre Unterlippe. All die Erinnerungen, wie gut es sich angefühlt hatte, sie zu küssen, hatten nicht so gut geschmeckt, noch sein Herz fast aus seiner Brust springen lassen.

Sie hatte die Hände zu seiner Brust gehoben, als wollte sie ihn wegschieben. Aber, als seine Zunge ein weiteres Mal über ihre Oberlippe strich, in den Bogen in der Mitte tauchte, bevor sie eine feuchte Bahn zum empfindlichen Mundwinkel zeichnete, konnte er fühlen, wie sie mit sich selbst kämpfte. Sie hatte seine Herausforderung mit der Absicht angenommen, von seinem Kuss kalt und ungerührt zu bleiben. Und sie hatte eindeutig geglaubt, es durchziehen zu können.

Aber als ihre Finger begannen, sein Hemd zu umklammern und eine kleine Verlagerung genügt hätte, ihn wegzuschieben und den Kuss zu beenden, bevor er noch eine Chance hatte, wirklich zu beginnen, packte sie den Stoff, um ihn näher heranzuziehen.

Gottseidank.

* * *

Mia hatte sich geistig gegen die Lust gewappnet. Sie hatte sich auf das Feuer körperlich vorbereitet.

Aber erst, als Ford mit seinen schwieligen Fingerspitzen ihre Haut berührte und dann wartete, bis sie keine Wahl mehr hatte, als auf seine sündhaft süßen Liebkosungen zu reagieren, bevor er den Mund auf ihren senkte, erinnerte sie sich, wie überwältigend seine Verführungsmacht war.

Noch schlimmer, als hätte der Druck seiner Lippen auf ihren nicht bereits genügt, um sie von ihrem innersten Kern bis nach außen schmelzen zu lassen, hatte er auch mit seiner Zunge über ihre Lippen gestrichen. Und damit wurden ihre Erinnerungen noch deutlicher.

Denn Ford hatte sie nie einfach verführt. Dagegen hatte er ihre Leidenschaft gefordert. Gleich vom ersten Augenblick an, als er auf der Bühne stand und sie im Publikum, hatte er sie gezwungen, das, was zwischen ihnen war, zu konfrontieren. Es war egal, dass sie zwei vollständig Fremde waren, denn mit nur einem Blick und einem Song hatte sie ihm gehört. Genauso, wie er sie jetzt mit diesem Kuss wieder sein machte, auch wenn sie daran zu denken versuchte, dass sie ihm nicht erlauben durfte, irgendeinen Teil von ihr zu berühren, Körper oder Seele.

Aber als seine Zunge an ihrer entlangstrich, dann ein zweites Mal, dann ein drittes atemberaubendes Mal und Schauer sie von Kopf bis Fuß durchfluteten, hatten ihre Hände unwillentlich den Stoff seines Hemdes noch stärker umklammert und ihr Kuss hatte sich so vertieft wie eh und je. Von nichts zu *allem* in der Zeitspanne eines Herzschlags, eines Atemzugs.

Und jetzt, wo seine Hitze und seine Stärke unter ihren Händen zu spüren waren und sich hart an die ganze Länge ihres Körpers pressten, konnte Mia nicht anders, als dem Verlangen nachzugeben, das in den letzten fünf Jahren in ihr gebrodelt hatte, auch wenn sie es sich nicht eingestehen wollte.

Als jetzt die Jahre von ihr abfielen und ihre Erinnerungen von der umwerfend potenten und schwindelerregenden Lust des wirklichen Lebens verdrängt wurden, konnte Mia unmöglich leugnen, dass dieser Kuss jeden ihrer früheren Küsse übertrumpfte. Nicht nur, weil sie beide offenbar fünf lange und schmerzliche Jahre auf den nächsten gewartet hatten, sondern weil jetzt alles anders war.

Damals war sie ein Mädchen, gefangen in Träumen und Märchen, und obwohl ihr Äußeres noch ziemlich gleich aussah, so hatte ihre Trennung in ihrem Inneren etwas für immer verändert. Ford war kaum mehr als ein Junge, als er ihr Herz gebrochen hatte. Jetzt war er nicht nur ein Mann, sondern auch ein Superstar, dem die ganze Welt zu Füßen lag. Mia hatte immer geglaubt, dass sie eine starke Frau sei, aber trotzdem hatte sie mit dreiundzwanzig Ford so heftig begehrt, dass sie beinahe ihr ganzes Leben für ihn aufgegeben hätte.

Wenn er ihr damals nahezu alles hätte nehmen

können, was würde er jetzt nehmen, wenn sie so dumm wäre und es ihm erlaubte?

„Herrgott“, sagte er voll Staunen an ihren Lippen, „sogar in meinen wildesten Erinnerungen konnte ich nichts finden, das so heiß war.“

Obwohl ihre Finger noch sein Shirt umklammerten und ihr Körper sie drängte, ihn näher an sich heranzuziehen, wurde ihr plötzlich bewusst, dass Ford dieses Mal tatsächlich die Macht haben könnte, sie nicht nur zu verletzen, sondern zu zerbrechen, wenn sie nicht alle Mauern wieder hochzog und einen letzten Kraftakt unternahm, um ihm zu widerstehen.

Sie kratzte jedes Quäntchen Entschlossenheit zusammen und schob ihn weg, so hart, dass ihre Finger keine andere Möglichkeit hatten, als ihn loszulassen. Ihre Bewegung war so plötzlich, dass sich eine seiner Hände in ihren Haaren verfing und ihre Kopfhaut brannte, als sie sich letztendlich voneinander lösten.

Sie konnte das nicht machen, sie hätte sich davor hüten sollen, seine achtlos dahingesagte Herausforderung anzunehmen. Niemand außer Ford hatte ein solches Verlangen in ihr geweckt, so mühelos, so tief, so leidenschaftlich … so dumm.

Während all dieser Jahre hatte sie sich gesagt, dass sie nie mehr so dumm sein würde, sich von ihm gefangen nehmen zu lassen. Aber jetzt wusste sie mit hundertprozentiger Sicherheit, dass es unbedeutend war, wie viele Jahre vergingen.

Sie würde immer in seinem Bann bleiben.

Beide atmeten sie schwer und seine Brust hob sich unter dem dünnen Stoff seines kurzärmeligen Shirts und dieses betonte seine gut entwickelten Muskeln auf eine schrecklich verwirrende Art. Wenn sie ihre körperliche Anziehung jetzt verleugnete, würde das nur beweisen, dass sie eine sogar noch größere Idiotin war, deshalb machte sie nicht einmal den Versuch.

„Du hast recht", stimmte sie ihm zu. „Es war heiß." Sie vergewisserte sich, dass sie kurz innehielt, damit er ihre nächsten Worte nicht überhören konnte. „Aber du bedeutest mir noch immer nichts."

„Wir wissen beide, dass das eine Lüge ist." Er sah arrogant und schön aus, als er ihr geradeheraus sagte: „Du hast mich nie vergessen können, so wie ich dich nicht habe vergessen können."

„Hör auf." Sie wich zurück, aber ein dichter Busch versperrte ihr den Weg und ließ sie nicht weiter von ihm weggehen und von seinen Worten, die er, wie sie wusste, genauso einzusetzen plante wie seinen Kuss. Nicht, um zu verführen, sondern um zu *fordern*. „Wage es nicht, mich so anzusehen, als wäre dieser Kuss etwas Besonderes gewesen, als würde er dir etwas bedeuten. Wir wissen beide, dass es nicht so ist."

Zum ersten Mal, seit sie ihn im Turm hatte stehen sehen, flammte Zorn in seinen Augen auf. „Wie zum Teufel kannst du das nach diesem Kuss zu mir sagen? Wie kannst du dich verhalten, als ob du nicht etwas

Besonderes für mich wärst oder als ob du mir nichts bedeuten würdest – wo mir niemand so viel bedeutet hat wie du? Wenn ich geglaubt hätte, dass du dir etwas sagen lassen würdest, wenn ich geglaubt hätte, dass du dir meine Entschuldigungen anhören würdest, hätte ich damit begonnen, aber du bist so verdammt starrköpfig, dass ich mit dem Kuss beginnen *musste,* nur damit du zugibst, dass du überhaupt etwas fühlst."

Da sie es hasste, wie ihre Lippen noch kribbelten, wie gut er sogar jetzt noch schmeckte und noch schlimmer, wie verzweifelt sie plötzlich seine Entschuldigungen hören wollte, gab sie jede Selbstbeherrschung auf.

„Du hast fünf Jahre lang nie versucht, mich zu kontaktieren!" Sie schrie jetzt geradezu, aber es war ihr egal, was er von ihr dachte. „Und als du wieder Kontakt aufgenommen hast, hast du mich mit einem Anruf deines Rechtsanwalts hereingelegt, damit ich nicht wissen konnte, dass du mir im Turm auflauern würdest. Du bist noch genauso ein egozentrischer Idiot wie immer, weil es natürlich eindeutig um dich geht, darum, was *du* willst, während das Leben – oder die Wünsche – aller anderen nicht zählen. Also wage es nicht dazustehen und zu versuchen, mich zu überzeugen, dass ich etwas Besonderes bin oder dass du endlich bereit bist, dich zu entschuldigen, um alles besser zu machen. Wir passten im Bett gut zusammen. Das ist alles und war alles zwischen uns. Weißt du aber, was das Schlimmste an allem ist? Dass ich beinahe so dumm war, dir zu erlauben, einen Weg zurück in mein Leben zu kaufen."

Sie griff in die Tasche ihrer Jacke und zog den Scheck heraus, den sie noch nicht zur Bank gebracht hatte, und riss ihn entzwei. Die beiden Stücke Papier flatterten zu Boden, während sie sagte: „Vor fünf Jahren warst du es, der zu mir Lebewohl sagte. Jetzt sage ich es zu dir." Den Kopf hoch erhoben drehte sie sich um und ging davon.

Kapitel 6

Das Letzte, wofür Ford gerade jetzt Zeit hatte, war ein Trip nach Seattle, um auf Häusersuche zu gehen. Seine Tournee-Crew und das Management Team waren in Los Angeles und bereiteten sich auf seine Sonntagnacht-Show im The Staples Center vor. Für heute war ein halbes Dutzend wichtiger Interviews vorgesehen, aber als sein Rechtsanwalt bestätigte, dass Mia Zeit hatte, ließ er sein PR-Team alles umplanen. Trotz seines Ruhms war er nie ein besonders wartungsintensiver Kunde, deshalb regelten sie das gerne, da sie schätzten, dass etwas Wichtiges dazwischengekommen war. Heute Abend und Samstag würden ziemlich hart werden, ohne eine Verschnaufpause zwischen den zusätzlichen Interviews, die sie einschieben mussten.

Als er in sein Privatflugzeug stieg, um nach Südkalifornien zu fliegen, gingen sein Kopf, sein Körper – zum Teufel, jedes Quäntchen seines Körpers ganz in Mia auf. Ja, sie war zornig auf ihn, weil er so unerwartet aufgetaucht war. Es war keine Frage, dass sie immer noch wütend darüber war, wie es zwischen ihnen geendet hatte.

Aber noch größer als ihr Zorn und ihre Wut waren die Intensität und Hitze der Funken zwischen ihnen. Ob sie nun redeten oder küssten – Herrgott, der Kuss hatte ihn vollkommen um den Verstand gebracht – die Verbindung zwischen ihnen war unleugbar. Er hatte gebetet, dass der Kuss die Mauern aus Eis um ihr Herz so sehr schmelzen lassen würde, dass sie ihm zuhörte. Stattdessen hatte gerade der Kuss sie letztendlich ausrasten … und sie sagen lassen, er solle für immer aus ihrem Leben verschwinden.

Und verflucht, sie hatte recht. Er *hatte* sich mit dieser anonymen Hausbesichtigung benommen wie ein egoistischer Esel. Er musste irgendwie herausfinden, wie er sie überreden konnte, mehr Zeit mit ihm zu verbringen, damit er ihr zeigen konnte, dass er sich geändert hatte … und damit er dieses Mal die Dinge ins Lot bringen konnte.

Aber wie sollte er das zuwege bringen, da sie so entschlossen war, auf Distanz zu bleiben? Und wie sollte er vorgehen, ohne wie heute wie ein ichbesessener Idiot zu handeln, der glaubte, die Welt zu regieren?

Sein Telefon klingelte und wenn es nicht seine persönliche Assistentin gewesen wäre, hätte er nicht abgehoben. Carol Vale hatte mehrere Jahre für einen weltberühmten britischen Musiker gearbeitet, bevor sie beschloss, dass sie in die USA zurückkehren wollte, um näher bei ihren Kindern zu sein. Geld oder Ruhm konnten sie nicht beeindrucken … und in den Details war sie ein echtes Genie.

„Wie war das Haus?“

Das Haus? Er war durch jedes Zimmer gegangen und über einen Großteil des Grundstücks, aber in Wirklichkeit konnte er sich nur an Mia erinnern. Wie schön sie aussah, als sie im Turm stand und das hereinströmende Licht auf ihr Haar fiel. Das prächtige Erröten ihrer Haut, als sie ihm zusah, wie er sich im Hauptschlafzimmer auf das Bett legte. Die Überraschung auf ihrem Gesicht, als er davon sprach, dass er eines Tages Kinder wollte.

Andrerseits hatte das nicht nur sie überrascht. Hauptsächlich, weil es keine leeren Worte waren … Er konnte sich tatsächlich Kinder vorstellen, die im Haus herumliefen. Kinder, die wie eine exakte Mischung zwischen ihm und ihr aussahen.

Endlich antwortete er: „Es ist einfach super.“

Effizient wie immer ging Carol sein Interview und den Zeitplan für den Soundcheck durch. Aber bevor sie das Gespräch beendete, sagte sie: „Noch etwas – du wolltest dieses Wochenende zu Nicos Hochzeit, stimmt das?“

Er war immer der Meinung, dass Nico – oder Nicola, wie der berühmte Popstar von ihren Freunden genannt werden wollte – ein tolles Mädchen war. Er musste die meisten Hochzeitseinladungen aus dem einen oder anderen Grund ablehnen, aber im Laufe der Jahre, in denen sich ihre Tourneen kreuzten, und in einigen Wochen, in denen sie sogar vor ein paar Jahren eine gemeinsame Tournee machten, waren sie Freunde geworden.

„Stimmt", bestätigte er, „aber ich dachte, wir konnten es nicht in unserem Zeitplan unterbringen?"

„Ich muss noch ein bisschen herumjonglieren, sagte Carol, aber es sieht so aus, als könntest du wenigstens beim Ehegelübde dabei sein. Du darfst nur nicht vergessen, dass du eine Show an dem Abend hast, also solltest du die Spitzenweine der Sullivan-Winery nicht allzu sehr genießen, während du in Napa bist."

Einen Augenblick. „Die Hochzeit ist im Sullivan Winery?

„Nico heiratet den Besitzer. Ich dachte, du wüsstest es."

Er war so damit beschäftigt gewesen herauszufinden, wie er sich zurück in Mias Leben stehlen könnte, dass er die Chance nicht gesehen hatte, die direkt vor seiner Nase war.

Nämlich, dass Mia eine Cousine des Typen war, der das Sullivan-Weingut besaß!

Urplötzlich wurde die Musik, die in seinem Kopf zu erklingen begonnen hatte, als er Mia wiedersah, zu einem ganzen Orchester, das versuchte herauszukommen.

„Danke, dass du das organisierst, Carol. Ich rufe

Nico an, um ihr zu sagen, dass ich kommen werde.“ Noch während er den Anruf machte, griff er nach einer seiner Gitarren, die er immer an Bord seines Flugzeugs ließ.

Endlich war die Inspiration gekommen … und wieder einmal war es wegen Mia.

* * *

Ihr Date war fast 1,90m groß und blond. Seine Muskeln waren kräftig und sein Lächeln sexy, als er Mia an diesem Abend vor der Weinbar zwei Blöcke von ihrem Büro mit einem Kuss auf die Wange begrüßte.

„Du siehst umwerfend aus“, sagte er. Seine Worte waren ein Echo dessen, was sie in seinen Augen lesen konnte. Es waren fast genau dieselben Worte, die Ford heute Morgen zu ihr gesagt hatte. Nur, als Ford das sagte, wurde jede Zelle ihres Körpers sprungartig lebendig, als ob ihr keine anderen Worte je so viel bedeutet hätten. Dagegen hatte das Kompliment ihres Begleiters keinerlei Wirkung auf ihre Zellen. Sie blieben einfach genau dort, wo sie waren, als würden sie darauf warten, dass ihr eigentliches Date käme.

Mia gab sich im Stillen einen Ruck und zwang sich, sich auf den Mann vor ihr zu konzentrieren, anstatt auf den, der sie den ganzen Vormittag verrückt gemacht hatte.

Ihr Begleiter sah unglaublich gut aus. Und eindeutig erfolgreich in dem Finanzunternehmen, in dem er arbeitete, wie der Schnitt seines Anzugs oder die Uhr an seinem Handgelenk bewiesen. Mia hätte von ihm ganz hin und weg sein sollen.

Aber ihr Puls raste nicht, noch erhitzte sich ihre Haut, dagegen riet ihr jeder ihrer Instinkte, von ihm abzurücken. Als wäre sie bereits vergeben.

Nein! Was dachte sie denn? Schlimmer noch, was fühlte sie tief in ihrem Herzen?

Sie war ganz entschieden *nicht* vergeben. Im Gegenteil, sie war absolut frei und konnte tun, was sie wollte und mit wem es ihr gerade passte. Und würde es Ford nicht recht geschehen, wenn er herausfand, dass sie einen intimen Abend mit einem anderen Mann verbrachte, nachdem sie ihn heute Vormittag verlassen hatte? Oh ja, das wäre der perfekte Abschluss für einen fürchterlichen Tag. Es wäre auch das einzige Mittel, um mit Sicherheit Ford und alle Gefühle, die er in ihr geweckt hatte – Gefühle, vor denen sie sich hätte hüten sollen – auszublenden.

Aber als sie in die Augen ihres Begleiters aufsah, konnte sie sich einen Augenblick nicht mehr an seinen Namen erinnern. Das Loch in ihrem Gehirn wurde ein paar Augenblicke größer, bevor sie es wieder füllen konnte.

„James“, sagte sie endlich mit zu offensichtlicher Erleichterung.

Er wirkte verwirrt über ihre sonderbare Begrüßung, bevor er auf sie hinunterlächelte und ihren

Namen im selben Ton aussprach. „Mia."

Da lachte sie und war froh, dass der Augenblick, in dem sie absolut nichts für ihren Begleiter empfunden hatte, endlich vorüber war.

Als er seinen Arm ausstreckte, legte sie die Hand in die Beuge seines Ellbogens und erlaubte ihm, sie zu einer leeren Nische in einer etwas abgeschirmten Ecke der gut besuchten Weinbar zu geleiten. Das war eines ihrer Stammlokale mit den Freundinnen und ein sicherer Ort für ein erstes Date. Die Barkeeper und Kellnerinnen kannten sie so gut, dass nur ein Zeichen von ihr genügte, damit sie kamen und sie von jedem befreiten, mit dem sie sich nicht sicher fühlte.

Wenn sie nur heute Morgen ein wenig Hilfe gehabt hätte, um sich vor Ford zu retten, dachte sie mit einem kleinen Seufzer.

Pfui. Warum dachte sie noch an ihn?

Bis heute Abend hatte sie sich auf das Date mit James gefreut. Sie hatten sich am vergangenen Wochenende kennengelernt, als sie um den Green Lake Park joggte. Sie hatte Lust gehabt, ein bisschen schneller als gewöhnlich zu laufen, um mit seiner ausgezeichneten Form mithalten zu können. Sie hatte geplant, diese seine „Form" heute Abend etwas besser kennenzulernen. Viel besser sogar, wenn es sich gut anfühlte. Nur war sie jetzt drauf und dran, Kopfschmerzen vorzugeben, um sich davonmachen zu können … und dann was? Über Ford brüten? Darüber, wie er sie hereingelegt hatte, um sie wiederzusehen? Oder schlimmer, über all diese dummen, hinterhältigen Gefühle, die in ihr hochgekommen waren, als ob fünf Jahre nie verstrichen wären?

Nein, verflucht, es musste etwas zwischen ihr und James geben, wenigstens ein wenig von dem Funken, den sie am vergangenen Wochenende gefühlt hatte, als sie zusammen joggten. Denn, wenn es den nicht gab – wenn es sich zeigte, dass der Funke völlig erloschen war, weil ein arroganter und wütend machender Rockstar ganz unerwünscht wieder in ihrem Leben aufgetaucht war, – dann würde sie einen weiteren Grund haben, böse auf Ford zu sein.

Und wie sollte es ihr gelingen, keine Gefühle für Ford zu empfinden und sicherzustellen, dass er ihr von jetzt bis in alle Ewigkeit weniger als nichts bedeutete, wenn sie ständig wütend auf ihn war?

„Also“, sagte sie zu James mit einem strahlenden Lächeln, von dem sie hoffte, dass es nicht so gezwungen aussah, wie es sich anfühlte, „hattest du ein paar gute Läufe diese Woche?“

„Keinen so guten wie unseren gemeinsamen letzten Sonntag.“ Seine Augen wurden ein wenig dunkler, als er ihre Hand ergriff und mit dem Daumen über ihre Handfläche rieb. „Ich habe die ganze Woche an dich gedacht, Mia. Der heutige Abend konnte nicht schnell genug kommen.“

Er sagte genau das Richtige, berührte sie genau

richtig. Oder besser gesagt, so hätte es sein sollen. Sie hätte ihn total anschmachten, hätte ihrem Glücksstern danken sollen, dass sie beide am vergangenen Wochenende auf demselben Jogging-Weg waren.

Stattdessen fragte sie sich, warum die Kellnerin nicht schneller zu ihrem Tisch herüberkam, damit sie einen Drink halten konnte anstatt James' Hand.

„Ich hab auch an dich gedacht", zwang sie sich zu sagen und es stimmte – sie hatte wirklich während der Woche an James gedacht. Sie hatte ihren Freundinnen von ihm erzählt, ihnen sogar ein Foto gesimst, das sie hinterlistigerweise von ihm gemacht hatte, bevor er bemerkte, dass sie hinter ihm war.

Erst seit dem Augenblick, in dem sie Ford im Turm zu Gesicht bekommen hatte, waren alle Gedanken an andere Männer, einschließlich James, davongejagt wie Rennpferde beim Kentucky Derby.

Sie zwang sich, ein wenig näher an James heranzurücken, anstatt von ihm weg und sagte: „Ich will alles über dich wissen."

„Wie wäre es, wenn wir mit den Basics beginnen und später dann", sagte er nach einer charmanten Pause, „erzähle ich dir mehr, wenn du es noch willst."

Im Ernst, war dieser Typ nicht klasse? Aber, noch während sie das dachte, kam die Kellnerin zu ihrem Tisch und fragte: „Was kann ich Ihnen bringen?", und Mia nutzte die Gelegenheit, um ihre Hand aus seiner zu ziehen und ein paar wertvolle Zentimeter Raum in dieser Nische zwischen ihnen zu schaffen, die plötzlich zu klein schien. Das nächste Mal, wenn sie ein erstes Date hatte, musste sie daran denken, sich in einer Bowling-Bahn zu verabreden oder an einem ähnlichen, weniger intimen Ort.

Sie gaben ihre Bestellungen auf und Mia hoffte inständig, dass der Drink schnell kam, damit sie beginnen konnte, die echt irren Gedanken an Ford, die sie nicht mehr in Ruhe ließen, zu betäuben.

„Ich weiß bereits, dass du umwerfend und lieb bist", sagte sie zu James, obwohl ihr das Gefühl verhasst war, ihn an der Nase herumzuführen. „Was kannst du mir sonst noch erzählen?"

„Ich bin fünfunddreißig. War nie verheiratet. Ich bin Vizepräsident bei Anderson Financial."

Mia bemühte sich, alle richtigen Antworten zu finden. „Ich habe immer schon geglaubt, dass es Spaß machen muss, mit dem Geld anderer Leute zu spielen", sagte sie, nachdem sie einen höchst dringenden Schluck (oder drei) von ihrem Martini dry genommen hatte. „Sind das alle Basics, die du mir heute Abend bietest?"

Sein Lächeln hätte ihr Blut in Brand setzen müssen. „Wie wäre es mit noch einem Punkt für unsere erste Runde, dann bist du dran." Als sie, wie sie hoffte, überzeugend nickte, sagte er: „Ich hab auch eine große Vorliebe für intelligente Frauen, die ihr eigenes Unternehmen leiten."

Das Interesse, mit dem James sie anschaute, ging deutlich über den Wunsch, nur mit ihr rumzumachen, hinaus. Im Gegensatz zu Ford, der tief in seiner eingleisigen Höhlenmann-Pose *Ich-will-dich-und-werde-nicht-aufhören-bis-ich-dich-habe* von heute Morgen steckte. Als er sie geküsst hatte, fühlte sie dummerweise, wie sich ihr Herz mindestens ebenso stark wie ihr Körper regte … obwohl sie wusste, dass er einfach nur mit ihr spielte wie eine Katze mit einem Knäuel Garn, bis ihn das Spiel wieder langweilte.

Mia war nie eine besonders starke Trinkerin, aber heute Abend hätte sie leicht noch ein paar hinunterkippen können. „Ich bin in Seattle aufgewachsen. Ich liebe es, Häuser zu verkaufen. Und flippe nicht aus, wenn ich dir den nächsten Punkt verrate, okay?" Seine Augenbrauen hoben sich, als sie sagte: „Ich habe vier ältere Brüder."

„Wie soll man da nicht ausflippen", sagte er, und bevor sie sich versah, senkte er den Mund auf ihren.

Panik stieg in ihrer Brust auf, aber sie zwang sich, sie zu verdrängen und zuzulassen, dass seine Lippen ihre berührten. Sein Kuss war warm und zart. Sie lehnte sich enger an ihn und ließ ihn den Kuss vertiefen, seine Zunge über ihre streichen.

Und da musste Mia endlich ihre vollkommene und totale Niederlage eingestehen. Es hatte keinen Sinn, diese Farce weiterzuführen. Denn, wenn sie James' Kuss nicht fühlen konnte, war sie endgültig erledigt.

Sie spreizte ihre Finger auf seiner Brust und anstatt sein Hemd zu packen, um ihn so enger heranzuziehen, wie sie es mit Ford gemacht hatte, schob sie ihn entschlossen weg.

„Du bist umwerfend, James“, sagte sie sanft, „und ich kann nicht glauben, dass ich jetzt das sagen werde, aber …“

„Wir haben gerade begonnen, uns aufzuwärmen, Mia. Lass mich dich nochmals küssen.“

Herrgott, dieses Date mit James hätte so heiß sein sollen. Aber nichts an ihrem Beisammensein fühlte sich richtig an. Weder seine Arme um sie. Noch sein Mund auf ihrem. Nicht einmal die Art, wie er sie ansah, als würde er hoffen, dass sie ihn in ihren Kopf und in ihr Herz einlassen würde, anstatt dass er all ihre verborgensten Geheimnisse schon kannte, noch bevor sie auch nur ein Wort sagte.

Sie musste nicht die geringste Anstrengung machen, um zu sagen: „Es tut mir leid, aber ich kann nicht“, und vollkommen aus seinen Armen zu rutschen. Ganz anders als heute Morgen, als es sie beinahe umgebracht hatte, nach dem Kuss von Ford fortzugehen.

Denn ein Kuss allein von Ford war einfach nie und nimmer genug …

Es war fast zu erwarten, dass gerade dann einer von Fords Hits zu spielen begann. Egal, wie sehr sie sich bemühte, wie sollte sie je die Erinnerungen an ihn loswerden?

„Es gibt einen anderen, nicht wahr?“

James’ Frage brachte sie wieder in die Bar zurück. Auf einmal spürte sie, wie sich die Kante des Holzsessels in ihren Po presste, und hörte das Lachen und Flirten, von dem sie umgeben waren.

Sie versuchte, den Kopf zu schütteln, versuchte zu leugnen, aber bevor ihr das gelang, sagte James: „Wenn du je über ihn hinwegkommst, ruf mich an.“

Sie konnte das Bedauern in James’ Augen sehen, als er einen 20-Dollar-Schein auf den Tisch legte, in seine Jacke schlüpfte und zur Tür ging. Ein halbes Dutzend unbegleitete Mädchen in der Bar beobachteten ihn, wie er ging, und blickten dann zurück und sahen Mia, die jetzt allein in der Nische saß. Sie konnte deutlich die Frage in ihren Augen lesen. *Wie hast du das vermasseln können?*

Mia zog ihr Telefon hervor und simste ihren zwei besten Freundinnen: NOTFALL DRINKS DRINGEND NÖTIG @ K WEINBAR.

Kapitel 7

Colbie Michaels und Brooke Jansen kamen nur Sekunden voneinander getrennt in die Cocktail-Bar, und als sie Mia in der Nische hinten sitzen sahen, sagten beide sofort: „Was ist passiert?"

Mia konnte sich gerade noch beherrschen, um nicht den Kopf in die Hände zu legen, als ihre Freundinnen an je eine Seite neben sie rutschten. „Ich hab gestern einen Anruf von einem Rechtsanwalt bekommen wegen eines anonymen Kunden, der ein 10-Millionen-Dollar-Haus am Wasser kaufen wollte." Vom Ausdruck ihrer Freundinnen konnte sie sehen, dass sie das ebenso eigenartig fanden wie sie, aber sie unterbrachen sie nicht. „Ich wusste sofort, dass etwas dahintersteckte. Ich meine, welche Gründe könnte ein superreicher Typ haben, um bei seinem Immobilienmakler anonym bleiben zu müssen? Aber obwohl ich es besser wusste, beschloss ich, ein paar Besichtigungen für heute zu organisieren."

Sie griff nach dem frischen Drink, den sie bestellt hatte, nachdem James gegangen war, und goss ihn in einem Schluck hinunter, obwohl sie bereits wusste, dass er ihr überhaupt nicht helfen würde, Ford zu vergessen … oder die Tatsache, dass sie noch seine Lippen auf ihren fühlen konnte.

„Als ich heute Morgen zum ersten Haus kam, war Ford Vincent dort und wartete auf mich."

„Oh. Mein. Gott." Brookes Augen wurden riesig. „Du arbeitest mit Ford Vincent?"

„Er ist so sexy", sagte Colbie und fächerte sich Luft zu. „Früher, bevor ich Noah kennengelernt hatte, habe ich tatsächlich herumfantasiert, dass …"

„Wir haben vor fünf Jahren miteinander geschlafen."

Es wäre ein komischer Anblick gewesen, wie Brooke und Colbie die Kinnlade hinunterfiel, wenn Mia auch nur im Entferntesten zum Lachen aufgelegt gewesen wäre.

„Du hast mit *Ford Vincent geschlafen*?", flüsterte Colbie schockiert.

„Oh. Mein. Gott", war alles, was Brooke wieder herausbrachte. Aber dann musste sie wissen: „Wie war es?"

Mia setzte das Glas mit ihrem Drink an die Lippen, bevor sie bestürzt bemerkte, dass sie es bereits leergetrunken hatte. Sie stellte das Glas so hart auf den Tisch zurück, dass der Stiel wahrscheinlich einen haarfeinen Sprung bekommen hatte. „Umwerfend", gestand sie.

Oh zum Teufel, jetzt, wo sie schon begonnen

hatte, konnte sie ihnen auch *alles* erzählen.

„Mit Ford zu schlafen war der beste Sex, den man sich nur vorstellen kann. Mit ihm zusammen zu sein, war so wunderbar, dass ich Stunden hätte brauchen sollen, um mich von jeder Runde zu erholen, aber bevor es mir gelang, begann er schon wieder von Neuem, und ehe ich mich versah, war eine Woche um und ich hatte mich praktisch die ganze Zeit um nichts anderes gekümmert als um Ford."

„Ich hab gewusst, dass es mit ihm so sein würde", sagte Colbie, aber ihr Hochgefühl, Fords sexuelle Leistungen aus der Entfernung genau vorhergesagt zu haben, dauerte nicht lange, als ihr etwas einfiel: „Warum, verdammt, hast du es mir nicht erzählt?"

Mia war schrecklich zerknirscht. Es war eindeutig ein Mordsding, wenn man den besten Freundinnen verschweigt, mit einem der größten Rockstars der Welt zu schlafen. Colbie und Mia waren unzertrennlich, seit sie im Kindergarten waren. Colbie hatte Mia von jedem Typen erzählt, mit dem sie je zusammen war, bevor sie sich vor einigen Monaten in Noah Bryant verliebt hatte und auch Mia hatte Colbie von jedem Typen erzählt, mit dem sie zusammen war … ausgenommen von dem, der ihr am meisten bedeutet hatte.

Aber bevor Mia zu erklären beginnen konnte, warum sie das für sich behalten hatte, fragte Brooke: „Und warum hast du *aufgehört* mit ihm zu schlafen?"

Gottseidank brachte die Kellnerin genau in dem Augenblick automatisch ihre üblichen Drinks. Sie musste sich noch einen stärkenden Schluck hinter die Binde gießen, bevor sie antwortete, stellte aber dieses Mal das Glas vorsichtiger ab. „Zuerst hab ich nichts gesagt, weil alles so schnell ging. Wir lernten uns bei einer seiner Shows kennen und es sah so aus, als wäre er der Mann, auf den ich mein ganzes Leben gewartet hatte. Ihr hättet die Gedichte hören sollen, die er zwischen unseren Sexrunden hervorsprudelte, wie er schwor, dass ich auch alles war, was er wollte. Er hatte eine Woche zwischen Auftritten frei und ich hatte das Büro angerufen, um im letzten Moment Urlaub zu beantragen, auf den ich Anspruch hatte, damit ich jede einzelne Sekunde mit ihm verbringen konnte. Ich hätte dich anrufen sollen, Colbie, denn dann hättest du mir sagen können, dass ich verrückt war." Mia schüttelte den Kopf. „Und ich glaube, das ist genau der Grund, weshalb ich euch nichts erzählt habe, noch meiner Familie – weil ich nicht wollte, dass mir jemand meine Fantasieblase, in der ich lebte, platzen ließ. Mein Gott, ich war *so* blöd!"

Colbie legte die Hand über ihre und drückte sie zart. „Was geschah am Ende der Woche?"

„Er bat mich, mit ihm zu gehen, auf Achse. Ich kannte ihn seit einer Woche und er wollte, dass ich alles in meinem Leben aufgebe und ihm in Bussen und Flugzeugen überallhin auf der Welt folgte. Und obwohl ich meine Arbeit liebte, meine Familie und euch und auch das Leben, das ich in Seattle hatte, war ich wirklich versucht – mehr, als ich es hätte sein sollen – mit ihm zu gehen. Aber ich schätze, ich hatte ein bisschen zu lange geschwiegen. Als ich nicht sofort Luftsprünge machte und *JA* schrie, als hätte ich das größte Glück auf Erden, weil er mich wollte, da wurde Ford verschlossen. Vollkommen. Er sagte, wenn ich ihn wirklich liebte, dann müsste ich es mir nicht überlegen. Er sagte, er konnte nicht glauben, dass er sich von mir zum Narren hatte halten lassen, weil ich ihn glauben ließ, dass ich ihn wirklich liebte. Und im Nu war er weg."

„Konnte er nicht einsehen, dass er dich bat, dein ganzes Leben für ihn zu ändern – während er genau das tun konnte, was er wollte?", protestierte Brooke.

„Nein, das hat er offensichtlich nicht eingesehen. Und wenn ich an diese Woche zurückdachte, wurde mir bewusst, dass ich alles mit ihm geteilt hatte, aber er in Wirklichkeit nicht mehr als seinen Körper. Ich wusste nichts über seine Familie oder seine Vergangenheit oder seine Ängste oder Träume, abgesehen von seiner Musik. Aber wollt ihr das Schlimmste wissen? Obwohl ich das Gefühl hätte haben sollen, dass ich gerade noch einer Kugel ausgewichen war, fehlte er mir so sehr, dass ich es gar nicht sagen kann. So arg, dass ich zum Schluss gekommen war, ich hätte einen schrecklichen Fehler gemacht, weil ich nicht sofort alles für ihn fallen gelassen hatte. Ich dachte, ich würde einen Weg finden, mir auch auf Achse eine Karriere aufbauen zu können, vielleicht nicht mit Immobilien, aber etwas, was ich auch unterwegs machen konnte und dass ich euch und meine Familie ständig anrufen könnte, damit wir uns nicht aus den Augen verlieren würden. Ich beschloss, ihn auf seiner Show in Miami zu überraschen."

Sie schloss die Augen. Eine Welle des Schmerzes überrollte sie, als sie sich jene furchtbare Nacht wieder in Erinnerung rief. „Die Jungs von seinem Team, die mich in jener ersten Nacht in Seattle in den Backstage-Bereich geführt hatten, wollten mich in Miami nicht nach hinten lassen. Ich versuchte, mir einzureden, dass ich ihn verletzt hatte, weil ich mehr Zeit brauchte, um meine Entscheidung zu treffen, aber …" Ihre Stimme begann zu kippen, nein verflucht, sie würde nicht wieder wegen ihm weinen.

„Du musst nicht noch mehr wieder aufleben lassen", sagte Brooke und drückte ihre Hand.

Aber Mia wusste, dass es besser war, wenn sie es tat. Wenn sie nicht nur sich selbst in Erinnerung rief, warum genau sie sich von Ford fernhalten musste, sondern auch die Personen, die sie am meisten liebten, einweihte. „Ich glaube nicht, dass ich je das Bild jenes Mädchens auf seinem Schoß aus dem Kopf kriegen werde. Sie war halbnackt und seine Hände waren auf …“ Oh Gott, vielleicht war ein volles Replay letztendlich doch keine so gute Idee. „Ein paar Sekunden war ich an der Türschwelle erstarrt und das Mädchen war beschäftigt, ihre vorgetäuschten Pornostar-Seufzer auszustoßen, aber er hatte mich direkt angesehen.“ Der Atemzug, den sie machen wollte, schien ihr die Lunge zu erschüttern. „Ich hob ein paar Trommelstöcke auf, die auf einem Tisch neben der Tür lagen, und warf sie auf ihn. Und dann machte ich mich schleunigst aus dem Staub.“

„Der Dreckskerl lief dir nicht einmal hinterher?“, fragte Brooke.

„Nein.“ Und damit hatte sie den Beweis, dass alles, was er während der Woche ihres Beisammenseins gesagt hatte, eine Lüge war. Jedes süße und sexy Wort, das sie in ihrer Dummheit geglaubt hatte.

„Ich hasse den Kerl wie die Pest“, fauchte Colbie. „Du kannst dir nicht vorstellen, wie leid es mir tut, dass ich je auch nur ein bisschen über diesen Scheißkerl fantasiert habe und ich verspreche dir jetzt, dass ich nie mehr einen seiner Songs anhören werde.“

„Da sie ständig im Radio und Fernsehen und in wirklich jeder Bar gespielt werden …“ Mia zeigte auf den Lautsprecher an der Decke, von dem sie Ford noch einen seiner Superhits singen hörten. „… wird das ziemlich schwierig werden. Aber ich liebe dich, dass du es mir anbietest.“

„Nun“, sagte Brooke, „Wir könnten von Zeit zu

Zeit gezwungen sein, sie zu hören, weil wir es nicht vermeiden können, aber wir werden sie nicht genießen. Entschuldigt mich einen Augenblick." Sie ging hinüber zum Barkeeper und sagte etwas zu ihm. Ein paar Sekunden später war Fords Song abgestellt und die Instrumentalfassung von Nicos *One Moment* erklang an seiner Stelle.

Mia freute sich über die Solidarität ihrer Freundinnen, auch wenn sie wusste, wie schwer es für sie alle sein würde, Fords Allgegenwart aus dem Weg zu gehen, nicht nur im Radio, sondern auch in den Medien, die immer schon eine Liebesgeschichte mit ihm hatten.

„Hat er dich je wieder kontaktiert?", fragte Colbie.

„Nein." Er war ihr nicht nur in Miami nicht hinterhergelaufen, sondern hatte weder angerufen, noch gemailt oder auch nur eine SMS geschickt, um sie um Verzeihung zu bitten. „Und ich habe bestimmt nicht mehr versucht, ihn zu kontaktieren."

„Er wartet also fünf Jahre und sorgt dann dafür, dass du in dem Haus erscheinst, indem er dir einen riesigen potentiellen Verkauf vorgaukelt, ohne zu sagen, wer er wirklich ist", knurrte Colbie, dabei zog sie die Lippen eng zusammen. „Was für ein Trottel. Ich hasse ihn jetzt doppelt."

Das war der Grund, weshalb Mia ihren besten Freundinnen heute Abend gesimst hatte. Sie hatten immer schon gewusst, wie sie sie zum Lächeln bringen konnten, auch wenn sie sich ganz unten fühlte. Aber ihr Lächeln hielt nicht lange an, weil es noch etwas gab, das sie beichten musste.

„Ich hab mich von ihm küssen lassen. Heute Morgen. Im Haus, das ich ihm gezeigt habe."

Ihre Freundinnen sahen sie beide an, als hätte sie den Verstand verloren, bis Brooke beinahe schrie: „Du hast dich heute von ihm *küssen* lassen?"

Ein Dutzend Köpfe wirbelte herum, um zu sehen, worum es bei der Aufregung ging, und Mia konnte fühlen, wie ihr Gesicht noch röter wurde. „Der Kuss sollte beweisen, dass ich die Story mit ihm vollkommen überwunden hatte. Ihr werdet ihn jetzt vielleicht doppelt hassen", sagte sie zu ihren Freundinnen, „aber ich bin die doppelte Idiotin."

„So, wie er dir heute eine Falle gestellt hat, verdient er jetzt viel mehr als einen doppelten Hass", erklärte Colbie.

Aber anstatt ihr zuzustimmen, sagte Brooke: „Er hängt offensichtlich immer noch an dir."

Mia schüttelte verneinend den Kopf. „Nichts ist offensichtlich bei Ford. An der Oberfläche ist er der sexy Rockgott-Traum jedes Mädchens – aber darunter …" Sie starrte düster in ihren Drink, nahm dann einen Schluck, bevor sie den Satz beendete: „Er ließ mich nie herausfinden, was darunter war. Jedes Mal, wenn wir nahe dran waren, zog er sich zurück. Einen Augenblick heute dachte ich tatsächlich, dass sich das geändert haben könnte, aber er sagte mir nicht einmal, warum ihm sein Name Rutherford so verhasst ist. Und wenn er mir nicht einmal etwas so Unwichtiges sagen kann, dann bezweifle ich ernsthaft, dass er irgend sonst etwas von seiner dunklen Seele preisgeben wird."

Brooke hielt ihr Telefon hoch. „Wir könnten bei Google nachschauen, um es herauszufinden."

Mia hatte tausend Mal Fords Vergangenheit im Internet herausfinden wollen, aber jedes Mal musste sie sich in Erinnerung rufen, wie pathetisch es war, sich nach kleinen Klatsch-Delikatessen von Journalisten und Twitter-Eingaben über sein Leben zu sehnen.

„Nein." Sie nahm Brooke das Telefon aus der Hand und ließ es in die Handtasche ihrer Schwägerin in spe fallen. „Stell dir vor, wie es sich anfühlen würde, wenn du auf Google in Rafes Vergangenheit wühlen müsstest. Mein Bruder hat dich so lieb, dass er tief gegraben und dir alles über seine Vergangenheit erzählt hat und auch wie sehr ihm das alles zum Problem geworden war, obwohl es ihm schwergefallen ist, das zu tun."

Brooke legte die Hand auf Mias Arm. „Du hast recht. Und es tut mir leid, wenn es so geklungen hat, als wollte ich Ford verteidigen, als ich sagte, er hängt noch an dir. Es ist nur …" Brooke schüttelte den Kopf. „Nein, nichts."

„Ich habe immer gehofft, dass ich die Wahrheit von meinen besten Freundinnen akzeptieren und sie ihnen ebenfalls servieren kann", sagte Mia sanft. „Was wolltest du gerade sagen?"

Ihre Freundin seufzte, als wüsste sie, dass sie dieses Mal mit einem *„Nichts"* nicht davonkommen würde. „Wir wissen alle, wie Ford Vincent aussieht und ich kann mir ausmalen, wie die Gedichte, die von seinen Lippen fallen, klingen würden, besonders, wenn der Sex so umwerfend war, wie du sagst. Ehrlich gesagt, ich weiß nicht, wie einfach es für irgendjemanden sein würde, über einen Mann wie ihn hinwegzukommen."

Bei Brookes Worten verkrampfte sich Mias Magen heftig. Sie konnte sich natürlich selbst belügen. Aber ihre Freundinnen? Das war ein weiterer der wichtigen Gründe, warum sie ihre Woche mit Ford nie erwähnt hatte. Weil sie nicht fähig gewesen wäre, über das zu lügen, welche Spuren diese Woche in ihr hinterlassen hatte.

„Er ist der einzige Mann, den ich je geliebt habe. Und egal, wie oft ich zurückblicke und mir in Erinnerung rufe, dass ich jung und dumm war und damals noch glaubte, Fantastereien seien möglich. Und dass es für mich total normal war, mich völlig in ihm und seinem überdimensionalen Leben zu verlieren …" Sie seufzte. „Was ich für ihn empfand, war noch real, trotz all dem Quatsch."

„Weißt du", sagte Colbie langsam, „vielleicht gibt es noch einen Grund, weshalb er imstande war, heute Morgen deine Abwehr zu überwinden. Von dem, was du uns erzählt hast, hab ich den Eindruck, dass du nie eine Chance hattest, ihm gründlich deine Meinung zu sagen, vor fünf Jahren nicht und heute genauso wenig, weil er dich überrumpelt hat. Ich würde bestimmt gerne hören, wie du ihn zur Schnecke machst."

Obwohl Mia bereits Ford Dinge an den Kopf geworfen hatte, die als endgültiges Lebewohl gedacht waren, hatte sie doch das Gefühl, dass Colbie etwas Wichtigem auf die Spur gekommen war.

Brooke sah Mia eindringlich an. „Die große Frage ist, ob du wirklich glaubst, dass du ihm einen echt scharfzüngigen Anschnauzer verpassen kannst, ohne dass deine Zunge wieder in seinem Mund landet?"

Es war dieselbe Frage, die sich Mia bereits stellte. Da sie noch keine ehrliche Antwort gefunden hatte, sagte sie: „Was hat dir mein Bruder getan, Brooke? Nie hätte ich geglaubt, dass du über scharfzüngige Anschnauzer reden würdest."

Ihre Freundin errötete, aber grinste ein bisschen bösartig, als sie sagte: „Willst du sagen, was ich *ihm* getan habe?"

Ihre Freundin hatte den Satz noch nicht zu Ende gesprochen, als Mia sich die Ohren zuhielt. „Ich werde so tun, als hätte ich nicht gehört, was du gesagt hast. Es ist zwar ganz meine Schuld, weil ich immer wieder vergesse, wie verquer es ist, über das Sexleben meines Bruders nachzudenken. Zumal er es mit einer meiner besten Freundinnen hat." Sie zog eine Show ab, indem sie die Augen fest zusammenkniff und ein paar Mal den Kopf heftig schüttelte, als wollte sie diese Vision verscheuchen. Weit, weit weg aus ihrem Kopf.

„Bedeutet das, dass es für dich *nicht* verquer ist, über mein Sexleben mit Noah nachzudenken, da er nicht verwandt mit dir ist?", neckte Colbie sie.

„Machst du Witze?", antwortete Mia und war froh, sich für ein paar Sekunden wieder zurück in der normalen Welt zu fühlen. „Wenn du wüsstest, wie oft ich mir deinen Verlobten nackt vorgestellt habe …"

Alle drei lachten, aber die ganze Zeit über hing Brookes unbeantwortete Frage zwischen ihnen. Mia war noch nie zögerlich gewesen. Sie hatte weder die Zeit noch die Neigung bei wichtigen Entscheidungen hin- und herzuschwanken. Und jetzt würde sie nicht damit beginnen.

„Wir haben Marcus' und Nicolas Hochzeit dieses Wochenende in Napa", sagte sie zu Brooke, die mit Rafe dabei sein würde, „das sollte mir ein wenig rationale Distanz zu Fords plötzlichem Auftauchen heute Morgen geben. Am Montagvormittag rufe ich ihn an und rede mir das alles von der Seele." Mit diesem Plan fühlte sie sich besser, wieder in Kontrolle über ihr Leben, so wie es sein sollte. „Ich werde ihn auch alle Entschuldigungen vorbringen lassen, die er glaubt, machen zu müssen und dann werde ich ihm ganz verzeihen – und ihn vergessen." Sie begegnete dem Blick ihrer Freundinnen, zuerst dem einem, dann dem anderen, bevor sie hinzufügte: „Und ich verspreche euch, dass während der ganzen Sache meine Zunge in seinem Mund kein Thema sein wird."

„Auf dass wir unsere Zungen nur in die Münder von Männern stecken, die uns verdienen!", sagte Colbie und hob ihr Glas.

„Auf Mia, weil sie eine der stärksten und staunenswertesten Frauen ist, die ich kenne", fügte Brooke hinzu, während sie ihr Glas hob.

Mia hob ebenfalls ihr Glas und stieß mit Colbie und Brooke an. „Und auf euch beide, weil ihr die besten Freundinnen seid, die ein Mädchen überhaupt haben kann."

Kapitel 8

Der Samstag verflog mit aneinandergereihten Immobilienbesichtigungen für einen CEO mit dem großen Geld, der plante, von New York nach Seattle zu ziehen. Erst als Mia am späten Nachmittag ins Flugzeug stieg, um in das Napa Valley zu fliegen, konnte sie endlich richtig Luft holen.

Sie hatte immer schon viel Energie gehabt – ihre arme Mutter hatte sie, als sie ein kleines Mädchen war, durch ganz Seattle jagen müssen, um sie zur Schlafenszeit müde zu kriegen – aber heute hatte sie sich doppelt bemühen müssen, um ein Lächeln zuwege zu bringen. Denn trotz der absoluten Hilfsbereitschaft ihrer Freundinnen am Vorabend in der Weinbar, war Mia immer noch nicht imstande, Ford vollkommen aus ihrem Kopf zu verbannen. Den Großteil der Nacht hatte sie sich hin- und hergewälzt. Noch schlimmer, eine der Immobilien, durch die sie den CEO geführt hatte, war das Turmhaus, das Ford so sehr gefallen hatte. Als der CEO sagte, dass er fand, der Turm sei ein „fürchterlicher Zubau" zu einem sonst „annehmbaren" Haus, war Mia über die Erleichterung, die sie überkam, fassungslos, fast als ob Ford der Einzige sein sollte, der dieses Haus bekommen durfte. Wo, fragte sie sich seit dem gestrigen Morgen wieder und wieder, war ihre legendäre Selbstbeherrschung?

Gewöhnlich akzeptierte sie liebend gern von der Flugbegleiterin in der ersten Klasse ein Glas Champagner und fing dann mit irgendeinem zufällig neben ihr im Flugzeug sitzenden sexy und single Geschäftsmann an zu plaudern. Heute hatte sie nicht nur den Schampus abgelehnt, sondern widmete mehr Aufmerksamkeit der Tabelle auf ihrem Computer als dem heißen Typen, der auf dem Sitz neben ihr herumrutschte. Wenn sie sich nämlich auch nur für eine Sekunde erlaubte, sich mit einem Glas Wein zu entspannen, dann – so befürchtete sie – würden die Erinnerungen an den superheißen, sagenhaften Kuss wieder hochkommen … und ihr würde auf 10.000 Meter Höhe die Sehnsucht nach ihm bleiben.

Selbst der bloße Gedanke, *nicht* an Ford zu denken, reichte leider schon, um sie von ihrem Bildschirm abzulenken. Als der Typ neben ihr glaubte, dass sie den Blickkontakt mit ihm suchte, fragte er sofort: „Fliegen Sie geschäftlich nach Napa oder zum Vergnügen?"

Sie brachte nicht einmal ein einladendes Lächeln zuwege, sondern sagte einfach: „Mein Cousin heiratet", und lenkte dann betont ihre Aufmerksamkeit zu ihrem Computer zurück.

Was zum Teufel war mit ihr los? Zuerst hatte sie

gestern Abend James in der Weinbar abserviert und jetzt schien sie nicht nur die Fähigkeit zu flirten verloren zu haben, sondern auch den Willen dazu. Ford hatte bereits vor all diesen Jahren ihr Herz gestohlen. Sie würde nicht den Spaß beim Flirten aufgeben und dazu das Vergnügen, neue Menschen kennenzulernen.

Mia klappte ihren Laptop zu und rutschte so weit in ihrem Sitz hinüber, dass sie praktisch dem Typen auf dem Schoß saß. „Was ich sagen wollte – ich bin Mia und das ist eine Vergnügungsreise." Sie winkte die Flugbegleiterin heran, um ein Glas Schampus zu bekommen. „Was ist mit Ihnen? Geschäftlich ...", sie senkte absichtlich die Stimme, bevor sie sagte: „oder Vergnügen?"

Sofort war ihr die Abfuhr, die sie ihm vor einer Minute erteilt hatte, vergeben und sie erfuhr, dass sein Name Scott und er ein 34-jähriger Vertreter für ein italienisches Schuhunternehmen war. Er hatte sie schon im Wartebereich des Flughafens bemerkt und konnte sein Glück kaum fassen, dass er neben ihr zu sitzen gekommen war. Das Gespräch war angenehm, alles, was er zu ihr sagte, schmeichelhaft, und wie immer sie es auch betrachtete, war er so ziemlich der perfekte Mann.

Aber als sie aus dem Flugzeug stiegen und sie zur Limousine ging, die vor dem kleinen Flughafen von Napa Valley wartete, scherte sie sich keinen Deut darum, ob sie Scott je wiedersehen würde.

* * *

Die Limousine brachte Mia direkt zum Haus ihres Cousins in Napa. Marcus Sullivan war der Besitzer von Sullivan Winery, einem sehr erfolgreichen Weingut im Herzen der Weingegend. Er und Nicola lebten hier zusammen, wenn seine zukünftige Braut nicht auf Tournee war, um ihre Karriere als Musikerin zu unterstützen. Mia war erstaunt über die Art, wie unglaublich Marcus sein Leben verändert hatte, damit er so viel wie möglich mit Nicola zusammen sein konnte. Er leitete ein riesiges, sehr lukratives Unternehmen und sie wusste, dass er problemlos 365 Tage im Jahr in Napa hätte bleiben können, um sich auf sein Weingut zu konzentrieren, anstatt auf die Frau, die er liebte.

Mia fragte sich, was Marcus dazu bewogen hatte, das zu tun? Hatte Nicola ihm ein Ultimatum gestellt wie Ford ihr und gefordert, dass er sie vor alle anderen Dinge in seinem Leben stellen musste, sonst würde sie ihn verlassen, zum Teufel mit der Liebe?

Nein, dachte Mia und schüttelte den Kopf, als sie den Kiesweg zu Marcus' Eingang hinaufging, *ich kann mir nicht vorstellen, dass Nicola je sowas tun würde.* Denn, wenn man wirklich liebte, so wie Marcus und Nicola, dann verletzte man die Person, die man liebte, nicht so einfach. Mia hatte immer gedacht, wenn sie sich die

Ehe ihrer Eltern ansah, dass wahre Liebe in Wirklichkeit bedeutete, dass du deinen Partner auf jede dir mögliche Weise zu unterstützen versuchst und er auch alles tut, um auch dich zu unterstützen.

Auf einen solchen Mann wartete Mia. Auf einen, der sie an erste Stelle stellte und sie ihn ebenfalls. Eine wahre Partnerschaft und kein kurzlebiger Feuerball, der vom ersten Regentropfen gelöscht wurde.

Apropos große Männer, als sie aufblickte und ihren Bruder Ian vor sich stehen sah, ließ sie ihren Kleidersack fallen und lief in seine Arme.

„Du hast es geschafft!"

Ihr ältester Bruder lebte in London und leitete dort seine Investmentgesellschaft, und da seine letzten paar Heimreisen im letzten Augenblick abgesagt wurden, hatte sie begonnen, ihn schrecklich zu vermissen. Natürlich liebte sie ihre anderen Brüder Adam, Rafe und Dylan, aber zu Ian hatte sie immer eine besondere Beziehung gehabt.

Seine Umarmung war innig und seine Arme hielten sie stark und fest, als er sie vom Boden hochhob. „Ich hab dich vermisst, Kleine."

Er war der Einzige, der sie so nennen durfte. Nun, da war noch die Art, wie ihr Vater sie Schnuckelchen nannte. Aber das war dann auch schon alles an Spitz- und Kosenamen, was sie tolerierte und das auch nur, weil ihr Vater und Bruder ihre absoluten Lieblinge auf Erden waren.

„Ich hab dich auch vermisst“, sagte sie. „So sehr. Bitte sag mir, dass du bald nach Seattle zurückziehen wirst.“

Wenn sie das sagte, schüttelte er gewöhnlich den Kopf, als bestünde keine Chance, dass er nach Amerika zurückkommen würde. Aber dieses Mal lächelte er einfach und sagte: „Ich muss zuerst noch ein paar Dinge in London erledigen.“

Freude durchflutete sie und sofort vergaß sie ihre muffige Laune. Als sie einen Freudenschrei ausstieß und ihn innig umarmte, weil sie sich wahnsinnig freute, ihn bald wieder in der Nähe zu haben, sagte er: „Sag noch nichts zu Mom und Dad. Es würde mir sehr leidtun, wenn ich sie enttäuschen müsste, weil sich meine Pläne ändern.“

Sie lehnte sich zurück, um ihn in die Brust zu stoßen. „Nun, du tätest gut daran, auch mich nicht zu enttäuschen.“

Er küsste sie auf die Stirn, sah sie dann besorgt an, als er endlich die dunklen Ringe unter ihren Augen bemerkte. „Ich kann es nicht ertragen, nicht in der Nähe zu sein, um auf dich aufzupassen. Du siehst müde aus. Was ist los?“

So nahe sie und Ian sich standen, sie konnte ihm unmöglich von Ford erzählen. Zumindest, wenn sie ihren großen Bruder vor dem Gefängnis bewahren wollte, weil er bestimmt dem Rockstar Schreckliches antun würde, sollte er herausfinden, dass Ford sie irgendwie verletzt hatte.

Zum Glück kam genau in diesem Augenblick ein kleines Kind aus dem Eingang geschossen und hinter ihr jagte ihre lachende Mutter her. Mia bückte sich und hob Emma in einem Schwung hoch. „Hey Süße, wohin willst du denn so eilig?"

Emma kicherte, da sie plötzlich schwerelos war, dann legte sie die Hände auf Mias beide Wangen und gab ihr einen nassen Schmatzer. *Oh,* dachte Mia, während sie das hübsche kleine Mädchen eng an sich drückte, *es wird so wunderbar sein, das Wochenende mit meiner Familie zu verbringen.* Sie war so aus dem Lot hier angekommen und schon fühlte sie sich tausendmal besser.

Chloes Gesicht leuchtete auf, als sie Mia sah. „Du bist da!" Als sie sich umarmten, drückte sich Chloes neuer Babybauch zwischen sie. „Wir haben auf dich gewartet, um mit der Party anzufangen."

Chloe hatte vor ein paar Jahren Mias Cousin Chase geheiratet, nachdem sich die beiden hier auf dem Weingut kennengelernt hatten. Chloe war damals auf der Flucht vor ihrem gefährlichen Exmann. Chase hatte sie bei jedem ihrer Schritte begleitet und sie genauso geliebt, wie sie es brauchte und Chloe hatte sich ebenso in ihn verliebt. Chase war ein berühmter Fotograf, Chloe war eine Weltklasse-Quilterin und obendrein waren sie beide fantastische Eltern.

„Es sieht nicht so aus, als hätte Miss Emma

gewartet“, neckte Mia sie und wand sich eine von Emmas Locken um den kleinen Finger.

Auch Ian konnte nicht widerstehen und streichelte ihre weichen Haare. So streng und einschüchternd ihr Fast-Milliardär-Bruder Unbekannten erscheinen mochte, so wusste Mia doch, welch ein Softie er mit kleinen Kindern war. Da er eine sehr wichtige und einflussreiche Rolle im Leben seiner vier jüngeren Geschwister gespielt hatte, dachte sie, dass dies eigentlich niemanden zu wundern brauchte. Reich und mächtig zu sein bedeutete schließlich nicht, dass man ein totaler Dreckskerl sein musste.

Nun, ausgenommen Ford, wo es *genau das* bedeutete.

Als die Kleine sich in Mias Armen zu winden begann, um wieder auf den Boden zu kommen und ihren wilden Sprint fortzusetzen, schlug Chloe schnell vor: „Emma, willst du es übernehmen, Miss Mia ganz offiziell hineinzubegleiten, so dass wir mit unserer Frauenparty für Tante Nicola beginnen können?“

Die großen Augen des kleinen Mädchens leuchteten auf. Jetzt stand sie wieder auf ihren eigenen Beinen und reichte mit ihrer kleinen Hand hinauf, um Mias Hand zu nehmen. „Hinein.“ Beim Grinsen zeigte sie ihre vier perfekten Zähne. „Party!“

Und als Mia sich von der kleinen Emma mit entschlossenen Schritten ihrer liebenswerten rundlichen Beinchen den Weg zum Eingang und hineinziehen ließ, wusste sie, dass letztendlich alles okay sein würde.

Denn mit ihrer Familie um sich, wie konnte an diesem Wochenende noch irgendetwas schiefgehen?

Kapitel 9

Die meisten angehenden Bräute wünschen sich eine wirklich glanzvolle Party für ihren Junggesellinnenabschied, und obwohl Nicola einer der größten Popstars der Welt war und Geld und der Ort keine Rolle spielten, hatte Marcus' Verlobte keinerlei Interesse an glanzvoll oder verrückt. Im Gegenteil, sowohl Nicola als auch Marcus schienen derselben Meinung zu sein, dass *gelassen* das für heute Abend angesagte Menü war.

Mia lachte, als sie erfuhr, dass Marcus für seinen Polterabend ein Barbecue auf der anderen Seite seines Hauses veranstaltete. Ihr fiel kein anderes Paar ein, das seinen Junggesellinnen- und Junggesellenabschied so organisiert hatte, dass die Frauen alle auf einer Seite des Hauses feierten und die Männer auf der anderen. Aber da Nicola in der ersten halben Stunde gleich zweimal verschwand, hatte Mia den Verdacht, dass diese Organisation damit zu tun hatte, dass Braut und Bräutigam nicht voneinander fern sein konnten. Besonders nicht am Vorabend eines der wichtigsten Tage ihres Lebens, wenn sie sich gegenseitig das

Eheversprechen für immer geben würden.

Mia saß neben ihrer Cousine Sophie, die auch eine kleine Sullivan auf ihrem Schoß hatte. Jackie konnte noch nicht gehen oder sprechen, aber sie hatte offenbar schon einen recht aufregenden Tag hinter sich, weil sie nur mehr kuscheln wollte, als Mia fragte, ob sie sie halten durfte. Jackies Zwillingsbruder war mit seinem Vater Jake beim Barbecue der Jungs.

„Ich kann sie dir wieder abnehmen, wenn sie dir zu schwer wird“, bot Sophie an, als Jackie blinzelte und ihre Augen sofort zufielen.

Aber Mia liebte das sanfte Gewicht des Babys auf ihrem Schoß. Sie selbst fühlte sich noch nicht für Kinder bereit, deshalb machte es so viel Spaß, viele Cousins und Cousinen mit Kindern zu haben. „Du hast sie die ganze Zeit. Wag es nicht, sie mir heute Abend wegzunehmen“, sagte Mia und zog Jackie näher an sich, um ihren frischen Babyduft einzuatmen.

Von den Mamapflichten für ein paar Minuten befreit entspannte sich Sophie und sank tiefer in das schicke Outdoor-Sofa, auf dem sie beide saßen. Sie nahm ihr Weinglas in die Hand. Bei Sonnenuntergang war der Ausblick über die mit Rebstöcken bewachsenen Hügel ziemlich überwältigend. Und dass eine Flasche von Marcus’ feinstem Cabernet in Reichweite stand, schadete auch nicht.

„Wir hatten letzten Sommer oben am See mit euch allen so viel Spaß“, sagte Sophie. „Jake möchte nach

Seattle hinauffahren, um den Kindern den Space-Needle-Turm zu zeigen. Und da er nicht akzeptieren will, dass sie vielleicht noch ein bisschen zu klein sind, um sich an diesen Ausflug zu erinnern“, sagte Sophie lachend, „stelle ich mir vor, dass wir demnächst an deine Tür klopfen werden.“

Als Mia zuerst erfuhr, dass ihre immer so besonnene Cousine, die Bibliothekarin, sich mit dem tätowierten irischen Pubbesitzer Jake McCann eingelassen hatte und nach einem One-Night-Stand auch noch schwanger geworden war – war sie so ziemlich schockiert. Zumal Sophies Spitzname Liebchen war und liebe Mädchen verführten gewöhnlich keine tätowierten bösen Jungs. Aber obwohl sie sehr verschieden schienen, passten sie offensichtlich perfekt zusammen.

Wie mit Nicola und Marcus hatte Mia im Laufe der Jahre beobachten können, wie sich ihre Cousins und Cousinen verliebten, und hatte gelernt, dass Liebe in der Theorie nicht immer Sinn ergab. Aber das musste sie nicht. Die Einzigen, für die die Liebe Sinn machen musste, waren die beiden, die sich ineinander verliebt hatten.

„Du musst mich unbedingt als deine Stadtführerin vormerken. Obwohl“, stellte Mia klar, „ich befürchte, dass meine Pflichten kein Windelwickeln vorsehen.“

„Du gewöhnst dich nach einer Weile ans Wickeln.“

Mia rümpfte die Nase. „Richtig … du sagst dir das

einfach oft genug, bis du es vielleicht eines Tages wirklich glaubst."

Die Frau ihres Cousins Gabe, Megan, setzte sich auf ein Sofa ihnen gegenüber. „Glaubst was?"

„Dass diese kleine Pracht zu wickeln", sie zeigte auf Jackies Po, „nicht total eklig ist."

„Ich kann mich ehrlich gesagt nicht erinnern. Es ist so lange her, dass Summer Windeln brauchte. Komisch", sagte Megan, als sie auf ihren Bauch hinunterschaute, der jetzt jede Sekunde zum Platzen bereit schien, „ich hatte geglaubt, das alles hinter mir zu haben, als sie endlich sauber war. Aber nie hätte ich geahnt, Gabe kennenzulernen."

Wirklich, dachte Mia, als sie mit den Girls im Schein der untergehenden Sonne von Napa Valley saß, es gab so verdammt viel Liebe in der Familie Sullivan. Alle ihre Cousinen und Cousins von San Francisco und ihr Bruder Rafe waren entweder verheiratet oder verlobt. Es war sagenhaft. Sie war superglücklich für sie alle. Und vielleicht auch ein winziges bisschen eifersüchtig darauf, wie perfekt sich ihre Leben entwickelt hatten.

Zumal ihres ein solches Chaos war.

Mia beobachtete Chloe draußen auf dem Rasen, die Emmas Hand hielt, während ihre Tochter auf einem Minitrampolin auf und ab hüpfte, als Valentina um die Ecke kam. Ihr Verlobter Smith hielt ihre Hand, und bevor er sie losließ, zog er sie an sich, um ihr einen langen Kuss zu geben. Einen Kuss, bei dem alle von den Sofas im Freien zusahen und seufzten, wie süß die beiden zusammen waren. Als Smith endlich Valentina zu den anderen Frauen rübergehen ließ, ging er zum Trampolin, um auf Emma aufzupassen.

Mias Cousin Smith war einer der größten Filmstars der Welt, aber hatte nie in der Familie den Star gespielt und Mia vergaß oft, dass allein schon sein Anblick den meisten Frauen einen Herzstillstand verursachte. Er und Valentina hatten sich kennengelernt, als Valentinas Schwester Tatiana im Film *Schwerkraft* neben ihm die Hauptrolle spielte. Mia hatte gehört, dass Valentina sich heftigst bemüht hatte, ihm zu widerstehen, aber letztendlich hatte sie keine Chance gehabt, ihr Herz zu retten. Bei all den verrückten Dingen, mit denen Smith in Hollywood zu tun hatte, war es super, dass Valentina eine so ausgeglichene, solide Person war, die keinerlei Interesse hatte, im Rampenlicht zu stehen.

Valentina hatte ihr Mobiltelefon am Ohr, als sie am Pool vorbei zur Terrasse ging, wo alle saßen. Nach einem wirklich kurzen Gespräch hörte Mia sie sagen: „Das klingt super, T … bis gleich." Valentina schob ihr Handy zurück in die Tasche ihres eleganten Kleides. „Meine Schwester wird bald hier sein. Sie sagt, dass ihr Interview ein bisschen länger gedauert hat, aber sie verlässt gerade das Hotel."

Mia liebte Tatiana Landon. Sie war Schauspielerin, erst Anfang zwanzig und dabei, ein Star zu werden, besonders nach ihrer Hauptrolle mit Smith. Aber, anstatt sich unter den harten Scheinwerfern Hollywoods in eine fade Maske zu verwandeln, war sie absolut lieb und ungekünstelt geblieben.

Valentina sah in einem gelben Leinenkleid großartig aus, das sich weich über ihre Kurven legte und um ihre Unterschenkel schwang. „Es ist schön, dich wiederzusehen, Mia", sagte sie, bevor sie einen Kuss auf die Wange der schlafenden Jackie drückte. „Ich reserviere das Baby für ihr nächstes Schläfchen", teilte Valentina allen mit und nahm ein Glas Wein von einem der herumgehenden Kellner. Sie setzte sich neben Gabes Frau. „Das heißt, wenn du einverstanden bist, Soph."

„Natürlich bin ich das", sagte Sophie mit einem Lächeln. „Welche Eltern wünschten sich nicht für ihr Kind mehr als ein halbes Dutzend der coolsten Tanten der Welt, die es nicht erwarten können, ihre Zeit mit dem Baby zu verbringen? Und apropos cool – hier kommt die Frau, die wir alle feiern."

Nicola kam aus dem Haus und trat auf die Terrasse. In perfektem Popstar-Stil hatten ihre Haare blaue und hellrosa Streifen, aber Mia war überrascht, wie elegant es an ihr aussah.

„Darf ich mich hineinquetschen?" Sie schob ihre Hüften zwischen Mia und Sophie und setzte sich auf das Sofa. Ihre Wangen waren gerötet und ihre Augen so strahlend, dass Mia leicht erriet, dass sie gerade von einem kurzen Treffen mit Marcus kam.

Noch mehr Frauen lachten zusammen drüben beim Brunnen, einschließlich Mias Mutter, Nicolas Mutter, Brooke, Sophies Zwillingsschwester Lori, Ryans Verlobte Vicki und Zachs Verlobte Heather. Mia wusste, dass sie die Möglichkeit hatte, mit ihnen allen später etwas Zeit zu verbringen, aber im Augenblick hatte diese Frauengruppe, bei der sie saß, genau die richtige Größe, dass sie alle leicht miteinander plaudern konnten.

Nicola strich sanft mit der Fingerspitze über die Unterseite von einem von Baby Jackies Füßchen, während sie jede der um sie sitzenden Frauen anlächelte. „Ich bin so glücklich, dass ihr alle hier seid." Ihre blauen Augen wurden feucht, als sie sagte: „Ich liebe es, alle meine Lieblingsfrauen an einem Ort zu haben. Was meint ihr, wir treffen uns so jedes Wochenende?"

„Es stehen sicherlich genug Sullivan-Hochzeiten bevor", sagte Mia, „dass ich denke, das könnte uns wahrscheinlich gelingen."

„Es gibt so viel Liebe überall in dieser Familie", stimmte Nicola zu, während alle lachten. „Ich muss meine Band und Tänzer mobben, damit sie für mich ausgraben, was gerade in ihrem Leben schiefläuft, wenn ich einen guten Song für eine Liebesgeschichte, die in Brüche geht, schreiben will."

„Du könntest immer einfach nur mich anrufen",

platzte Mia heraus, noch bevor ihr bewusst wurde, was sie sagte. Sie hatte es im Spaß gesagt, aber natürlich richtete sich jedes Augenpaar auf sie.

„Sag' schon", ermutigte Sophie sie.

Mia zwang sich zu grinsen, obwohl ihr nicht ganz danach war. „Ihr kennt die Story – wenn er schlechte Nachrichten bedeutet, dann muss ich ihn haben."

Anstatt noch mehr wissen zu wollen, nickte Sophie zum Glück. „Junge, als wüsste ich nicht, wovon du redest." Sie sah Mia an. „Jake musste einer der größten Ladykiller auf Erden werden, bevor ich endlich beschloss, ihn zu verführen. Von wegen schlechte Nachrichten."

„Zum Glück", sagte Mia, „war er so gescheit zu begreifen, dass du das Beste warst, was ihm je widerfahren ist."

Megan hob ihr Weinglas für einen Trinkspruch. „Auf unsere Männer, die uns schätzen."

Mia verlagerte Jackies Gewicht ein wenig auf ihren linken Arm, um auch ihr Glas heben und mit allen anstoßen zu können, dabei bemerkte sie, dass jede der Frauen, mit denen sie hier saß, dasselbe glückliche Lächeln trug. Da sie diese dumme Eifersucht hinunterspülen wollte, dass sie alle die Liebe gefunden hatten, während sie so weit wie nur irgend möglich davon entfernt war, nahm Mia einen großen Schluck von ihrem Glas.

„Ich habe Marcus noch nie so gesehen, Nicola",

sagte Sophie. „Er ist immer so ruhig gewesen und ausgeglichen, aber heute machte er beinahe Saltos, so aufgeregt ist er, dass er dich endlich heiraten kann."

Nicolas Haut hatte die leichte Rötung von ihrer letzten geheimen Verabredung mit Marcus noch nicht verloren und jetzt, da sie über ihn redeten, überflutete das hübsche Rosa ihre Wangen noch stärker. „Ich bin auch irr aufgeregt. Manchmal …" Sie hielt inne und schüttelte den Kopf, als wüsste sie nicht recht, wie sie alles, was sie fühlte, in Worte fassen konnte. „Manchmal wundere ich mich, wie ich solch ein Glück haben kann. Ich will sagen, wenn ich ihn in jener Nacht nicht in diesem Club getroffen hätte und dann, wenn Lori nicht die Choreographie meines Videos gemacht und ihn eingeladen hätte, am nächsten Tag zu den Proben zu kommen, hätte ich das Beste in meinem Leben versäumt."

„Wenn ihr euch nicht in dem Club in jener Nacht getroffen hättet, wärst du Marcus woanders, auf andere Weise begegnet", sagte Valentina leise. Das überraschte Mia, weil sie gedacht hätte, dass Valentina eher praktisch als verträumt war. „Smith und ich reden immer darüber, wie wir uns beim Film und Fernsehen jahrelang umkreist haben, ohne uns je wirklich zu begegnen, bis meine Schwester die Rolle in *Schwerkraft* bekam. Aber ich glaube, der Grund, dass wir uns nicht früher kennengelernt haben, war, dass die Zeit noch nicht gekommen war und keiner von uns beiden für den anderen bereit gewesen wäre."

„Oder ihr hättet alle meinem Beispiel folgen können und euch nackt auf den Typen werfen, den ihr euer ganzes Leben gewollt hattet, dann wärt ihr auch mit Zwillingen geschwängert worden", sagte Sophie grinsend.

Die Gruppe lachte und es gab noch mehr Wein und zugleich wurden Snacks herumgereicht. Alle begannen ganz natürlich mit der Person neben ihnen zu plaudern und Nicola richtete ihre hübschen Augen auf Mia.

„Es ist wirklich schön, dich zu sehen. Ich wünschte, Marcus und ich hätten mehr Zeit gehabt in Seattle nach der letzten Show, um ein wenig mit dir zusammen zu sein."

„Und welch eine Show das war", sagte Mia. „Du warst umwerfend. Und du musst wissen, wie süß Marcus neben mir draußen im Publikum war. Er ist so stolz auf dich."

„Der arme Kerl hat diese Songs schon tausendmal hören müssen, mindestens."

„Und er würde sich liebend gern für noch einmal tausend anmelden", sagte Mia zutiefst überzeugt. „Aber darf ich dich etwas fragen?"

„Sicher", sagte die andere. „Was du willst. Vor allem, wenn du mir zuerst das Baby rüberreichst."

„Nein, ich hab noch nicht genug Kuscheleinheiten bekommen. Außerdem hat Valentina die nächste

Schoßrunde bereits gebucht."

„Aber ich bin es, die heiratet", protestierte Nicola. „Damit sollte ich ganz oben auf der Buchungsliste stehen."

„Guter Versuch", sagte Mia und schmiegte Jackie ein wenig enger an sich, „aber du musst dich trotzdem für Babyliebe hinten anstellen."

Nichts konnte einen Menschen ein besseres Gefühl gegenüber der Welt geben als ein weiches, warmes Bündel auf dem Schoß, das gleichmäßig im Schlaf atmete. Im Gegensatz zu ihren Freundinnen war Mia als Teenager liebend gerne Babysitter für die Kleinen. Sicher waren sie manchmal nervig, sie waren aber auch so verflixt süß. Kinder waren noch etwas, worüber sie und Ford in ihrer gemeinsamen Woche nicht gesprochen hatten. Ja, sie hatte sich in ihn verliebt, aber es hatte eindeutig keine wirkliche Grundlage dafür gegeben. Nicht wie gestern, als er darüber sprach, dass Kinder durch das Haus laufen würden, das sie ihm gezeigt hatte.

Verflixt, warum dachte sie schon wieder an ihn?

„Also, worum geht's?", fragte Nicola und erinnerte Mia an die Frage, die sie ihr stellen wollte.

„Wie schafft ihr es, du und Marcus, dass alles so rundläuft? Nicht nur das", fügte sie hinzu, bevor Nicola antworten konnte, „aber ihr erweckt auch den Eindruck, dass es ganz einfach ist. Ich weiß aber, dass es das unmöglich sein kann mit deinem vollen

Tournee- und Plattenprogramm und den Anforderungen des Weinguts."

„Nein", stimmte Nicola ihr mit einem kleinen Lächeln zu, „es ist entschieden nicht leicht. Und ich weiß nicht, wie viel du über unsere Beziehung weißt, aber wir waren ein ziemliches Kuddelmuddel am Anfang. Eigentlich ein totales Chaos. Ich beharrte so sehr darauf, dass er mit dem ganzen Zirkus meines Lebens nicht fertigwerden konnte, dass ich ihn wortwörtlich davon hinausgestoßen habe, obwohl es das Letzte war, was ich tun wollte, weil ich schon Hals über Kopf in ihn verliebt war. Aber du kennst Marcus." Nicolas Gesicht wurde noch weicher mit einem Ausdruck reinster Liebe. „Als er beschloss, dass er entschieden mit dem Zirkus fertigwerden konnte, tauchte er plötzlich bei allen meinen Shows im ganzen Land auf. Wie hätte ich so viel Beharrlichkeit und Entschlossenheit widerstehen sollen? Zumal er ja bewiesen hatte, wie sehr er bereit war, sein Leben für mich zu ändern. Ich will nicht lügen und sagen, dass es immer eine perfekt glatte Sache wäre, unsere beiden Terminkalender aneinander anzupassen, aber lieber nehme ich jederzeit ein paar Stolpersteine auf dem Weg in Kauf, als ohne ihn zu sein." Damit steckte sie sich eine Traube in den Mund und stellte dann Mia ihrerseits eine Frage. „Hat diese Frage irgendetwas mit diesem *Schlechte-Nachrichten*-Mann von dir zu tun, von dem ich annehme, dass er auch superheiß ist?"

„Nicht nur schlechte Nachrichten. Alte Nachrichten“, sagte Mia und winkte mit der freien Hand achtlos ab. Aber da Jackie offenbar fühlte, wie angespannt sie bei dieser eklatanten Lüge war, verzog sie im Schlaf ihr Gesicht und bewegte sich in Mias Armen. „Sorry, kleines Mädchen“, flüsterte sie, bevor sie den Blick wieder zu Nicola zurückwandte. „Ich habe aber einen schnuckeligen Typen im Flieger hierher getroffen.“

Nicola hob eine Augenbraue, da sie offensichtlich nicht auf Mias Ablenkungsversuch hereinfiel. „Wenn ich auch das ganze Wochenende brauche, ich werde dich dazu bringen, die Details über deinen geheimen heißen Typen auszuspucken. Apropos heiße Typen, ich hab gerade eine tolle Nachricht von einem Gast bekommen, der mir mitteilt, dass er letztendlich doch morgen zu meiner Hochzeit kommen kann. Ich gebe auch einen Tipp – er ist der umwerfendste Rocker auf Erden.“

Mia versuchte zwar rationell zu bleiben und an die Unwahrscheinlichkeit zu denken, dass *sein* Name aus Nicolas Mund kommen könnte, trotzdem konnte sie es nicht verhindern, dass eine gewisse Schwere über sie kam. Ihr Mund fühlte sich trocken an und sie brauchte jedes Quäntchen Selbstbeherrschung, um nicht herumzuzappeln und das Baby in ihren Armen aufzuwecken.

„Ford Vincent!“ Nicola war so aufgeregt, dass sie nicht bemerkte, wie das Blut aus Mias Gesicht wich.

„Ich bin ein so großer Fan, dass mir jedes Mal ein bisschen schwummrig wird, wenn ich ihn singen höre, und er ist auch wirklich nett.“

Ford machte andere große Stars wie Nicola schwummrig. Aber Mia war alles andere als schwummrig jetzt.

Ihr war eher übel.

Natürlich mussten sich Ford und Nicola kennen. Sie waren im selben Fach, um Himmels willen. Jetzt, da sie darüber nachdachte, hatten die beiden nicht bei einigen Shows zusammen gespielt, bevor Nicola Marcus kennenlernte?

„Ford kommt hierher?“ Mias Stimme klang selbst in ihren Ohren hohl. „Auf das Weingut? Zu deiner Hochzeit?“

Eine dumme Frage nach der anderen kam ihr über die Lippen, sie konnte aber keine zurückhalten. Denn sie hatte das Gefühl, als könnte sie sich kaum noch zusammenhalten. Wäre nicht das Baby auf ihrem Schoß gewesen, wäre sie vielleicht von dem Sofa gesprungen und wie die kleine Emma durch den Weinberg gerannt.

Nicola sah Mia sonderbar an, als Sophies Ohren endlich Fords Name auffingen. „Warte einen Augenblick“, sagte sie und wiederholte Mias Frage, damit sie jeder hören konnte: „Willst du uns sagen, dass Ford Vincent zur Hochzeit hierher kommt? Warum habe ich das nicht gewusst?“

„Er konnte zuerst nicht kommen, weil sein Terminplan es nicht erlaubte“, erklärte Nicola. „Er hat mich gestern Nachmittag aus heiterem Himmel auf meinem Handy angerufen und gefragt, ob die Einladung noch gilt.“

„Gestern Nachmittag. Natürlich würde er da anrufen“, sagte Mia mehr zu sich selbst. Unmöglich, dass dieser Anruf ein Zufall war. Vor fünf Jahren in Miami war er ihr nicht hinterhergelaufen, aber jetzt akzeptierte er *verschwinde verdammt noch mal aus meinem Leben* nicht als Antwort. Alles musste eindeutig immer nach seinem Kopf gehen, und wenn nicht er es war, der Lebewohl sagte, dann zählten diese Worte nicht.

Wieder sah Nicola Mia an und runzelte die Stirn, aber Sophies Zwilling, Lori, kam jetzt zu ihnen herüber. Ihr Spitzname war Früchtchen, im Gegensatz zu Sophies Liebchen. Lori trug einen Cowboyhut und die süßesten roten Cowboystiefel zu ihrem kurzen, schulterfreien roten Kleid. Die Frauen in der Gruppe waren schön, aber von ihnen allen war Lori die beeindruckendste. Ob sie auf der Bühne tanzte oder sich bei den Schweinen auf der Farm, die sie mit ihrem Mann Grayson besaß, schmutzig machte, die Leute konnten einfach nicht die Augen von ihr abwenden.

„Du wirst nicht glauben, wer zur Hochzeit kommt“, sagte Sophie zu ihrer Zwillingsschwester. „Ford Vincent!“

Mia blieb die Spucke weg, als Lori nach Luft rang.

Sie *rang* tatsächlich nach Luft. „Mach keine blöden Witze mit mir, Soph." Sie wandte sich mit großen Augen zu Nicola. „Ist das echt wahr? Wird er *wirklich* hier sein?"

Nicola nickte und wollte gerade noch etwas dazu sagen, als Mia es einfach nicht mehr ertragen konnte. „Ich kann schlicht und ergreifend nicht verstehen, was da groß an ihm dran sein soll. Naja, er hat ein paar ziemlich gute Songs, aber ihr habt schon alle total tolle Männer."

„Du machst Witze, stimmt's?", sagte Lori. „Ich liebe meinen Mann wie bescheuert, aber ich bin nicht *tot*."

„Es stimmt", murmelte Megan. „Ford ist verflixt umwerfend."

Mia beobachtete fassungslos wie jede der Frauen, eine nach der anderen, sogar die so besonnene Valentina sich einig waren, dass Ford eine besondere Ausnahme in ihrer sonst gültigen Regel bildete, andere Männer nicht zur Kenntnis zu nehmen. Natürlich ging ihre Anspannung auf das Baby in ihren Armen über, denn in genau diesem Augenblick wachte Jackie plötzlich auf, blickte in Augen, die nicht die ihrer Mutter waren, und verzog das Gesicht, bereit, gleich zu weinen zu beginnen.

„Oh-oh", sagte Sophie und stand schnell auf um das kleine Mädchen auf ihre Hüfte zu setzen, „es sieht so aus, als wäre da jemand hungrig. Das bedeutet, dass ihr

Bruder wahrscheinlich auch den Jungs Probleme macht. Ich bin gleich wieder zurück."

Ohne ein Bündel der Freude auf ihrem Schoß fühlte sich Mia, als wäre sie vor ihrer Familie nackt ausgezogen, mit all ihren dummen Emotionen für alle gut sichtbar. Was das Letzte war, was sie wollte.

Lori wandte sich an Brooke, die sich jetzt zur Gruppe gesellte. „Du bist doch ein Fan von Ford Vincent, oder?"

Brooke machte sofort ein wütendes Gesicht. „Nein, ich *hasse* ihn."

Alle bekamen riesige Augen und Mia wurde sich bewusst, dass sie ordentliche Schadensbegrenzung machen musste – und zwar schnell. „Was Brooke sagen will, ist, dass sie hasst, wie heiß er ist, wo sie jetzt doch nur mehr an meinen Bruder denken sollte."

Brooke warf ihr einen verwirrten Blick zu, bevor es ihr plötzlich dämmerte, dass sie beinahe der Gruppe etwas verraten hätte.

„Er kommt dieses Wochenende zur Hochzeit", sagte Mia zu Brooke.

Sie bemühte sich wirklich sehr, keine Bitterkeit in ihrer Stimme mitschwingen zu lassen, aber als Brooke ihren Arm packte und sagte: „Könntest du mir drin mit meinem Kleid helfen? Es ist irgendetwas komisch bei meinem Reißverschluss", wusste Mia, dass es ihr nicht gelungen war.

Ohne Zweifel fragten sich alle, was mit ihnen

beiden nicht stimmte, aber sowohl Mia als Brooke taten weiterhin so, als wäre alles in Ordnung, bis sie wieder im Haus und hinter verschlossenen Türen in Marcus' Büro waren.

„Wie kann er auch nur daran *denken,* so in Nicolas Hochzeit hereinzuplatzen? Es ist mir egal, dass er eingeladen wurde, er sollte sich davor hüten, dein Wochenende zu ruinieren." Brooke, die eine der liebenswertesten, freundlichsten Seelen war, die Mia kannte, sah aus wie ein General, der sich darauf vorbereitete, in den Krieg zu ziehen. „Ich kann es einfach nicht erwarten, den Mann in Stücke zu reißen und dann werden alle deine Brüder und Cousins dasselbe mit ihm machen."

„Nein, bitte, tu das nicht. Wenn irgendwer herausfindet, was zwischen uns war, wird das ein Riesending. Und ich werde es mir nie verzeihen, wenn ich ihn Marcus' und Nicolas Hochzeit ruinieren lasse."

Aber Brooke hatte recht. In dem zu besichtigenden Haus aufzutauchen war etwas ganz anderes als zur Hochzeit eines Verwandten zu kommen.

„Ich habe genug von seinen kleinen Überraschungen. Sobald Ford hier ankommt, werden wir beide eine rationelle, erwachsene Diskussion unter vier Augen haben. Und wenn wir fertig sind, werde ich dafür sorgen, dass er versteht, dass alles, was einmal zwischen uns war, entschieden und total der Vergangenheit angehört."

Kapitel 10

Obwohl Ford es nicht erwarten konnte, die mit Mia verlorene Zeit wieder aufzuholen, wollte er doch nicht Nicolas großen Tag ruinieren, deshalb plante er, kurz vor Beginn der Feier hineinzuschlüpfen. Nicht, weil er immer noch glaubte, *so großartig* zu sein, aber er hatte genug ähnliche Situationen erlebt und wusste, dass die Leute gewöhnlich in der Nähe von Musikern auch zu den unpassendsten Zeiten ein bisschen verrückt taten.

Anzüge waren nicht wirklich seine Sache, aber Nicola verdiente es, dass er sich Zeit nahm, um sich ein wenig in Schale zu werfen, einschließlich Krawatte. Er wusste, dass Mia glauben würde, er hätte vorsätzlich seine Terminpläne für dieses Wochenende geändert, damit er sie weiterhin anmachen konnte. Diese Gelegenheit war zwar ein sagenhafter kosmischer Glücksfall, aber er hatte aufrichtig gehofft, dass er seinen übervollen Terminkalender wenigstens für ein paar Stunden umplanen konnte, um miterleben zu können, wenn seine Freundin das Ehegelübde ablegte.

Fords Erfahrung besagte, dass wahre Liebe verflixt rar war. Und wenn es zwei unglaublich beschäftigten und erfolgreichen Personen wie Nicola und Marcus tatsächlich gelang, die Beziehung funktionieren zu lassen, dann verdiente das, dachte er, richtig gefeiert zu werden.

Auf dem Beifahrersitz des schwarzen Tesla, den sie für diesen Tag gemietet hatten, wartete bereits Billy, sein Leibwächter, auf ihn. Als Ford hinter das Lenkrad schlüpfte, sagte Billy: „Ich liebe dich" in sein Handy und ließ es zurück in seine Tasche gleiten.

„Schicker Anzug und Krawatte, Sir."

Ford grinste über das sarkastische Kompliment. „In der Hoffnung heute eine Dame zu beeindrucken. Es ist an der Zeit, mit schwerem Geschütz aufzufahren, schätze ich. Wie geht's Susan?"

Billy musste nur selten als Leibwächter seine Kraft einsetzen, einfach, weil er so groß war und so bedrohlich aussah, dass die Leute es erst gar nicht wagten, irgendetwas mit Ford zu versuchen. Aber als er ihn fragte, wie es seiner Frau ging, wurden seine Züge weicher, bis er fast zugänglich wirkte. „Sie ist ziemlich bereit, das Baby zu kriegen, wo jetzt nur mehr vier Wochen fehlen."

Ford hatte bereits ein tolles Babygeschenk für Susan und Billy ausgesucht. Das als das sicherste bewertete Auto würde auf dem Parkplatz des Krankenhauses auf sie warten, sobald sie den kleinen Nachfolger zur Welt gebracht haben würde.

Ein paar Minuten später fuhr Ford durch die

Hintereinfahrt des Weinguts Sullivan. Nicola hatte den Parkdienst bereits auf seine Ankunft vorbereitet, so dass sie sofort durchgewinkt wurden. Ein Typ in einem blauen Anzug sprach in ein Headset, während er sich ihrem Wagen näherte. „Willkommen Herr Vincent. Miss Harding lässt Ihnen ausrichten, dass die Feier in fünf Minuten beginnt. Bitte gehen Sie durch den Seiteneingang hinein."

Er gab beiden Valets ein schönes Trinkgeld, dann setzte Ford einen dunklen Hut auf und hielt den Kopf gesenkt für den Fall, dass ein paar Gäste noch draußen herumschwirrten, während er und Billy über den kiesbedeckten Parkplatz gingen. Nicola und Marcus würden ihr Eheversprechen in einer weitläufigen umgebauten Scheune ablegen, die rot angestrichen und renoviert worden war und deren riesige Fenster auf die mit Reben bewachsenen sanften Hügel ging.

Es war ein verdammt toller Platz, um zu heiraten, dachte Ford, während er sich im Geiste für die Zukunft, die er mit Mia erhoffte, eine Notiz über das Weingut machte.

Als er die Seitentür öffnete, erklangen von einer alten Orgel, die auf einer Empore in der Scheune aufgebaut worden war, die ersten Noten des *Hochzeitsmarsches*. Die vordere Hälfte der Scheune war wie eine alte Dorfkirche ausgestattet, mit eingebauten hölzernen Kirchenbänken und in der Mitte ein Gang.

Obwohl die Bänke voll waren, brauchte Ford

weniger als fünf Sekunden, um Mia zu finden. Sie saß in der ersten Reihe mit, wie er annahm, Mitgliedern der Familie. Sie trug ein dunkelrosa Seidenkleid, das aussah, als wäre es für sie angefertigt worden, ebenso elegant wie sexy. Sie trug es, wie sie alles trug – einschließlich überhaupt nichts – mit angeborenem Selbstvertrauen und einer Sinnlichkeit, die es Ford unmöglich machten wegzublicken.

Zum Glück stand sie jetzt und blickte auf Nicola wartend den Gang hinunter, was bedeutete, dass Ford sich ziemlich leicht hinter sie zwängen konnte. Zum Glück waren auch die Blicke aller anderen auf die Tür gerichtet.

Zwar war es ihm fast unmöglich, die Augen von Mia abzuwenden, aber trotzdem zwang sich Ford, sich ein paar Sekunden lang genauer auf Nicolas Hochzeit umzuschauen. Ford hatte schon Bräutigame gesehen, die am Altar grün im Gesicht wurden und sorgenvoll dreinschauten. Im Gesicht von Nicolas Bräutigam hingegen stand nur eine leichte Ungeduld, sein Mädchen endlich in die Arme nehmen zu können. Ansonsten sah Marcus Sullivan wie der glücklichste Kerl auf Erden aus.

Vor Jahren hätte Ford nicht geglaubt, dass es die wahre Liebe wirklich gibt. Aber jetzt begann er sich bewusst zu werden, dass Liebe stärker war als alles andere. Wichtiger als eine Karriere oder Geld oder Stolz.

Fünf Typen standen neben Marcus und alle sahen ihm so ähnlich, dass Ford bald erriet, dass es entweder Brüder oder Cousins sein mussten. Er erkannte natürlich Smith Sullivan, nicht nur von seinen Filmen, sondern auch weil sie beide sich im Laufe der Jahre auf einigen Hollywood-Partys begegnet waren. Sie hatten sich eigentlich nie zusammengetan und geplaudert, aber Ford hatte Smith immer als einen guten Menschen betrachtet, der trotz seines gewaltigen Ruhms und Erfolgs überraschend normal war.

Fünf Frauen standen nebeneinander auf der anderen Seite der Offiziantin und da musste er wirklich zweimal hinschauen. Die Offiziantin war die verdammt bestaussehende Frau jenseits der Sechzig, die er je gesehen hatte. Und wenn sie nicht eng mit Marcus und seinen Trauzeugen verwandt war, würde Ford seine Schuhe schlucken. Er hatte gewusst, dass Mias Familie sehr miteinander verbunden war, aber er hatte den Eindruck, als würden das auch die anderen Zweige der Familie sein.

Hatte Marcus tatsächlich seine eigene Mutter gewählt, um ihn mit Nicola zu verheiraten?

Herrgott, Ford konnte sich nicht vorstellen, dass seine Mutter auch nur in Betracht ziehen würde, das für ihn zu tun. Ihr Gesellschaftskreis würde mit etwas so Unkonventionellem nie fertigwerden. Noch konnte er sich eine Welt vorstellen, in der er das von ihr wollte. Er war sich nicht einmal sicher, dass sich seine

Eltern erinnern würden zu kommen, wenn er endlich heiraten würde, vorausgesetzt, dass es für sie gerade keine anderen, wichtigeren gesellschaftlichen Ereignisse gab. Außerdem wäre ihnen wahrscheinlich angst und bange, dass er zu seiner Hochzeit in einer Lederkluft und mit seinen zur Schau gestellten Tattoos erscheinen würde.

Wie, fragte er sich, wäre es, zu einer Familie wie den Sullivans zu gehören?

Ein Gefühl, das er nicht sofort definieren konnte, stieg in ihm auf und schnürte ihm einen Augenblick die Kehle zu. Als Songwriter suchte sein Gehirn sofort nach dem richtigen Wort.

Es war nicht wirklich Eifersucht. Eher … ein Sehnen. Nicht nur nach der Frau, die er immer noch liebte, dass auch sie ihn liebte, sondern nach einer Familie, die ihn wirklich gernhatte, wie die Sullivans einander gernhatten.

Mia stand so nahe bei ihm, dass er leicht seinem desperaten Wunsch hätte nachgeben können, seinen Arm um ihre Taille zu schlingen und sie an sich zu ziehen. Schon so machte ihn ihr exotischer Duft halb verrückt. Aber verflucht, er hatte sich geschworen, dass er nichts tun würde, das Nicolas Hochzeit ruinieren könnte – und der Wirbel, den Mia bestimmt machen würde, wenn er es wagen sollte, sie so zu berühren, würde mit Sicherheit genau dazu führen. Aber es war eine fast übermenschliche Anstrengung, sich gerade jetzt zurückzuhalten.

Bald, war er sich sicher, würde seine Selbstbeherrschung in die Binsen gehen …

Eine kollektives „Ahhh“ erklang in der Scheune, als Nicola am Arm ihres Vaters erschien.

„Oh meine Güte, sieht sie schön aus“, flüsterte Mia vor sich hin.

Und während seine Freundin langsam mit ihrem Vater den mit Rosenblättern übersäten Gang hinunterschritt, konnte Ford ihr nur aus ganzem Herzen zustimmen. Nicola war schon von Natur aus eine sehr hübsche Frau, aber heute leuchtete sie regelrecht in einem fein geschneiderten weißen Spitzenkleid mit einer Krone aus kleinen weißen und gelben Blumen auf ihren rosa und blau gesträhnten blonden Haaren.

Der grauhaarige Mann hinter Ford bewegte sich zur Seite, um besser sehen zu können, wodurch Fords Hüften auf Mias prächtigen Hintern drückten.

Erwischt, dachte er mit einem Grinsen, als er fühlte, wie sich ihr Körper vor seinem erhitzte und dann erstarrte.

Himmel, er hatte nie vergessen, wie es sich anfühlte, sie in seinen Armen zu halten, das Inferno der Leidenschaft und Zärtlichkeit, dem nichts, was er nachher erlebt hatte, auch nur nahegekommen war. Nicht einmal, ein halbes Dutzend Grammys an einem Abend gewonnen zu haben oder vor einem Publikum von 200.000 Menschen in Japan zu spielen.

Zum Glück schien niemand außer Mia bis jetzt Ford bemerkt zu haben und er zog instinktiv seinen Hut tiefer herunter, als er sich zur Vorderseite der Scheune wandte. Da sah er, wie Marcus sich von der Gruppe vorne löste. Mit langen Schritten ging er auf Nicola und ihren Vater zu und traf in der Mitte des Ganges auf sie.

Nachdem ihr Vater Marcus' die Hand geschüttelt hatte, drückte er einen Kuss auf die Stirn seiner Tochter. Nicolas Augen waren eindeutig nass, als sie ihren Vater umarmte, aber nachdem Marcus ihre Hände in seine genommen und sie für einen leidenschaftlichen Kuss an sich gezogen hatte, konnte sie nicht aufhören zu lächeln.

Auch wenn die Braut und der Bräutigam gerade gegen das Hochzeitsprotokoll verstießen, applaudierten ihre Gäste wie verrückt, ganz zu schweigen vom lauten Pfeifen der Trauzeugen. Trotz des offensichtlichen Schocks, Ford hinter sich zu haben, musste sogar Mia unwillkürlich klatschen und lachen, als sich die Braut und der Bräutigam endlich voneinander lösten und praktisch zusammen nach vorne liefen, um die Dinge offiziell werden zu lassen.

Die Menge lachte noch, als sie sich setzten und Ford drehte sich zu Mia und flüsterte: „Du bist schön."

Ihre Augen lagen noch auf der Braut und dem Bräutigam, als sie sich zu ihm lehnte und zurückflüsterte: „Und du bist ein hinterlistiger Drecksack."

Nur mit letzter Willenskraft hielt Ford ein lautes Lachen zurück. Denn allein neben Mia Sullivan zu sitzen, machte ihn glücklicher als alles andere.

Kapitel 11

„Liebe Freunde und Familie, wir freuen uns so sehr, dass ihr heute hier sein könnt, um die Liebe zwischen Marcus und Nicola zu feiern."

Als Mary Sullivan sich an die Hochzeitsgäste wandte, kämpfte Mia hart, um die Tränen, die bereits hochkamen, zurückzudrängen. Allein zuzusehen, wie Nicola den Gang entlangschritt, war bereits genug, um ihr die Kehle zuzuschnüren, und als Marcus zu ungeduldig war und den Gang hinunterlief, um seine Braut vom Arm ihres Vaters wegzustehlen … nun, konnte es ein schöneres Beispiel geben, wie sehr er sie liebte?

Mia war noch nie eine Heulliese gewesen. Sie hatte als kleines Mädchen begriffen, dass es besser war, sie jammerte nicht, wenn sie hinfiel oder sich wehtat, wenn sie wollte, dass ihre Brüder sie auf ihre Abenteuer mitnahmen. Aber schon vor langer Zeit hatte sie beschlossen, dass sie auf Familienhochzeiten ihre Weinen-verboten-Regel brechen durfte. Das waren immer hoch emotionale Erlebnisse für sie, und wenn dann die Braut erschienen und das

Eheversprechen ausgesprochen war, verlor sich Mia unweigerlich in ihren Gefühlen.

Heute waren es nicht die Tränen, die sie zurückzuhalten versuchte. Es ging darum, ihre Schutzmauern vor Ford nicht fallenzulassen. Denn, sich in einem Gefühlsüberschwang zu befinden, war ein *schrecklicher* Zustand, wenn Ford neben ihr saß.

Sie sollte kalt wie Stein in seiner Nähe sein. Oder sie sollte sich daran erinnern, wütend zu sein, damit ihre Schutzmauern intakt blieben. Beide dieser Reaktionen wären sinnvoll gewesen.

Alles wäre jetzt sinnvoll, nur nicht ein Gefühl, dass es zu *viel* war, sich zu *gut,* zu *richtig* anfühlte, so nahe neben ihm zu sitzen.

Nein. Sie musste aufhören, sich auf Ford zu konzentrieren. Heute ging es um Marcus und Nicola. Wenn sie weinen musste, nun, *c'est la vie.* Wichtig war, dass ihre Tränen absolut gar nichts mit dem Mann zu tun hatten, der die Stirn besaß, sich in die Scheune einzuschleichen und sich in der bereits überfüllten Kirchenbank neben sie zu zwängen. Verflixt, sie fühlte sich, als säße sie bereits auf seinem Schoß … und sie weigerte sich einzugestehen, wie durch und durch sexy dieser Gedanke war.

Konzentration, Mia!

Mit lasergenauer Präzision richtete sie ihren Blick auf ihren Cousin und konnte sehen, dass Marcus noch nie glücklicher ausgesehen hatte. Sie freute sich so für ihn, besonders, wenn man bedachte, wie sehr er sein eigenes Leben auf Eis gelegt hatte, als Onkel Jack starb und Marcus die Zügel der Familie in die Hand genommen hatte, um zu helfen, seine sieben jüngeren Brüder und Schwestern großzuziehen. Jeder Einzelne hier in der Scheune konnte sehen, wie er seine Braut ansah, als bedeutete sie absolut alles für ihn.

Es war ein Ausdruck, den sie immer wieder auf den Gesichtern ihrer Cousinen und Cousins und ihres Bruders sah, wenn sie die Frau oder den Mann anblickten, in die sie sich verliebt hatten. Aber unwillkürlich überlegte sie zum ersten Mal, hatte sie diesen Ausdruck nicht vor kurzem in einer sie persönlich betreffenden Situation gesehen? Aber wo?

Plötzlich fiel es ihr ein: Es war *genauso,* wie Ford ausgesehen hatte, als er sie am Freitagmorgen in den Turm kommen sah!

Oh Gott … sie konnte nicht recht haben, sie musste wohl am Freitagabend mit den Mädels einen Drink zu viel getrunken und nicht genug geschlafen haben. Die Woche war stressig gewesen, dazu noch all die Emotionen hier in der Scheune und jetzt drehte sie durch.

Doch bevor sie sich zurückhalten konnte, ließ sie der totale Schock, dass dieser Gedanke wahr sein könnte, den Kopf drehen, um Ford zum ersten Mal, seit er neben sie geschlüpft war, anzusehen.

Sind das wirklich deine Gefühle für mich?

Als wäre er imstande gewesen, ihre Gedanken zu lesen, verhakten sich seine dunklen Augen sofort in ihren. Die Hitze – und Emotion – in ihnen ließ sie vollkommen stillhalten und sie hätte schwören können, dass er ihr antwortete.

Immer.

Irgendwie gelang es Mia, ihren Blick wegzulenken. Sie zwang sich, langsam und gleichmäßig zu atmen, bis sie ihren Herzschlag wieder auf normal brachte. Das war schon immer ihr Problem mit Ford gewesen: Wenn sie ihm so nahe war, drehte ihr Verstand völlig durch und war sofort im Traumland, wo Rockstars, die gewöhnlich in einer einzigen Nacht in mehrere Betten hüpften, für den Rest ihres Lebens nur mit einer Frau zusammen sein wollten.

Natürlich wusste sie, dass ihre Cousins Smith und Ryan so große Stars waren, dass sie auf immer Betthüpfer hätten bleiben können, wenn sie das gewollt hätten, anstatt sich beide mit wunderbaren Frauen zu verloben. Doch schienen die Welten des Films und des Profisports nie ganz dasselbe *Sünden*niveau der Rockstars zu erreichen. Tatsächlich fiel ihr, ohne lange nachzudenken, ein halbes Dutzend Rock-and-Roll-Enthüllungsgeschichten ein, von Groupies geschrieben, die im Detail schilderten, wie wild der nicht-exklusive Sex im Musikgeschäft war.

Kein Wunder, der Rockstar, der neben ihr saß, strömte geradezu Sex aus, denn er war umwerfend sexy in seinem dunklen Anzug und Krawatte, sein Bartschatten, den er oft trug, war frisch wegrasiert und ein Hut tief über sein etwas zu langes dunkles Haar gezogen.

Welche Frau würde sich nicht auf ihn stürzen? Wenn die Hochzeitsgäste bemerkten, dass er hier war, würde Mia sich nicht wundern, wenn sonst gesunde Frauen damit beginnen würden, ihm ihre BHs zuzuschleudern.

Als hätte er gewusst, dass sie jedes einzelne Element seines Sex-Appeals katalogisierte, konnte sie ihn aus ihrem Augenwinkel grinsen sehen. Er dachte eindeutig, dass er dabei war, diese Runde zwischen ihnen zu gewinnen.

Aber was sie betraf, hatte Mia sich bereits geschworen, dass sie ihn absolut nichts mehr gewinnen lassen würde. Voll frischer Entschlossenheit setzte sie ihr letztes Quäntchen Konzentration ein, um zuzuhören, was Tante Mary gerade sagte.

Anstatt zu den Hochzeitsgästen zu sprechen, streckte Mary eine Hand zu Nicola aus. „Sobald ich an jenem ersten Abend, als du meinen Sohn kennenlerntest, mit dir gesprochen hatte, wusste ich, dass du sein Leben auf wunderbarste Weise verändern würdest.“ Dann nahm Mary Marcus’ Hand, so dass sich alle drei an den Händen hielten, und sagte: „Oh Liebling, ich …“ Als es ihr so sehr die Kehle zuschnürte, dass sie nicht mehr fortfahren konnte, lachte Mary leise durch ihre Tränen und sagte: „Ich glaube, es ist an der Zeit, dass du und Nicola euch euer Eheversprechen gebt."

Weder Marcus noch Nicola hatten bis jetzt gesprochen, aber Mia wischte sich bereits die Tränen weg, die über ihre Wangen rannen. Sie konnte Fords Augen auf sich fühlen, aber sie hatte nicht die geringste Chance, auch nur eine weitere Sekunde ihre Emotionen zurückhalten zu können, auch wenn sie wusste, dass er nachher ihre Schwäche ausnutzen würde.

Marcus und Nicola wandten sich einander zu, und gaben sich beide Hände. Wohl mehr als dreihundert Hochzeitsgäste sahen zu, aber Mia hatte den Eindruck, dass in diesem Moment für ihren Cousin und seine Braut nichts anderes existierte als sie beide. Marcus hob Nicolas Hände an seine Lippen, um sie zu küssen, bevor sie zu sprechen begann.

„An dem Abend, als wir uns kennenlernten", begann Nicola mit ihrer melodischen Stimme, die dank der vielen Jahre auf der Bühne in der ganzen Scheune gut zu hören war, „sagte mir deine Mutter, dass du einer der besten Männer bist, die sie kannte. Und dann sagte sie, ich würde bei dir in Sicherheit sein." Nicola blickte zu Mary zurück. „Danke, dass du so wunderbare Arbeit geleistet hast beim Großziehen dieses Mannes, mit dem ich den Rest meines Lebens verbringen und den ich mit meinem ganzen Herzen und meiner Seele lieben werde.“ Mary lächelte unter den Tränen, die sie eine nach der anderen wegwischte.

Nicola richtete ihren Blick wieder auf Marcus und sagte mit einer Stimme, die vor Liebe und Inbrunst zitterte: „All die größten Liebeslieder der Welt können nicht annähernd ausdrücken, wie sehr ich dich liebe. Und jeden Tag verspreche ich zu versuchen, dich noch mehr zu lieben, als ich es bereits tue.“

Marcus wand seine Hände durch Nicolas lockere Wellen und zog sie für einen Kuss an sich, der beinahe die Holzscheune in Flammen aufgehen ließ. Und Gott sei Dank küsste er sie, denn das gab Mia wenigstens ein paar Sekunden, um zu versuchen, ihre frei fließenden Tränen einzudämmen. Von dem Schniefen und Seufzen der anderen Personen um sie herum zu urteilen, war sie nicht die Einzige, die ausflippte.

Gerade in diesem Augenblick streckte Ford die Hand aus, um eine ihrer Tränen wegzuwischen. Seine Hand verweilte ein paar Momente zu lang auf ihrer Wange, lange genug, damit sie fühlen konnte, dass die Elektrizität zwischen ihnen immer noch superstark war, egal wie sehr sie sich wünschte, dass es nicht so sei.

In diesem Augenblick wäre sie nicht fähig gewesen, seine Hand wegzuschieben, aber zum ersten Mal forderte er sein Glück nicht heraus. Und als er seine Hand von ihrem Gesicht entfernte, spürte sie tief in ihrem Inneren einen Verlust.

Als sie wieder zur Braut und zum Bräutigam hinaufblickte, sah Mia, dass sie so eng beieinanderstanden, dass Nicolas Hochzeitskleid sich ganz um Marcus' Beine gewickelt hatte. „Der Augenblick, in dem mein Blick auf dich gefallen war", sagte Marcus und seine tiefe, sonore Stimme erfüllte die Scheune, „wusste ich, dass du die Richtige bist. Und in jedem Augenblick seither habe ich mich noch mehr in deine Intelligenz, in dein Talent und vor allem in dein wunderbares Herz verliebt. Ich hatte nie ganz verstanden, was *für immer* bedeutete, bis du kamst."

Dieses Mal hob Nicola die Hände zu seinem Gesicht, um ihn näher an sich zu ziehen und ihn nochmals zu küssen. Mia war jetzt Ende zwanzig und auf mindestens einem Dutzend Hochzeiten gewesen – Hochzeiten, die lustige und glückliche Ereignisse waren, aber wo alle so penibel die Regeln befolgten. Nur auf den Hochzeiten ihrer Cousins und Cousinen wurden diese Regeln über Bord geworfen. Die Liebe allein zählte und das *„Ich will"* würde schon zur rechten Zeit ausgesprochen werden.

Als Marcus und Nicola sich zurück zu seiner Mutter drehten, damit sie ihr Gelübde abschließen und sie zu Mann und Frau erklären konnte, grinste Marcus und sagte: „Und danke nochmals Mom, dass du an jenem Abend genau das Richtige zu Nicola gesagt hast, als sie sich fragte, ob sie den Club mit mir verlassen sollte."

Die Gäste wechselten vom Lachen wieder zu Tränen, als Mary Sullivan mit einer Stimme voll Stolz und Liebe endlich erklärte: „Ich erkläre euch nun zu Mann und Frau. Und“, sagte sie mit einem breiten Lächeln, „du darfst die Braut küssen. *Nochmal.*“

Alle Hochzeitsgäste brachen in Beifall aus, als Marcus und Nicola sich wieder küssten. Sobald die Braut und der Bräutigam begonnen hatten, durch den Mittelgang hinauszugehen, die Trauzeugen und Brautjungfern im Gefolge, packte Mia mit der Faust Fords schwarzen Anzug und zog ihn so nahe heran, dass sie flüstern konnte: „Wir müssen miteinander reden. Jetzt.“

Kapitel 12

Ford ließ sich gerne von Mia durch die Seitentür der Scheune und über eine gemauerte Veranda in ein kleines Nebengebäude ziehen. Der Lagerraum war dunkel und roch nach Leder und alten Holzplanken, aber am Giebel war eine Dachluke, durch die Sonnenlicht hereinströmte.

Das Licht schien auf Mias glänzendes Haar wie ein Glorienschein.

„Du hast mich im Turmhaus am Freitag überrumpelt, aber jetzt, da ich ein wenig Zeit zum Denken hatte, hab ich beschlossen, dass es höchste Zeit ist, dass ich dir endlich meine Meinung sage." Sie verengte die Augen. „Und denk erst gar nicht daran wegzulaufen, bevor ich fertig bin."

„Es gibt keinen Ort, an dem ich lieber wäre", sagte er ehrlich. „Und niemanden, mit dem ich lieber zusammen wäre."

Er sah die Wirkung seiner Worte auf sie, bevor sie einen Schritt von ihm wegmachte, eine Hand auf ihrem Herzen, als würde das genügen, um das, was er für sie empfand, nicht hineinzulassen.

„Genau hier liegt eines der Probleme, die ich mit dir habe. Du bist so gut mit Worten. Zu gut. Ich war dreiundzwanzig, als wir uns kennenlernten. Die Tattoos und die Lederklamotten hatten mich schon mehr als halb erobert, aber wie hätte ich nicht jedem Wort verfallen sollen, das über deine Lippen kam, ob du es gesungen oder gesagt hattest? Lange Zeit habe ich mich selbst geohrfeigt, weil ich so dumm war, so naiv – aber dann begriff ich etwas." Sie sah resigniert aus, als sie hinzufügte: „Ich glaube nicht, dass es viele Frauen gegeben hätte, die dir nicht so wie ich verfallen wären."

„*Du* hattest mich mehr als halb erobert mit deinem verführerischen silbernen Kleid und den wunderschönen Augen", sagte er zu ihr, „aber nicht nur du hast dich in mehr als nur das Aussehen verliebt, Mia. Du bist nicht nur schön. Du bist auch intelligent. Mutig. Ehrgeizig. Es gibt eine Million schöner Frauen da draußen, aber es war keine dabei wie du."

Mia machte ein ungläubiges Geräusch. „Du bist eine wandelnde Musikenzyklopädie, daher weiß ich, dass du den Song von Joni Mitchell über *charmante Lügen* kennst. Wie ich gerade gesagt habe, du bist ein Meister darin, Ford. Aber sie funktionieren nur, wenn die Frau, mit der du zusammen bist, noch an Rosen und Küsse von einem schönen Mann wie du glauben will." Sie schüttelte den Kopf. „Ich bin jetzt weit darüber hinaus."

„Nichts, was ich je zu dir gesagt habe, war eine Lüge. Weder damals. Noch heute." Sie hatte aber bereits klargemacht, dass charmante Worte seiner Causa nicht weiterhelfen würden, deshalb ließ er sie einfach beiseite und sagte: „Und ebenso wenig ist es die Tatsache, dass keiner von uns jemals diese tiefe und starke Verbindung mit jemand anderem gehabt hat."

„Das ist typisch für den Rockstar, dass er *heißen Sex* in eine *tiefe Verbindung* verwandelt."

„Der heißeste Sex, den ich je hatte", stimmte er ihr zu, „aber wer lügt jetzt, Mia? Du weißt genau, dass wir mehr als nur das hatten."

„Nur du kannst so sicher sein, dass ich nie mit einem anderen Mann eine tiefe Verbindung hatte."

„Wenn es den Mann gäbe, hättest du ihn geheiratet."

Sie schoss zurück: „Ich habe dich nicht geheiratet."

„Du hast mich nicht geheiratet, weil ich ein Idiot war. Und wenn ich glaubte, dass es den Hauch einer Chance gäbe, dass du jetzt einverstanden wärst, mich zu heiraten, würde ich dich hinausschleppen und Marcus' Mutter bitten, uns inmitten dieses Weinbergs zu verheiraten im Beisein deiner ganzen Familie."

Er beobachtete, wie sich Mias schöne, volle Lippen schockiert leicht öffneten. „Hör auf! Hör auf mir solche Sachen zu sagen."

Am Freitag hatte er nicht einmal annähernd alles sagen können, was er sagen musste. Heute würde er alles riskieren, auch seinen Stolz.

„Du hast recht, mich als deinen anonymen Käufer auszugeben, war falsch. Ich habe wieder dieselbe alte Nummer abgezogen. Aber ich wollte lange, bevor ich wusste, dass du mit Marcus verwandt bist, zu Nicolas Hochzeit kommen." Sie sah über seine Geständnisse überrascht aus, und als sie ihn nicht sofort zum Schweigen brachte, hoffte er, dass sie endlich bereit war zu glauben, dass seine Worte wahr waren. „Ich bin ein anderer Mann, Mia. Und hoffentlich habe ich dieses Mal genug gelernt, um es einzugestehen, wenn ich im Irrtum bin, wenn ich etwas vermassele ... und um zu versuchen, nicht dieselben Fehler wie vor fünf Jahren zu wiederholen."

Aber diese Eingeständnisse waren eindeutig nicht genug, weil sie den Kopf schüttelte und einen Schritt von ihm weg machte. „Ich kann das nicht nochmals machen, Ford. Ich kann einfach nicht."

„Sag mir, warum. Sag mir, warum du nicht glauben kannst, dass ich dich liebe. Sag mir, warum du mir nicht glauben willst, dass ich nie aufgehört habe, dich zu lieben. Sag mir, warum du mir nicht zuhören willst, wenn ich dir sage, dass es mir leidtut, was ich vor fünf Jahren getan habe, so verdammt leid, dass ich mir in meinem Kopf mindestens tausendmal wiederholt habe, was für ein Idiot ich war."

Ford hatte sich nicht nur in Mia verliebt, weil sie schön war und ihn zum Lachen brachte. Er hatte sich auch in ihre Stärke verliebt.

Eine Stärke, die sie jetzt einsetzte, um ihn entschieden auszusperren.

„Miami war …“ Sie machte einen tiefen Atemzug, der ihre Brust erzittern ließ. „Es war schrecklich. In deiner Garderobe bei dir hineinzuplatzen und dich mit dieser Fremden zu sehen, die dich berührte, das war, als steckte ich in einem Albtraum, von dem ich nicht mehr aufwachen konnte.“

„Mia.“ Er wollte nach ihr greifen, um die Überreste dieses Albtraums zu beschwichtigen, aber sie hob schnell eine Hand, um ihn aufzuhalten.

„Du hast gesagt, du willst wissen, warum und mein Gehirn will nicht richtig funktionieren, wenn du mich berührst.“

Während er sich dieses ungewollte Eingeständnis für später aufbehalten wollte, sagte Ford: „Ich will wirklich wissen, warum. Ich kann es nicht ertragen, wie du dastehst und leidest und dass ich dir das angetan habe.“

„Rechne dir nicht zu viel an, Rockstar. Wie ich schon gesagt habe, ich war jung und dumm und bereit, an Fantasien zu glauben, die nie Wirklichkeit sein konnten.“

„Ich hatte in der Woche, nachdem ich Seattle verlassen hatte, keine andere berührt. Und das Mädchen in Miami, ich schwöre, sie bedeutete mir überhaupt nichts.“

„Wow, eine ganze Woche ohne ein Groupie in deinem Bett“, sagte sie sarkastisch. „Glaubst du, das macht, was du getan hast, irgendwie besser? Glaubst du, deshalb bist du weniger ein Dreckskerl?“

„Nein, das glaub’ ich nicht. Nicht mehr. Damals war ich ein unreifer Junge, der sich in etwas verbohrt und sich in eine Sackgasse gebracht hatte. Ich habe mir viel, viel zu lange versucht einzureden, dass ich im Recht war.“ Ford stieß hart den Atem aus. „Aber jetzt weiß ich, dass ich dir nie das Ultimatum entweder alles oder gar nichts hätte stellen sollen.“

„Also weißt du *doch*, was du getan hast.“

„*Jetzt* weiß ich es“, sagte er zu ihr, „aber damals, als du die Chance nicht ergriffen hast, mit mir auf Tournee zu gehen, war ich überzeugt, es bedeutete, dass du mich nicht ebenso geliebt hast wie ich dich.“

„Du hast mich gebeten, alles aufzugeben in meinem Leben und hast mir kaum fünfzehn Minuten gegeben, um ja zu sagen, zu packen und in den Bus zu steigen.“ Ihre Augen blitzten vor Pein. „Du hast dich benommen, als wäre nur dein Leben allein wichtig. Als wären meine Familie, meine Karriere, meine Träume nur eine Fußnote in Ford Vincents Show. Als hätte ich mich glücklich schätzen sollen, ein Teil davon zu sein.“

„Alles, von dem ich glaubte, dass ich es wollte, bekam ich, schnell und leicht auf einem Silbertablett. Ruhm. Geld. Anerkennung. Und dann aus heiterem Himmel warst du da. Ich sage das nicht, um eine

Entschuldigung vorzubringen. Es gibt keine für das, was ich getan habe oder dafür, wie lange ich versucht habe, mir einzureden, dass ich im Recht war. Aber du musst wissen, dass ich dich nie mehr bitten würde, eine solche Entscheidung zu treffen."

„Okay", sagte sie langsam. Zum allerersten Mal schien sie tatsächlich eine seiner Entschuldigungen anzunehmen. „Aber es war nicht nur das nackte Mädchen auf deinem Schoß, was mich verletzt hatte. Und es war nicht nur die Art, wie du meine Karriere und mein Leben in Seattle herabgesetzt hast. *Du* hast mich verletzt, Ford."

„Wie?"

Aber er wusste, wie, nicht wahr? Denn als sie ihm am Freitagmorgen im Turmhaus den Anstoß gab, sich zu ändern, hatte er ihn nicht angenommen. Und als sie dieses Mal seufzte, fühlte er, dass sie die meisten ihrer Schutzwälle fallengelassen hatte. Sie schien nicht mehr besonders wütend auf ihn zu sein und auch der Sarkasmus war verweht.

Aber die Enttäuschung blieb.

Leider wusste er aus eigener Erfahrung mit seinen Eltern, dass Enttäuschung nicht einfach eine Steigerung von Ärger war. Es war eine Wunde, die sehr viel tiefer ging.

„So viele meiner Cousins haben sich in diesem Jahr verliebt", sagte sie zu ihm. „Auch mein Bruder Rafe. Ich hab sie nur am Rande beobachtet, aber ich habe bei jedem von ihnen immer und immer wieder gesehen, dass sie einander vertrauten. Mit allem, besonders mit jenen Dingen, für die sie nie den Mut aufgebracht hatten, sie irgendjemandem anzuvertrauen. Ich weiß, dass du und ich jung waren und ich behaupte nicht, dass du nicht in einer verrückten Lage warst mit der sprunghaften Entwicklung deiner Karriere und zugleich deines persönlichen Lebens, aber obwohl du gesagt hattest, dass du mich liebtest, hast du mir von dir nicht mehr anvertraut als deinen Fans jeden Abend von der Bühne."

Er wusste, dass es für sie nicht leichter war, ihm all dies zu sagen, als es für ihn war, es zu hören. „Wenn du mir noch eine Chance gibst, Mia, verspreche ich, dass ich es dieses Mal nicht vermurkse."

„Ich ..." Ihre Augen waren groß und ein deutlicher Konflikt stand in ihnen, aber dann sah er, wie sie sich mit einer traurigen Entschlossenheit füllten. „Es tut mir leid, Ford. Ich denke, es ist super, dass wir endlich über die Vergangenheit Klarheit geschaffen haben. Ich will, dass du weißt, dass ich dir alles verzeihe, was vor fünf Jahren geschehen ist, auch wie du mich im Turmhaus am Freitag überrumpelt hast und heute wieder während der Feier. Aber es ist an der Zeit für mich, an meine Zukunft zu denken." Sie hielt inne und blickte ihm direkt in die Augen. „Ohne dich."

Kapitel 13

Mia war schon auf halbem Weg zur Tür, als Ford die Hand ausstreckte und den Arm um ihre Taille schlang, um sie aufzuhalten. Bei dem Gedanken, sich ihr zu öffnen, pumpte das Blut durch seine Adern. Es wäre leichter gewesen, weiterhin seine Gefühle für seine Familie zu verbergen.

Leicht … und leer.

Vor fünf Jahren hatte sie ihm alles gegeben – nicht nur ihren Körper, sondern auch ihr Herz und ihre Seele. Er dagegen hatte sich vor Angst, dasselbe zu tun, in die Hose gemacht. Es musste ihm gelingen, diese Angst jetzt zu überwinden.

Oder er würde sie verlieren.

„Der Grund, weshalb ich den Namen Rutherford hasse, ist, weil ihn mir meine Eltern gegeben haben."

Er fühlte, wie schockiert sie über seine plötzliche Erklärung war und über die Art, wie er gerade seine Gefühle für seine Eltern mit einem einfachen Satz vollkommen klargestellt hatte. Dieser Schock ließ sie ein paar Sekunden länger mit dem Rücken zu ihm in seinen Armen verweilen.

„Rutherford ist der Sohn, den sie zu haben geplant hatten. Blaues Blut. Privilegiert. Klassenbester in Französisch. In englischer Literatur. Polo. Lacrosse. Von Rutherford wurde erwartet, dass er an einer Ivy-League-Universität studiert, mit höchster Auszeichnung abschließt und dann ein Diplom in Rechtswissenschaften erwirbt."

Noch nie hatte er zu irgendjemandem so viel über seine Eltern gesagt. Journalisten hatten im Laufe der Jahre wie verrückt nachgebohrt, aber er hatte ihnen nie auch nur einen Happen geliefert. Es war aber zweierlei, seine Geschichte der Zeitschrift *Rolling Stone* zu erzählen oder sie endlich vor der Frau, die er liebte, auszupacken. Zwar fühlte sich jedes Wort wie Kies in seinem Hals an und jeder Instinkt in ihm sagte, er solle aufhören und sich so wie immer selbst schützen, aber Ford wusste, dass er nur diese eine Chance hatte, um Mia zu beweisen, dass er sich für sie ändern konnte … und dass er ihr jetzt zu geben vermochte, wozu er vorher unfähig gewesen war.

„Ich erinnere mich an alles, was du mir erzählt hast, wie nahe ihr euch in deiner Familie steht und ich habe gerade gesehen, was Liebe für die Sullivans bedeutet. Sie bedeutet *alles*. Und das ist offensichtlich, was Marcus und Nicola einander geben werden. Absolut alles, nichts wird zurückbehalten, weder aus Stolz noch aus einem anderen Grund." Seine Hand zitterte, wo sie auf Mias Magen ruhte. Er brauchte sie jetzt, um sich an ihr festzuhalten und war froh, dass sie noch nicht versucht hatte, sich von ihm zu lösen. „Rutherford hatte nie eine verdammte Chance, die Liebe zu finden. Nicht bei seinen Eltern und auch nicht bei jemand anderem. Ich war noch keine zehn, als ich begriff, dass dieses Kind nichts anderes als Geld und Status und eine eiskalte Leere haben würde. Damals wurde ich Ford … und schwor mir, mir niemals zu erlauben, in die Maschinerie zurückzukehren, die meine Eltern zu schaffen versucht hatten, mit Kindermädchen, Privatlehrern und einer endlosen Liste der Dinge, die passend oder unpassend waren."

Endlich drehte sich Mia um, um ihm ins Gesicht zu sehen. Er war sich nicht sicher, ob sie sich bewusst war, dass er sie immer noch in seinen Armen hielt, als sie fragte: „Glaubst du ehrlich, dass sie nicht von dir beeindruckt sind? Du bist einer der größten Rockstars der Welt und das nicht, weil du Teil irgendeiner Industriemaschinerie warst. Sondern weil du deine Sache so *gut* machst."

Sie war so schön und so ernsthaft in ihrem Glauben, dass alle Eltern einfach stolz auf ihn sein müssten, dass er sehr versucht war, sie zu küssen. Aber, da es endlich so aussah, als hätte er einigen Fortschritt gemacht, hütete er sich davor, es mit einem unerwünschten Kuss zu vermurksen.

„Meine Karriere ist belanglos im besten Fall und eine totale Peinlichkeit im schlechtesten. Die Söhne der

Altersgenossen meiner Eltern sind Börsenmakler und Galeriebesitzer und leiten karitative Einrichtungen."

„Aber du spendest jedes Jahr ein Vermögen – wahrscheinlich genau an diese karitativen Einrichtungen."

Er hob eine Augenbraue, als sie gestand, dass sie etwas über sein Leben wusste.

„Ich müsste blind und taub sein, um die Nachrichten nicht hören und lesen zu können, aber ich kann einfach nicht verstehen, wie deinen Eltern die Tatsache entgehen kann, dass sie einen wirklich außergewöhnlichen Sohn haben." Sie verdrehte die Augen, als ihr zu spät klar wurde, was sie gesagt hatte. „Ich meine das im Hinblick auf deine Karriere, natürlich. Denn, sogar als ich dich hasste, konnte ich mich nicht recht dazu zwingen, deine Songs zu hassen."

Ford bekam Komplimente wie Sand am Meer. Aber Mia sagen zu hören, dass er außergewöhnlich sei, bedeutete ihm mehr als eine Million Belobigungen von seinen Fans.

„Meinen Eltern missfällt jeder einzelne Song, den ich je geschrieben oder gesungen habe", sagte er mit absoluter Sicherheit. „Rockmusik bricht jede Regel, an die ich mich aufgrund meiner Erziehung hätte halten sollen. Sogar eine Oboe in ein Streichquartett aufzunehmen ist für sie schon zu viel."

Ihre Mundwinkel hoben sich ein ganz klein wenig,

als sie sagte: „Und du liebst es, diese Regeln zu brechen, oder?“

Er erwiderte ihr Lächeln. „Anfangs nahm ich eine elektrische Gitarre in die Hand, um sie so zu verletzen, wie sie mich verletzt hatten. Es ist wahr, dass eine meiner besten Erinnerungen die ist, als ich zum ersten Mal den Verstärker aufs Höchste aufdrehte und den A-Akkord spielte, dass die Wände den ganzen Gang hinunter bis zu dem formellen Esszimmer zitterten, wo sie eine Dinnerparty hatten. Ich hatte keine Ahnung, dass die Musik mein Leben retten würde, indem sie mir etwas gab, das ich lieben konnte. Aber obwohl sie so viele Jahre mein Leben gerettet hat, wurde mir zu spät bewusst, dass es nicht genug ist.“

„Du hast Millionen Fans. Alle in der ganzen Welt lieben deine Songs. Wie kann das nicht genug sein?“

„Weil mir die Musik nicht sagen kann, wenn ich ein ichbesessener Arsch bin. Die Musik kann nicht mit nur einem Lächeln meinen Tag erhellen. Die Musik kann meine Liebe nicht erwidern. Und …“ Er hielt inne, um ihre Wange zärtlich zu streicheln, „… die Musik wird nie *du* sein.“

Früher, als sie noch ein Liebespaar waren, hatte es Ford verwundert, wie Mia einen Augenblick stark und im nächsten sanft und nachgiebig sein konnte. Da heute ihre Emotionen schon wegen der Hochzeit überbordeten, spürte er, dass er sie leicht nicht nur zu noch einem Kuss, sondern zu noch viel mehr drängen konnte. Ford wollte so heftig ihre nackte Haut an seiner fühlen, verlangte so unbändig danach, diese schönen, atemlosen Töne zu hören, die sie ausstieß, wenn sie in seinen Armen kam.

Er trachtete aber nach einer Zukunft mit mehr als ein paar flüchtigen Augenblicken der Lust, die sicherlich damit enden würden, dass sie all ihre Mauern wieder aufrichtete.

„Ich möchte, dass wir von Neuem beginnen, Mia." Er streckte die Hand aus, um ihr Kinn mit seinem Finger zu heben, damit sie ihm in die Augen sehen musste. „Kein Ultimatum dieses Mal. Ich weiß, dass du Zeit brauchen wirst, um dich von mir überzeugen zu lassen, dass ich der Mann sein kann, den du brauchst."

„Du sagst das im Ernst, nicht wahr?" Sie schien echt schockiert, als sie sich bewusst wurde, dass er jedes Wort ernst meinte, das er seit Freitagmorgen zu ihr gesagt hatte. „Du hast die Besichtigung des Turmhauses *nicht* inszeniert, um mit mir aus Spaß rumzumachen, oder?"

„Mir war bei nichts in meinem Leben je ernster zumute, Mia. Ich will dich zurückhaben."

„Warum drängst du mich immer noch, wo ich schon so oft nein gesagt habe?"

„Weil mir das, was ich in deinen Augen sehe und was ich bei deiner Berührung fühle, etwas vollkommen anderes sagt."

Sie schmiegte für einen kurzen, schönen Augenblick ihre Wange in seine Handfläche, bevor sie sich von ihm entfernte. „Ich habe gehört, was du gesagt hast, dass du mir Zeit geben willst, um über alles nachzudenken. Aber ich kenne dich. Du bist wie ein Hund, bis du deinen Knochen kriegst. Und ich kann mir nur vorstellen, was du tun wirst, um deine Sache voranzubringen, wenn wir draußen beim Empfang sind. Da ich *wirklich* nicht will, dass irgendjemand meiner Familie erfährt, dass wir einmal für sehr, sehr kurze Zeit ein Paar waren – denn dann würden sie mir eine Trilliarde Fragen stellen, die ich nicht beantworten will – wie wäre es also, wenn wir einen Deal machen?"

„Was meinst du damit?"

„Jetzt, da ich weiß, dass du wirklich ein Zuhause in Seattle kaufen willst, bin ich einverstanden, wieder deine Immobilienmaklerin zu sein. Das hat den Vorteil, dass wir einen echten Grund haben, uns auch außerhalb dieser Hochzeit zu kennen, weil ich meiner Familie wirklich nicht vorspielen will, dass ich dich überhaupt nicht kenne. Ich bin mir auch ziemlich sicher, dass sie das durchschauen würden."

„Würden sie sich nicht wundern, dass du heute zum ersten Mal erwähnst, dass wir beruflich miteinander zu tun haben?"

„Ich werde ihnen sagen, dass wir ein Geheimhaltungsabkommen hatten, und da du als anonymer Kunde zu mir gekommen bist, würde ich sagen, dass wir es tatsächlich hatten. Und dass ich gerade mit dir abgeklärt habe, dass es okay ist, wenn ich öffentlich von unserem geschäftlichen Abkommen spreche." Sie stieß ihn mit dem Finger in die Brust. „Aber wenn du nicht aufhörst, mich in der Öffentlichkeit so anzusehen, dann werden sie erraten, dass es mehr als nur Geschäftliches zwischen uns gibt."

Er hatte ihr gerade gesagt, dass er sie nicht zu sehr drängen würde, keine Ultimaten mehr stellen. Herrgott, es war aber hart, nicht nach ihr zu greifen, sie nicht zu küssen, nur um ihr zu beweisen, wie gut sie zusammenpassten.

„Wie sehe ich dich an?"

„Als wäre ich Rotkäppchen und du der große böse Wolf."

„Nun", sagte er langsam, „ich will dich doch vernaschen."

Sie lachte fast, als sie über seinen total geschmacklosen Scherz den Kopf schüttelte. „Ist es also abgemacht oder nicht?"

Hätte er nicht während der letzten paar Minuten, in denen sie sich das Rededuell geliefert hatten, das kecke Funkeln in ihren Augen stärker und heißer werden sehen, würde er einfach ihrem anfänglichen Vorschlag zugestimmt haben. Aber er wusste, dass keiner von ihnen beiden damit zufrieden gewesen wäre.

„Ein Kuss, Mia." Er ließ seine Worte – und die

Hitze, die von ihnen ausströmte – einsinken, bevor er hinzufügte: „Ein Kuss und ich werde dein schmutziges kleines Geheimnis sein. Wenn du dann zustimmst, mich zu heiraten, dann wirst du es schließlich doch ein paar Leuten sagen müssen."

„Siehst du, ich hab gewusst, dass du das tun würdest. Dass du mir in einem Atemzug sagst, du wirst mich nicht drängen, und im nächsten Augenblick redest du davon, dass ich dich heirate."

„Du hast recht. Es tut mir leid."

Sie sah total verblüfft aus. „Tut es das?"

„Ja", sagte er. „Wie steht es jetzt mit dem Kuss, um unsere Abmachung zu besiegeln?"

Ihr Lachen war total unerwartet und umwerfend schön. In seinem verbleibenden Leben wollte er nichts anderes tun, als neue Wege finden, um sie glücklich zu machen.

„Du und deine Manie, mir einen Kuss zu entlocken. Du strapazierst wirklich dein Glück, Rockstar." Trotz ihrer Worte konnte er die Erwartung von ihren Augen ablesen. „Gut. Du kannst einen Kuss haben, aber …" Sie hob einen Finger, um sicher zu sein, dass er sich an ihre Bedingung hielt, „… keine Zungen."

Er begehrte sie so heftig, dass sein Verstand länger als nötig brauchte, um zu verstehen, was sie gerade gesagt hatte. „Hast du gerade gesagt *keine Zungen?*"

„Ich hab mir geschworen, dass wir heute diese

kleine, luftreinigende Plauderei haben würden, ohne dass meine Zunge in deinem Mund landet."

Himmel, schon allein mit Mia so zu flirten war irre heiß. Vor allem, weil ihre Stimme mit jedem Wort, das sie sagte, rauchiger wurde, selbst als sie ihn informierte, dass er ihr nur einen flüchtigen Kuss auf die Lippen geben durfte.

„Und wie steht es damit, wenn meine Zunge in *deinem* Mund landet?"

„Nein", bestätigte sie, während ihre Lippen wieder gegen ein Lächeln ankämpften. „Aber wenn du keinen zungenlosen Kuss schaffst ..."

„Ich bin entschieden der Herausforderung gewachsen", unterbrach er sie. „Gib mir irgendeine Herausforderung, Mia und ich werde mich ihr stellen."

Ihre Augen wurden noch dunkler, als sie eindeutig zu verstehen begann, dass er es auch ernst meinte. Und als sie seine Krawatte packte und ihn mit einem Ruck an sich zog, so dass sie dieses Mal die Kontrolle über ihren Kuss haben würde, begann der Chor von Leonard Cohens berühmten Song *Hallelujah* in seinem Kopf zu singen.

* * *

Mia hatte fünf Jahre versucht, sich darüber zu belügen, wie viel Ford ihr bedeutet hatte. Aber es war ziemlich unmöglich, diesen Trick aufrechtzuerhalten, wenn er hier bei ihr war, sein Mund nur einen Atemzug entfernt, seine Augen dunkel vor Verlangen, während er darauf wartete, dass sie ihre Lippen auf seine drückte.

Ihr schwirrte der Kopf, nicht nur, weil er während der schönen Hochzeitsfeier so nahe bei ihr war, sondern auch von dem, was sie sich heute anvertraut hatten. Endlich hatten sie über die Vergangenheit gesprochen. Die Wunden waren natürlich noch nicht annähernd verheilt, aber jetzt, da sie ihre Meinung gesagt hatte, wusste sie, dass die Heilung wirklich ernsthaft beginnen konnte.

Aber so wichtig auch die offene und ehrliche Aussprache über ihre Vergangenheit war, der wahre Schock kam, als er ihr von seinem Namen und den Eltern erzählt hatte. Es war weniger, was er ihr anvertraut hatte, als sein Grund dafür, der sie richtig aus dem Lot brachte.

Er wollte einen Neuanfang.

Aber konnten sie das wirklich?

Würde sie jemals wirklich imstande sein zu glauben, dass sie früher oder später nicht genau wieder so enden würden, wie das letzte Mal?

Und jetzt zur Sache – was konnte sie in diesem Augenblick überhaupt machen, als die Entfernung zwischen ihnen zu überbrücken und ihn nochmals zu küssen, egal wie die Antworten ausfallen würden?

Sein Mund war so warm und weich an ihrem, dass ihr ein lustvoller Seufzer entwischte, ohne dass sie ihn zurückhalten konnte. Es gab absolut keinen Grund, dass Fords Lippen, die einfach nur nach einem faszinierend heißen Muster auf ihren nach vor- und zurückstrichen, so erregend sein sollten. Aber bei jedem sündhaft süßen Streicheln seiner Lippen über ihre, geriet sie tiefer und tiefer in den sinnlichen Zauber, den allein er fähig war, um sie zu weben. Und als sich sein Mund von ihrem entfernte, um eine Spur der Hitze über ihre Wangen und dann ihr Kinn zu zeichnen, zog sie es gar nicht in Erwägung, den Instinkt zu bekämpfen und bog den Kopf nach hinten, so dass er noch mehr Küsse ihren Hals hinunter und in die Vertiefung ihres Halses drücken konnte.

Mit einer Hand umklammerte sie noch seine Krawatte und hielt ihn eng an sich gepresst, aber die andere Hand glitt von allein in sein dunkles Haar. Sie schmiegte sich in den zarten Druck seines Mundes auf ihrer Haut, hörte Ford wie aus einer Entfernung leise lustvoll keuchen, während er mit seinen Händen ihre Hüften umfing und sie noch näher zog.

Das Kratzen seiner Zähne über ihre nackte Schulter ließ Schauer durch sie fahren. *„Ford.“*

„Ich breche dein Versprechen nicht“, murmelte er an ihrer Haut, bevor er seine Lippen auf den leichten Schmerz drückte, den er ihr gerade verursacht hatte. Dann strich er mit den Lippen und Zähnen – aber nicht mit der Zunge – über ihr Schlüsselbein zu ihrer anderen Schulter, wo er nochmals nibbelte.

Von all den Küssen, die sie sich bis jetzt gegeben hatten, wurde dieser schnell der absolut heißeste.

Kapitel 14

„Hi, ich bin Tatiana. Wir haben uns gestern Abend auf der Party kurz getroffen." Tatiana Landon schien ein wenig nervös zu sein, als sie sagte: „Sie sind Ian, stimmt's?"

Ian Sullivan blickte hinunter in ein Gesicht, das so schön war, dass ihn allein bei ihrem Anblick die Brust schmerzte. Ian hatte Tatianas ältere Schwester Valentina auf der Hochzeit seines Cousins Gabe in Lake Tahoe kennengelernt. Valentina und sein Cousin Smith hatten sich gerade während der Feiertage verlobt und Ian war überrascht, dass es seinem Filmstar-Cousin gelungen war, inmitten seiner Hollywood-Welt voller Paparazzi und Online-Tratschkolumnen die wahre Liebe zu finden. Gestern Abend hatte Ian endlich Tatiana kennengelernt, als sie noch spät zu Nicolas Junggesellinnenabschieds-Party gekommen war. Sie waren kurz miteinander bekanntgemacht worden, bevor die Mädels sie auf ihre Seite des Barbecues gezogen hatten. Er hatte gestern Abend sehr viele Hände geschüttelt, aber wie sich ihre angefühlt hatte, war ihm aus einem Grund, den er nicht analysieren wollte, im Gedächtnis geblieben.

Glaubte sie wirklich, dass es auch nur die kleinste Chance gab, dass er nicht wusste, wer sie war, da die Oscar-Gerüchte um ihr Spiel mit Smith Sullivan in *Schwerkraft* so laut waren, dass sogar ein Mann wie er – dem es nur sehr selten gelang, aus einem Konferenzraum heraus und in ein Kino zu kommen – sie nicht gehört hatte? Oder war das nur eine putzige kleine Show, die das Starlet gegenüber Fremden aufführte?

Nicht zum ersten Mal dachte Ian, wie verschieden Tatiana und ihre Schwester Valentina waren. Smiths Verlobte war groß und schlank und besaß ein exotisches Etwas. Valentinas jüngere Schwester war dagegen klein mit Rundungen und einem Hauch von Unschuld, der einen Mann nichts heftiger wünschen ließ, als zu sehen, was es brauchte, um sie sündigen zu lassen. Sogar Tatianas Kleid war ein Understatement, als wollte sie sichergehen, dass sie keine Aufmerksamkeit von der Braut ablenkte. Als Filmstar gierte sie natürlich nach dem Rampenlicht, also nahm er an, musste sie einen anderen Grund haben, sich so konservativ zu kleiden. Ohne Zweifel war es noch einer ihrer Schauspielertricks, um die Menschen zu überzeugen, dass sie kein übergroßes Ego hatte, damit sie *noch* eher bekam, was sie wollte. Er hatte auf die harte Tour viele dieser Tricks im Leben mit seiner Exfrau gelernt.

Ian sorgte dafür, dass seine Miene keine seiner

Spekulationen verriet, als er sagte: „Ich freue mich, Sie heute wiederzusehen, Tatiana."

„Es war eine sehr schöne Hochzeit, nicht wahr?"

Die Verträumtheit in ihren Augen sagte ihm, dass sie ernsthaft an die Liebe und für immer und ewig glaubte. Auch Ian hatte einmal daran geglaubt, bis seine Ehe den Bach runterging. Er freute sich für seine Cousinen und Cousins und für seinen Bruder Rafe und hoffte, dass seine anderen Geschwister ebenfalls wunderbare Personen fanden, in die sie sich verliebten. Aber für sich selbst konnte sich Ian keine Welt vorstellen, in der er freiwillig wieder heiraten würde.

„Marcus und Nicola sind beides gute Menschen."

Tatiana hob die Augenbrauen. „Ich nehme an, dass Sie kein großer Fan der Liebe sind?"

Nun, das hatte er sich von dem schönen Star nicht erwartet. Nicht einmal annähernd. Er hatte angenommen, dass sie so damit beschäftigt sei, sich selbst ins beste Licht zu rücken, dass sie von den anderen nichts wahrnahm.

Ohne es zu wollen, war er fasziniert und sagte: „Ich bezweifle nicht, dass die beiden sich lieben."

„Wenn es also nicht die Liebe ist, an der Sie sich stoßen, dann muss es wohl die Ehe sein?"

Ian konnte sich nicht erinnern, wann ihn jemand so direkt über Liebe und Ehe angesprochen hatte. Seine Geschäftspartner und Freunde sprachen nie über Beziehungen. Und mit den Frauen, mit denen er gelegentlich ausging, war es vorsätzlich nur Vergnügen ohne weitere Verpflichtungen.

Anstatt ihre aufdringliche Frage direkt zu beantworten, fragte er sie etwas und konnte bereits die Antwort erraten. „Wie alt waren Sie, als Sie sich zum ersten Mal mit einem Hochzeitskleid herausgeputzt haben?"

Das Lächeln, mit dem sie ihm antwortete, war so strahlend und so hübsch, dass er hätte schwören können, dass sich die Sonne bis jetzt hinter einer Wolke versteckt hatte – obwohl er natürlich wusste, dass der nordkalifornische Himmel so blau und wolkenlos wie immer war.

„Da war ich wahrscheinlich vier oder fünf. Meine Mom hatte das umwerfendste Hochzeitskleid mit Spitze und Satin und Glitzersteinen. Obwohl ich es ihr hätte ruinieren können, ließ sie mich immer damit spielen." Ihr Lächeln wurde breiter. „Außerdem hatte sie Satinschuhe, ein Diadem, lange weiße Handschuhe mit Bändern, die von der Innenseite des Handgelenks bis zu den Ellbogen reichten. Na ja, zu ihren Ellbogen, aber zu meiner Schulter." Tatiana stieß einen glücklichen kleinen Seufzer aus, als wären ihr diese Erinnerungen kostbar. „Es war spitze, ihr Hochzeitskleid tragen zu können, wie im Märchen, nur hatte sich mein Hund nie in einen Prinzen verwandelt, wenn ich ihn küsste."

Während er ihr zuhörte, wie sie ihm von ihrer

Kindheit erzählte, war es fast unmöglich im Kopf zu behalten, dass sie ein Filmstar war, dem die ganze Welt zu Füßen lag. Jedoch hatte sie ihn rundheraus nach seinen Gedanken zur Liebe und Ehe gefragt und er hatte noch nicht seinen Standpunkt wirklich klargestellt.

„Wie oft glauben Sie, verwirklichen sich diese Märchen?"

Sie neigte den Kopf und dachte ein paar Augenblicke nach. „Ich hoffe", sagte sie leise, „dass sie immer Wirklichkeit werden."

Sehr wenige Menschen hatten Ian je sprachlos werden lassen, aber Tatiana Landon war es in nur fünf Minuten gelungen. Ian konnte sein Leben in eine Handvoll Augenblicke aufgliedern, in denen sich alles gewendet hatte. Der Tag, an dem sein Vater der Familie sagte, dass er seinen Job verloren hatte. Der Tag, an dem Ian herausfand, dass alles was seine jetzige Exfrau gesagt hatte, eine einzige Lüge war.

Und sonderbarerweise gerade jetzt, da er mit einem jungen, unsagbar schönen Filmstar inmitten der Weinberge seines Cousins stand.

Zum Glück hatte er die Möglichkeit gehabt, *Schwerkraft* zu sehen und hatte bei weitem noch nicht vergessen, wie Tatianas Liebesszene mit seinem Cousin Smith die Filmleinwand hatte dampfen lassen. Natürlich waren sie beide großartige Schauspieler, aber trotz der Tatsache, dass zwischen Smith und Tatiana im wirklichen Leben eindeutig nichts lief, so konnte Ian doch nicht recht glauben, dass Tatiana so unschuldig war, wie sie schien.

Keine Jungfrau konnte diese Art von Sinnlichkeit ausströmen, die er – und Millionen Zuschauer in der ganzen Welt – in diesem Film erlebt hatten.

Sie schenkte ihm noch ein Lächeln, das nur eine Spur schief war, eine Unvollkommenheit, die sie aber noch schöner machte. „Eigentlich bin ich nicht gekommen, um Sie über Ihre Gefühle für die Liebe und Ehe auszufragen. Ich wollte hören, ob Sie Mia gesehen haben. Der Fotograf braucht gleich alle Sullivan-Frauen zusammen, und da ich keine Sullivan bin, habe ich mich angeboten, nach ihr zu suchen."

Da er ursprünglich ebenfalls nach Mia gesucht hatte – auch vom anderen Ende der Kirchenbank hatte er den Eindruck, dass während der Feier mit seiner Schwester irgendetwas nicht ganz stimmte – sagte er: „Ich helfe Ihnen, nach ihr zu suchen."

Die beiden gingen zu einem Eichenhain, wo die Barkeeper damit beschäftigt waren, Marcus' Wein auszuschenken. Eine leichte Brise, die durch den Weinberg wehte, blies Tatianas Parfum zu ihm. Es war frisch, süß und so verlockend, dass es ihm das Wasser im Mund zusammenlaufen ließ und er sich richtig anstrengen musste, um seine allein wegen ihrer Nähe aufkommende Erregung zu unterdrücken.

„Mia sagte, dass Sie für die Hochzeit aus London

gekommen sind. Wann müssen Sie wieder zurück?"

„Gleich morgen früh."

„Ich konnte auch nur heute vom Set in Boston wegkommen. Aber das nächste Mal, wenn ich in London bin, freue ich mich zu wissen, dass jemand von der Familie dort ist. Nun, beinahe Familie, denn sobald Valentina und Smith ihr *„ich will"* gesagt haben, werden Sie und ich ..." Sie zog ihr wunderschönes Gesicht in Falten und wandte sich ihm zu, um zu fragen: „Was genau werden wir sein, da ich Valentinas Schwester bin und Sie Smiths Cousin?"

Es war schwer, diese atemberaubende Frau neben ihm als Familienmitglied zu sehen. Ebenso schwer, wie sich daran zu erinnern, dass sie sogar jünger als seine Schwester war. Zwei wirklich sehr gute Gründe für Ian, kein Recht zu haben, ihr im Geiste das Kleid auszuziehen.

Aber gütiger Himmel, selbst diese wirklich vernünftigen Gründe konnten ihn nicht daran hindern, sich zu fragen, wie zart wohl ihre Haut sein mochte ... und ob sie so gut schmecken würde, wie sie roch.

„Wir würden angeheiratete Cousins sein."

Sie waren inzwischen beim Eichenhain angekommen, aber keiner von ihnen konnte Mia ausfindig machen. Ian blickte über die mit Rebstöcken bedeckte sanfte Hügellandschaft. „Sie war bei genug solchen Hochzeiten, um zu wissen, dass Fotos gemacht werden", überlegte er laut. „Wo könnte sie hingegangen sein?“

Tatiana berührte seinen Arm, um seine Aufmerksamkeit zu bekommen. Als sich ihre Augen begegneten, flammte eine unleugbare Elektrizität zwischen ihnen auf. Die auf sie niederscheinende Sonne ließ ihn die pulsierende Ader an ihrem Hals sehen. Er konnte sich nicht erinnern, wann er zum letzten Mal eine Frau so sehr begehrt hatte. Nicht einmal die Frau, die er so dummerweise geheiratet hatte.

Sie zog die Hand von seinem Arm weg, aber die Hitze ihrer Berührung hielt weiter an, als sie fragte: „Glauben Sie, sie ist mit Ford Vincent?“

„Ist Ford Vincent hier?“

„Er ist, kurz bevor die Feier begann, durch die Seitentür hineingeschlüpft und hat sich dann neben Mia gesetzt. Hatte Marcus nicht erwähnt, dass er kommen würde?“ Als Ian den Kopf schüttelte, sagte Tatiana: „Nicola schien echt begeistert, dass Ford seinen Terminkalender umschichten und kommen konnte. Ich hatte mir schon gedacht, dass er inkognito reinkommen würde – mit einem Hut auf – da die Leute in der Nähe von Musikern recht behämmert werden können.“

„Werden die Leute wegen Schauspielern nicht auch behämmert?“

„Doch, aber sogar die anderen verlobten und verheirateten Mädels rasteten gestern Abend aus, weil

Ford heute kommen sollte. Er ist *wirklich* beliebt. Sogar noch mehr als Smith, glaube ich."

Die Sorge um seine Schwester war wohl das Einzige, was Ian möglicherweise seine Anziehung für Tatiana vergessen ließ. Denn verflucht, Ian konnte sich schon vorstellen, welche Spielchen der *wirklich beliebte* Rockstar mit Mia versuchen würde. Er wusste, dass seine Schwester nicht gerade eine Unschuld war, aber obwohl Ian ihr als Teenager so viele Kampfkünste beigebracht hatte, dass er sicher sein konnte, dass sie sich zu helfen wusste, so konnte er es nicht riskieren, sie mit einem Kerl alleinzulassen, der glaubte Gottes Geschenk an die Frauen zu sein … und sich wahrscheinlich auch so benahm.

Wohin, fragte sich Ian, würde er gehen, wenn er ein Rockstar wäre und plante, ein hübsches Mädchen, das er gerade auf einer Hochzeit kennengelernt hatte, zu vernaschen? Besonders, wenn er mit ihr allein sein wollte, bevor die anderen Gäste entdeckten, dass er hier war, und begannen, einen Wirbel um ihn zu machen?

Ian suchte mit zusammengekniffenen Augen das Areal ab. Er brauchte nicht lange, um zu erkennen, dass das Nebengebäude an der Seite der Scheune der perfekte Ort sein würde für ein kurzentschlossenes Rendezvous nach der Hochzeit.

„Da drüben."

Seine langen Beine spurteten über die Strecke

zwischen dem Eichenhain und der Scheune, aber, obwohl Tatiana mindestens dreißig Zentimeter kleiner war als er und Heels trug, hielt sie mit ihm Schritt. „Warum, glauben Sie, sind sie in diesem kleinen Gebäude?"

„Ich bin ein Mann. Ich kann wie ein Dreckskerl denken."

Sie griff wieder nach seinem Arm, als wollte sie sein Tempo verlangsamen. „Warten Sie. Was ist, wenn sie mit Ford da drin *ist*? Vielleicht sollten wir nicht einfach so hineinplatzen. Ich will sagen, wenn ich mit jemandem ein wenig allein sein möchte, wäre ich wütend, wenn meine Schwester uns unterbrechen würde."

Es dämmerte Ian nicht einmal, dass Tatiana recht haben könnte oder dass Mia *selbst entschieden* hatte, heute mit dem Rockstar rumzumachen. Er riss die Tür zu dem Lagerraum so heftig auf, dass sie gegen die Wand zurückprallte … um genau das vorzufinden, was er befürchtet hatte.

Der Mistkerl hatte nicht nur seine Hände überall auf Mia, sondern auch seinen Mund. Ian sah sofort rot, während jede Wertschätzung, die er für die Musik des Typen hatte, verrauchte.

„Nimm dein dreckiges Maul von meiner Schwester."

Kapitel 15

Weder Mia noch der Mistkerl, der sie in den Armen hielt, hatten gehört, dass die Tür aufgerissen wurde, noch Tatianas schockiertes „Huch!“, als sie die beiden so ineinander verschlungen vorfanden. Das grauenhafte Bild des Typen, der seine kleine Schwester überall begrapschte und besabberte, brannte sich in Ians Gehirn. Er glaubte nicht, dass er es je würde vergessen können.

„Ian? Tatiana?“ Mias Haut war gerötet und ihre Augen leicht verhangen. Bis sie sich plötzlich bewusst zu werden begann, wie arg das Ganze aussehen musste.

Mit einem Satz hatte er schon den Lagerraum halb durchquert, um seine Hände um Fords Hals zu legen, als sich Mia aus den Armen des Typen löste und Ian packte. Mit überraschender Kraft zog sie Ian vom Lagerraum und dem Kerl weg, dessen Gesicht er mit seinen Fäusten umzumodellieren gedachte.

„Ich kann nicht glauben, was du gerade getan hast!“

Sie sah wütend und verlegen aus, aber Ian steckte

so tief in seinem Hassnebel, dass er sich nicht zurückhalten konnte zurückzugeben: „Ich kann nicht glauben, dass du mit diesem Dreckskerl da drin warst!" Er versuchte, sich aus ihrem Griff zu befreien. „Du und ich müssen später ausführlich darüber reden, was zum Teufel du gerade getan hast. Nachdem ich ihn in Stücke gerissen habe."

„Nein!" Sie zerrte heftiger an seiner Anzugsjacke, bis beide hörten, dass ein Saum zu reißen begann. „Ich kann selbst mit ihm fertigwerden."

„*Das* war mit ihm fertigwerden?" Er fluchte ein hartes Wort, das wie ein Stein zwischen ihnen landete. „*Wolltest* du, dass er dich küsst?"

Sie schwieg einen Augenblick zu lang, bevor sie seufzte und sagte: „Weißt du was, ich glaube tatsächlich, dass ich es wollte."

„Verdammt, Mia, es ist meine Aufgabe, dich zu beschützen. Du musst mich lassen …"

„Wenn du noch etwas tust, um mich wieder so in Verlegenheit zu bringen, werde ich dir nie verzeihen."

Seine Schwester war immer schon voll Feuer gewesen, aber so aufgebracht hatte er sie noch nie gesehen.

„Du weißt, dass ich nie etwas tun würde, um dich zu verletzen", versuchte er mit ruhiger, vernünftiger Stimme zu erklären, „aber ich kann es auch nicht zulassen, dass dich jemand anders verletzt. Und ich habe Typen wie ihn gekannt. Sie sind zu reich, zu berühmt, um nach irgendjemandes Spielregeln zu spielen. Das musst du verstehen."

Jetzt, da sie hinter einem großen Rosenstrauch standen, lockerte sie ihren Griff an seiner Jacke. „Ich verstehe doch. Und du bist immer der beste aller großen Brüder gewesen, aber ich will nicht, dass das, was zwischen mir und Ford geschehen ist, irgendjemand weiß, bis ich nicht genau herausgefunden habe, was *ich* für ihn fühle. Deine Reaktion ist genau der Grund, weshalb ich dir vor fünf Jahren nichts von ihm gesagt habe."

Ians Blutdruck schoss sofort wieder in die Höhe, als er fragte: „Du hast ihn nicht heute hier kennengelernt? Was zum Teufel, Mia? Wie hast du das vor mir geheim halten können?"

„Wenn du dich so verhältst, jetzt, wo ich eine 28-jährige Frau bin, die ihr eigenes, sehr erfolgreiches Unternehmen leitet, wie glaubst du, hättest du vor fünf Jahren reagiert, wenn ich zu dir gekommen wäre und gesagt hätte: ‚Stell dir vor, großer Bruder, ich bin mit einem Rockstar zusammen. Kann ich deinen Segen haben?' Hättest du ihn mir wirklich gegeben?"

Er musste gestehen: „Ich hätte ihn zur Strecke gebracht."

„Genau. Und es ist ja so, dass du mich beruflich immer meine Fehler hast machen lassen, aber nie in der Liebe." Sie legte jetzt die Arme sanfter um ihn. „Ich weiß, dass du nie und nimmer willst, dass ich verletzt werde, aber was ist, wenn sich verlieben manchmal bedeutet so viel zu riskieren, dass man es dabei ein paar Mal gründlich vermasselt?“

Verstandesmäßig wusste Ian, dass seine Schwester erwachsen war. Es war aber eine Sache ihren Geschäftssinn zu respektieren … und eine ganz andere zu akzeptieren, dass sie ihr Herz an einen Idioten verlor, ohne, dass er sie beschützen konnte.

„Also seid ihr seit fünf Jahren zusammen, ohne dass einer von uns etwas weiß?“

„Nein. Es war nur eine Woche. Ich hab ihn bis vor ein paar Tagen nie mehr gesehen.“

„Was will er jetzt, da er wieder zurück ist?“ Sie hatte ihn noch nie belügen können und er wusste, wie schwierig es für sie hatte sein müssen, ihre Beziehung mit Ford so lange geheim zu halten. „Abgesehen von dem Offensichtlichen“, fügte er frustriert hinzu.

„Einen Neuanfang.“

Ian wollte Antworten auf ein Dutzend Fragen, aber es gab wirklich nur eine, die zählte. „Liebst du ihn?“

Seine Schwester seufzte wieder und in diesem Ton und im Ausdruck ihres Gesichts lag so viel Schmerz, dass Ian die Arme um sie legte.

„Es war einmal, da glaubte ich, ich wäre in ihn verliebt und dann war ich sicher, dass ich es nicht war.“ Sie lachte an seiner Brust, aber es war kein Humor in diesem Lachen, nur Frustration. Sie lehnte sich zurück und sah zu ihm auf. „Hast du je jemanden gleichzeitig boxen und küssen wollen?“

Er zog eine Grimasse. „Bitte erinnere mich nicht mehr an diesen Kuss, wenn du willst, dass meine Fäuste nicht die ganze Form seines Gesichts verwandeln.“

„Bedeutet das, dass du einverstanden bist, heute auf deiner Seite des Rings zu bleiben?“

Dieses Mal war er es, der seufzte. „Für heute“, stimmte er gegen besseres Wissen zu. „Aber ich verspreche nichts, wenn es zwölf Uhr und eine Minute ist.“

Sie legte die Wange an seine Brust und kuschelte sich an ihn, so wie sie es, seit sie ein Baby war, immer getan hatte. Wenn ihre Mutter ihr als kleines Mädchen die Tränen nicht wegtrösten konnte, brauchte Claudia Sullivan Mia nur Ian zu übergeben, und sie beruhigte sich sofort.

Sie hatten sich immer so nahegestanden, dass es ihm unerträglich war, dass sie ihm etwas verborgen hatte, weil sie glaubte, er könnte damit nicht fertigwerden. Andrerseits hatte er nie wirklich mit ihr über seine Ehe gesprochen, oder? Beide hatten sie voreinander Geheimnisse gehabt und sogar jetzt, nachdem sie ihm ihres gesagt hatte, verbarg er immer noch seines.

Er unterdrückte seine Frustration, dass er mit Ford nicht verfahren konnte, wie er wollte, und strich ihr zärtlich die Haare aus der Stirn. „Es scheint, sie wollen jetzt Fotos mit dir machen."

Mia machte einen Schritt zurück und strich mit der Hand ihr Kleid glatt. „Sehe ich okay aus?"

„Du bist absolut schön wie immer, Kleine."

„Und du siehst umwerfend gut aus, großer Bruder." Während die beiden zu dem Bereich gingen, wo die Hochzeitsfotos aufgenommen wurden, sagte sie zu ihm: „Ich frage mich, was sich Tatiana denkt, nachdem, was sie gesehen hat?"

Verflixt, er hatte sie mit Ford zurückgelassen. Aber als er sich umdrehte, um zum Lagerraum zurückzublicken, sah er keinen von beiden in der Nähe.

„Warum warst du überhaupt mit Tatiana zusammen?", wollte Mia wissen.

„Sie hat dich gesucht."

Er glaubte, er wäre vorsichtig gewesen, als er von Tatiana sprach, mit absolut neutralem Tonfall, aber als Mia ihm einen Seitenblick voll Neugierde zuwarf, wusste er, dass er sich verraten hatte.

„Sie ist schön, nicht wahr? Und so nett, dass ich ständig vergesse, davon überwältigt zu sein, welch großartige Schauspielerin sie ist. Hey", sagte sie, als er nicht sofort antwortete, „Wäre es nicht spitze, wenn Valentina Smith heiratet und dann du und Tatiana …"

„Sie ist nicht mein Typ."

Mia lachte hierüber laut auf. „Machst du Witze? Sie ist *jedermanns* Typ. Meine Güte, ich hab überhaupt keinen Hang zu Frauen und kann mich kaum zurückhalten, sie nicht jedes Mal, wenn wir zusammen sind, anzuschmachten.“ Sie tätschelte seine Hand, als sollte er sich keine Vorwürfe machen, dass er bereits ein verlorener Fall war. „Ich will dich auch glücklich sehen, weißt du?“

Damit drückte sie ihm einen Kuss auf die Wange und ging, um auch auf den Fotos zu sein.

⋆ ⋆ ⋆

„Besteht eine Chance, dass Sie mir sagen, was hier gerade geschehen ist?“, fragte Ford.

Tatiana hatte das Gefühl, sie sah genauso fassungslos aus wie Ford. Nicht, weil sie besonders verwundert war, ihn und Mia sich küssen zu sehen, sondern weil *sie* Ian Sullivan in einen anderen abgeschiedenen Raum auf dem Anwesen hätte ziehen wollen, um *ihn* so zu küssen.

Noch nie zuvor hatte sie für jemanden eine solch elektrisierende Anziehung verspürt. Seine Augen waren ein so tiefgründiges Braun, dass sie sich in ihnen verloren und sich dabei gefühlt hatte, als würde er bis hinunter in ihre Seele blicken. Männer waren immer an zweiter Stelle gekommen, weit hinter ihrer schauspielerischen Tätigkeit. Sie ging selten mit Männern aus und wenn, wünschte sie oft, sie wäre allein mit einem Drehbuch oder würde die Zeit mit ihrer Schwester verbringen. Aber zum ersten Mal in ihrem Leben verstand sie die Art Verlangen, die Menschen dazu brachte, etwas Verrücktes zu tun … wie zurück in das Gedränge der Hochzeitsgäste zu kehren, um Ian wiederzufinden, damit sie ihn so küssen konnte, dass es hoffentlich beide umhaute.

„Mias Bruder hat sie gesucht."

„Kein Wunder, dass er aussah, als wollte er mich umbringen. Ich bin überrascht, dass er nicht zurückgekommen ist, um mir das Herz durch den Hals herauszureißen."

Tatiana war der Meinung, dass sie ehrlich zu ihm sein sollte. „Eigentlich überrascht es mich auch, so wie er sich benommen hat, als er herausfand, dass Sie beide zusammen sein könnten."

„Ich hab gewusst, dass mich ihre Brüder bald aufs Korn nehmen würden. Aber es ist ein kleiner Preis, wenn sie mich haben will."

Wow, er würde sich freiwillig Ian, Adam, Dylan und Rafe stellen, die alle groß und voller Muskeln waren und als Jungs ständig miteinander gerauft hatten? Tatiana seufzte, wie süß es war, dass ihm Mia offenbar so viel bedeutete.

„Übrigens, ich bin Ford", sagte er und streckte die Hand aus, um ihre zu schütteln. „Ich habe Ihre letzten Filme gesehen. Tolle Arbeit."

Sie lächelte ihn an. „Ich finde Ihre Arbeit auch super."

Es gab nicht einmal einen Hauch Anziehung zwischen ihnen. Nur diese sofortige Verbindung, die sie manchmal mit anderen Menschen fühlte, die ebenfalls im Licht der Öffentlichkeit standen. Das Leben für Menschen mit solchen Karrieren war natürlich auf vielerlei Weise großartig, konnte aber auch schwierig sein, wenn einfache Dinge, wie eine Tasse Kaffee trinken zu gehen, eine Strapaze wurde. Manchmal fühlte sich Tatiana wie eine Einsiedlerin, versteckt in ihrem Haus, weil es einfacher war, sich etwas bringen zu lassen, als Make-up aufzutragen, ein Outfit anzuziehen und das Haar zu richten, nur um rauszugehen und Milch zu kaufen.

„Ich glaube nicht, dass er etwas gegen Sie persönlich hat“, sagte sie, da sie wollte, dass Ford verstand. „Es ist eher, dass er seine Schwester vor *allen* Männern beschützen will.“

„Gescheiter Kerl.“ Er nahm den Hut und legte ihn auf ein ungehobeltes Holzregal. „Haben Sie Lust, mich zu meinem vielleicht letzten Drink zu begleiten, falls Ian Sullivan mich erwischt?“

Lachend nahm sie den Arm, den er für sie hinhielt, als sie in das sehr helle Sonnenlicht hinausgingen. „Ich hab Sie auf der Bühne gesehen. Sie sind ziemlich schnell. Ich glaube, Sie könnten ihm davonrennen, wenn Sie es wirklich müssten.“

„Wie wäre es, wenn Sie ihn ablenken würden, um mir einen Vorsprung zu geben? Vielleicht ziehen Sie ihn in einen dunklen Winkel und küssen ihn besinnungslos, bevor er bemerkt, dass ich ihm entwischt bin?“

Die dunkle Röte, die ihre Wangen überzog, verriet sofort, wie sehr ihr diese Idee gefiel.

„Ah“, sagte er einfühlsam, „daher weht der Wind also.“

„Nein“, sagte sie und schüttelte den Kopf. „Ian und ich haben uns erst gestern Abend kennengelernt. Und heute haben wir nur fünfzehn Minuten miteinander verbracht.“

„Manchmal“, sagte er sehr ernst, „genügen fünfzehn Minuten, damit sich dein ganzes Leben verändert.“

Aber bevor er noch etwas hinzufügen konnte, wurde sich eine große Gruppe Hochzeitsgäste bewusst, dass ein Rockstar in ihrer Mitte war und er fand sich vollkommen umringt von Fans.

Kapitel 16

Während der nächsten halben Stunde machten die Fotografen Dutzende Aufnahmen, zuerst von den Mädels und dann von der ganzen Familie zusammen. Mia war es unerträglich, dass Ian wegen der Szene vorhin so aufgebracht war. Er nannte sie zwar *Kleine*, musste aber doch wissen, dass sie kein kleines Mädchen mehr war, oder?

Natürlich wurde die Sache nicht besser, dass nur wenige Minuten, nachdem Mia für die Aufnahmen zur Gruppe gestoßen war, Ford endlich ohne seinen schwarzen Hut auftauchte. Die Aufregung der Hochzeitsgäste zeigte sich zuerst in gemurmelten überraschten Ausrufen, aber wuchs so schnell derart an, dass sich Mia fühlte, als wäre sie im Publikum bei einer seiner Shows.

Nicola schien sich dankbarerweise nicht im Geringsten an dem Tumult zu stoßen und als sie im Scherz die Augen verdrehte und sagte: „Musiker müssen immer im Mittelpunkt der Aufmerksamkeit stehen, stimmt's?", lachten alle. Alle, außer Ian, der so aussah, als könnte er sich kaum davon abhalten, über das Grundstück zu preschen und Ford mit den Fäusten zu bearbeiten.

Mia warf ihm zwischen den Aufnahmen einen vielsagenden Blick zu. *Du hast es versprochen.*

Nur für heute, war die Antwort, die er mit einem ebenso vielsagenden Blick zurückschickte.

Während alldem war Mia richtig zufrieden mit sich, wie gut es ihr gelang, ein entspanntes Lächeln aufzusetzen. Nur Ian und Brooke wussten, wie schwer sie sich dafür anstrengen musste.

In dem Augenblick, in dem der zweite Fotograf erklärte, dass die Familienaufnahmen zu Ende waren, zog Brooke sie zur Seite. „Wie geht es dir?"

„Gut", sagte Mia so leise, dass sie sicher sein konnte, dass sie sonst niemand hören würde, insbesondere ihre anderen Brüder. „Ich bin froh, Ford einmal so richtig Paroli geboten zu haben."

Brooke hob die Augenbrauen, wie es nur eine wirklich wahre Freundin konnte, und musterte Mias ein wenig zerzaustes Haar, ihre offenbar heiß geküssten Lippen, ihre errötete Haut. „*Etwas* hast du ihm jedenfalls geboten, das ist offensichtlich."

„Ich hab mein Versprechen nicht gebrochen", beteuerte Mia. „Es gab keine Zungen in keine der Richtungen."

„Nun, ich schätze, das ist gut", sagte Brooke ziemlich zweifelnd.

„Es war gut", musste Mia gestehen. So gut, dass sie

immer noch den Druck seiner Lippen überall auf ihrer Haut fühlte. „Wenigstens bis Ian hereinplatzte."

Brookes Augenbrauen schossen doppelt so hoch hinauf wie vorhin. „Wie kommt es, dass Ford noch am Leben ist?"

Mia sah hinüber, wo er Autogramme gab und eine Welle von Hitze durchflutete sie, als er den Blick hob und ihrem begegnete. „Er könnte es nicht mehr lange sein", murmelte sie, obwohl sie es unmöglich fand wegzublicken.

In dem Augenblick gesellte sich Rafe zu ihnen und legte den Arm um seine Verlobte. „Mit Ian ist irgendetwas los. Er sieht so aus, als würde ihm gleich eine Ader platzen. Und wann ist Ford Vincent hier angekommen?"

Mia brauchte ihrer Freundin nicht einmal einen *Rette-mich*-Blick zuzuwerfen, bevor Brooke einen sehr ablenkenden Kuss auf Rafes Lippen drückte. „Ich glaube, wir sollten jetzt zum Essen gehen und uns die Trinksprüche anhören." Bevor Rafe noch irgendetwas über Ian sagen konnte, begann Brooke ein ziemlich einseitiges Gespräch darüber, wie schön die Hochzeit war und wie prächtig die Weinberge und dass sie praktisch am Verhungern war. Alles und jedes, was ihr gerade einfiel, um Rafe von seiner Fährte abzubringen.

Wieder einmal, dachte Mia, als sie die Schultern straffte, um sich darauf vorzubereiten, es durch die verbleibende Hochzeitsfeier zu schaffen, stand sie gewaltig in Brookes Schuld.

Als sie allerdings ihre Namenskarte auf einem der Familientische vorne im Empfangsbereich fand, dachte Mia, sie könnte liebend gern Nicola und Marcus umbringen, auch wenn es deren großer Tag war …

Weil, wie es das Glück wollte, sie direkt neben Ford saß.

* * *

Als Ford herausfand, wo er während des Essens saß, hoffte er, dass Nicolas frischgebackener Ehemann es nicht krummnahm, wenn er ihnen später beiden einen großen, nassen Schmatz gab.

Von seinem Platz aus konnte er Mia ein paar Meter entfernt stehen sehen, wie sie ein Glas Champagner hinunterkippte und sofort kam ihm der Drang, die vereinzelten Tropfen des Schaumweins von ihren Lippen zu lecken. Er hatte aber immer schon ihre Familie kennenlernen wollen, und obwohl er wusste, dass ihm zumindest einer ihrer Brüder bereits ans Leder wollte, plante Ford, die Gelegenheit zu nutzen, um so viel wie möglich über Mia und die Sullivans zu erfahren.

Zum Glück hatte er eine Verbündete in Tatiana, deren Platzkarte ebenfalls auf seinem Tisch stand. Einen Augenblick später fand leider auch Ian seinen Platz direkt gegenüber von Ford.

Hochzeiten waren immer voller Überraschungen.

Gewöhnlich bestanden diese Überraschungen aus einer betrunkenen alten Tante, die man später mit dem Gesicht voraus in einem Busch fand, wo sie die Flasche Whisky, die sie vom Catering weggeschmuggelt hatte, ausschnarchte. Kaum auszumalen, wie lange die Leute über diese Überraschung reden würden, wenn Mias Brüder ihm verpassen würden, was ihm gebührte.

„Ich bin ein großer Fan Ihrer Musik", sagte der Typ zu Ford, der den Stuhl neben Ian herauszog, und streckte ihm die Hand entgegen. „Ich bin Ryan Sullivan und das ist meine Verlobte Vicki Bennett."

„Es freut mich, Sie beide kennenzulernen", sagte er, bevor er sich endlich bewusst wurde, warum der Typ ihm so bekannt vorkam. Ford war während der Feier so auf Mia konzentriert gewesen, dass er nichts anderem Beachtung geschenkt und den besten Pitcher in der Nationalen Baseball League in der Reihe der Trauzeugen nicht erkannt hatte. „Ich war vollkommen umgehauen von Ihrem Pitching in der letzten Saison. Und", sagte er, als ihm bewusst wurde, wer Vicki war: „Ich bin auch ein Fan Ihrer Plastiken."

Sie war offensichtlich erfreut, dass er ihre Arbeiten kannte. „Danke."

Ford war beeindruckt, wie ungezwungen Vicki und Ryan zusammen waren, dass sie wie zwei Menschen wirkten, die eindeutig füreinander bestimmt waren. Hatten sie je etwas vermurkst oder war alles in ihrer Beziehung vom ersten Tag an perfekt gelaufen?

„Werden Sie die nächste Sullivan-Hochzeit sein?"

„Vielleicht", sagte Vicki lachend. „Es sei denn Zach und Heather oder Smith und Valentina oder Brooke und Rafe schlagen uns. Aber wir sind das Warten gewöhnt", sagte Vicki mit einem lockeren Lächeln, während sie sich in Ryans Arme zurücklehnte und zu ihrem Verlobten aufblickte. „Stimmt's?"

„Ich hab mich in sie verliebt, als wir fünfzehn waren", erklärte Ryan Ford, „und dann ging sie hin und heiratete einen anderen. Fünfzehn Jahre später hab ich sie endlich überzeugt, dass wir füreinander bestimmt sind."

„Mir gefällt eure Story", sagte Tatiana. „Sie ist so romantisch."

Ford war noch dabei, die Tatsache zu verdauen, dass Ryan und Vicki dreimal so lange getrennt gewesen waren wie er und Mia und dass sie es trotzdem geschafft hatten, wieder zusammenzukommen, als die letzten beiden Plätze von einem anderen Paar besetzt wurden.

„Wow", sagte die Frau, als sie bemerkte, dass Ford an dem Tisch saß. „Hi."

Als Ford zurückgrinste und „Hallo", sagte, zog der Typ mit ihr an ihrem langen, seidigen Zopf und bedeckte schnell ihren Mund mit seinem, als wollte er sie daran erinnern, zu wem sie gehörte. Ihr Kuss war kurz aber heiß, und als sie sich endlich voneinander lösten, war sie errötet und lachte.

„Du bist so ein Neandertaler“, sagte sie in einem liebevoll irritierten Ton, bevor sie sich wieder Ford zuwandte. „Ich bin Heather und das ist Zach.“

Er schüttelte beiden die Hand. „Ford. Schön, Sie beide kennenzulernen.“

Als gerade der erste Gang serviert wurde, setzte sich Mia endlich neben ihn, mit einem frischen Glas Champagner in der Hand, dabei warf sie Ian einen warnenden Blick zu. Während er sich umdrehte, um ihr zuzulächeln, fragte Ford sich, was sie zu ihrem Bruder gesagt hatte, um ihn von seiner Halsschlagader fernzuhalten?

Und war es möglich, dass sie ihn deshalb in einem Stück haben wollte, weil sie ihrer Beziehung noch eine Chance gab?

„Es sieht so aus, als spielten Nicola und Marcus die Kuppler“, kommentierte Zach, als er Ian und Tatiana ansah und dann Mia und Ford. „Wäre das nicht etwas, wenn es funktionieren würde?“

Heather schob ihm ein Brötchen in den Mund. „Iss das, dann ist dein Mund zu voll, als dass du noch etwas sagen könntest, das allen peinlich ist.“

„Okay“, sagte Zach, nachdem er einen Bissen genommen und ihn in die Wange geschoben hatte, „aber wenn das Essen dann vorbei ist, musst du dir etwas anderes einfallen lassen, was ich mit meinem Mund tun kann, damit ich nichts sage.“ Heather verdrehte die Augen, aber so wie ihre Wangen erröteten, konnte Ford sehen, dass sie nicht wirklich gegen den Vorschlag war.

„Übrigens“, sagte Mia zur Gruppe, „Ford und ich kennen uns bereits. Er ist einer meiner Kunden.“

„Seit wann ist er einer deiner Kunden?“ Ians Gabel klapperte hart gegen seinen Teller und unterstrich seine Frage.

„Seit Freitag.“

Ian richtete einen finsteren Blick auf Ford. „Sie wollen ein Haus in Seattle kaufen?“

Ford war knapp 1.90 und trainierte, um sich für seine dreistündigen Shows in Form zu halten. Trotzdem schätzte er, dass Ian noch einige Zentimeter größer war als er und wahrscheinlich an die 15 Kilo schwerer.

„Ich freue mich darauf, ausnahmsweise einmal nicht mehr in Hotels, sondern in einem Haus zu wohnen.“

„Jedenfalls“, sagte Mia mit noch einem vielsagenden Blick auf ihren Bruder, während sie ein Salatblatt mit der Gabel aufspießte, „habe ich ihm am Freitag ein tolles Areal am Wasser gezeigt mit einem bereits bestehenden perfekten Haus. Es hat sogar ein Turmzimmer.“

„Einen echten Turm aus Stein?“ Vicki war fasziniert.

Mia sah so hübsch aus, als sie der anderen Frau ohne ihre Schutzmauern zulächelte. „Es ist wirklich spitze", sagte sie, „aber ich habe noch ein paar Immobilien zu besichtigen, damit er alle Optionen abwägen kann."

Er schob seinen Teller beiseite und drehte sich ihr zu. In diesem Augenblick hatte er nur Appetit auf eines. Auf *sie*. „Du hast gesagt, dass in dem Haus und dem Garten eine ganze Schar Kinder gerne spielen würde, stimmt's?"

„Stimmt."

„Dann brauche ich keine anderen Optionen abzuwägen." Obwohl sie von ihrer Familie umgeben waren, hatte er in diesem Augenblick das Gefühl, dass sie die Einzigen an diesem Tisch waren. „Ich hab mich schon entschieden, was ich will."

Er konnte ihren Augen ablesen, dass sie wusste, dass er nicht nur vom Haus redete, aber der Augenblick wurde von lautem Gelächter vom Nebentisch verdorben, was sie wieder ganz professionell werden ließ.

„Willst du sagen, dass du ein Angebot für Alanas Haus machen willst?"

„Ja."

Sie griff bereits nach ihrem Telefon, als er eine Hand über ihre legte. „Montag ist früh genug. Heute sollst du es genießen, bei deiner Familie zu sein." Der Puls an ihrem Handgelenk raste, als er widerstrebend seine Hand wegzog und sich wieder an die anderen am Tisch wandte. „Woher sind Sie alle?"

„Hier sind Sullivans von San Francisco, Seattle, New York und Maine“, antwortete Ryan. Wir sehen uns alle regelmäßig bei Familientreffen und natürlich Hochzeiten.“

„Haben Sie irgendwelche lustigen Geschichten?“

„Wo wollen Sie, dass ich anfange?“, sagte Zach lachend. Er nickte in Richtung Mia. „Besonders über Miss Wildfang da drüben.“

Mia hob eine Augenbraue an Zach gerichtet. „Denk daran, dass ich auch ein paar Geschichten über dich habe, Rennfahrer.“

„Ich will nur sagen, dass es ziemlich schwer wäre, jene Nacht am See zu vergessen, als du erst sechs warst und niemandem gesagt hattest, wohin du gingst.“ Zu Ford sagte er: „Sie hatte sich stundenlang im Wald versteckt, nur damit sie uns Jungs einen Mordsschreck einjagen konnte, wenn wir vorübergingen. Als wir sie nach Hause zurückbrachten und sie ein Riesengrinsen auf ihrem hinterhältigen kleinen Gesicht hatte, glaubte ich, Onkel Max und Tante Claudia würden total ausflippen.“ Aber es war deutlich, dass Zach von ihr echt beeindruckt war, noch bevor er hinzufügte: „Auf meine furchtlose und entschlossene Cousine.“

Und als alle am Tisch ihre Gläser hoben, um auf Mia zu toasten, bekam Ford einen Einblick in eine Familie, wo alle immer füreinander da waren, egal, was geschah. Denn sogar jetzt, wo Ian und Mia eindeutig im Zank waren, konnte Ford sehen, dass es ihre

Bindung nicht im Geringsten beeinträchtigte.

„Was ist eigentlich mit dem Typen passiert, mit dem du auf der letzten Hochzeit warst?“, fragte Ryan Mia. „Bob? Oder hieß er Buddy?“

Ford beobachtete sie genau, als sie antwortete: „Er war nur ein Freund.“

„Komm schon, du hast doch sicher einen auf Lager. Hast du doch immer.“

Ford war sich ziemlich sicher, dass Vicki Ryan unter dem Tisch einen Tritt gab. Sie hatte eindeutig die Funken bemerkt, die zwischen Mia und ihrem Kunden sprühten, auch wenn sie ihr Verlobter nicht gesehen hatte.

„Sie wissen, dass sie darauf nicht antworten kann, wo doch ihr großer Bruder am Tisch sitzt“, sagte Tatiana, bevor Mia antworten konnte. Sie hatte sich offensichtlich zum Friedenstifter am Tisch ernannt.

„Stimmt“, pflichtete Zach ihr bei. „Es wäre dir zuzutrauen, dass du den Kerl noch vor Sonnenuntergang zur Strecke bringen würdest, nicht Ian? Das wollte ich auch immer tun, wenn ich jemanden fand, der um eine meiner Schwestern herumschnüffelte. Jake konnte ich tatsächlich ein paar Tüchtige verpassen, als ich herausfand, dass er Sophie geschwängert hatte. Aber nie hatte ich die Möglichkeit, Grayson zu verdreschen, weil er mit Lori zusammen war.“

Ians Augen waren so scharf wie Dolche und kalt wie Eis, als er über den Tisch hinweg Ford anstarrte.

„Wenn ich je einen Kerl treffe und herausfinde, dass er meine Schwester verletzt hat, werde ich ihn das auf die schmerzhafteste Weise büßen lassen."

Mia räusperte sich und als endlich wieder alle zu ihr hinsahen, lächelte sie ihn über den Rand ihres Glases an, als hätte sie keine Sorge auf der Welt. „Da du ja gefragt hast Ryan, hatte ich tatsächlich ein Date am Freitagabend mit diesem *super* Typen, den ich beim Joggen kennengelernt habe."

„Du bist am Freitagabend mit jemandem ausgegangen?" Verstandesmäßig wusste Ford, dass er keinerlei Anspruch auf sie hatte, aber allein der Gedanke, dass jemand sie berührte, sie küsste, machte ihn verrückt. „Nachdem du mir das Haus gezeigt hattest?"

Mia nickte und sah überaus zufrieden mit sich aus. „Genau. Und auf dem Flug hierher habe ich jemanden im Flieger kennengelernt."

„Verdammt, Mia …"

Marcus' Stimme kam über die Lautsprecher und unterbrach Ford, kurz bevor er sein Versprechen an Mia brechen und sie als mehr outen konnte als nur Geschäftspartner. „Danke, dass ihr alle hier seid, um mit uns den bis jetzt schönsten Tag unseres Lebens zu feiern."

Ford konnte immer noch nicht klar denken und sich auf das konzentrieren, was Marcus und Nicola ihren Gästen sagten. Er zog sein Telefon heraus.

HAST DU DICH VON EINEM VON DIESEN TYPEN BERÜHREN LASSEN?

Ihr Gesichtsausdruck war ungerührt, als sie zurücksimste:

ES GEHT DICH NICHTS AN, OB JA ODER NEIN.

Er wollte gerade antworten, bevor er noch überlegte, als Billy auf seine Schulter tippte. „Ihre Gitarre ist gestimmt und für Sie bereit."

„Danke Billy." Ford wusste, dass er sich zusammenreißen musste, um Marcus und Nicola sein Geschenk zu geben, bevor er mit dem Privatflugzeug für seine Show nach Los Angeles flog.

Hoffentlich würde Mia verstehen, für wen er den Song in Wahrheit geschrieben hatte …

* * *

Mia war sich sicher gewesen, dass sie Mittel und Wege finden würde, um Fords süßen Worten und sogar seinen Küssen widerstehen zu können.

Egal wie heftig sie sich bemühte sich zu wappnen, sie wusste, dass sie nie imstande sein würde, ihm zu widerstehen, wenn er einen seiner Songs vortrug. Es packte sie, nicht nur, weil es so sexy war, wenn er auf der Bühne stand … die Tatsache, dass er es so sehr liebte, zu singen und Gitarre zu spielen, berührte sie zutiefst.

„Wir werden euch gleich alle auf die Tanzfläche loslassen“, sagte Nicola zu ihren Gästen, „aber zuvor bin ich außer mir vor Freude, weil ein Freund von mir uns etwas ganz Besonderes bieten wird.“

Ford war unleugbar atemberaubend, wie er sich durch die Tische schlängelte, um seine Gitarre zu holen.

„Nicola und Marcus, ich freue mich sehr, dass ich heute hier sein konnte, um Zeuge einer Liebe zu sein, die wir uns alle wünschen. Ich habe diesen Song gestern geschrieben, deshalb muss ich mich entschuldigen, dass er noch ein bisschen ausgefeilt werden muss, aber ihr sollt wissen, dass der Song mir direkt aus dem Herzen spricht. Er heißt *Alles, was ich brauche.*

Alles, was ich brauche
Du bist alles, wonach ich suchte
Als nichts mich heil machen konnte
Da warst du
Alles, was ich brauche
Wenn ich dich in meinen Armen halte
Verliere ich mich in dir – immer
Weil du alles bist, was ich brauche
Hör nie auf
Hör nie auf
Hör nie auf, alles zu sein, was ich brauche

Sie hörte nicht die Seufzer der Frauen um sie – sie nahm nichts wahr, nur Ford, der einen Song vortrug, der direkt zu ihrem Herzen sprach. Aber als jeder neue Vers sie stärker traf und tiefer ging, konnte sie die Augen nicht geschlossen halten, obwohl es klüger gewesen wäre, wenigstens einen Aspekt seines Auftritts auszublenden. Sie musste einfach Ford zusehen, wie er sein Herz und seine Seele in die Musik fließen ließ.

In eine Musik, die nur für sie geschrieben zu sein schien.

Himmel, er war nicht nur schön, als er für Marcus und Nicola sang. Er war nicht nur total hinreißend, er war ein geborener Performer.

Das war es, was Ford in seinem Innersten war.

Sie hatte es natürlich immer schon gewusst, aber jetzt, als sie ihm zusah, wie er mit einem Talent, das nur sehr, sehr wenige Menschen besaßen, einen Zauber entstehen ließ, musste sie sich fragen, wie ein Zuhause in Seattle denn zum Leben eines Mannes passen konnte, der auf die Bühne gehörte. Und wie konnte er auch nur daran denken, nicht mehr auf Tournee zu gehen?

Sie wusste zwar, dass Millionen Menschen durch Kopfhörer oder im Radio seine Musik hören konnten. Wenn man aber mit Ford im selben Raum war und er für einen sang – egal ob draußen auf einem Weingut mit dreihundert Personen oder in einem Stadion mit hunderttausend – dann war das ein Ereignis, das einem das Leben veränderte.

Als der letzte Akkord verklang und alle Beifall klatschten und Ford Nicola auf die Wange küsste und Marcus die Hand schüttelte, entschuldigte Mia sich bei ihren Tischgenossen und schlüpfte hinaus zu den Weinstöcken zu einem Platz, wo niemand von ihrer Familie und keiner der anderen Hochzeitsgäste sie sehen konnte.

Sie brauchte eine kleine Weile draußen unter dem hellblauen Himmel, fern von allen, um sich von dem, was Fords Song und vorher seine Küsse im Lagerraum mit ihr angerichtet hatten, zu erholen.

Sie konnte jetzt akzeptieren, dass sie ihn immer noch wollte, sogar, dass sie ihn unbändig, ja verzweifelt wollte. Mehr wollte sie nicht eingestehen müssen … sicherlich nicht all die Emotionen und Träume, die sein Song in ihr aufgewühlt hatte.

Sie hatte sich zwar gesagt, dass sie ein bisschen allein sein wollte, so war sie doch weder überrascht noch unangenehm berührt, als sie Schritte hinter sich hörte. Sie drehte sich um, um ihn zu konfrontieren, da sie wusste, dass davonlaufen oder ihn zurückstoßen jetzt nicht mehr möglich war.

„Dein neuer Song ist schön.“

„Nachdem ich dich am Freitag gesehen hatte, hat sich der Song von selbst geschrieben.“ Er nahm ihre Hände in seine und hob sie an seine Lippen für einen Kuss. Ein Kuss, der sie ebenso tief bewegte wie seine

Musik. „Ich muss jetzt zurück nach Los Angeles, aber ich werde Montagmorgen wieder in Seattle sein."

Sie würde ihn vermissen, erkannte sie, als sie ihm nachsah, wie er wegzugehen begann und ein plötzlicher Schmerz bildete sich tief in ihrem Bauch. Fünf Jahre hatte sie ohne ihn gelebt und jetzt, nach weniger als 24 Stunden mit ihm, war sie bereits wieder von ihm gefangen.

So gefangen, dass sie die Arme im selben Moment nach ihm ausstreckte, in dem er sich nach ihr umdrehte und auch die Arme nach ihr ausstreckte.

„Verflucht", sagte er, „ich sage ständig, dass ich dich nicht drängen werde, aber ich kann nicht weggehen, ohne einen Abschiedskuss."

„Und ich kann dich auch nicht gehen lassen, ohne dich zu küssen", gestand sie.

Ebenso wie sein Song, der emotional war, aber Ecken und Kanten hatte, war der Abschiedskuss, den sie sich gaben. Seine Hände ballten sich in ihren Haaren zu Fäusten und ihre umklammerten eng seine Schultern. Seine Zunge tauchte tief in ihren Mund und ihre traf ebenso ungestüm auf seine. Ihre Zähne nibbelten an seiner Unterlippe und er zog sie enger heran, damit er ihr mehr von allem geben konnte, wonach sie sich so verzweifelt sehnte.

Und doch wusste Mia inmitten des Sturms, der in den Weinbergen zwischen ihnen aufkam, dass nicht nur Leidenschaft ihre und seine Brust dröhnen ließ …, sondern die tiefe und unaufhaltsame Macht der Gefühle zwischen ihnen.

Als sie sich endlich zwangen, sich voneinander zu trennen, ging weder ihr noch sein Atem ruhig. „Amüsier dich mit deiner Familie, Mia. Sie sind spitze. Du ahnst nicht, wie sehr ich dich um sie beneide.“ Er zog sie nochmals an sich für einen letzten schnellen, atemlosen Kuss und dann war er weg.

Als Mia gegen die Steinmauer zurücksank, um wieder zu Atem zu kommen, war es keine Frage mehr, ob sie Ford wollte, ob sie Ford brauchte.

Es blieb nur die Frage, wie würde sie damit umgehen?

Kapitel 17

Mia schloss am Montagmorgen den Eingang zu ihrem Büro Sullivan Realty auf, als Ford aus einem am Straßenrand geparkten schwarzen Wagen stieg. Sein Kinn war von Bartstoppeln bedeckt und er sah aus, als hätte er über das Wochenende nicht mehr Schlaf bekommen als sie. Und doch konnte sie sich nicht erinnern, dass er je besser ausgesehen hatte.

Noch konnte sie sich daran erinnern, wann das letzte Mal die Schmetterlinge derart in ihrem Magen herumgeflattert waren, obwohl sie erwartet hatte, ihn heute Morgen zu sehen, damit sie für das Turmhaus ein Angebot machen konnten.

„Guten Morgen."

Seine dunklen Augen waren voll Bewunderung, als er sie von Kopf bis Fuß und wieder zurück musterte. „Jetzt ist er wirklich gut."

Sie war echt froh, dass sie heute Morgen die Ersten im Büro waren, so dass sie ihm niemanden vorstellen musste und vorgeben, dass zwischen ihr und ihrem Kunden alles perfekt normal war. Denn nichts in ihrer Beziehung mit Ford fühlte sich auch nur im Entferntesten normal an … auch deshalb nicht, weil sie eine verflixt wichtige Entscheidung in den 36 Stunden getroffen hatte, seit der letzten Begegnung mit Ford auf der Hochzeit.

Er folgte ihr in ihr Büro, und sobald sich die Tür hinter ihr mit einem leisen Klick schloss, sagte sie: „Ich weiß, wir müssen uns um geschäftliche Dinge kümmern, aber zuvor möchte ich dir sagen, dass ich eine Entscheidung über uns getroffen habe."

Mitten in der Nacht war alles so vernünftig erschienen, als sie sich die Dinge wieder und wieder durch den Kopf gehen ließ. Es gab keinen Zweifel, dass sie bei der Hochzeit an einer Wegkreuzung angekommen waren. Die einzige Frage war, welche Richtung sie einschlagen sollten. Vergangene Nacht war sie sich sicher gewesen, dass sie die beste Lösung für ihre unaufhörliche Anziehung gefunden hatte, ohne den Fehler zu begehen, sich wieder zu tief hineinziehen zu lassen.

„Ich glaube, wir sollten miteinander schlafen."

„Seit Freitag habe ich nicht sehr viel geschlafen", sagte Ford, „deshalb bin ich ziemlich sicher, dass ich gerade eine Halluzination hatte, in der du gesagt hast, dass wir miteinander schlafen sollten."

So sinnvoll ihr diese Entscheidung während der Nacht erschienen war, jetzt, da er vor ihr stand, musste sie sich im Stillen in Erinnerung rufen, warum sie sie getroffen hatte. Gegen ihre Anziehung anzukämpfen schien unmöglich. Obendrein war es für eine sinnliche Frau wie sie geradezu unnatürlich, auf die Lust zu verzichten, die, wie sie wusste, Ford ihr bereiten konnte.

Eine reine Sexaffäre zu haben, schien das einzig Sinnvolle.

„Ich sehe keinen Grund, warum wir nicht ein oder zwei Nächte unseren Spaß haben sollten, wenn du in der Stadt bist und ich frei bin."

„Wie viele Gründe willst du?", fragte Ford. „Ich bin nämlich ziemlich sicher, dass ich deinen ganzen Arbeitstag mit ihnen füllen könnte."

Verflixt, warum konnte er sich nicht wie jeder andere Typ verhalten und einfach kurzerhand ihr Sexangebot annehmen? „Warte einen Augenblick", sagte sie. Ihr Zorn war seinem ebenbürtig. „Du hast jedes Mal, wenn wir zusammen waren, Strategien entworfen, um dir einen Kuss von mir zu angeln, aber jetzt, da ich dir verdammt viel mehr als einen Kuss anbiete, sagst du nein, du willst keinen Sex mit mir haben."

„Natürlich will ich Sex mit dir, Mia. Und wenn ich denken würde, dass ich auf diese Weise dein Herz bekäme, dann, glaub mir, wärst du in diesem Augenblick bereits nackt und kämst unter mir." Jeder Zentimeter ihrer Haut wurde heiß und feucht bei dem irre heißen, sexy Bild, das er gerade gemalt hatte, sogar als er knurrte: „Wie oft muss ich dir sagen, dass ich mehr will als nur deinen Körper?“

„Solange ich also nicht bereit bin, dir meine Liebe zu erklären und sie auf immer und ewig zu versprechen, wirst du mich nicht wieder berühren?“, knurrte sie zurück, anstatt seine Frage zu beantworten. „Ist es das, was du mir zu verstehen geben willst?“

„Nein“, sagte er, als er die Arme ausstreckte und sie an sich zog, „das ist nicht annähernd das, was ich dir zu verstehen geben wollte.“

Sein Mund kam ihrem um weniger als einen Herzschlag zuvor, um ihr den Kuss zu geben, nachdem sie seit der Hochzeit gefiebert hatte. Im Weingut in Napa waren seine Küsse liebevoll, beinahe ehrfürchtig, als sein Mund über ihre Haut wanderte. Aber wie sie jetzt übereinander herfielen, hatte nichts Zartes. Ihre Zähne nibbelten scharf an seiner Unterlippe, seine Zunge verschlang sich mit ihrer in einem rüden Tanz der reinen Lust. Seine Hände berührten jeden Zentimeter ihres Körpers, den er erreichen konnte, von den Brüsten zur Hüfte, während ihre Hände sich heftig in den dunklen Strähnen seines Haars verknoteten, um seinen Mund genau dort zu behalten, wo sie ihn wollte.

Seufzer, Stöhnen, Lust, Schmerz – Mia kostete jeden Augenblick dieses neuerlichen *Fühlens* aus. Auch wenn sie sich beide immer tiefer in die brennende Hitze und das verzweifelte Verlangen zogen, wehte irgendwo hinten in ihrem Gehirn eine warnende

Flagge, die versuchte, ihr zu sagen, dass das jetzt eine schlechte Idee war.

Oh ja, sie wusste, dass, was sie gerade taten, eine ganz üble Idee war. Sie wusste, dass sie Ford nicht so viel geben sollte, dass sie ihm gar nichts von ihr geben sollte, da er sie doch schon einmal so tief verletzt hatte. Aber in diesem Augenblick war dieses Besserwissen in weite Ferne gerückt, als die sündhafte Lust, sich in seine großen Hände zu schmiegen, während sie durch ihre Seidenbluse ihre Brüste umfingen, die Oberhand gewann.

Das schrille Klingeln des Telefons ihrer Assistentin hinter der Wand traf sie wie ein Eimer eiskalten Wassers.

Es war nicht nur keine gute Idee Ford zu küssen, weil er die Macht hatte, sie auf eine Art zu verletzen wie niemand sonst – sondern auch, weil sie in ihrem Büro waren und ihre Mitarbeiter gleich jede Sekunde durch den Eingang kommen würden.

Versuchte sie, sich mit ihm erwischen zu lassen?

Ihr Herz war in Aufruhr, als sie sich von ihm freimachte. Ihre Beine drohten zu zittern wie Wackelpudding.

„Wir haben das miteinander Schlafen zu groß geredet, als zu bedeutend aufgebauscht. Was mich betrifft, so wäre es das Beste, was wir tun könnten, um davon loszukommen und das alles hinter uns zu lassen.“

„Wenn ich dich erst wiederhabe, Mia, werde ich *niemals* von dir loskommen. Und ich werde dich nicht aufgeben. Nicht für irgendeinen Kerl, den du beim Joggen oder in einem Flieger kennenlernst und der dich nicht verdient."

Sie kämpfte verzweifelt gegen diesen Teil in ihr an, der Ford gehören und glauben wollte, dass ewige Liebe mit ihm möglich sei. „Du sagst, dass du mehr als nur meinen Körper willst, aber dann redest du so eifersüchtig und besitzergreifend über mich, als wäre ich irgendein Spielzeug", sagte sie.

„Verflucht, du hast recht." Sie sah, wie er sich brüsk durch seine dunklen Haare fuhr, während er in ihrem Büro wie ein Löwe in einem Käfig auf und ab ging. „Ich sage alles falsch. Ich mache jedes verdammte Ding falsch."

War es verrückt, dass jetzt ein Teil von ihr zu ihm gehen und ihn trösten wollte?

Ja, diese von Ford ausgelöste Verrücktheit war genau der Grund, weshalb sie eine belanglose rein sexuelle Beziehung vorgeschlagen hatte. Auf diese Weise hätten sie sich auf ihre Körper und die Lust konzentrieren können … und Dinge wie Trost und Unterstützung – und Gefühle, die bloßgelegt und mit Füßen getreten werden konnten – wären gänzlich vom Tisch.

* * *

„Vor fünf Jahren war ich zwar ein unreifer Dreckskerl, der nicht wusste, wo es langgeht, aber ich war klug genug, um dich zu lieben. Wie hätte ich dich nicht lieben können?“ Ford hielt inne, um sicherzugehen, dass er nicht alles wieder falsch hervorbrachte. „Aber nachdem wir uns getrennt hatten, habe ich viel zu lange Zeit vorgegeben, dass ich wieder solo auf einer Insel sein könnte. Dass ich nicht seit unserer Trennung jede Sekunde an dich gedacht habe.“

„Ford …“

„Lass mich versuchen, wenigstens das richtigzustellen.“ Er ging zurück quer durch ihr Büro, um nach ihren Händen zu greifen. „Nachdem ich gesehen habe, wie Nicola und Marcus zueinander sind, glaube ich, dass ich endlich etwas herausgefunden habe. Etwas Großes, das wir in unserer gemeinsamen Woche weggelassen hatten. Etwas zwischen Sex und Liebe, das alles zusammenhält.“ Er blickte hinunter, wo ihre Finger sich ganz natürlich ineinander verschränkt hatten, dann wieder hinauf in ihre schönen Augen. „Jede Sekunde, seit ich dich wiedergesehen habe, habe ich mich im Verlangen nach dir verzehrt. Aber Sex ist nicht genug, Mia. Es war es nicht beim ersten Mal und es wird es auch dieses Mal nicht sein.“

„Aber was …“

„Freunde.“ Er spürte die Richtigkeit dieses Gedankens in seinen Knochen und konnte vom Ausdruck auf ihrem Gesicht sehen, dass er auch bei ihr

Anklang fand. „Ich muss dieses Mal dein Freund sein. Und ich hoffe, dass du eines Tages imstande sein wirst, mir genug zu vertrauen, um ebenfalls meine Freundin zu sein."

Er hatte mehr als ein Dutzend Liebeslieder geschrieben, aber hatte nie wirklich verstanden, wie kompliziert es tatsächlich war, bis er sich in Mia verliebt hatte. Oder wie unglaublich es war, dass zwei Menschen mit ihren jeweiligen Träumen und Wunden, Hoffnungen und Ängsten, es irgendwie wahrhaftig schafften, wenn sie sich ehrlich bemühten und wirklich Glück hatten, ihre Liebe gemeinsam zu leben.

Gleichzeitig hatte er sich während der letzten 36 Stunden wieder und wieder gesagt, dass *kompliziert* nicht *unmöglich* bedeutete. Er brauchte nur an Ryan Sullivan und seine Verlobte Vicki denken, denen es gelungen war, nach fünfzehn Jahren der Trennung ihre Liebe zu leben. Und da waren natürlich Marcus und Nicola, die es nicht zugelassen hatten, dass sein Weingut oder ihre Karriere sie trennten.

„Ich habe dir dieses Wochenende gesagt, dass ich dir verzeihe, Ford, und es war mir Ernst damit, aber …"

Bevor sie noch etwas hinzufügen konnte, hörten beide zwei Stimmen, die bis in ihr Büro drangen.

Anstatt jedoch sofort seine Hände fallenzulassen, fühlte er, wie ihre Daumen kaum spürbar über seine Fingerknöchel strichen, bevor sie ihn losließ und zu ihrem Schreibtisch ging, wo sie sich vor ihren Computer setzte. Es machte ihm Hoffnung, dass sie von dem, was er gesagt hatte, nämlich ihr Freund sein zu wollen, nicht unberührt geblieben war. Der beste Freund, den sie je haben würde.

„Während des Wochenendes", sagte sie zu ihm, während sie eine dicke, schwarz gerahmte Brille aufsetzte, die nur dazu diente, ihre Schönheit zur Geltung zu bringen, „gab es sehr viel Interesse für das Turmhaus. Da mich das überhaupt nicht überrascht und ich weiß, dass Alana und ihr Exmann, die Sache so schnell wie möglich abschließen möchten, sollten wir die Einzelheiten deines Angebots ausarbeiten, damit wir sie noch heute Vormittag rübersenden können." Sie drückte auf eine Taste ihres Telefons. „Guten Morgen, Orlando. Ich möchte Sie mit meinem neuen Kunden bekanntmachen. Und bitte bringen Sie die Unterlagen für das Turmhaus mit."

Obwohl sie sich jetzt ganz professionell gab, konnte er immer noch die Hitze und das Begehren unter der Oberfläche brodeln sehen – zusammen mit ihrer noch anhaltenden Überraschung wegen seines Vorschlags, dass sie an ihrer Freundschaft arbeiten sollten, bevor sie zusammen zurück ins Bett hüpften.

„Meine Mitarbeiter sind es gewöhnt, mit berühmten und reichen Kunden zu arbeiten. Aber so wie bei den Gästen auf Marcus' und Nicolas Hochzeit, vermute ich, dass sie von dir ziemlich überwältigt sein werden.“

„Ich freue mich immer, auf Fans zu treffen. Sie haben mich dorthin gebracht, wo ich bin.“

„Nein“, er war überrascht, wie leidenschaftlich sie das sagte, „dein Talent hat dich dorthin gebracht, wo du bist. Wie ich gesagt habe“, fügte sie mit einem leichten Lächeln hinzu, „Sogar jene unter uns, die dich nicht ausstehen konnten, liebten trotzdem deine Songs.“

Orlando kam mit einer großen Mappe durch die Glastür. „Hier sind die Unterlagen, die Sie brauchen, Mia. Ich habe die verschiedenen …“ Als ihm klar wurde, dass Ford neben ihm stand, glitt ihm die Mappe aus den Händen und alle Papiere fielen zu Boden, um seine Schuhe verstreut. „Oh mein Gott, Sie sind Ford Vincent. Ich bin Ihr größter Fan. Sie sind ein Genie. Ich kann nicht glauben, dass Sie tatsächlich vor mir stehen.“

Ford nahm die Hand des jungen Mannes und schüttelte sie. „Schön, Sie kennenzulernen, Orlando.“

Mia legte sanft die Hand auf die Schulter ihres Assistenten. „Danke für die Unterlagen.“

Orlando drehte sich benommen um. „Unterlagen?“ Ein paar Sekunden später wurde seine blasse Haut dunkelrot. „Die Unterlagen. Ich bitte um Entschuldigung.“ Er war schon auf den Knien und versuchte, sie aufzuheben, aber seine Hände zitterten zu sehr, dass er nur noch mehr Durcheinander schaffte.

„Orlando, ich denke, Sie können das uns überlassen", unterbrach ihn Mia. „Aber ich bin sicher, Mr. Vincent hätte gerne eine Tasse Kaffee, schwarz mit extra Zucker. Danke."

Er liebte es, dass sie sich noch erinnerte, wie er seinen Kaffee mochte. Ford kniete sich mit Mia nieder, um ihr zu helfen, die Papiere aufzuheben.

„Er arbeitet seit einem Jahr bei mir, aber noch nie habe ich ihn so gesehen." Mia schien von der Reaktion ihres Assistenten verwirrt. „Hast du es nie satt bekommen?"

Er wollte den Arm ausstrecken und ihr eine lose Strähne hinter das Ohr stecken, aber da er wusste, dass jeder einzelne ihrer Angestellten sie durch das Glas beobachtete, hielt er sich, wenn auch mühsam, zurück. „Wenn du als Junge träumst, hast du zu wenig Lebenserfahrung, um an etwas anderes als an den Ruhm zu denken. Wenn ich vor fünf Jahren mehr verstanden hätte, Mia, vielleicht hätte ich nicht alles so arg vermasselt."

Ihr Blick verfing sich einen Augenblick in seinem, bevor sie plötzlich den Kopf schüttelte. „Ich weiß, dass unser Gespräch vorhin unterbrochen wurde, aber im Moment wollen wir uns auf das Haus konzentrieren, okay?" Sie hob schnell die übrigen Unterlagen auf und ging dann zu ihrem Schreibtisch zurück, um sie wieder zu ordnen. „Ich wünschte, ich könnte dir sagen, dass der Preis überhöht sei, aber ..."

„Könntest du darin leben?"

„Du hast mich schon gefragt, was ich von dem Haus halte, und wenn du dich erinnern kannst, sagte ich, dass es eines meiner Lieblingshäuser in Seattle ist."

„Ich weiß, dass du glaubst, dass es für Kinder und eine Familie großartig ist. Aber wie steht es mit dir?"

„Du bist es, der es kauft, Ford, nicht ich."

Sie war dickköpfig, aber er war es auch. Und er würde kein Haus kaufen, das sie nicht ebenso liebte wie er. Einige würden ihn für verrückt halten, dass er so viel für eine Frau aufs Spiel setzte.

Aber Ford wusste jetzt, dass es noch verrückter wäre, es nicht zu tun.

„Wenn du ein Haus in Seattle suchen würdest, würdest du es dann kaufen?

„Ich dachte, wir würden uns ans Geschäftliche halten, bis wir dein Angebot fertig ausgearbeitet haben."

„Ich muss deine Antwort kennen, Mia."

Sie seufzte. „Ja, ich würde es kaufen."

Er grinste. „Gut. Dann wollen wir Alana und ihrem Ex sagen, dass ich heute den von ihnen verlangten Preis bezahle."

Sie hob die Hände, um zu versuchen, ihn auszubremsen. „Selbst, wenn du ein Barangebot machst, brauchst du nicht gleich in diesem Augenblick zu bezahlen."

„Ich möchte sofort einziehen. Lass sie wissen, dass

ich bis Mittag den Betrag auf ihr Konto überwiesen haben werde. Und ich kaufe auch alles, was drin ist."

Mia schüttelte den Kopf über diese ihrer offensichtlichen Meinung nach impulsive Entscheidung, aber sie nahm ihr Telefon und startete eine Telefonkonferenz mit den Eigentümern. „Ich habe ein Angebot für euch", sagte sie ihnen, „und ich glaube, es wird euch wirklich sehr zusagen."

* * *

Eineinhalb Stunden später waren alle Unterlagen von beiden Parteien unterschrieben und Ford hatte seinen persönlichen Banker angerufen, um das Geld überweisen zu lassen. Mia hatte in den letzten sechs Jahren einige ziemlich große und zügige Immobilien-Transaktionen über die Bühne gebracht, aber diese übertrumpfte sie alle haushoch. Sogar für eine Frau, die immer Geschwindigkeit und Aufregung geliebt hatte – beinahe so sehr wie ihr Rennfahrer-Cousin Zach – war es ein Gefühl, als wäre ein Wirbelsturm über sie hinweggefegt. So stark war Fords Entschlossenheit, wenn er sich auf ein Ziel konzentrierte.

Und als Orlando Ford ins Büro hinausbegleitete, um ihn mit den übrigen Angestellten bekannt zu machen und sie ihn durch die Glaswände ihres Büros beobachtete, wie charmant er mit allen war, hatte sie wieder die Bestätigung, wie schwer es war, ihm zu widerstehen. Vor allem, wenn er sich konzentrierte und entschlossen war, etwas zu bekommen.

Oder jemanden.

Seine tiefe Stimme und sein Lachen, das bis in ihr Büro drang, und seine Nähe, die Nähe des sexysten Mannes auf Erden erforderten ein großes Maß an Entschlossenheit und Konzentration, damit sie ein paar sehr dringende E-Mails und Telefonanrufe beantworten konnte.

Kurz darauf, als sie aus dem Augenwinkel sah, dass man ihn wieder zu ihr zurückbegleitete, wurde Mias Herzrhythmus sprunghaft und die Worte in der E-Mail, die sie gerade betreffend eine Immobilie, die sie treuhänderisch verwaltete, schrieb, verschwammen auf dem Bildschirm.

„Deine Mitarbeiter sind spitze", sagte er mit einem Grinsen, als er zurück in ihr Büro kam. „Und sie sind total von dir angetan."

Sie klickte auf ihrer E-Mail auf ‚senden' und klappte ihren Laptop zu. „Ganz meinerseits." Sie stieß sich von ihrem Schreibtisch weg und nahm ihre Tasche. „Meine Glückwünsche nochmals für dein prächtiges neues Haus. Wie wäre es, wenn wir uns etwas Champagner besorgen würden, um es zu feiern?"

Er sah von ihrem Vorschlag überrascht aus und dann eindeutig begeistert, als sie Orlando sagte, dass sie sich ein paar Stunden freinahm. Mia wusste, dass noch mehr *Zeit* allein mit Ford zu verbringen eine schlechte – okay, eine *schauderhafte* - Idee war, aber sie versuchte es zu rechtfertigen, indem sie sich sagte, dass sie ihn nicht anders behandeln konnte, als irgendeinen Kunden, der gerade Millionen Dollar für ein Haus ausgegeben hatte.

Aber als Ford die Beifahrertür seines Tesla öffnete und sie auf den glatten Ledersitz glitt, konnte Mia nicht leugnen, dass die Lügen, die sie sich über ihn erzählte, Stunde um Stunde pathetischer wurden.

Ich mag ihn nicht.

Er war liebenswürdig zu ihren Mitarbeitern, war großartig mit ihrer Familie bei der Hochzeit … und wenn sie nicht alle Hände voll zu tun gehabt hätte, sich damit herumzuschlagen, sich von ihm nicht mehr verletzen zu lassen, hätte sie sich bereits Hals über Kopf in ihn verliebt.

Diese Feier wird rein geschäftlich sein.

Da ihre beruflichen Treffen nie mit superheißen Küssen abgelaufen waren und sie sich tausendprozentig sicher war, dass es bei dieser Feier welche geben würde, musste sie entweder die Definition von *geschäftlich* ändern … oder sie musste akzeptieren, dass diesen Tag mit Ford zu verbringen, sehr viel mehr bedeutete, als einen Immobilienkauf zu feiern.

Unsere Verbindung ist rein sexuell, egal, was Ford dagegen anführt.

Oh, wie sehr wünschte sie, dass diese Behauptung wahr sei … aber es hatte nie einen Augenblick mit Ford gegeben, weder in der Vergangenheit noch jetzt, in dem ihr Herz nicht auf dem Spiel gestanden hatte.

Kapitel 18

„Alle reden immer davon, dass es in Seattle ständig regnet“, sagte Ford, während Mia ihr Picknick auf der dicken Decke ausbreitete, die sie von seinem neuen Haus herausgebracht hatten und er den Champagner entkorkte, „aber jedes Mal, wenn ich hier bin, gibt es blauen Himmel und Sonnenschein.“

„Da du jetzt offiziell hier lebst, kann ich dir unser Geheimnis anvertrauen.“ Sie beugte sich nahe zu ihm und flüsterte: „Unser Wetter ist eigentlich fast immer super. Sag es aber niemandem, okay?“

Natürlich nutzte Ford ihre Nähe, um sie heranzuziehen und nochmals zu küssen, bevor er zustimmte: „Okay.“

Dieses Mal war ihr Kuss kurz, aber so verflixt süß, dass ihr ein enttäuschter kleiner Seufzer entwischte, als er den Champagner endlich entkorkte.

Sie wusste, dass sie die Diskussion, die sie in ihrem Büro begonnen hatten, noch zu Ende führen mussten, dafür wollte sie sich aber stabiler fühlen. Deshalb schürfte sie jetzt nicht in der Tiefe, sondern sagte: „Das war immer einer meiner Lieblingsplätze. Nicht weit von hier bin ich sogar zur Schule gegangen." Sie lachte. „Meine armen Lehrer. Ich war ein echter Wildfang mit fliegenden Zöpfen und ein Plappermaul während des Unterrichts."

„Irgendetwas sagt mir, dass sie es dir haben durchgehen lassen."

„Ich habe gern gelernt", stimmte sie ihm zu, „aber ich wollte auch draußen sein, herumrennen und spielen. Wenn ich so zurückdenke, war meine Mutter bewundernswert. Es gelang ihr, alles so interessant erscheinen zu lassen, damit ich meine Hausaufgaben machte. Sobald ich mit meinen Matheaufgaben oder meinen Naturkunde-Arbeitsblättern fertig war, ließ sie mich schaukeln gehen, bevor wir uns drinnen wieder mit einem Buch hinsetzten. Ich hoffe, eines Tages auch auf meine Kinder so gut eingehen zu können." Erst als sie sich unterbrach, um Luft zu holen, wurde sie sich bewusst, dass sie es schon wieder tat – sich Ford ganz zu öffnen, während er sich nur zurücklehnte und zuhörte.

„Ich habe dich auf der Hochzeit mit deinen Nichten und Neffen spielen sehen. Sie strahlten, nur, weil sie in deiner Nähe waren. Du wirst mit deinen Kindern großartig sein."

„Ich hatte großartige Lehrmeister."

„Es tut mir leid, dass ich nicht die Möglichkeit hatte, auf der Hochzeit deine Mutter oder deinen Vater kennenzulernen."

„Meine Mom und mein Dad sind wunderbar, aber manchmal wünsche ich mir, dass sie ein wenig ahnungsloser wären, so wie die Eltern meiner Freunde. Wenn du sie nämlich kennengelernt hättest, hätten sie wahrscheinlich erraten, dass zwischen dir und mir etwas läuft … und dann hätten sie mir Fragen gestellt.“ Sie wäre aber den Fragen ihrer Familie entschieden nicht gewachsen gewesen, zumal es ihr zutiefst verhasst war, ihre Familie zu belügen. Schon das seit fünf Jahren währende Verschweigen kam einer großen dicken Lüge gefährlich nahe.

„Apropos Fragen, hat mein Bruder Ian versucht, dich zu kontaktieren?“

„Er hat mich Samstag um Mitternacht angerufen.“

Sie hatte gehofft, dass Ian sie beim Wort nehmen würde, als sie sagte, dass sie auf sich selbst aufpassen konnte. Er brauchte eindeutig eine Erinnerungsstütze. Sie griff in die Tasche, um ihr Handy hervorzuholen und sagte: „Ich kann nicht glauben, dass er denkt, er müsse seine Nase in meine …“

Ford legte seine Hand auf ihre, um sie davon abzuhalten, ihren Bruder anzurufen und ihm die Leviten zu lesen. „Er liebt dich, deshalb kann ich verstehen, warum er so beschützerisch ist. Auch ich möchte nicht, dass dich je jemand verletzt. Vielleicht solltest du ein bisschen sanft mit ihm verfahren.“

Sie seufzte, als sie widerwillig das Telefon in ihre Tasche zurückfallen ließ. „Erzähl mir wenigstens, was er zu dir gesagt hat."

„Sagen wir so ... er hat mir nachdrücklich geraten, mich von meiner besten Seite zu zeigen."

„Sonst was? Wird er in London in einen Flieger springen, nach Seattle kommen, nur um dich zusammenzuschlagen?"

„Sonst ruft er deine Brüder an, um sie in unsere Geschichte einzuweihen, damit *sie* alle es übernehmen, mich zusammenzuschlagen."

Sie stieß irritiert die Luft aus. „Wenn ich will, dass sie wissen, was los ist, dann sage ich es ihnen selbst."

„Ich hoffe, das wirst du, Mia." Ein Mundwinkel seines umwerfenden Mundes bog sich nach oben, als er hinzufügte: „Auch wenn es für den Typen, den du mit nach Hause nimmst, ein körperliches Risiko bedeutet, ein paar Stunden mit deinen Brüdern zu verbringen."

Plötzlich konnte sie sich mit aller Deutlichkeit vorstellen, wie sie Ford mit nach Hause nahm und ihn als ihren Freund vorstellte, auch wenn sie noch nie zuvor, kein einziges Mal in achtundzwanzig Jahren, einen Mann mit nach Hause genommen hatte. Ihr Vater würde beschützerisch, aber zu Ford fair sein und ihre Mutter würde sich wahrscheinlich bei seinem ersten Lächeln in ihn verlieben. Ihre Brüder davon zu überzeugen, dass irgendwer für ihre kleine Schwester gut genug war, würde allerdings eine verteufelt schwierige Überzeugungsarbeit erfordern.

„Ich hab immer die Kinder im Internat beneidet,

die Geschwister hatten", sagte er und wiederholte, was er nach der Hochzeit zu ihr gesagt hatte. „Ich bin mit fünf ins Internat geschickt worden. Meine Eltern hätten mich wahrscheinlich schon früher geschickt, aber keine der privaten Eliteschulen akzeptierte Kinder vor dem Kindergartenalter."

Obwohl sie sich freute, dass Ford ihr offen noch einen Teil seiner Vergangenheit anvertraute, so hätte sie ihn wegen seines traurigen Gesichtsausdrucks am liebsten zu sich auf die Decke heruntergezogen und ihn so lange geküsst, bis er das Ganze vergessen hatte.

„Das muss schwer für dich gewesen sein, so früh von zu Hause wegzumüssen."

„Es war besser, als zu Hause bei den Kindermädchen zu sein. In der Schule hatte ich Freunde, mit denen ich spielen konnte. Das Schlimmste waren die Ferien, wenn ich nach Hause zurückmusste. Meine Mutter und mein Vater waren für mich Fremde."

Mia hatte die Ferien mit ihrer Familie *geliebt.* Dutzende von Thanksgiving-, Weihnachts- und Osterfeiern waren im Laufe der Jahre voll Lachen und Spaß gewesen.

Offenbar waren ihr all diese Gefühle ins Gesicht geschrieben, weil er sagte: „Du brauchst mit mir kein Mitleid zu haben. Meine Eltern scherten sich vielleicht einen Dreck um mich, sie haben mir aber nie weder mit Taten noch Worten wehgetan. Ich hab auch nie ein Nein zu hören bekommen. Schon wegen des vielen

Geldes und des Einflusses, die hinter meinem Familiennamen stehen. Ich und mein Kummer mussten nie Hunger oder Schmerzen ertragen."

Mia kannte sich aus mit Stolz und was man alles unternahm, um ihn zu schützen. Denn sie hatte schließlich auch alle ausgeschlossen, als sie nach dem Desaster mit Ford vor fünf Jahren so notwendig die Hilfe und Unterstützung von Freunden und der Familie benötigte. Gott bewahre, dass sie einen von ihnen hätte wissen lassen, dass sie gescheitert war oder eine falsche Entscheidung getroffen hatte.

„Als wir uns trennten", wollte sie plötzlich Ford wissen lassen, „sagte ich mir genau dasselbe. Dass ich keinen leeren Magen hatte. Dass ich keine Verletzungen hatte. Dass ich eine tolle Wohnung und Karriere hatte. Und ich konnte den Gedanken nicht ertragen, dass einer meiner Freunde oder meine Familie mit mir Mitleid hätten. Oder schlimmer noch, dass ich aus einem Maulwurfshügel einen Berg machte. Also behielt ich alles für mich." Sie beobachtete, wie eine einsame Ameise zur langen Ameisenkolonne zurückkehrte, von der sie einen kurzen Augenblick ausgeschert war. „Aber in Wirklichkeit brauchte ich sie *doch*. Und als ich schließlich vor meinen besten Freundinnen alles auspacken musste, nachdem ich dich am Freitag gesehen hatte, fühlte ich mich nicht wie eine Idiotin, sondern ich fühlte mich geliebt. Aber obwohl ich weiß, dass mich meine Familie und

Freunde immer lieben werden, egal, was ist, hab ich den Stolz noch auf der Hochzeit meines Cousins getragen und mich gesorgt, dass die Leute unsere Beziehung aufdecken würden."

Er griff in ihre Handtasche und reichte ihr das Handy. „Hier", sagte er grinsend, „du kannst sie jetzt alle anrufen und ins Bild setzen."

Sie nahm lachend das Handy. „Wenn es mir mit der Zeit richtig erscheint, meine Cousins und Cousinen über uns aufzuklären, dann verspreche ich, mir einen ganzen Nachmittag Zeit zu nehmen und jeden Einzelnen anzurufen."

Vielleicht hatte sie gerade etwas Verrücktes gesagt, aber plötzlich erschien ihr die Perspektive einer Zukunft mit Ford nicht mehr so *vollständig* jenseits des Möglichen zu liegen. Immerhin hatte er dieses Haus hier in Seattle gekauft und weihte sie tatsächlich in wichtige Dinge seines Lebens ein.

Sie wusste, dass es für ihn leichter war, sich auf sie als auf sich selbst zu konzentrieren. Aber trotz all der Wut, die sie in diesen fünf Jahren gehegt hatte, konnte sie nicht leugnen, dass sie ihn in diesen letzten Tagen wieder liebgewonnen hatte. Wenn sie ihm früher Fragen über seine Vergangenheit stellte, war es ihm immer leichtgefallen, sie wieder zurück ins Bett zu ziehen und sie zu lieben, bis sie die Fragen vollkommen vergessen hatte. Es war auch ein Unterschied, ob sie Ford anflehen musste, sie in sein Leben einzuweihen oder ob er es ihr unaufgefordert anbot, nicht wahr?

Oder meldete sich nur wieder ihr Stolz zu Wort? Denn, wenn sie sich wirklich vorstellen konnte, dass sich die Beziehung mit Ford weiterentwickelte, konnte sie dann ihr Herz weiterhin wie jetzt in einen Käfig sperren?

Sie ließ das Telefon in ihre Tasche zurückfallen und blickte in seine dunklen Augen. „Ich glaube nicht, dass wir unser Gespräch über dich und deine Familie abgeschlossen haben, oder?“

Ford schwieg einen langen Augenblick, bevor er endlich sagte: „In jener Woche mit dir hier in Seattle warst du mir nähergekommen, als ich es je jemandem erlaubt hatte. Ich war es so gewohnt, für mich zu bleiben, mich zu behaupten, zum Teufel mit allen anderen. Und dann warst du da. Nicht nur atemberaubend schön, nicht nur das sexyste Wesen, das ich je berührt hatte, du hast auch deine Arme und dein Herz geöffnet und mich eingelassen. Ich hatte eine Heidenangst bekommen, Mia.“

Sie konnte alles verstehen, bis er eingestand, dass er Angst hatte. „Warum hast du dich davor gefürchtet, dass ich dich liebhatte?“

„Während so langer Zeit hatte ich mir immer gesagt, dass ich niemanden brauchte, dass es mir egal war, dass nie jemand wirklich mein wahres Ich lieben würde und dass mir meine Fans genügten, die aus dem

Publikum *Ich liebe dich,* schrien und dass sie nur meine Musik und nicht den Mann hinter der Gitarre und dem Mikrofon liebten. Aber dann bist du vom ersten Augenblick an in mein Leben getreten, es war so leicht, zu leicht, dich zu brauchen … und dich die ganze Zeit bei mir zu wollen. Ich hatte das Gefühl, als könnte ich ohne dich nicht atmen, als könnte ich mir nicht mehr vorstellen, den Rest meines Lebens wie auf einer einsamen Insel zu leben. Es war sogar noch schlimmer, weil ich wusste, dass du zu unabhängig warst und deine Freunde, deine Familie und Karriere zu sehr geliebt hast, um mein Ultimatum anzunehmen."

„Willst du sagen, dass du bereits weg warst, noch bevor du mich gefragt hattest, alles für dich liegen und stehen zu lassen?"

„Ich hab nicht gewusst, wie ich hätte bleiben können."

Sie musste es wissen. „Und jetzt glaubst du, es zu können?"

Er stieß langsam den Atem aus. „Das will ich doch verdammt hoffen. Denn, wenn ich dich wieder verletze, dann bräuchten nicht deine Brüder kommen, um mich in Stücke zu reißen, ich würde sie dazu antreiben."

Ford Vincent konnte man bestimmt nicht fragil nennen. Aber zum ersten Mal sah Mia die Verwundbarkeit, die er mit so viel Mühe sein ganzes Leben lang vor allen verborgen hatte.

Auch vor ihr, bis jetzt.

„Als ich dich am Freitag aus heiterem Himmel plötzlich gesehen habe," sagte sie vorsichtig, „habe ich geglaubt, dass du in fünf Jahren keinen einzigen Gedanken an mich verschwendet hattest. Aber obwohl ich jetzt weiß, dass ich mich geirrt hatte, musst du verstehen, dass ich mich wirklich bemüht hatte, überhaupt nicht mehr an dich zu denken. Wenigstens bis vor ein paar Tagen. Ich kann dir ganz offensichtlich nicht widerstehen, wenn wir uns küssen, aber …"

„Freunde", erinnerte er sie. „Ich will, dass wir zuerst Freunde werden." Als wollte er seine Worte unterstreichen, nahm er die Flasche Champagner und goss zwei Gläser ein. Während er ihr eines reichte, sagte er: „Auf eine schöne Freundschaft."

Er hatte versprochen, sie nicht wieder zu schnell zu drängen und ein Teil von ihr war erleichtert, dass es so aussah, als würde er sein Versprechen halten, aber bevor sie noch mit ihm anstieß, konnte es sich ein anderer Teil von ihr nicht verkneifen zu sagen: „Knutschst du immer mit Freundinnen rum?"

„Gewöhnlich nicht", sagte er langsam grinsend, da er offensichtlich verstand, woher der Wind wehte, „aber in letzter Zeit stehe ich ziemlich auf Veränderungen, also würde ich sagen, wollen wir nicht auch Herumknutschen in den Freundschaftskorb werfen?"

Ihre Lippen kribbelten, obwohl schon mehrere Minuten seit ihrem letzten Kuss verstrichen waren.

Verflixt, ihr ganzer *Körper* kribbelte, nur, weil er in ihrer Nähe war.

„Wie du weißt, ist zwischen Küssen und Sex eine große Bandbreite. Vielleicht sollte ich eine Liste von allem dazwischen machen“, schlug sie vor, „und du kannst mir dann die Grenzlinie zeigen, die du nicht überschreiten wirst.“

Sofort wurden seine Augen dunkel vor Verlangen. „Himmel, wie sehr du mich verlockst, Mia.“ Aber anstatt nach ihr zu greifen, wie sie es sich wünschte, sagte er: „Auch, wenn du eine Liste machst, von der du verdammt weißt, dass sie mich verrückt machen wird, so werden du und ich doch Freunde werden, bevor ich wieder mit dir schlafe. Das ist ein Versprechen, das ich uns beiden gebe und das ich nicht brechen werde.“

Mia kannte viele mächtige, reiche Männer. Jene, mit denen sie verwandt war, waren spitze, aber die übrigen nahmen sich gewöhnlich, was sie wollten, ohne sich darum zu kümmern, was die anderen brauchten oder wollten. Ford hätte sie inzwischen bereits wieder in seinem Bett haben können. Stattdessen schien er es echt auf mehr abgesehen zu haben als auf ein paar tolle Nummern in der Kiste.

Wer hätte das je für möglich gehalten?

Bestimmt nicht sie.

Sie hatte keine Lust, nach Regeln zu leben, die ohne sie aufgestellt worden waren, egal, ob dieser Freundschaft-ohne-Sex-Plan sinnvoll war oder nicht.

Deshalb konnte sie der Versuchung nicht widerstehen, ihm noch ein bisschen zuzusetzen.

„Ich glaube wirklich, dass du recht haben könntest, dass die Freundschaft uns damals gefehlt hat, aber …“

„Warum kommt mir jetzt so eine Ahnung, dass dein *aber* mich an den Rand der Vernunft treiben wird?“

Ihre Lippen formten ein Lächeln. Sie liebte es, dass er sie schon jetzt so gut kannte, auch wenn sie gerade am Anfang ihres Weges zu einer Freundschaft standen. „*Aber* ich kann nicht verstehen, warum ein paar Orgasmen hier und da deine Kein-Sex-bis-wir-Freunde-sind-Regel brechen würden.“

„Ich werde nie wissen, wie ich dich richtig lieben soll, wenn ich nicht auch dein Freund sein kann, Mia.“ Seine dunklen Augen waren durchdringend, als er sie fragte: „Wenn mich ein Orgasmus ans Ziel bringt, dann würde ich dir ums Leben gern einen in diesem Augenblick besorgen. Aber mal ehrlich, werden wir bessere Freunde sein, wenn ich dich kommen lasse?“

Sie schluckte schwer. Jedes Mal, wenn sie versuchte, die Dinge auf eine leichtere Ebene zu bringen, ließ er sie wissen, wie ernst ihm damit war, mit ihr zusammen zu sein.

„Nein“, sie musste es ihm ehrlich sagen, „das würden wir nicht sein.“

„Das glaube ich auch nicht“, sagte er leise und

dann: „Weißt du, was uns Freunde werden lässt?“

Es war eine gute Frage, über die sie eigentlich nie nachgedacht hatte. Aber selbst, wenn sie darüber nachdachte, war sie nicht sicher, ob die Vernunft die Antworten auf Freundschaft geben würde. Weil ihr Herz ihr immer gesagt hatte, wem sie vertraute und wen sie liebte.

Sie hatte sich zwar vorgenommen, dass sie es ihrem Herzen nicht mehr erlauben würde, sie mit Ford nochmals auf den falschen Weg zu bringen, konnte aber trotzdem dem mächtigen Drang nicht widerstehen, seine Hand zu ergreifen und ihn auf die Decke neben sich herunterzuziehen, damit er mit ihr hinauf in den blauen Himmel schauen konnte.

Sie schwiegen lange Zeit, ihre Hände ineinander verschränkt, während sie die bauschigen weißen Wolken beobachteten, wie sie über ihnen ihre Formen veränderten. Vögel flogen zwischen den Douglas-Fichten hin und her.

Schließlich sagte sie: „Ich glaube, das könnte ein Anfang sein.“

Und als er sich ihr zuwandte und sie anlächelte und die letzten Eisbrocken um ihr Herz wegschmolzen, wusste sie, dass es tatsächlich so war.

Kapitel 19

Der Dienstag wurde schnell zu einem jener Wahnsinnstage, an denen Mia von Haus zu Haus rannte, mit so wenig Zeit zwischen den Besichtigungen, dass sie weder frühstücken, noch zu Mittag essen konnte. Mit einem sehnsüchtigen Seufzer dachte sie an ihre Espressomaschine im Pausenraum ihres Büros, so sehr brauchte sie eine Tasse anständigen Kaffee, um ihren Motor auf Touren zu bringen.

Ein Motor, der jedes Mal, wenn sie an Ford dachte, aufheulend ansprang, um dann stotternd abzusacken, wenn sie sich gewaltsam daran erinnerte, dass sie ihre Fehler nicht wiederholen durfte, nämlich sich wieder so schnell und so heftig in ihn zu verlieben. Sie hatten sich auf der Decke in seinem Garten nur ein bisschen geküsst, aber selbst das war so überwältigend für ihre Sinne, dass sie sogar einem Kunden zusagte, der in letzter Minute eine nicht reservierte Besichtigung wünschte, nur um von Ford wegzukommen und nachdenken zu können.

Sie versuchte, alles, was er getan und alles, was er gesagt hatte, seit er an jenem Freitagmorgen wieder in ihrem Leben aufgetaucht war, rational zu überdenken, aber rationales Denken war nicht gerade ihre Stärke, wenn es um Ford ging. Außerdem war es etwas anderes, wenn er sich ihr mit eindeutigen Verführungsabsichten näherte. Obwohl sie ihn ehrlich gesagt wie verrückt begehrte, hätte sie dem keine Bedeutung beigemessen.

Aber sein Wunsch, dass sie vorher Freunde wurden?

Gut gemacht, Rockstar, um direkt zu meinem Herzen durchzudringen.

Er war zwar praktisch jede Sekunde, seit sie sich am Vortag getrennt hatten, in ihren Gedanken gewesen. Trotzdem war sie, als sie durch die Tür von Sullivan Realty ging, nicht darauf vorbereitet, ihn in ihrer Lobby sitzen zu sehen, seine langen Beine ausgestreckt und entspannt mit ihrer Empfangsdame plaudernd.

„Da bist du ja." Er schälte langsam seinen prachtvollen Körper aus dem Sessel und warf ihr einen Blick so voller Feuer zu, dass sie ziemlich sicher war, dass ihr Haar gleich Gefahr laufen würde, in Flammen aufzugehen. „Hast du eine Minute Zeit?"

Sie wusste nicht, ob sie lachen oder ihn anschreien sollte, weil er sie derart überrascht hatte. Warum hatte er sie nicht angerufen, um ihr zu sagen, dass er sie treffen musste? Sie hatte ihm nicht nur gerade ein wirklich teures Haus verkauft, sondern sie waren …

Sie seufzte. Genau das wollten sie doch herauszufinden versuchen, nicht wahr? Waren sie ein Exliebespaar? Angehende Freunde?

Oder mehr?

„Natürlich. Geh voraus in mein Büro. Ich bin sofort da, dann können wir besprechen, was dir am Herzen liegt."

Er musterte sie einen Augenblick. „Wie wäre es, wenn ich dir unterwegs eine Tasse Kaffee machen würde?"

Sie hätte vor Vorfreude auf das koffeininduzierte Labsal beinahe aufgestöhnt. „Bitte. Die Maschine ist im Pausenraum. Orlando kann dir zeigen, wo."

Sobald er im Hauptbereich des Büros verschwunden war, als gehörte es ihm, sagte Betsy: „Es tut mir leid. Ich wollte Ihnen eine SMS schicken, um Sie wissen zu lassen, dass er hier ist. Aber er bestand darauf zu warten, bis Sie mit den Besichtigungen fertig waren. Ich glaube ..." Ihre Empfangsdame unterbrach sich abrupt, als wollte sie nichts Unpassendes sagen.

„Ich würde sehr gerne wissen, was Sie denken", sagte Mia zu der Frau, die sie sehr mochte und der sie alle Telefonanrufe und den Empfang potentieller Kunden anvertraute.

„Ich glaube, er wollte nirgends sonst wo hin. Abgesehen von ein paar Passanten, die, als sie ihn erkannten, reinkamen und ihn um ein Autogramm baten, hatte ich den Eindruck, dass er sich hier wohlfühlte."

„Wie lange hat er gewartet?"

„Ungefähr eine Stunde."

„Ford hat eine Stunde hier gesessen?"

„Ehrlich gesagt ist die Zeit verflogen. Wir haben über meine Kinder und Enkel geplaudert und er wollte alles Mögliche über die Schulen hier wissen und die Little-League-Teams und Gymnastikkurse. Hat er Kinder?"

„Nein", sagte Mia. Dann fiel ihr ein, was er zu ihr gesagt hatte, als sie durch das Haus gegangen waren, das er gerade gekauft hatte, deshalb fügte sie hinzu: „Noch nicht."

Da es in ihrem Büro fast nur Glaswände gab, konnte sie sehen, wie Ford mit einer ihrer Angestellten, die ganz besonders von ihm fasziniert war, lachte. Orlando hielt sich heute besser im Zaum, aber alle anderen bibberten praktisch vor Aufregung. Ford war eindeutig für die Produktivität ihrer Angestellten Gift. Aber das war vielleicht auch okay, weil seine Anwesenheit alle offensichtlich glücklich machte.

Gewiss, auch sie hatte ein paar große Stars in der Familie, aber sie hatte abgesehen von ihren Blutsverwandten noch niemanden gesehen, der so gut mit seinem Ruhm umzugehen verstand. Sie hatte mit anderen Musikern auf der Suche nach einer Immobilie in Seattle gearbeitet, die hundertprozentig dafür gesorgt hatten, dass sie nicht eine Sekunde vergaß, mit wem sie es zu tun hatte. Dagegen schien sich Ford voll reinzuhängen, um genau das Gegenteil zu bewirken.

„Danke, dass Sie ihm Gesellschaft geleistet haben, Betsy."

„Es war mir ein Vergnügen", sagte die ältere Frau und errötete ganz untypisch. „Er ist nicht gerade übel anzuschauen, nicht wahr?"

„Nein", lachte Mia über diese Untertreibung. „Das ist er sicher nicht."

* * *

Ford hatte eine dampfende Tasse Espresso für sie bereit, als sie in ihr Büro ging.

Sie nahm sie ihm mit einem geseufzten *„Gott sei Dank"* aus der Hand und trank sofort einen Schluck.

„Verflucht", sagte er, „nie hätte ich gedacht, dass ich auf eine Tasse Kaffee eifersüchtig sein würde. Aber ich bin sicher, dass du mich noch nie so angesehen hast."

Sie konnte bereits voll Dankbarkeit den Kick des himmlischen dreifachen Espresso fühlen, den er ihr gemacht hatte, und betrachtete ihn mit einer hochgezogenen Augenbraue. „Du hast doch nicht eine Stunde mit Betsy im Empfangsraum gewartet, um ein paar Komplimente zu angeln?"

„Nein", bestätigte er. „Ich bin gekommen, weil dich zu sehen das Beste an jedem Tag ist."

Seine zärtlichen Worte erwärmten sie, trotzdem

fragte sie: „Und?“

„Ich meine es wirklich so, weißt du. Dich zu sehen macht alles tausendmal besser. Auch wenn ich weiß, dass ich dich nicht berühren kann, weil uns alle deine Angestellten beobachten.“ Er grinste sie an und schon war sie ungewollt von seinem Charme verzaubert, als er gestand: „Aber da du es erwähnst, es gibt etwas, bei dem ich dich um Hilfe bitten wollte.“

„Gibt es ein Problem mit dem Haus?“

„Nein, das Haus ist super. Ich habe heute Morgen einen Werbefilm im EMP-Museum für die Show in Seattle kommenden Samstag gedreht und der Manager hat von all den Kindern erzählt, die sich die Musikabteilung des Museums ansehen und am Abend, wenn sie zusperren, nicht nach Hause gehen wollen.“ Fords Blick war in sich gekehrt. „Ich war eines dieser Kinder und ich weiß, wenn ich an einem solchen Ort hätte abhängen können, mit all dieser Musikgeschichte, dieser Inspiration vom ursprünglichen Experience-Music-Project-Gebäude, das hätte mir geholfen.“ Als er sie wieder ansah, waren seine Augen wieder klar. Und voll Begeisterung. „Ich möchte in Seattle etwas aufmachen, wo Kinder hingehen und zusammen Musik machen können. Ein Rock Camp. Wir können Musiker holen, von hier und auch ein paar von den ganz Großen, die mir einige Gefallen schulden.“

„Das klingt toll, Ford.“ Seine Begeisterung war

ansteckend.

„Das wird es sein, aber du musst mir helfen, die perfekten Räumlichkeiten dafür zu finden.“

„Ich bin dir schon einen Schritt voraus.“ Sobald er ihr von seiner Idee zu erzählen begonnen hatte, war sie im Geist die paar gewerblichen Räumlichkeiten in der Nähe des EMP-Museums durchgegangen. Sie rief sie schnell auf ihrem Computer ab und druckte die zwei geeignetsten aus. „Wie sehen diese aus?“

Er überflog die Infos und nickte. „Wie bald können wir da rein? Besteht eine Chance, dass du jetzt frei bist?“

Sie pfiff durch die Zähne. „Wow, du meinst es ernst, nicht wahr?“

„Ich möchte gern das Projekt bei der Show am Samstag ankündigen, wenn ich kann.“

Natürlich war sie nicht frei. Aber irgendwie überzeugte Ford sie ständig, all ihre üblichen Regeln zurechtzubiegen.

Sie rief ihren Assistenten an. „Orlando“, sagte sie, „wäre es möglich, dass Sie ein paar Besichtigungen heute Nachmittag übernehmen?“

Orlando übernahm offensichtlich höchst bereitwillig die zusätzliche Verantwortung, die sie ihm übertrug, und nachdem er sich von Ford verabschiedete und dann händereibend loszog, um ihren Kunden tolle Häuser zu finden, wusste sie, dass sie sich bald einen neuen Assistenten suchen musste, damit Orlando in die

Ränge der Vollzeit-Immobilienhändler aufsteigen konnte.

„Eigentlich sollten Rockstars wie du ja ihre Zeit mit Partys in Badewannen voll Champagner und Groupies verbringen und nicht ein Musikparadies für Kinder schaffen“, sagte sie einen Augenblick, bevor sie vor ihrem Büro in ein Taxi sprangen. „Du überraschst mich ständig.“

„Ich war ein dummer Junge zuvor.“

„Wir waren beide jung und dumm.“ Obwohl sie beide in diesen fünf Jahren gereift waren und sie ihm die Art, wie er sie verlassen hatte, verzieh, so gab es doch noch wunde Stellen in ihrem Inneren.

Als sie mit ihm auf dem Rücksitz saß, hatte sie das Gefühl, dass ein Magnet versuchte, ihre Hände zusammenzubringen. Starrsinn befahl ihr, ihre Hand auf ihren Schoß zu legen, auch wenn sie wusste, wie gut es sich anfühlen würde, ihre Finger zwischen seine gleiten zu lassen.

„Ich sollte vielleicht noch erwähnen“, sagte er, als sie gerade die Tür des Taxis vor dem Museum öffnen wollte, das von den Immobilien nur einen Block je entfernt lag, „dass uns ein kleines Filmteam heute Nachmittag begleiten wird.“

„Ein Filmteam? Du hast der Presse gesagt, dass wir uns diese Immobilien ansehen?“

„Nein.“ Es schien ihm ein wenig unangenehm zu sein. „Es wird ein Dokumentarfilm über meine Musik gedreht. Natasha war heute Morgen im Museum und hat gefilmt, als wir die Idee für das Camp hatten." Als er mit seinen Erklärungen fertig war, hatte er bereits das Telefon aus der Tasche gezogen. „Vergiss es. Ich sage ihr, dass es heute Nachmittag nichts wird."

Sie legte die Hand mit einem leisen Schimpfwort auf seine, um ihn daran zu hindern, das Filmteam abzusagen. „Ich habe noch nie jemanden gesehen, der die Dinge so forciert wie du." Mia seufzte und bemühte sich, ihre Frustration darüber, Kameras auf sich gerichtet zu haben, loszuwerden. „Aber ich bin sicher, dass sie recht hat und dass du das in dem Film haben solltest. Du machst etwas Großes, etwas Wichtiges." Da sie aber zugestimmt hatte, seine Immobilienhändlerin zu sein, bedeutete das, dass sie für immer mit Ford im Film aufschien, egal was in Zukunft zwischen ihnen geschehen würde. „Ich werde mit einem Filmteam fertig."

Kaum waren ihre Finger wieder auf dem Türgriff, sagte er: „Es gibt noch etwas, das ich wahrscheinlich erwähnen sollte."

Natürlich gab es etwas, dachte sie, als sie über die Schulter zu ihm hinüberschaute. „Was noch?"

„Natasha weiß bereits, wer du bist." Bevor sie fragen konnte, wieso, erklärte er: „Als sie sich alte Clips ansah, fand sie ein paar von uns, die in jener Nacht gefilmt worden waren, als wir uns kennenlernten. Ich hatte ihr nicht von dir erzählt, auch nichts von meinem

Privatleben. Aber sie hat dich gesehen und *wusste Bescheid.*" Der Taxifahrer war eindeutig von ihrem Gespräch fasziniert, aber weder Ford noch Mia scherte es im Augenblick im Geringsten. „Sie wollte wissen, wie ich so dumm hatte sein können, dich gehen zu lassen, wo du mir offensichtlich alles bedeutest."

In Mias Kopf drehte sich alles. „Deshalb bist du zurückgekommen." Ihre Worte waren kaum mehr als ein Flüstern.

„Sie hat mir den letzten Schubs gegeben, aber ich war es, der sich endlich klar wurde, dass ich fünf Jahre lang jeden Tag zurückkommen wollte. Es tut mir leid, dass ich so lange gebraucht habe, um meinen Stolz zu überwinden. Mehr leid, als du ahnen kannst." Sein Blick wurde finster. „Der Stolz hätte alles ruinieren können, wenn ich es zugelassen hätte."

Er hatte recht mit dem Stolz und dass er ein Leben ruinieren konnte. Sie wusste, dass sie gründlich über ihren eigenen Stolz nachdenken musste, wenn es um Ford ging. Denn es war ein Paar Schuhe, vorsichtig zu sein, um nicht ein zweites Mal denselben Fehler zu machen, aber es war ein ganz anderes Paar Schuhe, dickköpfig zu sein, nur um zu gewinnen. Besonders, wenn „gewinnen" hieß, nicht mit ihm zusammen zu sein.

Dummerweise begann der Taxifahrer jetzt, Ford richtig gründlich zu mustern und das Letzte, was sie wollte, war, dieses sehr private Gespräch mit einem der größten Rockstars der Welt heute Abend in einer Promi-Klatschsendung zu sehen. Für den Taxifahrer wäre es ein Kinderspiel, sein Handy zu nehmen und den Rest ihres Gesprächs aufzuzeichnen. Sie ließ sich das Gespräch schnell durch den Kopf gehen und war sich ziemlich sicher, dass sie sich weder mit ihren Namen angesprochen noch erwähnt hatten, was sie für ihren Lebensunterhalt taten. Deshalb wäre es eine bloße Mutmaßung des Taxifahrers, dass ein Rockstar auf seinem Rücksitz gesessen hatte.

Sie deutete mit dem Kopf in Richtung des Fahrers und sagte: „Danke, dass Sie uns mitgenommen haben." Dann wandte sie sich zurück zu Ford und sagte: „Komm, Jeffrey. Wir sind schon verspätet für diesen Dokumentarfilm über dein geheimes Akneproblem."

Ford lachte, als er die Tür hinter ihnen zuschlug. „Jeffrey? Akne?"

Sie tätschelte sein perfektes Gesicht. „Keine Sorge, das gibt sich schon eines Tages. Wenn die Mädchen klug sind, warten sie auf dich."

Er lachte immer noch, als sie rüberging, um die intelligente Frau zu begrüßen, die neben zwei Männern mit großen Kameras stand. „Sie müssen Natasha sein. Ich bin Mia. Ich habe gehört, dass Sie es waren, die Sie-wissen-schon-wen zurück in mein Leben gebracht hat."

„Und?"

Mia blickte zu Ford, und als gerade eine Gruppe

Touristen aus dem EMP-Museum kam, die ihn erkannten und umringten, sagte sie: „Das letzte Wort ist noch nicht gesprochen."

Sie hatte immer bewundert, wie großartig er mit seinen Fans umging, aber dieses Mal wünschte sich Mia, dass er nicht gar so freundlich wäre, als sie um Autogramme wetteiferten. Einige der Frauen standen nämlich ein wenig zu nahe bei ihm … und als ihn eine bat, er solle sein Autogramm auf ihre Brüste schreiben, ballten sich Mias Hände an ihren Seiten doch tatsächlich zu Fäusten.

In dieser Woche waren sie nur im Turmhaus, auf dem Weingut ihres Cousins in Napa und in ihrem Büro zusammen gewesen. Wie hatte sie vergessen können, dass sich die Frauen überall, wo er hinkam, auf ihn warfen? Oder, dass Groupies zu allem bereit waren, um Ford in ihr Bett zu locken.

Sie war doch überhaupt keine unsichere Frau, aber wer würde sich da nicht bedroht fühlen? Egal, wie sehr sie glaubte, die Vergangenheit verwunden zu haben.

„Ich bin mit Ford monatelang unterwegs gewesen", sagte Natasha, „wissen Sie, was mich gleich zu Anfang am meisten beeindruckt hat?"

Mia konnte ihre zusammengekniffenen Augen kaum von dem weiblichen Fan abwenden, der jetzt praktisch topless war. „Was war es? Wie talentiert er ist?"

Natasha schüttelte den Kopf. „Dass er nie mit

einem Groupie losgezogen ist, noch je eines in den Bus mitgenommen hat."

Jetzt hatte die andere Frau ihre volle Aufmerksamkeit. „Nie?"

„Nein. Kein einziges Mal. Als mir bewusst wurde, dass er nicht im Geringsten an Mädchen interessiert war, die sich ihm in die Arme warfen, wusste ich mit Sicherheit, dass er zu den Guten zählt. Und", fügte Natasha nach einer bedeutungsvollen Pause hinzu, „da wusste ich auch, dass sein Herz bereits vergeben sein musste."

„Sie drehen diesen Dokumentarfilm über ihn nicht nur, weil das Ihr Beruf ist, nicht wahr?" Mia musterte den Rotschopf mit neuen Augen. „Sie sind auch eine Freundin."

Natasha nickte. „Er ist ein Mann, den man leicht gernhaben kann."

Und lieben, dachte Mia unwillkürlich, bevor sie den Gedanken verdrängen konnte.

Kapitel 20

Ford fühlte sich total high – ein Gefühl, das er zuvor nur auf der Bühne – und in Mias Nähe gehabt hatte. Sie hatten nur ein paar Stunden gebraucht, um sich zu einigen, dass das große Lagerhaus, das einen halben Block westlich vom EMP-Gebäude lag, die ideale Wahl für das Camp war. Ford hatte Mia gefragt, was ein fairer Preis für das Gebäude wäre und hatte sie prompt gebeten, dem Verkäufer ein mündliches Angebot zu machen. Dieser hatte sofort akzeptiert.

Es ging wirklich alles sehr schnell und es war alles spitzenmäßig. Ein fantastisches Haus am Wasser in Seattle. Die perfekten Räumlichkeiten im Stadtzentrum für das Camp für Kinder, die die Musik nutzen konnten, um aus ihrem beschissenen Leben ein besseres zu machen.

Und, dachte er, während er Mia beobachtete, wie sie den riesigen Stoß Verträge durchsah, die er gerade für das Gewerbegebäude unterzeichnet hatte, die schönste Frau auf Erden war zurück in seinem Leben.

Da ihre Angestellten das Büro schon für die Nacht zugesperrt hatten, schlug Mia vor, nicht ins Büro zu gehen, sondern in ihrer Wohnung alle Verträge auszudrucken und zu faxen. Sie hatten sich etwas beim Chinesen bestellt und direkt aus den Kartons gegessen, während sie ihm die scheinbar endlosen Unterlagen zeigte – für das Gewerbegebäude waren es mindestens doppelt so viele wie für das Haus, das er am Vortag gekauft hatte.

Sie war ganz Profi, während sie das machten. Als sie die letzten Details der Verträge nochmals überprüfte, stand er auf, um sich die Fotos anzusehen, die fast jede Fläche in ihrem Zuhause bedeckten. Die Fenster ihrer Eigentumswohnung waren groß und die Decken hoch, aber überall waren so viel Farbe, Leben und Persönlichkeit, dass das große Wohn- und Esszimmer überhaupt nicht kalt oder ungemütlich wirkte. Das Haus, das er gerade gekauft hatte, war wunderbar, aber wenn Mia es mit ihm teilen würde, dann wäre sie diejenige, die wahre Wärme hineinbringen würde.

Vor fünf Jahren, als sich seine Fans vor seinem Hotelzimmer zu vervielfachen begannen, hatten sie beschlossen, dass es einfacher wäre, wenn sie für eine Nacht zu ihr nach Hause gehen würden. Ihre vorherige Wohnung war zwar klein, aber sie hatte ihm sehr gefallen. Sie hatte offenbar den Dreh, ein gemütliches Heim zu schaffen. Es war das erste Mal, dass er ein wirkliches Zuhause aufgesucht hatte, daher war es eine Offenbarung gewesen, von so vielen Fotos ihrer

Familie und Freunde umgeben zu sein.

Vielleicht, gestand er sich jetzt ein, hatte es ihm noch mehr das Gefühl gegeben, ein Eigenbrötler zu sein, und das war ein weiterer Grund, dass er sich am Ende jener Woche so schnell aus dem Staub gemacht hatte.

Er hob ein kleines gerahmtes Foto auf, das Mia und ihre Brüder als Kinder zeigte. Sie saß auf der Schulter ihres ältesten Bruders und nur einer ihrer Zöpfe war noch geflochten, als hätten sie vor der Aufnahme wild gespielt. Er betrachtete sie über den Bilderrahmen hinweg. Ihre Haare waren jetzt zwar glänzend und perfekt, trotzdem konnte er mühelos in der umwerfenden, gepflegten Frau, die sie jetzt war, immer noch das glückliche und sorglose kleine Mädchen sehen.

Er stellte das Foto zurück und hob ein anderes von Mia und ihren Eltern auf, das bei ihrem Highschool-Abschluss aufgenommen worden war. Sie waren so stolz auf ihre Tochter. Es sah nicht so aus, als wollte diese möglichst rasch ihren Fittichen entfliehen, im Gegenteil, sie lehnte sich an beide, als gäbe es keinen schöneren Platz für sie.

Es war beinahe Mitternacht, als sie verkündete: „Alle offiziellen Unterlagen sind jetzt unterwegs. Mein Glückwunsch.“ Sie streckte die Hand aus, um seine zu schütteln und er nutzte die Gelegenheit, um sie an sich zu ziehen.

Aber das verrucht sinnliche *Danke* auf seiner Zunge verflog, als er bemerkte, wie steif sie in seinen Armen war. Ihm wurde jetzt eindeutig bewusst, dass ihr überprofessionelles Verhalten den ganzen Abend schon nicht nur darauf zurückzuführen war, dass sie ganz sichergehen wollte, keinerlei Details des Immobilienkaufs übersehen zu haben.

Er streifte mit dem Daumen über ihre volle Unterlippe. „Ist alles okay?"

Sie zögerte einen Augenblick, bevor sie sagte: „Das müsste ich dich fragen. Schließlich bist du derjenige, der gerade in weniger Zeit, als die meisten Menschen brauchen, um sich für ein Abendessen zu entscheiden, ein großes Gewerbegebäude gekauft hat."

Es war ihm zwar nicht entgangen, dass sie seine Frage nicht beantwortet hatte, aber ihr Mund war so verlockend nahe, dass er ganz den Faden verlor und nur mehr wahrnahm, wie gut es sich anfühlte, sie zu halten … und wie sehr er sie küssen wollte.

Sein Mund war schon fast auf ihrem, als er endlich aufmerksam in ihre schönen Augen sah – Augen, die entschieden argwöhnisch waren. Auch wenn das Blut gefährlich heiß durch seine Adern pumpte, konnte er das Gefühl nicht loswerden, dass sie jetzt viel angespannter war, als am Nachmittag in ihrem Büro.

„Es stimmt etwas nicht." Das war keine Frage dieses Mal. „Du musst mir sagen, was du denkst, Mia."

„Du weißt schon, dass du der einzige Mann in der

ganzen Menschheitsgeschichte bist, der je eine Frau gefragt hat, was sie denkt, stimmt's?"

„Wahrscheinlich bin ich auch der Einzige, der es auch wirklich wissen will", stimmte er ihr zu. „Schau", sagte er und versuchte zu erraten, was das Problem sein könnte. „Ich weiß, dass ich allein beschlossen habe, dass wir Freunde werden müssen, bevor wir Sex haben sollen. Und ich weiß auch, dass du genauso wenig willst wie ich, dass dir jemand Grenzen setzt. Ist das das Problem?"

„Du hast recht, dass ich es nie habe leiden können, wenn andere Leute entscheiden, was das Beste für mich ist. Aber", sagte sie und schüttelte den Kopf, „das ist nicht wirklich das Problem." Sie wandte ihr Gesicht von ihm ab, als wollte sie nicht, dass er ihre Verletzlichkeit sehen konnte. „All die Jahre, in denen wir getrennt waren, war mir so klar, war ich so felsenfest überzeugt, so sicher, dass ich dich nicht mehr wollte … und dass ich nie mehr in Gefahr sei, mich wieder in dich zu verlieben. Aber als ich dich heute beobachtete, wie du mit Natasha und ihren Kameraleuten über die Kinder sprachst, die den Zauber der Musik in ihrem Leben brauchten, war ich so stolz auf dich, dass du deine Energie und dein Geld in das Camp steckst, das so viel Gutes bewirken wird." Sie seufzte. „Und da wurde mir bewusst, wie tief ich schon drinstecke."

Ein Hochgefühl durchfuhr ihn bei ihrem

Geständnis, dass sie sich wieder in ihn verliebte. Natürlich konnte er es bei ihren Küssen fühlen, er konnte es in ihrem Lächeln sehen, aber das hier war viel mehr, als sie je mit Worten gesagt hatte. Gleichzeitig war ihm der Gedanke verhasst, dass sie sich deshalb sorgte.

„Ich habe", fügte sie leise hinzu, „mir wieder und wieder gesagt, dass ich mich vor dir hüten sollte und dass du mit jedem dieser Groupies, die wir heute vor dem Museum sahen, wenn du es wolltest, ins Bett gehen könntest, trotzdem will ich verflixt viel mehr als einen Gutenachtkuss, den du mir nur geben willst, um dich an dein Freundschaftsgelübde halten zu können."

Sie hatte recht mit dem Gutenachtkuss, auch wenn es ihn umbringen würde, sie auch heute Nacht wieder allein zu lassen. Sie musste aber etwas wissen. „Ich will diese Frauen nicht, Mia. Du bist die Einzige, die ich will. Die Einzige, die ich je gewollt habe."

„Dann beweise es mir", sagte sie mit einer rauchigen Stimme, die wie ein Stromschlag durch sein System drang.

Noch bevor sie ihren Satz zu Ende sprechen konnte, presste er seinen Mund auf ihren und ihr süßer Geschmack genügte, um Ford seine äußerst spärliche Selbstbeherrschung verlieren zu lassen. Einen Herzschlag später war sie mit dem Rücken zur Wand, er hatte sie hochgehoben, so dass ihre Beine um seine Hüften geschlungen waren. Er musste ihr so nahekommen, wie er nur konnte, und als er seine stoffbedeckte Erektion auf sie drückte, stöhnte sie vor Lust und sofort nutzte er die Gelegenheit, um ihre Zunge in seinen Mund zu saugen.

Er hatte geplant, ihr einen süß-verführerischen Gutenachtkuss zu geben … nicht diesen sündhaften Überfall auf jeden Zentimeter ihres Mundes. Als er aber versuchte sich zu lösen, tat er ganz unwillkürlich das Gegenteil. Seine Finger verfingen sich in ihren langen Haaren und bogen grob ihren Kopf nach hinten, sodass er mit seinen Lippen, der Zunge und den Zähnen über die weiche Haut an ihrem Hals herfallen konnte.

Aber nicht nur er verlor den Verstand, denn Mias Hände fuhren unter sein Shirt und mit den Nägeln kratzte sie über seine Brustmuskeln. Als er an ihrer empfindlichsten Stelle saugte – genau dort, wo ihr Hals zu ihrer Schulter überging – erbebte sie vor Lust, sodass sie seine Schultern umklammern musste, um den Halt nicht zu verlieren.

Zehn Sekunden. In zehn Sekunden könnte er ihre Kleider abgestreift haben und in ihr sein. Sie würde so heiß sein und so nass und so bereit für alles, was er ihr geben konnte, so dass jeder Gedanke zum Stillstand kam, bis er nur mehr das schwere Pochen seines Bluts in seinen Ohren hören konnte.

Nein, verflucht. Er wollte nicht ihre Chance auf eine immerwährende Liebe verlieren, um ein paar perfekte

Minuten nackt mit ihr auf dem Boden herumzurollen.

Mit einem gewaltsamen Fluch, der gegen die bodenhohen Fenster ihrer Wohnung hallte, zwang Ford sich, seinen Mund von ihrem Hals zu lösen und sie auf den Boden runterzulassen.

Ihr Atem verklemmte sich in ihrer Brust, als sie zu ihm aufstarrte, die Haut rosig und hinreißend, ihre Augen vor Erregung funkelnd. „Ich hab nicht gewusst, dass ein Gutenachtkuss so sein kann“, flüsterte sie.

Er wusste, dass er einen Schritt von ihr weg machen musste und dann noch einen, aber als sie die Hand ausstreckte, um sein Gesicht zu berühren, fühlte er, dass er bleiben würde, wenn sie ihn darum bat. Jedes Versprechen, das er gegeben hatte, jeder seiner guten Vorsätze würde sich in Nichts auflösen angesichts des Verlangens, das er hatte, jetzt, sofort, diese Nacht mit ihr zusammen zu sein, um den Geschmack der Lust, den sie gerade gekostet hatten, tausendmal zu vervielfachen.

„Geh.“

Ihre Augen waren dunkel vor Begehren und er wusste, dass es sie ebenso viel kostete, dieses eine Wort zu sagen, wie es ihn kostete, zu gehorchen. Irgendwie gelang es ihm, seine Füße zu zwingen, einen Schritt von ihr weg zu machen, dann noch einen und noch einen, bis die Eingangstür hinter ihm war.

Kapitel 21

Als Ford ganz unerwartet Mittwochmorgen in Mias Büro kam, surrte die Aufregung wieder unter ihren Angestellten. Es war nur menschlich, aber überall, wohin er kam, schien ihn knisternde Energie zu umgeben. Deshalb war es praktisch unmöglich, sich mit Ford in der Öffentlichkeit zu verbergen. Egal, wie gut er sich tarnte oder wie menschenleer ein Ort war, seine Fans konnten seine Anwesenheit spüren.

An der Art, wie alle aus dem Häuschen waren, als er jede und jeden von ihnen mit ihrem Namen begrüßte, konnte man sehen, dass sie sich noch nicht an ihn gewöhnt hatten.

Würden sie sich denn je an ihn gewöhnen? Das heißt, falls sie und Ford wirklich imstande waren, eine dauerhafte Beziehung zu haben? Das war genau die Frage, auf die sie heute Nacht, in der sie kaum geschlafen hatte, eine Antwort finden wollte …

„Guten Morgen, Schönheit."

Er hielt einen Becher Kaffee für sie in der Hand, aber es war sein absolut verführerischer, sauberer männlicher Duft, der ihr zuerst auffiel. Dieser und die

Tatsache, dass er mit jedem Tag, der verstrich, noch besser auszusehen schien. Sie wusste mit absoluter Sicherheit, dass ihn das Alter noch begehrenswerter machen würde.

„Wieder du? Du bist so oft hier, dass ich dich wohl demnächst in meine Gehaltsliste werde aufnehmen müssen, nicht wahr?"

Sie musste ihn einfach necken, schon allein, weil es *so* schön war, ihn zu sehen. So viel schöner, als es hätte sein sollen, wenn man bedachte, dass gerade zwölf Stunden verstrichen waren, seit er sich mit dem heißesten Gutenachtkuss auf Erden verabschiedet hatte. Ein Kuss, der sie beinahe so wirr gemacht hatte, wie ihre wachsenden Gefühle für ihn.

„Ich hoffe, dass Haselnuss-Latte noch immer dein Lieblingsgetränk ist."

Ihr Herz pochte und ihre Beine waren ein bisschen wackelig, als sie ihm den Becher aus der Hand nahm. „Ja, ist es, danke." Es schien ihr nicht zu gelingen, die Atemlosigkeit in ihrer Stimme zu unterdrücken, auch weil jeder Zentimeter von ihr nach jedem Zentimeter von ihm schmachtete. Ihr war klar, dass sie den brühheißen Kaffee über sie beide vergossen hätte, wenn sie ihn nicht sofort abstellte, also platzierte sie ihn vorsichtig auf ihren Schreibtisch.

„Ich muss in ein paar Minuten runter nach Oregon. Der Bus steht draußen und blockiert den Verkehr, aber ich konnte nicht weg, ohne dich vorher zu sehen."

„Ich freu mich, dass du gekommen bist."

Sie freute sich wirklich. Sie war sich nicht sicher, ob die Sonne geschienen hatte, bevor er kam, aber jetzt, da er hier war, fühlte sie sich, als wäre sie an einem Strand der Karibik und saugte die starken warmen Strahlen auf und nicht hier im kühlen, bewölkten Pazifischen Nordwesten.

Oh, wie sehr wollte sie ihn berühren, so sehr, dass ihre Hände tatsächlich vom Drang nach ihm zu greifen, zitterten. Sie wusste aber, dass ihre Angestellten sie beide durch die Glaswände ihres Büros beobachteten … und auch die geringste Berührung würde einem Geständnis gleichkommen, dass sie ihm gehörte.

Seine Augen waren dunkel und voll derselben ungeduldigen Sehnsucht wie ihre, aber erstaunlicherweise drängte er sie nicht. Genau, wie er versprochen hatte, gab es dieses Mal kein Ultimatum.

Es wäre leichter, so viel leichter gewesen, wenn es eins gegeben hätte. Denn, wenn er sie einfach in die Arme genommen und geküsst hätte, was hätte sie tun können, als nachgeben? Dann müsste sie nicht diese unglaublich schwierige Entscheidung treffen, ob sie mit ihm zusammen sein wollte oder nicht. Es würde einfach geschehen, weil sie nicht die Kraft hätte, sich anders zu entscheiden.

Ein leichtes Lächeln bog seine Mundwinkel nach oben, als würde er ihre Gedanken lesen können. „Ich möchte dich so sehr küssen, Mia, es bringt mich fast um."

Er schluckte schwer und sie ebenfalls und staunte, wie hinreißend und sexy sogar sein Hals war. Himmel, ihn nackt ausziehen können, um jeden Zentimeter seines unglaublichen Körpers wiederzuentdecken …

„Aber ich hab versprochen, ich würde warten", erinnerte er sie halblaut. „Für uns beide. Für unsere Zukunft."

„Was ist, wenn ich nicht mehr warten will? Du wolltest, dass wir zuerst Freunde werden und das sind wir. Du weißt, dass wir Freunde sind, auch wenn du erst seit wenigen Tagen wieder in meinem Leben zurück bist."

„Ich will nicht nur dein Freund sein, Mia, ich will der beste Freund sein, den du je hattest. Aber so weit bin ich noch nicht, oder?"

Ja, sie hatte ihm verziehen. Und sie konnte nicht leugnen, dass sie sich ihm mit jeder Stunde, die sie zusammen verbrachten, näher fühlte. Sie dachte auch die ganze Zeit an ihn. Aber konnte sie ihm ihre geheimsten Ängste anvertrauen? Und konnte sie glauben, dass er immer für sie da sein würde, egal, was geschah?

Als sie ihm nicht die Antwort gab, die er sich erhoffte, trat eine kaum verborgene Pein in seine Augen und ihre Brust klemmte sich zusammen.

Sie wünschte, ihm die erhoffte Antwort geben zu können, allein schon, um diesen Schmerz zu vertreiben. Er griff in seine Jackentasche und zog einen weißen Umschlag heraus.

Die Enttäuschung, nicht in seinen Armen zu sein, seinen Mund nicht auf ihrem zu fühlen, war so stark, dass sie den Geschmack spüren konnte, als sie den Umschlag nahm und ihn öffnete. Eine Konzertkarte fiel zuerst heraus, gefolgt von einem dick laminierten Ausweis.

„Ich weiß, dass du heute viel zu tun hast, aber für den Fall …"

Ford war nie ein zaghafter Mann, weder im Bett noch außerhalb. Aber jetzt konnte sie fühlen, wie unsicher er war, als sie die Konzertkarte und den Ausweis für den Backstage-Bereich in Händen hielt.

„Wenn ich kommen könnte", sagte sie langsam, „würde ich kommen, aber ich habe noch spät eine Besichtigung und anschließend noch rechtzeitig für die Show bis nach Eugene runterzukommen, wäre wahrscheinlich unmöglich."

„Das ist okay", sagte er auf eine Art, die ihr zeigte, dass es überhaupt nicht okay war. „Ich wusste schon, dass es höchst unwahrscheinlich war. Du kannst sie einfach jemandem geben, von dem du glaubst, dass er die Show genießen würde."

Schließlich ergriff sie seine Hand, ohne sich darum zu kümmern, was ihre Angestellten sahen oder über sie beide dachten, weil sie etwas klarstellen musste. *„Ich* würde die Show genießen, Ford. So sehr. Und wenn ich heute Abend kommen könnte, dann würde ich auch kommen."

Sie hatte noch nie wegen etwas gelogen, ausgenommen ihre Gefühle für ihn. Und als er ihr jetzt in die Augen blickte, um zu sehen, ob sie es ehrlich meinte, sorgte sie dafür, dass er es sah.

„Es ist viel zu lange her, seit ich gesehen habe, wie du ein Stadion rocken lässt." Beide liebten sie diesen alten Song von Air Supply *Making Love out of Nothing at All*. „Ich würde wirklich gerne deine Show am Samstag hier in Seattle sehen, wenn es dir gelingt, ein Ticket für mich zu erschnorren."

„Hast du noch dein silbernes Kleid?"

„Wenn du mich das gestern Nacht gefragt hättest, dann hätte ich es für dich anziehen können", gab sie mit einem durchtriebenen Grinsen zurück.

Er stöhnte. „Ich muss los, bevor ich den Verstand verliere, weil ich dich nur ansehen und nicht berühren kann." Aber anstatt wegzugehen, stellte er sich so hin, dass seine breiten Schultern sie vollkommen von ihrem übrigen Büro verdeckten. Seine große Hand war warm, die Fingerspitzen von den Gitarrensaiten schwielig, als sie über ihre Wange und sein Daumen über ihr Kinn strichen. „Wie wäre es mit einer Pizza und einem Film Donnerstagabend bei mir zu Hause?"

Sie hatte praktisch ihre ganze Freizeit entweder mit ihm oder an ihn denkend verbracht, seit er nach Seattle zurückgekommen war. Sie sollte ein bisschen Abstand zwischen ihnen schaffen, sich etwas Zeit lassen, um klare Gedanken fassen zu können. Aber da sie wusste, dass sie ihn schon heute Abend vermissen würde, wäre die Zeit ohne ihn zu lang.

Bis jetzt waren sie zusammen gewesen wegen eines Hauses oder einer Hochzeit oder einem geschäftlichen Treffen, bei dem er sie dabeihaben wollte. Und auch vor fünf Jahren hatten sie nie ein Date. Nur unendlich viel verrückt heißen Sex, der ihre Beziehung aber bei Weitem nicht stark genug gemacht hatte.

„Bittest du mich endlich um ein Date?"

„Ich will alles und jedes mit dir machen, was ich beim ersten Mal nicht konnte, Mia. Also ja, ich bitte dich um ein Date. Ein richtiges dieses Mal, mit Pizza und Film."

Er wollte offenbar, dass sie einsah, dass sie eine Beziehung weg von Stadien und Tourneebussen und seinem Ruhm haben konnten. Wäre sie noch eisern entschlossen gewesen, ihn auf Distanz zu halten, dann hätte sie nein sagen sollen.

Stattdessen sagte sie: „Ich kenne ein perfektes Lokal, wo wir eine Pizza auf dem Weg zu dir holen können."

Er grinste von Ohr zu Ohr. „Ich hole dich um sieben morgen ab."

„Okay." Die einfache Berührung seiner Hand auf ihrem Gesicht hatte jeden Zentimeter an ihr erhitzt, bis sie praktisch an ihm schmolz. „Ich wünsch' dir eine tolle Show, Ford."

Sie standen da, sahen sich einen langen Augenblick an, bevor er sie schließlich zum letzten Mal streichelte. Und als sie ihn hinaus zu seinem Tourneebus gehen sah, war es genauso wie im Text des Songs von Air Supply, den sie nicht mehr aus dem Kopf bekam.

Ford hatte immer gewusst, wo er sie berühren musste … und ihr Herz war fünf Jahre verloren gewesen auf der Suche nach einem Rhythmus, den nur er spielen konnte.

⋆ ⋆ ⋆

Sechs Stunden später gab Mia endlich den Versuch auf, sich auf ihre Arbeit zu konzentrieren. Die Konzertkarte und der Ausweis, die Ford ihr gegeben hatte, brannten schon den ganzen Tag ein Loch in die hintere Tasche ihrer Skinny Jeans … und ständig hob sie die Hand zu ihrer Wange, wo sie seine Berührung heute Morgen so aufgewühlt hatte.

„Es tut mir leid", sagte sie zu ihren Mitarbeitern, als sie sich für das wöchentliche Meeting auf ihre Plätze setzten, um die neuen Immobilienangebote zu besprechen. „Ich muss mich um etwas wirklich Wichtiges kümmern." Um *jemanden* wirklich Wichtigen. „Orlando, können Sie bitte die Sitzung weiterleiten und nachher meine Besichtigungen übernehmen?"

Ihr Assistent warf ihr einen Blick zu, als wüsste er genau, was – *wer* - sie so abgelenkt hatte. „Kein

Problem Mia."

„Danke. Wir sehen uns dann morgen."

Sie hätte beinahe vergessen, ihre Tasche aus ihrem Büro zu holen, bevor sie hinaus zu ihrem Wagen rannte. Die Fahrt vom Stadtzentrum von Seattle nach Eugene, Oregon, würde viereinhalb Stunden dauern, vorausgesetzt sie geriet nicht in einen argen Stau. Fords Show begann um acht, wenn aber die Gastband vorher eine Stunde brauchte, würde er ungefähr gegen neun Uhr auftreten. Es war vier Uhr, wenn alles gut ging, würde sie, kurz bevor er auf die Bühne kam, dort sein.

Zuerst lief alles recht glatt. Als sie vom Stadtzentrum von Seattle losfuhr, waren die Straßen leerer, als sie es gewöhnlich Mitte der Woche eine Stunde vor Büroschluss waren. Sie fühlte sich leichter und hoffnungsvoller als schon lange nicht mehr. Sie schaltete das Radio ein, und als einer von Fords Songs erklang, ließ sie die Fenster herunter, öffnete das Sonnendach und drehte auf die höchste Lautstärke, damit alle den Song hören konnten. Ein anderer Fahrer gab ihr ein Daumen-hoch-Zeichen und sie lachte laut auf, während der Wind durch ihre Haare blies.

Vielleicht, dachte sie unwillkürlich, war das ein Zeichen, dass alles letztendlich gut ausgehen würde.

* * *

Vier Stunden später wäre Mia *um ein Haar* ausgestiegen, um dem Reinigungsteam auf der

Autobahn Obszönitäten zuzubrüllen, weil sie derart langsam kurz vor Portland das von einem Lastwagen verschüttete Obst und Gemüse beseitigten.

Sie war sich so sicher gewesen, dass sie es zu seiner Show schaffen würde, dass sie beinahe Ford angerufen hätte, um ihm zu sagen, sich im Publikum nach ihr umzusehen. Sie wusste, wie sehr ihm daran gelegen war, dass sie heute Abend kam, obwohl er so locker getan hatte, als er ihr die Konzertkarte und den Ausweis gab.

Natürlich musste sie auf eine scheinbar endlose Wand von Autos und LKWs stoßen, gerade als es schien, dass sich alles für sie zum Besten wenden würde.

Warum hatte sie sich nicht einfach einen Tag freigenommen und war mit ihm heute Morgen in seinen Tourneebus gestiegen? Ja, sie liebte ihre Arbeit und ihre Kunden waren ihr wichtig … aber das galt auch für Ford, wie sie allmählich zu akzeptieren begann.

Und doch hatte sie heute Morgen dieselbe Entscheidung getroffen wie vor fünf Jahren.

Noch schlimmer, während sie mitten im Stau festsaß, hatten ihre Zweifel reichlich Zeit, um in die Vergangenheit zurückzukehren. Besonders deutlich war ein Flashback zum letzten Mal, als sie zu ihm eilte, um ihn bei einer seiner Shows zu überraschen.

Miami.

Sie hatte ihm seine Fehler verziehen, ebenso wie er ihre verziehen hatte. Das bedeutete aber nicht, dass ihre Ängste vor dem, was sie wieder begannen, nicht noch lauerten und ihr sagten, vorsichtig zu sein, sie warnten, dass sie nicht wachsam genug sein konnte.

War dieser Stau ein Zeichen? Und sollte sie darauf hören, kehrtmachen und nach Seattle zurückfahren? Oder würde sie, wenn sie endlich in Eugene ankam, wieder eine hässliche Überraschung erleben wie in Miami?

Endlich begann sich der Stau aufzulösen, zuerst langsam, dann immer schneller, bis alle endlich zu ihren Bestimmungsorten weiterfahren konnten … und Mia musste eine Entscheidung treffen.

Als sie aber den Fuß hart auf das Gaspedal drückte und auf der Überholspur dahinpreschte, wusste sie, dass sie keine getroffen hatte.

Denn sie glaubte, dass er es ernst meinte, als er ihr gestern Nacht sagte, dass sie die einzige Frau war, die er begehrte … auch wenn sie nur zu Fords letztem Song eintreffen würde, hätte sich diese infernalische Fahrt gelohnt.

⋆ ⋆ ⋆

Es war halb zwölf, als Mia auf dem überfüllten Parkplatz des Stadions ankam. Die Menschen strömten bereits heraus und strebten auf ihre Autos zu. Sie hatte in der letzten halben Stunde mehrmals Fords Handy angerufen, aber als er nie geantwortet hatte, nahm sie an, dass er noch auf der Bühne stand.

Verflucht, sie konnte ihn doch nicht verpassen! Sie fuhr so nahe zum Eingang des Stadions, wie sie nur konnte, und ließ den Wagen in einem Parkverbotsbereich. Sie begann zu laufen, ohne ihn nochmals anzurufen. Wenn sie ihn noch vorfinden wollte, dann höchstens, wenn sie lief.

„Sie dürfen ihren Wagen nicht hier abstellen, Madam!"

Aber sie hatte keine Zeit, sich um ihr Auto zu sorgen, denn sie schätzte, dass es Spitz auf Knopf stand, ob sie es noch schaffte, Ford anzutreffen, bevor sein Bus vom Stadion wegfuhr.

Sie lief durch das Eingangstor, das jetzt offen war, da die Menschen herausströmten. Wie wild sah sie sich nach jemandem um, bis sie eine Frau in Sicherheitsuniform sah. „Ich muss sofort zur Backstage. Können Sie mir bitte helfen?"

Die Frau nahm den laminierten Ausweis, den Mia hinhielt und sah, dass FREIER ZUTRITT VIP draufstand, aber es war wohl der verzweifelte Blick in Mias Augen, der sie nicken ließ. „Gewiss. Folgen Sie mir."

Mia und die Frau vom Sicherheitsdienst schlängelten sich durch die aufgeregte Menge, die mit jeder verstreichenden Sekunde größer zu werden schien. Obwohl sie voller Panik war, dass sie Ford verfehlen könnte, freute sich Mia für ihn. Er musste eine echt großartige Show geliefert haben, da alle so glücklich aussahen, als sie jetzt nach Hause gingen.

Endlich schoben sie sich durch eine dicke Metalltür und Mia weinte beinahe, als sie seinen Leibwächter sah. „Billy", rief sie.

Obwohl sie eigentlich annahm, dass es zum Berufsbild des Leibwächters gehörte, ernst und bedrohlich auszusehen, schenkte Billy ihr ein breites Lächeln, als er sie sah. Er sprach in ein Sendegerät in seinem linken Ohr und einen Augenblick später stürmte Ford aus einer dunkelroten Doppeltür.

Er war von seinem Bühnenauftritt noch schweißnass … und erschien ihr so unsagbar schön, als er ihren Namen rief. Er sah aus, als könnte er nicht glauben, dass sie gekommen war – und als würde die Schwerkraft sie beide anziehen, gingen sie aufeinander zu. Aber als sie nahe genug war, dass er leicht die Arme ausstrecken und sie an sich hätte ziehen können, hielt er inne.

Sie stockte ein paar schreckliche Augenblicke und sah in seine dunklen Augen. Warum berührte er sie nicht? Warum hatte er sie noch nicht geküsst?

Aber dann begriff sie plötzlich, warum. Denn, wie in ihrem Büro heute Morgen, war er sich nicht sicher, ob sie wollte, dass alle wussten, dass sie zusammen waren. Er wartete darauf, dass sie sich entschied, ob sie sich mit ihm in der Öffentlichkeit zeigen wollte. Vor zwölf Stunden hatte sie eine Entscheidung getroffen.

Heute Abend traf sie die nächste.

Die richtige.

Einen Wimpernschlag später warf sie sich in seine Arme und küsste ihn, ohne etwas zurückzuhalten.

Kapitel 22

In Fords Leben hatte es viele umwerfende Augenblicke gegeben. Seine erste ausverkaufte Show. Seinen ersten Grammy. Sein Notizbuch mit den Songtexten in der Dauerausstellung von Rock and Roll Hall of Fame.

Aber Mia in seinen Armen zu halten, übertraf mit Leichtigkeit alles.

Ihre Lippen waren weich, aber ihre Zunge und Zähne waren hungrig, als sie ihn leidenschaftlich küsste. Ihre prächtigen Beine hatten sich um seine Mitte geschlungen und ihre Arme um seinen Nacken, als sie ihm, ohne auch nur ein Wort sagen zu müssen, zu verstehen gab, wie glücklich sie war, heute Nacht bei ihm zu sein.

Er hatte sich zwar gewünscht, dass sie im Publikum gewesen wäre, denn er war von ihrem Zusammensein in den letzten Tagen so inspiriert, dass er fühlte, heute Abend eine ziemlich großartige Show gegeben zu haben. Und vielleicht war es gut, dass sie es nicht früher zum Stadion geschafft hatte, denn hätte er gewusst, dass sie nachher auf ihn Backstage wartete, wäre er vielleicht nicht fähig gewesen zu widerstehen und hätte die Show gekürzt, nur um ein paar Minuten mehr mit ihr verbringen zu können.

Er wusste, dass er sie bald loslassen musste, aber ihr leises lustvolles Stöhnen, als er mit den Fingern durch ihr seidiges Haar fuhr und ihren Kuss noch vertiefte, gab ihm verrückte Ideen, was er mit ihr machen könnte … und ließ ihn beinahe vergessen, dass sie sich vor seinem Team knutschten.

„Ich bin so schnell gefahren, wie ich nur konnte", sagte sie, als es ihm endlich gelang, seine Lippen von ihren zu lösen, „aber ich hab trotzdem deine Show verfehlt."

Er nibbelte an ihrer Unterlippe. „Und du hast mir den ganzen Tag gefehlt."

Sie waren sich so nahe, dass er durch sein nasses T-Shirt und ihre dünne Seidenbluse ihr Herz an seinem schlagen fühlte, als sie sagte: „Ich hätte heute Morgen mit dir in den Bus steigen sollen."

Natürlich hatte er genau das gewollt, aber er war so vorsichtig gewesen und hatte nicht im Mindesten angedeutet, dass seine Show wichtiger sein könnte als ihr geschäftiger Tag im Büro. „Jetzt bist du ja hier." Und nur das zählte, nur mit der Frau zusammen zu sein, die er mehr liebte, als er es für möglich gehalten hatte. „Ich war gerade dabei, zu meinem Bus zu gehen. Fahr mit mir zurück nach Seattle, Mia. Es sei denn", neckte er sie, „es gibt etwas, das du unbedingt heute Abend noch in Eugene tun möchtest?"

„Ich will nur dich, Ford."

Langsam ließ er sie zurück auf den Boden gleiten. Als ihre Füße endlich wieder festen Grund berührten, schob er seine Finger zwischen ihre und strebte hinaus zu seinem Bus, als sie plötzlich stehen blieb.

„Mein Auto. Ich hab es vollkommen vergessen."

Auch er hatte es vergessen. „Wo steht es?"

„Ich hab vor dem Eingang geparkt. Ich glaube in einem Parkverbotsbereich. Ich konnte an nichts anderes denken, als dich noch zu erreichen, bevor du das Stadion verlassen würdest. Ich nehme an, dass sie es inzwischen wohl abgeschleppt haben."

Er küsste sie nochmals, ein kurzer Druck seiner Lippen auf ihren und doch zugleich besitzergreifend, aber auch Hingabe an den Zauber, der immer zwischen ihnen bestanden hatte.

„Billy", rief Ford, „können Sie dafür sorgen, dass Mias Auto zurück nach Seattle gebracht wird?"

„Aber sicher, Boss."

Mia gab ihm die Autoschlüssel. „Danke Billy." Sie beschrieb den Fahrzeugtyp und das Modell und nannte ihm ihr Nummernschild, falls er es bei einem Abschleppdienst suchen musste. „Ich bin Ihnen wirklich dankbar."

„Sehr gern geschehen, Miss Sullivan."

* * *

„Wow", sagte Mia, als sie in seinen Tourneebus

einstiegen. „Dein alter Bus war hübsch, aber dieser ist echt übertrieben.“ Sie strich mit der Hand über die glänzende eiserne Handleiste neben den Treppen. „Bitte sag mir, dass diese Wände nicht vergoldet sind oder dass du keine diamantbesetzten Felgen hast.“

Ford schenkte ihr ein mörderisches Lächeln, während er sie in das Innere zog und die Tür hinter ihnen schloss. „Wenn du denkst, dass dieser Teil des Busses hübsch ist, solltest du erst das Schlafzimmer sehen.“

Mia war noch nie der Typ der zimperlichen Jungfrau gewesen. Weder errötete, noch kicherte sie oder gab sich verschämt. Und doch, und obwohl sie und Ford schon miteinander intim gewesen waren – als sie jetzt mit ihm allein im Bus war und er in seinem feuchten T-Shirt neben ihr stand, das seine unglaublichen Muskeln an seiner Brust und seinem Magen hervorhob, begann ihr Herz zu rasen und ihr Atem ging zu schnell.

Nachdem er den Fahrer angerufen hatte, um ihm zu sagen, dass sie losfahren konnten, beschloss Mia, dass sie wieder die Zügel in die Hand nehmen musste. Schließlich hatte sie bereits mitten am Tag plötzlich ihre Arbeit liegen und stehen gelassen und war Ford nach Oregon nachgefahren und hatte ihn dann in einem überfüllten Backstage-Bereich angesprungen. Jetzt, wo sie endlich hier war und sie eine stundenlange Fahrt vor sich hatten, um nach Seattle zurückzukehren, war es ganz ausgeschlossen, dass sie ihm erlauben würde, sie den Rest der Nacht wieder auf Armeslänge zu halten.

Sie griff nach seiner Hand und es gefiel ihr, wie er sie immer an sich zog. „Hast du noch dasselbe Nach-der-Show-Ritual?"

Sie konnte sehen, wie seine Miene das Begehren – und seine Versuche der Selbstbeherrschung – widerspiegelte. „Ja."

„Gut." Sie lächelte zu ihm auf. Jetzt war sie sich sicher, dass sie nicht allzu weit entfernt waren, endlich wieder zusammen nackt zu sein. Gott sei Dank. „Dann gehen wir duschen, Ford."

Er stöhnte, als er sie mit der einen Hand, die auf ihrem Rücken lag, so drehte, dass er sie immobilisierte und dann mit der anderen Hand in ihr Haar fuhr, um sie zu küssen. All ihre Gedanken, die Zügel in die Hand zu nehmen, um ihn dazu zu bringen zu tun, was sie sich so verzweifelt wünschte, verflogen, als seine Zunge heiß und begierig an ihrer entlangglitt und Lust sie erfüllte. Allein so mit ihm zusammen zu sein, gab ihr das Gefühl, dass der Boden sich unter ihnen bewegte … aber, als er sich von ihr löste, wurde sie sich bewusst, dass sich der Boden tatsächlich unter den Reifen des Busses in einem regelmäßigen Tempo bewegte.

„Du verlockst mich." Er zeichnete mit der Zunge die Wölbung ihrer Unterlippe nach. „So sehr." Er sog sie zärtlich in seinen Mund. „Zu sehr."

Sie ließ die Hände unter sein T-Shirt zu den Muskeln gleiten, die an ihren Fingerspitzen zuckten. „Lass mich dich heute Nacht verlocken, Ford." Ihre Zunge leckte über seinen Mund genauso, wie er es mit ihrem gemacht hatte und sie genoss es, wie seine Hände sie heftiger festhielten. „Und", flüsterte sie an seinen Lippen, „du darfst mich auch verlocken."

„Nur duschen." Er begann, die Knöpfe an der Vorderseite ihrer Seidenbluse aus den Knopflöchern zu schälen. „Das ist alles, was wir heute Nacht tun werden, Mia." Die Lust kämpfte gegen die Entschlossenheit in seiner Stimme, als jetzt der Spitzensaum ihres BHs sichtbar wurde. „Seife", sagte er mit dumpfer Stimme, als versuchte er sich daran zu erinnern, was man gewöhnlich unter der Dusche brauchte. Er wirkte einen Augenblick verloren, als wüsste er nicht mehr, was man sonst noch brauchte, bis er endlich sagte: „Shampoo."

„Und nackte Haut", erinnerte sie ihn. Ihre Stimme klang rauchig. „Ich kann es nicht erwarten, nackt mit d…"

Der Rest ihrer ihn sinnlich reizenden Worte erstarb ihr auf den Lippen, als er mit der Fingerspitze über genau jene Stelle strich, wo die Wölbung ihrer Brust auf die Spitze traf.

„Schön. So verdammt schön."

Mia konnte das Gefühl nicht abschütteln, dass er sie

so ansah, als hätte er noch nie zuvor eine nackte Frau gesehen, als wäre sie die erste. Seine Einzige. Er war ein Rockstar, der jede Frau auf Erden haben konnte, und vernünftig betrachtet war sie weit davon entfernt, seine Erste zu sein. Noch war er für sie der erste Mann. Aber mit keinem anderen war es für sie je so wie jetzt mit ihm gewesen. Und als er wieder sagte: „Du bist so verdammt schön", brauchte er ihr nicht zu sagen, dass es auch für ihn mit keiner anderen so gewesen war wie jetzt mit ihr.

Denn in jedem Kuss, den er ihr gab, in jeder Liebkosung erkannte sie diese Wahrheit.

Sie war überrascht, als sie sah, dass seine Hand leicht zitterte, während er an der Spitze entlang von einer Seite auf die andere ihrer Brust und dann wieder zurück über ihre Haut strich. Bis jetzt hatte sie angenommen, dass sie sich in einem Wettlauf die Kleider vom Leib reißen würden, um zueinander zu kommen, wenn sie erst einmal beschlossen hatten, nackt zusammen sein zu wollen.

Aber auch dieses Mal überraschte Ford sie mit Verehrung, wo sie nur Lust erwartet hatte … und mit Zärtlichkeit. All diese Jahre hatte sie sich sehr hartnäckig eingeredet, dass alles nur sündhaft lustvoll war.

Sie war sich nicht bewusst, dass sie den Atem angehalten hatte, bis er endlich die letzten Knöpfe ihrer Bluse öffnete. Sie stieß den Atem heftig aus, als er sanft den Stoff von ihren Schultern streifte und die Bluse hinter ihr zu Boden fiel.

Er wickelte Haarsträhnen um seine Faust und zog ihren Kopf nach hinten, so dass er seinen Mund heiß und begierig auf die Beuge ihres Halses drücken konnte. Ihre jetzt nur mehr mit Spitze bedeckten Brüste wurden noch erregter, als er sie an seine nur mit Baumwollstoff bedeckte Brust drückte. Er begann Küsse von ihrem Hals hinunter über ihre Schultern und dann über die obere Wölbung ihrer Brüste zu säen, dabei musste sie sich an seinem Rücken an das Shirt klammern, um das Gleichgewicht zu behalten.

Atmen. Sie musste sich erinnern zu atmen. Ein. Aus. Ein. Aus. Während seine Lippen und die Stoppeln auf seinem Kiefer über ihre Haut strichen, hätte sie beinahe den Dreh wieder herausgehabt.

Nur wurde sie jetzt von der unerwarteten warmen Nässe seiner Zunge unter der Spitze und über einer Brustwarze wieder atemlos.

„Ford. Ja. Bitte. Mehr.“ Ein flehendes Wort nach dem anderen entschlüpfte ihren Lippen, während sie sich seinem Mund entgegenwölbte, sie wollte, dass er mehr von ihr nahm, dass seine wunderbare Zunge überall auf ihrem Körper sei. Gott sei Dank hörte er auf ihr Flehen, fand ihre andere Brust und machte sie genauso feucht und ihren Nippel hart wie den anderen.

Dann sank er auf seine Knie, sein Mund säte heiß und verzweifelt Küsse über ihren Magen, seine Zunge tauchte in ihren Nabel, bevor er an der zarten Haut daneben nibbelte.

„Die ganze Nacht“, sagte er an ihrem Bauch, als sie vor Lust keuchte, „ich könnte die ganze Nacht damit verbringen, dich so zu kosten, jeden Zentimeter.“

Oh ja, sie liebte diesen Gedanken, dass er sie mit seinem Mund und seinen Händen die ganze Nacht reizte. Aber nicht heute Nacht, nicht, wenn sie vor Verlangen danach, Haut an Haut mit ihm zu sein, verrückt wurde.

„Ich will das auch mit dir machen“, sagte sie zu ihm, aber er hatte viel zu viele Klamotten an, deshalb griff sie mit beiden Händen nach seinem Shirt und zog es ihm über den Kopf.

Ford war noch auf seinen Knien vor ihr. Sie konnte auf seine breiten Schultern hinunterblicken, auf seine gebräunte Haut, die mit komplizierten Tattoos bemalt war. Sie erkannte einige wieder, erinnerte sich daran, wie gern sie sie mit ihren Fingerspitzen nachzeichnete, wenn sie zusammen in seinem Hotelzimmer lagen. Jetzt juckte es sie in den Fingern, dasselbe zu tun.

Aber bevor sie zu mehr kam, als mit den Fingern über seine warmen Muskeln zu streichen, nahm er ihre Hände in seine und küsste sie. „Wenn du mich weiter berührst, werden wir es nicht in die Dusche schaffen, Mia.“

„Das ist für mich okay“, flüsterte sie. Er hielt ihre Hände über seinem Herzen und sie fühlte, wie heftig es schlug. Fast so heftig wie ihres.

„Nein.“ Er schüttelte den Kopf. „Nein“, wiederholte er, als könnte er damit sie beide überzeugen, dass eine Dusche genügen könnte. „Okay ist nicht gut genug.“ Seine Augen waren vor Verlangen und Emotionen dunkel. „Ich will nicht *okay* mit dir. Ich will nicht *gut* oder *gut genug* mit dir. Ich will *alles*. Ich will noch mehr als das.“ Sie konnte sehen, wie sehr er um seine Selbstbeherrschung kämpfte, als er plötzlich sagte: „Ich glaube nicht, dass ich dir je gesagt habe, dass ich vierzehn Jahre alt war, als ich meine Unschuld verlor.“

„Das ist aber ziemlich jung“, murmelte sie und fragte sich, worauf er mit dieser Information hinauswollte, die scheinbar aus heiterem Himmel kam.

„Für heute nicht so sehr. Aber damals, tja, war es ziemlich jung. Weißt du, auf der anderen Seite des Flusses war eine Mädchenschule und es war ein Ehrenzeichen zu den Jungs zurückzukommen und ihnen zu sagen, dass man einen Treffer gemacht hatte.“

„Und das haben sie dir geglaubt?“

„Ja, wenn du die Slips als Beweis in der Tasche hattest.“

„Jungs im Teenageralter sind Dreckskerle.“

„Mehr, als du dir vorstellen kannst.“ Er schüttelte den Kopf. „Der Punkt ist, dass ich damals keine Ahnung von Freundschaft oder Liebe hatte. Ich hatte nicht versucht, irgendetwas von diesen Mädchen zu bekommen außer ihren Slips und dass ich hoffentlich derjenige sein würde, der ihre …"

Sie hielt ihre Hand hoch. „Das Bild ist klar, danke." Mia wusste, dass sie keinen Grund hatte, auch nur im Geringsten auf jene Mädchen eifersüchtig zu sein, aber die Vernunft kam nicht immer ins Spiel, wenn es um Ford ging.

„Jede einzelne Frau, mit der ich ab vierzehn zusammen war, war eine wie die andere. Keine hat mir irgendetwas bedeutet. Bis du kamst. Und als ich spürte, dass ich eine Partnerschaft anstatt nur einer einfachen Bettgeschichte nicht auf die Reihe kriegte, war es leichter, alles auf Sex zu setzen, bis alles, was wir zusammen hätten haben können, unter dem Sex begraben war. Aber dieses Mal ist der Einsatz zu hoch, Mia. Du hast mir eine zweite Chance gegeben und ich werde sie nicht vergeuden, indem ich alles, was wir aufzubauen begonnen haben, vermassele."

In diesem Augenblick wusste sie, dass er nicht nur ihr Herz wollte. Er wollte auch ihre Seele. Und ach, es war so verlockend, ihm einfach zu sagen, dass er schon beide besaß. Denn dann würde er aufhören, sich zurückzuhalten, aufhören, an sein Gelöbnis zu denken, sich so lange mit ihr zu beherrschen, bis sie etwas wirklich Solides aufgebaut hatten.

Sie konnte jedoch noch hören, wie er sie am Morgen in ihrem Büro gefragt hatte: *„Ich möchte der beste Freund sein, den du je hattest. Aber so weit bin ich noch* *nicht, oder?“*

Und ebenso konnte sie noch das Echo ihres Schweigens hören.

Sie war nach Eugene gefahren, um ihn zu sehen, weil er ihr den ganzen Tag gefehlt hatte, weil sie in jeder Sekunde an ihn gedacht hatte, weil sie einfach keine weitere Nacht ohne ihn durchgestanden hätte … und weil sie immer noch nach Antworten suchte. Antworten, die, wie sie wusste, nicht nur der Sex bringen konnte.

„Ich verspreche, dass ich dich nicht drängen werde, heute Nacht mit mir Liebe zu machen“, sagte sie zu ihm, „aber ich brauche mehr als nur Küsse.“

Anstatt mit Worten zu antworten, öffnete er den Knopf ihrer Jeans und zog den Reißverschluss hinunter. Die Hitze seines Atems auf der Spitze ihrer Slips ließ ihre Beine zittern, besonders, da er den Jeansstoff so schnell abstreifte. Die Heftigkeit ihres Verlangens ließ sie erbeben und nur die ruhige Kraft seiner Hände auf ihren Hüften hielt sie auf den Beinen, als er seinen Mund oben auf den Beckenknochen drückte.

Mia war immer eine starke Frau, aber jedes Mal, wenn Ford sie berührte, auch beim leisesten Druck seines Mundes auf ihre Haut, schmolz sie dahin. Vor langer Zeit hatte sie sich wegen dieser Schwäche gehasst. Aber heute Nacht, als er ihre Wirklichkeit in die zärtlichste aller Fantasien, die sie sich erträumen konnte, verwandelte, verstand sie endlich, dass es keine

Schwäche war.

Nein, überhaupt keine Schwäche. Denn sie und Ford zusammen waren die größte, kühnste Kraft, die sie kannte. Eine, der nur ein wahrhaft tapferer Mann oder eine wahrhaft tapfere Frau widerstehen konnte.

Vor fünf Jahren waren sie nicht stark genug gewesen. Aber jetzt?

Immer öfter fragte sie sich, ob sie es sein würden …

Das Schaben seiner Zähne an ihrem Bauch ließ sie den Atem laut hörbar ausstoßen. Er zog ihre Spitzenslips von ihrem Geschlecht hinunter bis unterhalb ihrer Hüften. Sie hörte ihn tief einatmen, dann nochmals, zittrig, bevor er stöhnte und seine Lippen auf ihre nackte Haut drückte.

Ein tiefer Ton entschlüpfte ihrem Hals und hallte von den Wänden des Busses wider, als er sie zärtlich zwischen den Beinen küsste. Es fühlte sich so gut an, dass sie schon beinahe kam.

„Ford!“

Seine Zunge war magisch, obwohl er kaum an ihr schnippte. Die Muskeln an seinen Schultern spielten unter dem harten Griff ihrer Hände. Es würde genügen, dass seine Zunge noch einmal über sie strich und sie würde im freien Fall von dieser Höhe stürzen, die noch nie so schwindelerregend erschienen war.

Aber anstatt ihr die Unterwäsche vollkommen abzustreifen und noch mehr von ihr zu kosten, stand er wieder auf den Beinen und hob sie in seine Arme.

„Warum hörst du auf?"

„Hat sich seit heute Morgen etwas geändert?"

Seine Augen waren dunkler denn je. So intensiv. So hungrig. So begierig danach, dass sie ihm sagte, was er hören wollte.

Sie wusste, was sie für die richtige Antwort bekommen würde – *ihn ohne Rückhalt* - aber sie konnte ihn einfach nicht anlügen. „Du bist wichtig für mich geworden, Ford. Wirklich sehr wichtig. So viel weiß ich."

Enttäuschung blitzte kurz in seinen Augen auf, bevor er sie vollkommen verbergen konnte. „Jetzt gehen wir mal unter die Dusche, um uns schnell zu waschen und dann bringe ich dich zu Bett, sodass ich dich in die Arme nehmen kann und hören, was bei dir von heute Morgen bis jetzt alles los war, und was ich versäumt habe."

„Ich will auch alles über deinen heutigen Tag hören", sagte sie zu ihm. Es stimmte, sie sehnte sich nach diesen Berichten von ihm ebenso sehr wie nach seinem Körper, sie hatte sich sogar nach diesen geheimen Bereichen seines Herzens *mehr* gesehnt, als nach einem weiteren umwerfenden Orgasmus, als sie vor fünf Jahren zusammen waren. Aber jetzt, verflucht, wollte sie *all* das! Besonders, da sie so knapp vor einem Orgasmus war, der so süß schien, dass sie ihn praktisch wie Zucker auf ihrer Zunge schmecken konnte. „Aber ich will das auch. Deinen Mund, deine Hände auf mir –

und meine auf dir – ohne aus irgendeinem Grund aufhören zu müssen."

„Bald", sagte er und Hoffnung schwang in diesem Wort. Eine Hoffnung, die sie jetzt auch fühlte und nicht nur, weil sie sich so verzweifelt wünschte, dass er sie nahm. „Aber heute Nacht wird deine nackte, eingeseifte Haut unter meinen Händen genügen müssen."

Kapitel 23

Von Rockstars erwartete man keine Selbstbeherrschung. Sie wurden von der Welt dazu erzogen, sich so unbändig und wild zu benehmen, wie sie wollten. Ford war nicht der Schlimmste der Meute, aber Engel war er auch keiner.

Wie sollte er zusammen mit Mia duschen, ohne sie zu lieben?

Wie sollte er all ihre prächtigen Rundungen streicheln und sonst nichts?

Und wie zum Teufel sollte er sich all diese kleinen, atemlosen Töne anhören, die sie von sich gab, wenn ihre Erregung stieg und stieg und sie nicht ganz hinauf zum Gipfel bringen wollen?

Aber obwohl er keine einzige Antwort auf diese drängenden Fragen wusste, hätte er sich um keinen Preis davon abhalten lassen, sie in die Dusche zu tragen.

Sie waren beide noch zum Teil bekleidet, als er die Dusche aufdrehte und sich warmes Wasser über sie ergoss. Er liebte es, sie in den Armen zu halten, aber jetzt musste er sie hinunter auf den Boden lassen, wenigstens so lange, bis er ihr den BH und den Slip ausgezogen hatte. Ja, er wusste, dass es beträchtlich klüger wäre, sie wenigstens ein bisschen bedeckt zu lassen. Er war sich aber fast sicher, dass er sterben würde, wenn er sie nicht in den nächsten dreißig Sekunden nackt sehen würde.

Er beugte sich hinunter, um sie wieder zu küssen und griff nach dem Verschluss ihres BHs an ihrem Rücken. Er tastete nach den unauffindbaren Metallteilchen, als er spürte, dass sie lachte.

„Nicht da, Rockstar." Ihre Augen leuchteten vor Erregung und Humor, als sie nach hinten nach seinen Händen griff und sie zu dem kleinen Verschluss vorne in der Mitte des BHs führte. „Hier."

Er konnte den schnellen Schlag ihres Herzens unter seiner Hand fühlen, die sie dort festhielt und wiederholte: „Hier", aber meinte nicht ihren BH. So wie ihre Augen dunkel wurden und ihr Lächeln verebbte, wusste er, dass sie es auch fühlte. Es war eine Verbindung, die keiner von ihnen je mit einer anderen Person hatte – oder haben würde.

Er atmete ein, einmal, dann noch einmal, um zu versuchen, wieder einen klaren Kopf zu bekommen. Aber es hatte keinen Zweck, denn von dem Augenblick, in dem er den Verschluss öffnete und Mias unglaubliche Brüste in seine wartenden Hände fielen, würde er sich nicht mehr einkriegen können.

Er konnte nicht sprechen, konnte nicht denken,

konnte nichts anderes tun, als voll Bewunderung auf ihre prachtvolle blasse Haut zu starren, ihre Brustwarzen, ein dunkles Rosa, das seinen Mund wässrig machte. Er umfasste beide Brüste und strich langsam mit beiden Daumen über ihre harten Spitzen. Seine Hände zitterten, aber sie zitterte ebenfalls, als sie voll Staunen, wie es schien, auf seine großen, gebräunten Hände hinuntersah.

„Nochmal." Ihr Atem ging unregelmäßig, das Wort war kaum verständlich, als es über ihre Lippen kam. „Ich brauche d…"

Aber er gab ihr bereits mehr mit seinem Mund, bedeckte einen perfekten Nippel mit seinen Lippen, wusch zuerst mit der Zunge darüber, umklammerte ihn in einem berauschenden Moment mit den Zähnen, bevor er den kleinen Biss wieder wegleckte. Sie fasste mit beiden Händen in seine nassen Haare und hielt ihn an sich gedrückt, während sie sich tiefer in seinen Mund wölbte. Er wusch mit der Zunge über jeden Zentimeter ihrer Brust, bevor er ihre andere Brust in den Mund nahm.

Vor fünf Jahren hatten sie das auch gemacht und doch, als er den Kopf hob, um sie zu küssen, wurde er sich mit Staunen bewusst, dass jene Erinnerungen, die ihn immer begleitet hatten, plötzlich schwächer wurden, während sie sich von neuem entdeckten.

Er trug noch die Jeans, aber sie hatte sich während ihres Kusses aus ihrem Slip herausgewunden. Der

Drang, sie an die Fliesen zu drücken und ihre Schenkel weit auseinanderzuspreizen und sich dazwischen zu schieben und seine Erektion unter dem Jeansstoff an ihr Geschlecht zu drücken, war unwiderstehlich.

Vor höchster Lust stöhnend wiegte sie sich mit den Hüften an ihm, einmal, zweimal, und als ihr Körper zu zittern begann und sich enger um ihn klammerte, löste sie vollkommen unerwartet ihren Mund von seinem.

„Dich nur zu küssen, wird heute Nacht nicht genug sein", sagte sie zu ihm, während das Wasser über ihre Haare und hinunter über ihre Rundungen strömte. Ihr Körper bog und wölbte sich voll Verlangen an ihm, während sie sagte: „Bei weitem nicht genug, aber …"

„Aber ich hab dir ein Versprechen gegeben, Mia." Er hatte sie mit ihrer Familie, mit ihren Angestellten erlebt. Er wusste, dass ein Versprechen für sie so gut wie Gold war und er musste sie wissen lassen, dass das auch für ihn galt. „Und ich muss es halten, auch wenn mich jede Sekunde umbringt, in der ich dich nicht ganz haben kann."

Sie legte die Hände an seine Wangen. „Noch nie hab ich jemanden oder etwas so sehr begehrt wie dich, aber es wäre nicht fair dir und mir gegenüber, wenn ich dich dein Versprechen brechen lassen würde." Sie schloss einen Augenblick die Augen und holte tief Luft, bevor sie sagte: „Lass mich runter und gib mir das Shampoo, damit ich deine Haare waschen kann."

Himmel, es war fast unmöglich, sich von ihr zu

lösen. Sie sah überrascht an ihm hinunter. „Du hast noch die Hose an."

„Es ist besser so", sagte er.

„Nein, ist es nicht. Wenn ich dich heute Nacht nicht berühren kann, dann will ich jedenfalls schauen."

Sie griff nach dem Knopf seiner Jeans, aber auch nur die kleinste Berührung ihrer Finger an seinem Bauch zeigte ihr deutlich, welch schlechte Idee das war.

Er legte seine Hand auf ihre. „Ich muss es selbst machen."

Er konnte sehen, wie sehr es ihr widerstrebte, ihre Hände sinken zu lassen, aber letztendlich nickte sie. „Okay, aber mach schnell."

Er grinste über ihren sinnlichen Befehl, denn nur mit Mia waren Begehren und Spaß so eng beisammen. Nasser Jeansstoff war schon unter optimalen Bedingungen verflixt schwierig auszuziehen. Jetzt stand die Frau, die er liebte, nackt und unglaublich erregt nur wenige Zentimeter von ihm entfernt, so dass Ford von den Wassertropfen, die über ihre Brüste rollten, dann über ihre Brustwarzen glitten, hinunter zu ihrem Bauch, bevor sie zwischen den Beinen verschwanden, ständig von seinem Vorhaben abgelenkt wurde.

„Wie du mich ansiehst …" Sie legte ihre Hände an sein Kinn, so dass sein Blick zurück zu ihren Augen wanderte. „Beeil dich, bitte, sonst muss ich die Sache selbst in die Hand nehmen, damit ich dich auch so betrachten kann."

Allein diese Worte aus ihrem Mund ließ seine Erektion hinter dem Reißverschluss, den er nur zur Hälfte geöffnet hatte, noch härter werden. Jetzt machte er schneller, öffnete seine Stiefel und kickte sie weg, dann schob er die Jeans und Boxer hinunter und ließ sie auf einem Haufen auf dem gefliesten Duschboden liegen.

„Oh, Ford." Bewundernde Lust lag in Mias Stimme und es dauerte lange, bevor sie ihren Blick wieder zu seinen Augen hob. „Bist du in den letzten fünf Jahren noch größer geworden?"

„Ja", neckte er sie und sein Lachen hallte von den gefliesten Wänden wider, als er sich hinunterbeugte, um sie zu küssen. „Besonders nach fünf Tagen endlosen Vorspiels."

„Hast du es dir nicht selbst besorgt?"

„Nein." Er küsste sie wieder. „Hundertmal hab ich daran gedacht, hundertmal war ich schon halb dabei … und hundertmal hab ich gewusst, dass es nichts nützen würde. Auch wenn ich mir einen runtergeholt hätte, wären nicht deine Hände auf mir gewesen. Ich hätte nicht deinen Mund auf mir gefühlt. Und du wärst für mich nicht heiß und nass gewesen."

„Hör auf." Sie drückte das Gesicht gegen seine Brust. „Bitte hör auf, mir solche Dinge zu sagen. Vor allem jetzt, wo du nackt bist."

Er wusste, dass sie recht hatte und dass er es auch

nicht gerade leichter machte, sein Versprechen einzuhalten. Aber zuerst musste er etwas wissen. „Hast du dich selbst berührt?“

Ihr Körper zitterte in seinen Armen, als sie gestand: *„Ja.“*

„Gut.“ Er hob ihr Gesicht zu seinem und küsste sie, um ihr zu verstehen zu geben, dass er es wirklich so meinte. „Wann zum letzten Mal?“

Ihre Pupillen erweiterten sich jetzt so sehr, dass sie das Blau ihrer Augen fast ganz verdeckten. „Heute Morgen.“

Himmel, sie hätte zu diesem Zeitpunkt genauso gut auf ihre Knie sinken und ihn mit den Händen und dem Mund liebkosen können, so nahe war er dran zu kommen. „Vor oder nachdem ich in deinem Büro war?“

Er hatte sie noch nie so heftig erröten gesehen wie jetzt, als sie sagte: „Beide Male.“

Oh Herrgott, er konnte es sich nur allzu leicht vorstellen, wie sie zweimal heute mit ihrer Hand zwischen den Beinen und dem Ausdruck süßer Ekstase auf ihrem schönen Gesicht einen Orgasmus erreichte. „Noch etwas muss ich wissen.“ Er hielt inne, weil er wusste, dass er daran nicht rühren sollte, aber er konnte sich nicht zurückhalten. „Woran hast du gedacht, während du dich selbst befriedigt hast?“

Als sie zu ihm aufsah, wusste er bereits die Antwort. „An dich. Immer nur an dich.“

Er presste seinen Mund auf ihren, knotete ihre Haare eng um seine Hände, so dass er sie genau dort festhalten konnte, wo er sie wollte.

Genau dort, wo er sie brauchte.

„Ich liebe es, wie du mich küsst." Ihre Stimme war rauchig vor Begehren und Lust. „Als würdest du nie genug bekommen."

„Das werde ich auch nie."

Ihre Augen waren bereits vor Leidenschaft verhangen und wurden jetzt weich und voll Gefühl. „Komm und setz dich hierher", sagte sie und zog in sanft hinunter auf die geflieste Bank. Sie stellte sich zwischen seine Beine und spritzte etwas Shampoo aus dem Spender an der Wand in ihre Hände. „Schließ die Augen und heb ein bisschen den Kopf."

Mit geschlossenen Augen wurde er sich noch stärker ihres Duftes bewusst, die leichte Rosennote ihres Parfums gemischt mit weiblicher Erregung. Er konnte seine Hände nicht im Zaum halten, musste ihre Hüften umfangen und hörte, wie sie bei seiner Berührung die Luft einsaugte, als sie gerade begann, das Shampoo in sein Haar zu massieren.

Noch nie hatte ihn jemand so berührt. Immer, wenn sie ihn berührte, war ihre sinnliche Verbindung ja nicht wegzuleugnen, aber das Gefühl ihrer Finger, die leicht seine Kopfhaut massierten und ihrer Handflächen, die gegen seine Wangen und den Nacken drückten, war unglaublich tröstlich. Er konnte sich nicht erinnern, dass ihn irgendjemand jemals so zärtlich berührt hatte, nicht einmal, als er ein kleiner Junge war.

„Heb' das Kinn höher", sagte sie liebevoll und spülte ihn dann mit Händen voll warmem Wasser sauber.

Und als sie eine Handvoll Wasser nach der anderen über ihn goss, fühlte Ford unwillkürlich, dass sie nicht nur seine Haare wusch …, sondern dass sie seine Fehler, einen nach dem anderen ebenfalls wegwusch.

„So", sagte sie, während sie mit den Händen über seinen Kopf fuhr und ihm die Haare aus dem Gesicht strich. „Perfekt."

Er wollte die Augen noch nicht öffnen, wollte nichts anderes, als sie näher heranziehen, seinen Kopf an ihre Brust legen und ihr Herz schlagen hören. Und als er das tat, legte sie die Arme um seine Schultern, so dass sie ihn hielt.

Ford wusste nicht, wie lange sie so dastanden, so lange, bis das Wasser schließlich kühler wurde.

„Es sieht so aus, als wäre die Dusche zu Ende." Er konnte dasselbe Bedauern in ihrer Stimme hören, das er fühlte. „Zum Glück hat dein Shampoo so stark geschäumt, dass wir beide ganz sauber geworden sind."

„Hab ich das versäumt, während meine Augen geschlossen waren?" Das anhaltende – und immer noch steigende – Verlangen ließ seine Hände instinktiv ihre Hüften fester umfangen. „Seifenblasen, die über deinen nackten Körper geronnen sind?“

„Nur ein paar hundert oder so“, neckte sie ihn, aber bevor er ein Stück Seife nehmen konnte, um noch ein paar hundert zu erzeugen, stieß sie einen kleinen Schrei aus und sprang vom Wasserstrahl weg. „Es ist eiskalt!“ Als sie den Wasserhahn zudrehte, hatte er schon die Tür geöffnet und sich ein dickes Badetuch geschnappt.

Jetzt war er an der Reihe, sie zu verwöhnen, indem er die weiche Baumwolle um sie wickelte und mit den Händen über ihre Rundungen rieb, um sie abzutrocknen.

Sie schloss die Augen und schmiegte sich in seine Berührung. „Hmm, das fühlt sich gut an.“

Allerdings.

Da sie jetzt in das Badetuch eingewickelt war und er nicht mehr jedes Quäntchen seiner Konzentration brauchte, um seine Reaktion auf ihre Nacktheit zu bekämpfen, konnte er die dunklen Ringe unter ihren Augen sehen. Sie war müde und er kannte den Grund. Nicht nur wegen der langen Fahrt nach Eugene heute, sondern weil er bezweifelte, dass sie viel besser schlafen konnte als er. Wenigstens wurde sie ein wenig von dem Druck los, indem sie sich selbst befriedigte …

Nein, das war genau die falsche Richtung. Später, wenn sie nicht gerade hier war und ihn verlockte, würde er sich erlauben, seiner Fantasie nachzugeben, wie sie sich wohl berührt haben mochte. Obwohl sie ihm hoffentlich bald so sehr mit ihrem Herzen vertrauen würde, dass er keiner Fantasie mehr nachhängen musste … weil er mit ihr zusammen im Bett sein würde.

Er hob sie hoch, nahm sich ebenfalls ein Badetuch und ging von der Dusche zu seinem persönlichen Schlafzimmer im hinteren Bereich des Busses. Ohne die Augen zu öffnen, schlang sie die Arme um seinen Hals und schnupperte an seiner noch nassen Haut.

„Zeit fürs Bett."

Ihre schweren Augenlider blinzelten. „Noch nicht."

Natürlich wollte er auch noch länger mit ihr plaudern, sie necken, lachen, aber er versuchte, an das Beste für sie zu denken. „Du musst nach einem langen Tag und der Fahrt müde sein."

„Nein", schwor sie, als er sie sachte auf das Bett legte, „ich bin kein bisschen müde." Er hatte sich schnell in ein Handtuch gewickelt und legte sich jetzt hinter sie, zog sie mit dem Rücken an seiner Vorderseite an sich, als sie sagte: „Ich möchte alles über deine Show hören."

„Sie war gut." Er streichelte ihre nassen Haare, die ausgefächert auf dem Kissen lagen. Ihre Haut roch nach seinem Shampoo, aber ihre Haare trugen noch ihren typischen Rosenduft. „Ich habe den neuen Song gespielt, den ich für dich geschrieben habe."

Sie strich mit der Hand über seinen Arm, den er um ihre Mitte geschlungen hatte, bis sie ihre Hand auf seine legen konnte. Sie hob sie und zog sie zwischen ihre Brüste, als sie sagte: „Sie fanden ihn bestimmt toll."

Ihr Kopf passte perfekt unter sein Kinn und er konnte kaum ein Stöhnen unterdrücken, als sie mit ihrem Hintern wackelte und ihn enger an seine Hüften drückte. „Ja, stimmt."

„Wie fühlt es sich an, da oben vor so vielen Menschen zu sein, die alle wirklich geil finden, was du machst?"

„Es fühlt sich an wie viel Glück." Sie drehte sich leicht, um ihn über die Schulter anzusehen, während er darüber nachdachte, wie er es besser erklären könnte. „Es gibt Millionen Jungs und Mädchen mit einer Gitarre. Und noch eine Million, die versucht, aus ihrem jetzigen Leben weg und in ein besseres zu kommen. Daran denke ich jedes Mal, wenn ich auf die Bühne komme, dass alle im Publikum bereit sind, Geld und Zeit darauf zu verwenden, die sie nicht im Überfluss haben, um einen Abend mit mir zu verbringen. Ohne sie wäre ich niemand."

„Doch, du wärst jemand." Sie drückte seine Hand fester an ihr Herz. „Auch, wenn du nie das ganz große Los gezogen hättest, auch wenn deine Songs nie im Radio zu hören gewesen wären, und auch wenn du in Kellerbars spielen würdest, anstatt in Stadien, wärst du immer noch umwerfend, Ford." Sie legte seine Hand flach auf ihr Herz, so dass er fühlte, wie es an seiner

Handfläche schlug. „Umwerfend, innen und außen."

Er hatte gedacht, dass es schwierig sein würde, keinen Sex mit ihr zu haben, stellte jetzt aber plötzlich fest, dass es tausendmal schwieriger war, sie nicht abzuschrecken, indem er ihr sagte, wie sehr er sie liebte … und sie nicht wieder anzuflehen, ihn ebenso zu lieben.

„Wie viele Häuser hast du heute verkauft?"

Er konnte sie nicht lächeln sehen, schwor aber, dass er es fühlen konnte, als sie sagte: „Nur eines, bevor ich beschloss, nach Oregon abzuhauen. Es war für eine Familie, die sich über die Nachbarschaft und den nahen Strand sehr freuen wird. Und obendrein gelang es uns, den Verkauf abzuschließen, ohne die Bank zu sprengen. Ich hasse es, wenn sich die Leute finanziell verausgaben."

Er hätte erwartet, dass die meisten Immobilienhändler Verkäufe in den hohen Preislagen feiern würden, weil das automatisch ihr Einkommen erhöhen würde. Mia hatte sich vom ziemlichen Neuling in der Branche, seit sie sich kennenlernten hinaufgearbeitet und besaß jetzt ihr eigenes blühendes Immobilienbüro. Aber er konnte problemlos den Grund erkennen, warum es ihr gelungen war, es in so kurzer Zeit aufzubauen, weil sie den Menschen zu ihnen passende Immobilien anbot, ohne an den Preis zu denken oder wie klein ihre Provision letztendlich war.

„Ein Zuhause zu haben ist wichtig." Diese

Wahrheit hatte er gerade erst gelernt.

Und als sie in seinen Armen einschlief und obwohl sie in seinem Tourneebus und nicht in seinem neuen Haus waren, hatte er mit Mia in seinen Armen das Gefühl, endlich zu Hause zu sein.

Kapitel 24

Mia war immer schon eine Langschläferin gewesen. Sie liebte es, an kühlen Morgen warm und kuschelig unter einem dicken Federbett aufzuwachen und blieb oft noch lange nach dem ersten Klingeln des Weckers liegen. Aber an diesem Morgen fühlte sie sich so gut, so warm und so geborgen, dass sie nicht ganz aufwachen wollte.

Egal, wie lange sie versuchte, die Tatsache zu leugnen – es war alles besser mit Ford.

Besonders dies.

Nachdem die Dusche beide beinahe bis zum Wahnsinn aufgeheizt hatte, all die nackte Haut, die sie nicht berühren durften, liebte sie es, wie er sich im Bett an sie geschmiegt hatte. Irgendwann musste sie eingeschlafen sein und er hatte sie beide gut zugedeckt.

Es drang ein wenig Licht durch die Kanten der Jalousien ins Schlafzimmer seines Tourneebusses. Sie drehte sich langsam in seinen Armen um, um den Kopf in seine Achselhöhle betten zu können, und fragte sich wieder, was es bedeutete, Fords Freundin zu sein. Als *eine Verbindung der gegenseitigen Zuneigung* definierte das

Wörterbuch Freundschaft, aber das wurde bei weitem nicht dem Gefühl gerecht, das sie für Ford zu empfinden begann. Die Zuneigung war da, natürlich, aber auch Intimität, Verbundenheit, Empathie und Geborgenheit.

Sie konnte zwar nicht genau definieren, was Freunde zu sein bedeutete, aber als sie gestern Nacht miteinander plauderten, war sie sich absolut sicher gewesen, dass ihr Bedürfnis, sich gegenseitig zu *kennen* mindestens ebenso groß war wie das verzweifelte Begehren, das sie in seiner Stimme hören konnte.

Jetzt war sie aber mehr als bereit, ihrer Anziehung für eine kurze Zeit wieder die Oberhand zu lassen. Mit dem bestaussehenden Mann, der je die Erde geziert hatte, so nahe bei ihr – und unter den Bettdecken nackt wie sie – wie hätte sie da der Versuchung widerstehen können, ihre Lippen auf seine Brust zu drücken, wo sein Herz langsam und regelmäßig unter ihrem Ohr schlug?

Und wie konnte sie dem Wunsch widerstehen, ihre Hände leicht über seine warme Haut streicheln zu lassen?

Und warum um Himmels willen sollte sie so dumm sein und die Möglichkeit nicht nutzen, mehr Küsse über seine Brust, seine Arme und dann tiefer über seine harten Bauchmuskeln zu säen, während er weiterschlief?

Sie wusste, wie viel Energie er in seine Shows

investierte und wie tief er hinterher schlief. Und es war gut, dass er so erschöpft war. Weil es noch so viele andere Stellen gab, die sie berühren wollte, küssen, bevor er aufwachte und beschloss, sie im Namen ihrer zuerst wachsen müssenden Freundschaft zu stoppen. Seit er gestern Nacht unter der Dusche seine Jeans und Boxershorts abgestreift hatte, war sie besessen von dem Bedürfnis, ihn nicht nur anzusehen, sondern auch zu berühren.

Und ihn zu kosten.

Sie hatte nicht geflirtet, als sie ihn fragte, ob er jetzt größer als früher war. Denn … *wow.* Sie leckte sich erwartungsvoll die Lippen, als ihr weiblicher Instinkt sie übermannte, so dass sie sich einfach hinunterbeugen *musste* und einen zarten Kuss auf die harte Schwellung seiner Erektion drücken.

Fords Stöhnen erklang zuerst, schnell gefolgt von ihrem Namen auf seinen Lippen und seinen Händen in ihrem Haar. „Mia …"

Sie hatte gestern Nacht versprochen, sich an die Regeln zu halten. Aber jetzt war ein neuer Tag, und sie war zwar immer noch einverstanden, dass sie weiter an ihrer Freundschaft arbeiten mussten, bevor sie richtigen Sex hatten, aber andrerseits brachte es sicher auch nichts, so puritanisch zu sein.

Mia verliebte sich nicht nur auf geistiger Ebene, es ging nicht nur um ihr Herz. Es war auch körperlich. Bevor er noch etwas sagen oder tun konnte, um sie aufzuhalten, leckte ihre Zunge in einem langen, köstlichen Zug über ihn.

Automatisch bog er sich in ihren wartenden Mund und sie drehte sich gerade, um ihn tiefer nehmen zu können, als seine Hände in ihrem Haar ihren Kopf hochzogen und ihren Blick von seinen Lenden weglenkten. Sein Griff brannte leicht auf ihrer Kopfhaut und ließ ihre Erregung noch heftiger werden.

„Gestern Nacht", stieß er mühsam hervor, „hatten wir uns geeinigt, das nicht zu tun. Noch nicht."

„Gestern Nacht hab ich unser Versprechen nicht gebrochen und werde es auch heute nicht brechen. Wir werden keinen Sex haben. Nur das."

Sie war sich bewusst, dass sie ihn anflehte, aber sie wollte um gar keinen Preis, dass er sie stoppte. Denn so nahe an der Lust zu sein und dann aufgeben zu müssen, war wirklich schlimm. *Sehr schlimm.* Und war die Definition von Sex nicht ein weites, unklares Feld?

„Seit gestern Nacht in der Dusche, als du mir gesagt hast, dass du es dir nicht selbst besorgt hast, musste ich dich mit meinen Händen und meinem Mund fühlen, Ford. Nicht nur für dich …, sondern auch für mich."

Endlich – Gott sei Dank – legte er seine Hand auf ihre, so dass sie seine Erektion unter seinem Griff noch fester umfasste. Gemeinsam strichen sie über ihn und sie konnte ihr Stöhnen nicht mehr von seinem unterscheiden, das von den Schlafzimmerwänden seines Tourneebusses widerhallte.

Wieder mit ihm so zusammen zu sein, war einfach perfekt, schön und sexy. Sie fühlte sich ihm so nahe, und wenn er sie jetzt unterbrochen hätte, wäre sie gestorben … weil sie das *brauchte,* sie brauchte wenigstens ein wenig Erfüllung nach all diesen Tagen, an denen sie nach superheißen Küssen wieder aufgehört hatten.

Mias lange Haare fielen über ihn, als sie sich auf ihren Knien auf dem Bett aufrichtete und ihn in den Mund nahm. Fords Hände waren jetzt wieder in ihrem Haar und gemeinsam fanden sie den perfekten Rhythmus, einen Rhythmus, der so natürlich war, dass sie das Gefühl hatte, er sei ein Teil von ihr und sie fragte sich, wie sie so lange ohne ihn hatte leben können.

Mit ihren Lippen und der Zunge sandte sie ihn höher und höher und höher und genoss es, als sie ihn zum Höhepunkt brachte. Ford war immer stark, hatte immer die Kontrolle, deshalb waren diese wenigen Augenblicke, in denen er sich vollkommen ihr überließ, so unglaublich kostbar. Sie konnte sich nicht erinnern, je zuvor so erregt gewesen zu sein, doch sie glaubte aufrichtig, dass sie nichts weiter brauchte, als was sie gerade getan hatten – einfach, weil es sich so gut anfühlte, ihm Lust zu bereiten.

Als sie endlich wieder zu Atem kam, ließ sie den Blick über seinen gemeißelten Körper schweifen und fragte: „Fühlst du dich jetzt besser?"

„Nein."

Bevor sie sich versah, hatte Ford sich aufgerichtet und sie beide dann so gedreht, dass sie an seiner Stelle auf dem Bett lag und er aufgestützt über ihr. Er nibbelte hart an ihrer Unterlippe, während er seine Hände durch ihre gleiten ließ und sie auf beiden Seiten oberhalb ihres Kopfes immobilisierte.

„Nicht einmal auch nur nahe dran." Seine Zähne fanden als Nächstes ihre Ohrläppchen, dann knurrte er: „Nicht, solange ich nicht auch meinen Mund auf dir habe."

Beinahe wäre sie in diesem Augenblick gekommen, ihre Hände waren fest in seinen, während seine Zunge die Sehne von ihrem Ohrläppchen zu ihrem Schlüsselbein nachzeichnete. Und als sich sein Mund über einer Brustwarze schloss, konnte sie sich nur noch aufwölben und ihn um mehr betteln.

„Bitte", sagte sie, obwohl sie noch nie jemanden um etwas gebettelt hatte. Nur Ford konnte sie dazu bringen, ihn anzuflehen. Und als er ihr genau das gab, was sie brauchte, indem er seine Bartstoppeln zuerst über eine Brust und dann die andere rieb, flehte sie nicht mehr, sondern brachte nur noch seinen Namen über die Lippen, wieder und wieder.

Sie hätte ihre Beine um ihn geschlungen, um ihn näher heranzuziehen, aber er hielt nicht nur ihre Hände nieder, sondern immobilisierte auch ihre Beine mit seinen. Ford war der dominierendste Lover, den sie je gehabt hatte. Dieses eine Mal im Leben hatte sie es genossen, jemand anderem die Zügel zu überlassen. Aber nachdem sie auseinandergegangen waren, hatte sie es keinem Mann mehr erlaubt, im Bett mit ihr die Führung zu übernehmen.

Jedoch jetzt, wo er sie genau dort hatte, wo er sie wollte, musste sie gestehen, dass es gerade das war, was sie sich wünschte, auch wenn nur wenige Minuten vorher sie es war, die die Kontrolle über ihrer beider Lust gehabt hatte, als sie ihn berührte und kostete.

Vielleicht, dachte sie unwillkürlich mit den wenigen Gehirnzellen, die noch funktionierten, brauchte keiner von beiden die Führung zu übernehmen. Und wenn man aus diesem Morgen Schlüsse ziehen konnte, dann könnte dieses neue Gleichgewicht zwischen ihnen – sowohl Lover als auch Freunde – die Dinge noch heißer machen, als sie es zuvor waren.

Er behielt ihre Hände in seinen, während er Küsse auf die Unterseite beider Brüste säte, dann hinunter auf ihren Bauch. „Du riechst so gut“, sagte er zwischen Küssen. „Ich kann es nicht erwarten, dich wieder zu kosten.“

Aber anstatt schnell ihre übrigen Rundungen zu streicheln, wie sie es sich so sehr wünschte, nahm er sich Zeit, um mit der Zunge über den unteren Rand ihrer Rippen zu fahren, die Vertiefung neben ihrem

Hüftknochen zu kosten und dann ihren Duft einzuatmen, bis er es endlich zu dem V zwischen ihren Beinen schaffte.

„Oh, Baby“, sagte er, während er auf sie hinunterstarrte, „du bist so nass für mich. So bereit.“

„Bitte Ford“, bettelte sie wieder. „Ich kann nicht länger auf dich warten.“

„Ich kann auch nicht mehr warten“, sagte er und dann war seine Zunge dort, leckte durch ihre Nässe, einmal, dann zweimal, dann dreimal, bevor er beschloss, bei der Klitoris zu verweilen.

Jetzt hielt er ihre Hände an der Seite ihrer Hüften, und als Mia fühlte, wie die Erde unter ihr wegglitt, umklammerte sie seine Finger eng mit ihren.

„Komm für mich, Mia“, sagte er. Seine drängenden Worte und die zarte, federleichte Berührung seiner Lippen über ihrem Innersten, genügten, dass sie zitternd in tausend Stücke zerbrach.

Er hatte sie schnell hinauf zu ihrem Höhepunkt gebracht, aber er blieb dort bei ihr, als sie langsam wieder runterkam. Seine Lippen waren zärtlich auf ihrer überempfindlichen Haut, während er Küsse auf die Innenseite ihrer Schenkel drückte und dann auf das weiche Fleisch an der Seite ihrer Hüften. Sie versuchte, wieder zu Atem zu kommen. Ihre Augen waren noch geschlossen, als er auf sie zurückglitt, um sie in die Arme zu nehmen.

Und ebenso wie beim Erwachen fühlte sie sich

geborgen und warm.

Und geliebt.

Wieder brachten sie die Gedanken an die *Liebe* zurück in die Wirklichkeit. Denn es war eine Sache, Fords Bett als Freundin zu teilen, aber es war eine ganz andere Sache, sich in ihn zu verlieben … und darauf zu vertrauen, dass es dieses Mal für immer sein würde.

Sie war nur eine Spur steifer geworden, aber er war natürlich so auf sie eingespielt, dass er ihr die Haare aus der Stirn strich und sagte: „Ich bin froh, dass du nach Oregon gekommen bist und die Nacht mit mir verbracht hast. Wirklich froh. Ich habe Robert gebeten, uns zu dir nach Hause zu fahren, damit du gehen kannst, wann immer du musst."

„Wir sind vor meinem Gebäude?" Sie schlüpfte aus seinen Armen, um die Jalousien ein wenig hochzuheben. „Wir sind wohl schon seit Stunden hier." Ohne Zweifel fragten sich alle in ihrem Haus, welcher Superstar den Verkehr draußen blockierte. Da die Sonne schon recht hoch am Himmel stand, wusste Mia, dass sie losmusste, um sich für ihre Termine vorzubereiten. „Ich muss gehen."

Er stieg aus dem Bett, herrlich nackt und zog sie an sich. „Zuerst noch ein Kuss."

Obwohl Mia wusste, dass es noch viel zu bedenken gab, war ihr Kuss dieses Mal weniger verhalten denn je. Wie hätten sie auch zu der teuflisch schweren Selbstbeherrschung zurückkehren können, wo sie sich doch gerade gegenseitig den Himmel geschenkt hatten?

„Ich hole dich um sieben ab."

Ihr Gehirn war noch breiig von seinem Kuss, deshalb wiederholte sie: „Sieben?"

„Für unsere Verabredung heute Abend."

Endlich konnte sie sich erinnern. „Pizza und ein Film." Von einem Stadion und einem protzigen Tournee-Bus zu einem Abend auf dem Sofa, um einen zweitklassigen Film zu schauen – das hätte keinen Sinn ergeben dürfen.

Aber irgendwie ergab es doch einen.

Kapitel 25

Ford hatte sich nie groß Gedanken wegen seiner Kleidung gemacht, bis er berühmt wurde. Mit den Jahren hatte er gelernt, wie er sich einpassen konnte, wenn nötig. Heute Abend vergewisserte er sich, dass seine Baseball-Mütze tief saß und sein langärmeliges Shirt die Tattoos bedeckte. Ein paar Leute guckten zweimal hin, als er in Mias Gebäude eintrat, aber er ging einfach weiter. Wenigstens, bis sie aus dem Aufzug trat und sein Gehirn und seinen Körper zu einem plötzlichen Stillstand brachte.

Es war ein warmer Abend und sie trug ein cremefarbenes Neckholder-Kleid, das ihre prächtigen Schultern nackt ließ und ihre Kurven umschmeichelte. Egal wie gut die Pizza oder der Film sein würden, er war sicher, dass er nichts anderes würde tun können, als sie den ganzen Abend anzustarren.

Als sie mit hochhackigen Riemchensandalen, die ihre Beine endlos lang erscheinen ließen, auf ihn zuging, sagte sie: „Du siehst auch großartig aus.“ Dann gab sie ihm einen zärtlichen, süßen Kuss, der seine Welt wieder auf den Kopf stellte.

Gestern Nacht war es eine große Sache, als sie ihn im Backstage-Bereich in Oregon küsste, obwohl er wusste, dass niemand in seinem Team öffentlich über sie beide sprechen würde. Aber dies war das erste Mal, dass sie ihn in einem wirklich öffentlichen Raum küsste oder mit Vertrautheit berührte.

„Ich habe vor einer Viertelstunde unsere Bestellung aufgegeben, also müsste die Pizza jetzt abzuholen sein." Sie musterte ihn mit seiner Baseballmütze und unauffälligen dunklen Jeans und Shirt. „Möchtest du dich bei mir zu Hause verstecken, während ich sie abhole, damit du keine Massenhysterie auf der Straße verursachst?"

Es war wahrscheinlich eine gute Idee, aber er wollte unbedingt sehen, ob sie in der Öffentlichkeit seine Hand halten würde. Er wusste, dass er unersättlich war, der Kuss hätte genügen sollen. Aber er genügte nicht. Nicht einmal beinahe.

Er wollte sie ganz und gar, Herz und Seele.

Und er wollte sie sobald wie möglich.

„Ich will es riskieren, wenn du auch willst."

„Jetzt, wo du hier ein Haus hast, schätze ich, müssen sich die Leute daran gewöhnen, dich in der Stadt zu sehen", sagte sie mit einem Achselzucken. „Warum also nicht heute damit beginnen?"

Als sie beim Hinausgehen seine Hand nicht nahm, aber es auch nicht absichtlich vermied, mit ihm in der Öffentlichkeit gesehen zu werden, rief Ford sich in

Erinnerung, dass dies schon ein großer Fortschritt im Vergleich zu vor ein paar Tagen war.

„Es sieht so aus, als wärst du heute sehr beschäftigt gewesen“, sagte sie und zeigte auf einen Zeitungsstand, wo sein Gesicht auf einer Titelseite zu sehen war.

In dem Augenblick rempelte sie ein großer vorübereilender Mann an, und als sie in ihren Heels stolperte, freute sich Ford, einen Vorwand zu haben, seine Arme um sie zu legen.

„Ich halte dich.“

Mitten auf dem belebten Gehsteig löste sie sich nicht sofort von ihm, sondern stand da, die Hände flach gegen seine Brust gepresst. „Du meinst das wörtlich, nicht wahr?“

„Ja.“

Aber die Worte waren nicht genug. Er musste sie küssen, auch wenn es nicht fair war, sie zu einer öffentlichen Erklärung so zu nötigen. Ford hatte die Grenzen seiner Selbstbeherrschung heute Morgen zu genau derselben Zeit wie sie erreicht und jetzt schien es, dass er sie nicht mehr wiederfand.

Er konnte schon beinahe den Hauch Pfefferminze auf ihren Lippen schmecken, als eine harsche – und ziemlich vertraute – Stimme sagte: „Rutherford, welch ein Zufall!“

Unwillkürlich erstarrte er, obwohl Mias Hände noch auf seiner Brust waren. Sie blickte verwirrt zu ihm auf, dann zu dem gutgekleideten Paar, das im

Eingang zu einem teuer aussehenden Restaurant stand.

„Meine Eltern sind hier."

Sie sah zwischen den Dreien hin und her. „Das sind deine Eltern?", fragte sie ungläubig.

Als er nickte, fragte er sich, wie die Chancen standen, dass diese Leute nicht nur seine Kindheit ruiniert hatten, sondern auch Mittel und Wege finden würden, seine Zukunft zu vermasseln. Da Mia immer noch unschlüssig war, ob sie mit ihm zusammen sein wollte, würde die Begegnung mit seinen Eltern seiner Causa nicht dienlich sein. Denn jetzt konnte sie wirklich die Gene sehen, die an die Kinder vererbt werden würden, die er mit ihr haben wollte. Er hatte ihr seine Kindheit beschrieben, aber es mit eigenen Augen zu sehen, war viel schlimmer.

Er wappnete sich, als Mia ihre Hand in seine gleiten ließ und zu ihm hochlächelte. „Ich halte dich auch."

Es waren nur vier einfache Worte. Aber sie veränderten augenblicklich alles.

* * *

Mia wusste, dass es eine familiäre Ähnlichkeit zwischen Ford und seinen Eltern geben musste, aber sie konnte sie ehrlich gesagt nicht sehen. Sie waren schrecklich steif und sahen so verkniffen aus, während er sich in seiner Haut richtig wohlfühlte.

„Catherine. Lance. Das ist Mia Sullivan." Er sagte nicht, dass er sich freute, sie zu sehen, noch sagten sie es zu ihm.

„Hallo." Sie streckte die Hand aus, um ihre zu schütteln, auch wenn sie nicht dazu aufgefordert worden war.

Sie schüttelten ihr zwar die Hand, aber schienen auch nicht besonders von ihr beeindruckt zu sein, wie sie in ihrem süßen Kleidchen dastand, die Haare zu einem Pferdeschwanz hochgebunden, mit den phantasievollen Ohrringen aus geschliffenem Glas anstelle der Perlen oder Diamanten. Sie war sicher, dass sie noch davon träumten, ihren Sohn mit einem perfekt erzogenen Mädchen aus der Junior League zu sehen und nicht mit einer Frau, die in einer Mittelklasse-Familie aufgewachsen war … und die ihren Sohn nur wenige Stunden zuvor angefleht hatte, sie an seine prachtvolle Erektion heranzulassen.

Seine Mutter wandte ihren kühlen Blick zurück zu ihm. „Wie geht es dir Rutherford?"

Himmel, dachte Mia, es war, als würden sich entfernte Bekannte auf der Straße treffen, die glaubten, sie müssten Höflichkeiten austauschen. Sie drückte Fords Hand, um ihn daran zu erinnern, dass er das nicht alleine durchstehen musste.

Er lächelte zu ihr herunter und sie freute sich, dass Funken in seinen dunklen Augen aufblitzten, bevor er sich wieder seiner Mutter zuwandte. „Es geht großartig, danke. Und wie steht's mit euch so?"

Die Brauen seines Vaters sanken herunter bis über

seine Augen wegen der saloppen Art, wie Ford mit ihnen redete. Lance Vincent war eindeutig für eine vollkommen andere Antwort erzogen worden. „Es geht uns gut, danke. Seattle hat sich so ziemlich zu einer Kunstszene entwickelt und wir sind hier, um einige Käufe für die Kunstgalerie deiner Mutter festzumachen." Er sah leicht unbehaglich aus, als er hinzufügte: „Diese Begegnung ist wirklich ein glücklicher Zufall, da uns einer unserer wichtigsten Investoren hier hat wissen lassen, dass ihm deine Musik gefällt. Ich bin sicher, er würde dich gerne kennenlernen, wenn du mit uns hineinkommen würdest."

„Eine Pizza wartet auf uns. Aber sag deinem Freund, dass ich mich freue, dass ihm meine Musik gefällt."

Endlich streckte Fords Mutter die Hand aus, um Fords Arm zu berühren. In der Geste war nichts Mütterliches, zumal die Art, wie sich ihre Nägel in seine Haut gruben, vielmehr darauf hinwies, dass sie eher wütend auf ihn war. „Du bist jetzt hier und wir reisen morgen Abend ab. Deine Pizza kann doch sicher ein paar Minuten warten."

Bevor Mia es sich noch überlegt hatte, fragte sie: „Sie sind hier in Seattle, um sich mit Ihren Investoren zu treffen, aber Sie bleiben nicht einmal ein bisschen länger, um Ihren Sohn bei seiner letzten Show seiner Welttournee zu sehen?"

„Wir haben Verpflichtungen. Abgesehen davon

sind wir keine Fans dieser Art Musik", sagte seine Mutter, als würde das alles erklären.

„Nein?" Mias Stimme war verräterisch freundlich. „Welche Musik mögen Sie?"

„Rutherfords Vater und ich sind im Vorstand der Bostoner Lyric Opera und des Bostoner Symphonieorchesters."

„Trotzdem werden Ihre *Verpflichtungen* wohl einen Tag warten können, damit Sie seine Show sehen können."

Seine Mutter machte eine saure Miene, wenigstens so weit sie konnte, da die Botoxspritzen ihre Gesichtszüge zu einer fast vollkommenen Ausdruckslosigkeit hatten erstarren lassen. „Lance und ich finden es sehr schwierig, all dem Gekreische und Gehämmer zuzuhören. Rutherford hatte so großes Talent, als er jung war. Er hätte ein klassischer Musiker, ein geachteter Komponist werden können, wenn er sich dazu entschlossen hätte, anstatt mit dieser elektrischen Gitarre herumzualbern."

„Herumalbern? Er hätte geachtet werden können? Gekreische und Gehämmer?"

Der Zorn hätte Mia auf dem Gehsteig beinahe glatt umgehauen. Nur Fords Hand in ihrer hielt sie davon ab auszuflippen. Mia verblieb nur mehr ein Fünkchen Klarheit im Kopf und Ford hätte es vielleicht vorgezogen, das Gespräch mit seinen Eltern jetzt zu beenden, aber sie war dazu erzogen worden, zu sagen, was sie dachte. Und wenn dies ihre einzige Chance war, ihnen an die Wäsche zu gehen, dann würde sie diese bei Gott nutzen.

Denn sie war der Meinung, dass seine Eltern *ätzend* waren.

„Ihr Sohn ist einer der unglaublichsten Menschen, denen ich je begegnet bin. Er hat nicht nur mehr Talent in seinem kleinen Finger, als diese *ordentlichen* Musiker, die Sie offenbar verehren, aber noch viel wichtiger als das, er ist auch einer der liebenswertesten, lustigsten und wunderbarsten Männer, die ich kenne. Und das ist umso beeindruckender jetzt, da ich Sie beide kennengelernt habe." Sie grinste sie spöttisch an. Es war ihr egal, was sie davon hielten, dass sie sie so angriff. Ihre Meinung war ihr einfach gleichgültig. „Ich dachte, es sei traurig, dass Sie nicht vor Ihren Freunden mit ihm prahlten, aber jetzt bin ich froh darüber, weil es keiner von Ihnen verdient, ihn *Sohn* zu nennen. Und", musste sie noch hinzufügen, bevor es ihnen gelang, sich vollkommen von ihnen wegzudrehen und ins Restaurant davonzumachen, „sein Name ist nicht Rutherford. Er heißt *Ford.*"

Seine Eltern gafften sie empört an, aber sie war fertig mit ihnen. Auch Ford starrte sie an, sein Ausdruck undurchdringlich, als sie ihn von den zwei Menschen fortzog, die sie am liebsten verdroschen hätte.

* * *

Mia war so wütend, dass sie überhaupt nicht bemerkte, dass sich eine Menschenmenge um sie gebildet hatte, während sie Fords Eltern haarklein ihre Meinung sagte. Er hatte bei mindestens einem Dutzend Fremder ein Erkennen im Blick bemerkt, während sie den Gehsteig entlang und in die winzige Pizzabude gingen, aber Mia war offensichtlich so entschlossen weiterzugehen, dass niemand versuchte, sie aufzuhalten.

Er konnte noch fühlen, wie geladen sie war, als er für die Pizza bezahlte und dann ein Taxi aufhielt, um zu ihm nach Hause zu fahren. Sie war ganz untypisch still, während sie über das unerwartete Treffen brütete, aber nicht einmal ließ sie seine Hand los. Und auch als er den Fahrer bezahlte, wartete sie auf dem Sitz neben ihm, so dass sie gemeinsam aus dem Taxi aussteigen konnten, ohne dass sie die Hände loslassen mussten.

Als sie dann im Haus waren, stellte er den Pizzakarton auf dem Küchentresen ab und zog sie an sich. „Hab ich in letzter Zeit erwähnt, dass du mich umhaust?"

Er wusste, dass sie normalerweise darüber gewitzelt hätte, wie sie ihn heute Morgen umgehauen hatte. Aber jetzt blickte sie nur zu ihm auf und sagte: „Ich habe ja alles gehört, was du über sie gesagt hast, aber vielleicht wollte ich es nicht wirklich glauben. Ich wollte mir vorstellen, dass ich euch vielleicht eines

Tages wieder hätte zusammenführen können, so dass ihr eine echte, liebevolle Familie wärt." Sie stieß schwer den Atem aus. „Als ich begriff, wie falsch ich lag, hab ich sie stattdessen mitten auf dem Gehsteig angeschrien." Ihr Gesichtsausdruck wurde wieder hart. „Sie haben es voll verdient. Trotzdem. Ich hab dich nicht vorher gefragt, ich hab mich einfach gehenlassen. Es tut mir leid, Ford, dass ich nicht fähig bin, mich zu …"

Er unterbrach ihre Entschuldigung, indem er mit der Fingerspitze über ihre Nase strich, und freute sich, als sich bei seiner absichtlich kitzelnden Liebkosung ihre Mundwinkel in einem Reflex ein winziges bisschen nach oben bogen.

„Noch nie ist jemand so für mich eingetreten. Nicht einmal meine Lehrer sind für mich eingetreten, die wissen mussten, wie kaputt meine Beziehung zu meinen Eltern war und wie sehr ich mich davor fürchtete, nach Hause zu gehen. Bestimmt, weil sie keine Blutergüsse sahen, dachten sie, dass es nicht so schlimm sein konnte. Und ehrlich gesagt, wenn ich von zu Hause weg war, also praktisch die meiste Zeit, habe ich es verdrängt, deshalb war es nicht so schlimm."

„Also bist du nicht böse auf mich, weil ich eine echte Szene und sie total zur Schnecke gemacht hab?"

Eine Million Menschen konnten seinen Namen aus dem Publikum rufen, aber nie würde er sich so geliebt fühlen, so geschätzt wie vorhin, als sie mitten auf dem

Gehsteig seinen Eltern die Hölle heißmachte.

„Ich liebe dich, Mia."

Das Feuer, die Besorgnis verschwanden sofort aus ihren Augen, nur um den Zweifeln über ihre gemeinsame Zukunft Platz zu machen. „Ford …"

„Und ich bin froh zu wissen, dass du unsere Kinder ohne zu ‚überlegen' genauso leidenschaftlich und ohne Rückhalt verteidigen wirst, wenn jemand glaubt, er könnte ihnen blöd kommen."

Sie kniff die Augen zusammen. „Ich weiß, worauf du hinauswillst. Du glaubst, weil ich stinkwütend wegen deiner Eltern bin, dass wir jetzt beste Freunde sind und du wieder über Ehe und Kinder zu reden beginnen kannst." Sie wirbelte aus seinen Armen. „Ich will, dass du weißt, dass ich mich erst wegen uns entscheiden muss. Du kannst so viel Süßholz raspeln, wie du willst, wie wunderbar unsere Kinder und unser gemeinsames Leben sein werden, ich werde mich deshalb nicht schneller entscheiden. Also kannst du gleich aufhören, so umwerfend und fantastisch zu sein und so verflixt gut zu riechen und mir so schöne Dinge zu sagen, wie sehr du mich liebst. Ich sag dir hier und jetzt, dass ich mich entscheiden werde, wenn ich bereit und willens bin und keinen Augenblick früher!"

Vielleicht hätte er über ihren Monolog nicht lachen sollen, aber sie sah so goldig aus, als sie ihn zurechtwies, dass er nicht anders konnte. Ein Knurren kam über ihre schönen Lippen, und als sie sich auf ihn warf, fing er sie in seinen Armen auf und hob sie hoch.

„Es ist eine warme Nacht für Seattle, findest du nicht?“

Er war so groß, dass er problemlos ihre Arme und Beine festhalten konnte, als er sie durch die Küche hinaus und zur hinteren Veranda trug. Das kühle Wasser würde perfekt sein, um die Bitterkeit, die nach der Begegnung mit seinen Eltern zurückgeblieben war, wegzuspülen. Er war an sie gewöhnt und wusste genau, was er sich bei den seltenen Gelegenheiten, wenn sie sich begegneten, von ihnen erwarten konnte, aber sie war völlig überrumpelt worden.

„Was zum Teufel machst du da, Rockstar?“

„Ich kühle mein hitzköpfiges Mädchen ab.“

Kapitel 26

Mia bekam große Augen, als sie begriff, dass er mit ihr direkt zum Pool ging. „Oh nein. Das machst du besser n…“

Er hielt sie bis zum allerletzten Augenblick, warf sie dann einen Meter ungefähr von sich weg, so dass ihre Arme und Beine nicht zusammenstoßen würden, wenn sie zusammen untertauchten.

Sie kam planschend und spritzend an die Oberfläche. „Jetzt kannst du dich auf etwas gefasst machen.“

Er ließ es gerne zu, dass sie sich auf ihn warf und als sie ihn hinunterdrückte, zog er sie mit sich in die Tiefe. Als sie dieses Mal an die Oberfläche zurückkamen, waren ihre Arme und Beine um ihn geschlungen und er küsste sie.

Das Wasser hatte zwar ihre Haut abgekühlt, ihre Lippen waren aber immer noch voll Hitze. Er hatte ihr bereits gesagt, wie viel es ihm bedeutete, dass sie zuvor für ihn eingetreten war … jetzt wollte er es ihr mit einem Kuss zeigen.

Er begann spielerisch an ihrer Unterlippe zu nibbeln, aber sie reagierte so leidenschaftlich mit einem leisen Stöhnen voll reinem, süßem Begehren, dass es unmöglich war, nicht über jeden Zentimeter ihres Mundes herzufallen, während seine Hände sie umfassten und streichelten und ihr noch mehr lustvolles Stöhnen entlockten. Und als ihn sein gieriges Verlangen übermannte, konnte er von ihrem Mund nicht genug bekommen, ihre Zunge an seiner. Er wollte nichts anderes, als ihr das Kleid abstreifen und ihre nassen Rundungen völlig entblößen, sie nackt zu haben, wie sie es vergangene Nacht unter der Dusche in seinem Tourneebus waren. Aber, wenn sie heute Nacht ihre Kleider ausziehen würden, gäbe es keine Möglichkeit, wieder aufzuhören.

Jedes Mal, wenn er sich zwang, sich von ihr zu lösen, glitt er näher an den Abgrund zum Wahnsinn. Es gab niemanden sonst, für den er willentlich den Verstand verloren hätte. Nur Mia. Und die Hoffnung auf eine Zukunft mit ihr, war jede schmerzvoll harte Erektion wert, die er in der vergangenen Woche hatte ertragen müssen.

„Schau einer an“, sagte sie, als sie ihm mit einer leicht zittrigen Hand die nassen Haare aus der Stirn strich, „so von dir eingenommen, dass du dir einbildest, du brauchst mich nur zu küssen, damit ich nicht mehr sauer auf dich bin.“

Trotz seiner rasenden Libido fiel es ihm leicht, sie anzugrinsen, da er sich mit der schönsten Frau der Welt in den Armen viel mehr als nur von sich eingenommen fühlte. „Okay, bist du noch sauer?"

Ihre Lippen zuckten, bevor sie schließlich gestand: „Nein, verflixter Kerl."

„In Wirklichkeit", sagte er, während er ihre nasse Haut in der Beuge ihres Halses beschnupperte, „ist es echt heiß, wenn du dich ärgerst. Vielleicht lasse ich es eines Tages zu, dass du dich im Schlafzimmer bei einem Streit über mich hermachst."

Vom Funkeln ihrer Augen konnte er sagen, dass ihr die Idee gefiel, sie sagte aber: „Wir haben uns nicht gestritten."

Er schnupperte an der anderen Seite ihres Halses. „Nein?"

„Nein. Ich hab dich einfach nur informiert, dass du dich wie ein Neandertaler verhältst."

Sie versuchte, seine Küsse wegzuwischen, musste aber kichern. Ganz zu schweigen von der Tatsache, dass ihr Neckholder-Kleid nicht dafür gedacht war, klatschnass zu werden und als sie sich in gespieltem Ärger ein Stückchen zurückbeugte, bekam er einen *fantastischen* Ausblick auf ihre vollen Brüste und harten Brustwarzen.

„Verflucht", sagte er und warf einen langen heißen Blick auf sie, „du bist hübsch."

Sie begaffte seine Schultern und Brust in seinem nassen T-Shirt, so wie er sie angeschmachtet hatte. „Ganz deinerseits, Rockstar."

Ihre Augen begegneten sich und beide begriffen

augenblicklich, dass sie am Rande eines Abgrunds balancierten. Entweder sie waren beide einverstanden, zusammen zu springen … oder sie mussten sich vollständig zurücknehmen.

Vor einer Woche hätte er es sich nicht zweimal überlegt und hätte diesen weichen Ausdruck in ihren Augen und den heißen Druck ihres Körpers gegen seinen ausgenutzt. Jetzt würde er es sich aber nie verzeihen, wenn er sie einen Schritt weiter drängen würde, als sie bereit war zu gehen.

Zum Glück knurrten jetzt ihr und sein Magen gleichzeitig. „Wie wäre es, wenn wir uns abtrocknen und endlich diese Pizza essen würden?"

Sie legte die Hände seitlich an sein Gesicht und küsste ihn, bevor sie sagte: „Du solltest dich vielleicht darauf vorbereiten, dass mein Kleid wahrscheinlich vollkommen durchsichtig geworden ist." Sie beugte sich vor. „Und ich trage nichts darunter", flüsterte sie in sein Ohr.

Sie stieß sich von seinen Armen weg und schwamm zum Rand. Der nasse, durchsichtige Stoff klebte an jedem Zentimeter ihres perfekten Körpers, als sie aus dem Pool stieg und zum Haus ging. Er bemühte sich – erfolglos – seine Erektion wenigstens ein winziges bisschen runterzukriegen und folgte dann ihrer nassen Spur ins Haus. Sie stand in seinem Schlafzimmer und trug eines seiner T-Shirts und ein Paar seiner Jeans.

Das graue T-Shirt hatte sie um ihre Taille geknotet und die Jeans mindestens zweimal um die Mitte und am Saum umgestülpt. Sie sah aus wie ein kleines Mädchen, das Verkleiden spielt und obwohl sein T-Shirt und die Jeans fast alle ihre Kurven verbargen, hatte Ford in seinem Leben noch nie etwas Schöneres gesehen.

Er hatte nur vorgehabt, sie zurückzugewinnen.

Ihm war nicht bewusst gewesen, dass sie ihm auch helfen würde, ihn von seiner Vergangenheit zu heilen, so dass sie nicht mehr schmerzte.

Sie warf ihm ein Handtuch zu, aber sah ihn nicht an. Bestürzt starrte sie auf die größer werdende Pfütze zu seinen Füßen. „Als Verkäuferin von schönen Häusern", sagte sie mit einer kleinen Grimasse, „kann ich es nicht ertragen, einen Boden so nass zu lassen. Es macht meine Eltern und Brüder verrückt, aber ich kann nicht anders." Sie glitt über den Boden, ein Handtuch unter jedem Fuß und wischte ihn sauber, während er sich abtrocknete und seine nassen Kleider gegen trockene austauschte.

Kurze Zeit später saß sie auf dem Sofa und hielt die Fernsteuerung des Fernsehers in einer Hand und eine Scheibe Pizza in der anderen. „Die Pizza ist kalt", informierte sie ihn, bevor sie sich ein riesiges Stück in den Mund steckte. Paprika und schwarzen Oliven kauend, sagte sie: „Wie gut, dass ich sie so am liebsten habe."

Als er sich neben sie setzte und sie eine lebhafte Debatte begannen, welchen Film sie sich ansehen sollten, war sich Ford absolut sicher, dass in Stadien zu spielen und in Privatjets um die Welt zu fliegen, um Mitglieder eines Königshauses zu treffen, diesem Abend nicht das Wasser reichen konnten, wie er mit seinem Mädchen auf seinem Sofa abhing und einen ganz bestimmt grauenhaften Film ansehen würde, den sie unbedingt schauen wollte.

⋆ ⋆ ⋆

Satt von der großen Pizza und den Flaschen Bier, die vorhersehbarerweise das Einzige in Fords riesigem supermodernem Kühlschrank waren, schmiegte sich Mia in seine Arme. Sie mühten sich beide durch einen Film, von dem sie gewusst hatte, dass er total blöd sein würde. Sie wollte ihn aber trotzdem sehen, weil sie im Moment nichts Emotionales oder zum Nachdenken Zwingendes gebrauchen konnte. Schlechte Witze und Typen, die ohne jeden Grund ständig umfielen, waren heute ihr Limit.

Ford hatte sie offenbar beide in den Pool befördert, um die Konfrontation mit seinen Eltern auszulöschen. Aber obwohl er sie mit seinen ständigen Kommentaren, die viel witziger waren als der Film, zum Lachen brachte – und auch wenn sie im Pool beide nass und glitschig waren und das wie immer ihr *Verlangen* geweckt hatte - schmerzte ihr Herz für ihn.

Vor einer Woche hatte sie geglaubt, ihn zu hassen. Aber was sie heute Nacht für Ford empfand, war sehr weit von Hass entfernt. Während der große Fernsehbildschirm allmählich verschwommen wurde, konnte sie sich nur darauf konzentrieren, was sie wohl tun konnte, um seine Wunden heilen zu helfen.

Sie war so in Gedanken verloren, dass sie überrascht war, als Ford ihr einen Kuss auf die Stirn drückte und sagte: „Ich wusste gar nicht, dass ein schwarzer Bildschirm so fesselnd sein kann."

Überrascht schreckte sie hoch. Sie hatte nicht nur das Ende des Films versäumt, sondern auch übersehen, dass er den Fernseher ausgeschaltet hatte, aber jetzt war sie wieder ganz bei ihm auf dem Sofa.

„Es tut mir leid, ich …"

Himmel, sie konnte ihm nicht sagen, was sie gerade gedacht hatte. Sie hatte vier Brüder und wusste genau, wie empfindlich ihr Stolz war. Auf keinen Fall wollte sie, dass Ford dachte, sie hätte irgendwie Mitleid mit ihm. Im Gegenteil, sie konnte ja sehen, wie stark er jetzt war.

Bei allem, was sie erreicht hatte, hatte sie die volle Unterstützung ihrer Eltern und Geschwister genossen.

Alles, was er erreicht hatte, hatte er trotz der Enttäuschung seiner Eltern erreicht.

Der Schmerz wurde größer, als sie sich in seinen Armen drehte, um ihre Arme um seinen Hals legen und sich enger an ihn schmiegen zu können. „Ich bin nur müde. Und dein Sofa ist echt bequem."

Es wäre so leicht, Ford zu überreden, sie heute Nacht zu lieben, um beide zu heilen und alles Schmerzende mit der Lust auszulöschen. Sie war nahe dran, jeden beliebigen Grund anzuführen, um mit ihm zusammen zu sein. Nachdem sie aber so lange gewartet hatte, wollte sie, dass ihr erstes Mal wieder voll Liebe sein sollte.

Nur Liebe.

„Ich weiß, dass du Samstagabend deine große Show hast", sagte sie langsam, während er ihr Haar streichelte und sie sich noch tiefer in seine Stärke und Wärme hineinkuschelte, „und ich weiß auch, dass du wahrscheinlich bis dahin sehr beschäftigt sein wirst, aber einmal im Monat gibt es bei meinen Eltern ein Freitagabendessen und ..."

„Ja." Er zog sie näher heran, so nahe, dass ihr der Atem in ihrer zusammengepressten Brust stecken blieb. „Ich würde gerne zu dem Abendessen bei deinen Eltern kommen."

Der Schmerz für ihn war immer noch in ihrem Herzen, aber plötzlich war da auch Freude. Sie lächelte, als sie sagte: „Ein paar meiner Brüder werden wahrscheinlich auch da sein. Sie sind beide deine Fans. Sie waren es wenigstens. Denn, wenn sie erst einmal erfahren, dass du mit ihrer Schwester ausgehst ..."

Er grinste auf sie hinunter, aber sie war sich ziemlich sicher, dass sie denselben Schmerz hinter seinem schönen Lächeln sehen konnte. „Ich werde alles tun, um sie und deine Eltern für mich zu gewinnen."

„Nein." Ihre Antwort war heftig. „Du kannst dich nicht für irgendwen ändern. Versprich mir, dass du du selbst sein wirst, egomanisch, Rockstar und der Rest."

Sein Versprechen kam in Form des zärtlichsten Kusses, den er ihr je gegeben hatte, ein Kuss, der sich weiter und weiter entfaltete zu mehr und mehr Lust mit jedem Atemzug, den sie voneinander nahmen. Sie wollte sich ihm ganz ergeben und wollte alles von ihm fordern. Sie wollte sich völlig in ihm verlieren, in der wilden Lust nackter Haut an nackter Haut, in geflüsterten Versprechen von nie endender Lust, die sich wieder und wieder bewahrheiten würden.

Bald. Sie wusste es tief in ihrem Inneren. Bald würden sie sich lieben. Nicht nur, weil es ihre Körper forderten, sondern weil ihre Herzen keinen Rückhalt mehr zulassen würden.

Und das machte erstaunlicherweise das Warten vor dem Sündigen noch süßer.

Obwohl sie also wusste, dass ihr Verlangen nach Ford schmerzhaft und verzweifelt sein würde, wenn er sie später zu ihrer Wohnung zurückbrachte, so genoss sie doch jede Sekunde, in der sie auf der Couch mit dem Freund knutschte, in den sie sich gerade Hals über Kopf verliebte …

Kapitel 27

Als sie am Freitagabend den Gartenweg zum Eingang ihres Elternhauses hinaufgingen, ließ Mia ihre Hand in die Fords gleiten. Er hielt einen riesigen Rosenstrauß in der anderen Hand, der ihre Mutter bestimmt ausflippen lassen würde.

„Ich hab noch nie jemanden meiner Familie vorgestellt", sagte sie zu ihm und ihr Hals war vor Emotion wie zugeschnürt.

In diesem Augenblick öffnete ihr Vater die Eingangstür und sagte: „Schnuckelchen, da bist du ja." Er zog sie für eine lange Umarmung an sich, als wäre es viel länger als nur eine Woche her, seit sie sich bei der Hochzeit gesehen hatten. Als Mia endlich quiekte: „Daddy", zog auch ihre Mutter sie in eine Umarmung. Sie atmete wie immer den tröstlichen Zitronenduft des Shampoos ihrer Mutter ein, das sie, seit sie sich erinnern konnte, verwendete. Mia hatte sich immer für eine unabhängige Frau gehalten, aber in Wirklichkeit fühlte sie sich ein bisschen verloren, wenn sie mehr als ein paar Wochen ihre Eltern und Brüder nicht sah.

„Ich möchte euch meinen Freund Ford vorstellen.“ Als er das Wort *Freund* hörte, drückte Ford ihre Hand. „Eigentlich“, wollte sie klarstellen, „ist er mein Freund und mein Boyfriend.“

Sie fühlte sich fast wieder wie ein Teenager. Trotz all dem, was sie und Ford bereits vor Jahren im Bett getan hatten, brachten die langen Gutenachtküsse dieser Woche eine überraschende Unschuld in ihre jetzige Beziehung.

Ford schüttelte ihrer Mutter und ihrem Vater die Hand. „Ich freue mich, sie endlich kennenzulernen, Mrs. Sullivan und Mr. Sullivan. Sie haben eine wunderbare Tochter großgezogen.“

Genau, wie sie es erwartete hatte, konnte Mia sehen, dass ihr Vater eine Weile brauchen würde, um sich eine Meinung zu dem Rockstar zu bilden, der versuchte, das Herz seiner Tochter zu gewinnen, aber ihre Mutter war sofort von ihm verzaubert. „Ich freue mich so, Sie kennenzulernen, Ford. Und Mia ist die beste Tochter, die ich mir hätte wünschen können.“

„Gleichfalls, Mom.“

Ihre Mutter ging die Blumen einwässern und ihr Vater machte sich Richtung Küche auf, um Bier aus dem Kühlschrank zu holen, als ihr Bruder Adam durch die Eingangstür kam.

„Hey, Mia.“ Er küsste sie auf den Scheitel, aber blickte dabei durch das Fenster auf die Straße. „Sieht so aus, als wäre ein Big Shot in der Nachbarschaft eingezogen mit seinem schicken W…"

Er sprach das Wort nicht zu Ende, als er endlich bemerkte, dass Ford neben ihr stand. Mia hätte beinahe über seinen Ausdruck fassungsloser Überraschung losgekichert, als ihr Bruder sich unerwartet in seinem Elternhaus seinem Musikidol gegenüberfand … besonders, als er den Blick senkte und sah, dass Mia Fords Hand hielt.

„Adam", sagte Mia, „Ich glaube nicht, dass du Ford auf Marcus' und Nicolas Hochzeit kennengelernt hast. Ford, das ist mein zweitältester Bruder."

„Schön, dich endlich kennenzulernen", sagte Ford leichthin.

Aber anstatt die Hand auszustrecken, um Fords Hand zu schütteln, konnte Mia sehen, wie sich die Rädchen im Kopf ihres Bruders drehten, während er zwischen ihnen einmal, dann noch einmal hin- und hersah. „Ihr habt euch letztes Wochenende auf der Hochzeit kennengelernt?"

„Nein", sagte Mia mit einem fröhlichen Lächeln und schlang dabei einen Arm um Ford, um sich an ihn zu lehnen. „Wir haben uns vor fünf Jahren kennengelernt. Du weißt schon, junge verrückte Liebe und so weiter. Wir haben uns dann bis ein paar Tage vor der Hochzeit nicht mehr gesehen, als Ford mich kontaktierte, damit ich ihm ein Haus in Seattle finde."

„Vor fünf Jahren? Junge Liebe?" Adam, der Arme, sah aus, als würde ihm gleich eine Ader platzen. „Was zum

Teufel, Mia? Wir haben seine Songs tausendmal im Radio gehört und du hast nicht einmal erwähnt, dass du ihn kennst."

„Es tut mir leid, dass ich nichts gesagt habe. Aber die Vergangenheit zählt nicht", sagte Mia zu ihrem Bruder. Und das meinte sie auch. „Alles, was du zu wissen brauchst, ist, dass wir jetzt zusammen sind."

Aufgrund der Art, wie ihr Bruder Ford jetzt hitzig – und grenzwertig tödlich – anstarrte, konnte Mia erkennen, dass ihr Bruder, um sie zu beschützen, seine Wertschätzung für Fords Musik vollkommen weggedrängt hatte.

In diesem Augenblick wurde die Küchentür zugeknallt und sie wusste, dass Dylan eingetroffen war. Er kam schliddernd im Türrahmen zwischen Küche und Wohnzimmer zum Stillstand, als er Ford da stehen sah. Dylan sah aus, als käme er direkt aus dem Wasser und blickte mit einem Stirnrunzeln zwischen Mia und Ford hin und her, bei jedem Mal wurde sein Blick finsterer.

„Ford, das ist mein Bruder Dylan. Dylan, das ist mein …"

„Boyfriend", knurrte Adam hinter ihr.

Ihr großer tougher Matrosenbruder sah aus, als würde er gleich seine Zunge verschlucken. *„Er* ist *dein* Boyfriend?"

„Wow", sagte sie lachend, „es freut mich, dass ihr glaubt, ich sei so kostbar."

„Himmel, Mia, darum geht es nicht. Du bist super. Aber er ist …"

„Ein gottverfluchter Rockstar", informierte Adam wieder.

„Wenn einer von euch auf mich einprügeln möchte, um es loszuwerden", erbot sich Ford, „mach ich mit."

„Sei nicht lächerlich", sagte sie zu Ford, bevor sie ihre Brüder zornig anstarrte. „Ich bin sicher, meine überfürsorglichen Brüder werden schon ihrer Schwester zutrauen, dass sie *etwas* Geschmack hat – und dass sie erst einen Mann mit nach Hause bringt, wenn sie einen gefunden hat, der es verdient. Stimmt's Jungs?"

Dylan gab zuerst auf. „Ich brauch ein Bier." Bevor er entwischen konnte, kam ihr Vater mit ausreichend Bierflaschen für alle zurück.

Als Adam sein erstes Bier in einem langen, deutlich irritierten Schluck hinuntergoss, sagte Mia zu Ford: „Komm, wir wollen nachsehen, ob meine Mom Hilfe braucht."

„Mrs. Sullivan", sagte Ford, als sie in die Küche gingen, „alles riecht lecker."

„Nennen Sie mich Claudia, bitte."

Mia konnte es sich nicht verkneifen, in die Salatschüssel zu greifen und eine kandierte Walnuss herauszuholen. „Hier, koste. Sie röstet sie selbst."

Ford machte ein Geräusch, das Mia und ihrer Mutter klarmachte, wie gut er die kleine süße Nuss fand. „Claudia, womit kann ich helfen?“

„Könnten Sie und Mia vielleicht den Tisch fertig decken?“

Noch vor einer Woche hatte Mia Ford einen ichbezogenen Egomanen genannt. Jetzt wusste sie, dass in Ford kein Quäntchen einer Rockstar-Primadonna war, die erwartete, sich zurücklehnen zu können und bedient zu werden. Im Gegenteil. Mia bekam den Eindruck, dass es ihm echt Spaß machte, die bunten Teller und hübschen Gläser aus geblasenem Glas auf den Tisch zu stellen.

Adam ging finster blickend an ihm vorüber und Mia beschloss, dass sie sich ihn besser gleich vorknöpfte, bevor er sie so weit brachte, dass sie über den Tisch springen und ein bisschen Hirn in ihn hineindreschen musste.

„Ich hab das Zeugs für dich im Wagen, Adam.“

„Zeugs? Was für Zeugs?“, aber er folgte ihr durch den Eingang hinaus.

„Dieses Zeugs.“ Sie boxte ihn so kräftig in den Oberarm, dass er vor Schmerz zusammenzuckte. „Dafür, dass du mit meinem Gast so idiotisch umspringst. Bis vor fünfzehn Minuten warst du Fords größter Fan.“

„Das war, bevor ich gewusst hab, dass er mit meiner Schwester herumvögelt.“

„Wirklich? Du glaubst, ich bin ein so armes Hascherl, dass ich die Männer mit mir herumvögeln lasse?"

„Du weißt, dass ich das nicht gesagt habe."

„Dann solltest du vielleicht versuchen, es anders zu sagen."

Er fuhr sich mit der Hand durch die Haare und war offensichtlich wegen dieser unerwarteten Situation frustriert.

„Dieser Kerl hat die ganze Welt auf einem Silbertablett, wenn er will."

„Dasselbe gilt für Smith", hielt sie entgegen, „und du behandelst ihn nicht wie den Abschaum der Erde, nur weil er es wagt, in deiner Gegenwart zu atmen."

Ihre Logik irritierte ihn eindeutig und er warf einen finsteren Blick Richtung Wohnzimmer. „Ich bin mit Smith aufgewachsen, ich kenne Ford nicht. Ich weiß nicht, wie er Frauen behandelt."

Sie wusste, dass sie nicht wütend auf ihren Bruder sein sollte. Sicher übertrieb er es mit seinem Beschützerinstinkt wie auch Ian auf der Hochzeit, aber sein Herz war auf dem rechten Fleck. „Gib ihm heute Abend eine Chance, Adam. Für mich. Weil ich ihn gernhabe."

Er musterte sie genau. „Wie gern, Mia?"

„Sehr." Sie hatte nicht einmal überlegen müssen, hatte nicht gezögert. Aber Adam sah nicht glücklicher aus, im Gegenteil, sein düsterer Blick wurde sonderbarerweise noch finsterer. „Adam?"

„Als du zur Welt kamst, konnte ich es nicht

glauben, wie winzig du warst. Wir waren beim Spielen immer ziemlich wild, aber mit dir …“

„Ihr habt dafür gesorgt, dass ich mir nicht wehtat, und dafür liebe ich euch. Aber jetzt sind wir nicht mehr auf dem Spielplatz und ich glaube nicht, dass du es kontrollieren kannst, ob ich dieses Mal verletzt werde oder nicht.“ Sie drückte einen Kuss auf seine Wange. „Tut mir leid, dass ich dich verdroschen habe. Jetzt wünschst du dir wahrscheinlich, dass du mir keine so solide Gerade beigebracht hättest, nicht wahr? Ich bin ziemlich sicher, dass das anschwellen wird.“

Sie freute sich, dass er lachte, als er ihr nach drinnen folgte.

* * *

„Wie lange kennen Sie Nicola schon, Ford?“

Mia hatte gewusst, dass sie auf ihre Mutter zählen konnte, dass sie das Eis brechen würde, während alle ihre vollen Teller attackierten.

„Vor ein paar Jahren war ich in einer ihrer Shows und war wirklich beeindruckt. Als sie begann, die Gitarre zu spielen, hatte ich sofort die ersten Akkorde und den Text eines Songs im Kopf, den wir zusammen schreiben würden.“ Er lachte über sich. „Sie hat dann diese Akkorde und den Text genommen und sie natürlich tausendmal besser gemacht. Es war eine Ehre für mich, auf ihrer Hochzeit zu sein.“

„Ich erinnere mich, als Mary mich nach einem

Familienessen in Palo Alto anrief, bei dem Marcus vor ihnen allen seine Liebe für Nicola erklärt hatte", sagte Claudia. „Es war offenbar wirklich süß."

Mia konnte Fords Augen auf sich fühlen, und weil sie seine Gedanken lesen konnte, warf sie ihm einen Blick zu, der besagte: *Wage es ja nicht, Rockstar.* Als Antwort grinste er, was ihre Bedenken, er könnte auch Marcus mit ihr spielen, keineswegs verscheuchte. Solche Dinge klangen so romantisch. Sie hatte zwar mit Adam draußen einen kleinen Plausch geführt, war sich aber nicht sicher, wie er mit einer großen Liebeserklärung vor ihnen allen heute Abend umgehen würde.

„Sie sind eine großartige Familie. Mia hatte mir schon gesagt, wie nahe Sie sich alle stehen, aber es auf der Hochzeit mit eigenen Augen zu sehen, war beeindruckend." Mit einem entspannten Grinsen wandte er sich an ihre Brüder und sagte: „Adam, Mia hat mir erzählt, dass du mit historischen Häusern zu tun hast. Und Dylan, du entwirfst Segelboote, nicht wahr?"

Da wusste Mia, dass es immer einen Platz für ihn am Tisch ihrer Mutter geben würde. Und als er Dylan und Adam trotz ihres holprigen Starts zum Reden brachte, war sie beeindruckt, wie gut Ford zu ihrer Familie passte … und wie sehr er in ihrer Gesellschaft aufzublühen schien.

Kapitel 28

„Ich bin wirklich froh, dass du Ford heute mitgebracht hast, um ein wenig Zeit mit uns zu verbringen", sagte Mias Mutter zu ihr, als sie in die Küche gingen, um den Apfelkuchen aufzuwärmen, den Claudia zum Dessert gemacht hatte. „Ich finde ihn sehr nett, Liebling. Er scheint ein guter Mann zu sein."

Mia freute sich, dass ihre Mutter weder Fords Talent noch seinen Ruhm erwähnte. Sie hatte nicht etwas wie *„Wenn man bedenkt, wie reich und erfolgreich er ist, ist er ein netter Mann"*, gesagt. Claudia beurteilte nur den Mann, der er in seinem Innersten war und wie er ihre Tochter behandelte. Es gab sehr wenige Menschen, für die Fords Karriere und sein Bankkonto nicht wichtig waren, aber Mias Mutter zählte zu ihnen.

„Danke, dass du heute Abend so nett zu ihm warst, Mom. Besonders, da Dad und die Jungs am Anfang so rau mit ihm umgesprungen sind. Ford hat keine sehr liebevolle Familie gehabt und ich glaube, es bedeutet ihm viel, heute Abend mit uns allen zusammen zu sein."

„Er ist der erste Mann, den du mit nach Hause

bringst. Das ist ja ein Zeichen, dass er dir besonders viel bedeutet, aber ich hatte es auch auf der Hochzeit erkennen können, als ich euch zusammen sah."

Mia hatte gerade nach den sauberen Gabeln gegriffen und hielt auf halber Strecke inne. „Du hast letztes Wochenende bemerkt, dass etwas zwischen uns war?"

„Du hast die Männer, mit denen du ausgingst, immer verspielt, kokett angesehen. Sie konnten ihren Blick nicht von dir abwenden, aber für dich war es nie ein Problem wegzuschauen. Ford ist der einzige Mann, was ich bis jetzt so gesehen habe, bei dem du immer seine Blicke erwidern musstest. Aber es ist nicht nur sein gutes Aussehen, das dich an ihm anzieht, oder?"

„Nein. Aber wenn ein Typ aussieht wie er, ist es schwer sich zu erinnern, warum man auch nur versuchen sollte, ihm zu widerstehen."

„Was glaubst du, macht dich glücklicher, Liebling? Dass es dir gelingt, deinen Gefühlen für ihn zu widerstehen?" Die Augen ihrer Mutter waren warm und verständnisvoll. „Oder deinen Gefühlen nachzugeben, wenn er bei dir ist?"

Es war ein Segen und ein Fluch, dass ihre Mutter Röntgenaugen für die Gefühle ihrer Kinder zu haben schien. Einerseits bedeutete es, dass sie immer für ihre Kinder da war, sogar bevor sie akzeptierten, dass sie ihre Hilfe brauchten. Andrerseits war es vollkommen unmöglich, die Wahrheit vor ihr zu verbergen.

Das war auch der Grund, wie Mia sich jetzt bewusst wurde, weshalb sie vor fünf Jahren Ford nicht mit nach Hause genommen hatte. Nicht nur, weil sie nicht einmal auf ein paar kostbare Stunden in seinen Armen verzichten wollte, sondern, obwohl sie Hals über Kopf in ihn verliebt war, sie gewusst haben musste, dass keiner von beiden schon bereit war, den anderen wahrhaft zu lieben. Ihr Vater und ihre Brüder wären genauso beschützerisch gewesen wie heute Abend … aber ihre Mutter würde auch den ganzen Rest gesehen haben.

Ihre Mutter hatte aber noch nie versucht, weder in der Liebe noch in ihrer Karriere, sie auf die eine oder andere Weise zu beeinflussen. Claudia unterstützte einfach alle ihre Kinder, egal, in welche Richtung sie gehen wollten. Auch wenn sich diese Richtung manchmal letztendlich als Fehler entpuppte.

„Als er vor einer Woche in mein Leben zurückgekommen ist, habe ich geglaubt, genau zu wissen, wer er war. Aber er überrascht mich ständig positiv. Ich bin glücklich mit ihm, Mom, soviel glücklicher als ich es je war. Aber …“ Sie unterbrach sich, weil sie nicht wusste, wie sie ihre Gefühle in Worte kleiden sollte. „Aber ich weiß nicht, warum das so ist – je glücklicher ich mich fühle, wenn ich mit ihm zusammen bin, desto mehr Angst bekomme ich, dass ich mich in diesem Glück verliere.“

„Ich hatte genau dieselbe Angst mit deinem Vater“,

sagte ihre Mutter und streichelte über ihr Haar. „Ich hatte Angst, meiner Liebe zu ihm ganz nachzugeben, für den Fall, dass etwas schieflief und uns auseinanderbrachte. In Wirklichkeit, Liebling, geht immer etwas schief, aber die Dinge laufen auch richtig. Letztendlich bin ich mir bewusst geworden, dass es keinen anderen gab, mit dem ich diese guten und schlechten Zeiten teilen wollte."

Claudia hatte die Arme um sie geschlungen und Mia war glücklich, dass sie so umarmt wurde. „Ich weiß nicht, warum ich mit dir nicht schon früher darüber gesprochen habe. Ich hätte dir erzählen sollen, was vor fünf Jahren zwischen uns passiert ist, aber ich habe mich so angestrengt, es vor allen zu verbergen."

„Wenn du mich fragst, es ist ganz natürlich, dass wir uns umso mehr verschließen, je stärker unsere Gefühle sind und sich die ganze Welt um einen anderen zu drehen beginnt. Wir sind sicher, dass kein anderer verstehen kann, wie es ist, so sehr zu lieben, stimmt's?"

In den letzten paar Tagen hatte Mia mehr und mehr akzeptiert, dass ihre Gefühle für Ford echt waren. Und dass sie Bestand haben konnten.

Heute Abend, beschloss sie, würde sie ihm endlich alles sagen, was sie in ihrem Herzen fühlte. Sie würde sich nicht mehr zugestehen, vor dem Gelingen und dem Scheitern, vor Gut und Böse Angst zu haben, solange sie ihren besten Freund an ihrer Seite hatte.

„Er braucht eine Familie.“ Mias Herz brach von Neuem, als sie an den Mann und die Frau dachte, die sie am Vortag getroffen hatte und die zu dumm waren, um zu begreifen, welch wunderbaren Sohn sie mit Ford hatten. „Er hatte nicht so ein Glück wie ich, euch alle zu haben. Das wünsche ich mir für ihn.“ Sie streckte die Hand nach ihrer Mutter aus, sie musste sie wissen lassen, wie sehr sie ihre Unterstützung schätzte, ihre Ermutigung und die bedingungslose Liebe, die Claudia ihr seit dem Tag ihrer Geburt geschenkt hatte. „Ich liebe dich, Mom.“

„Ich liebe dich auch, mein Schatz. Und auch wenn Ford, als er aufwuchs, keine wunderbare Familie hatte, so hat er trotzdem großes Glück.“

„Meinst du seinen Erfolg?“

„Nein.“ Die Augen ihrer Mutter waren voll Gefühl für ihre Jüngste. „Weil er nicht nur deine Freundschaft, sondern auch deine Liebe besitzt. Jetzt musst du ihm nur mehr dein Vertrauen schenken.“

Ja, dachte Mia, denn die Worte ihrer Mutter waren wahr. Als sie ihn im Kreis ihrer Familie beobachtete, war es, als hätte sie das letzte Puzzleteil an seinen Platz gelegt. Ein Teil, dessen Platz sich eindeutig fand, was ihr aber bis heute Abend entgangen war.

Denn wenn sie ihm Vertrauen schenken konnte, was ihre Geheimnisse, ihren Körper und ihre Familie anging, dann konnte sie ihm auch mit ihrem Herzen vertrauen.

* * *

Sogar nach der Hochzeit in Napa am vergangenen Wochenende, wo Ford sehen konnte, wie nahe sich die Sullivans standen, war dieses Familienessen mit Mias Eltern und zweien ihrer Brüder eine echte Offenbarung. Es war alles so normal, so einfach – von den bunten Tellern bis zum Tisch und den Stühlen, die Max selbst gezimmert hatte und hin zum Hund mit der grauen Schnauze, der auf einem Kissen in der Ecke schnarchte. Er konnte sehen, woher Mia ihre tollen Wohnideen hatte, insbesondere, was Farben und Familienfotos auf jedem Tisch und jeder Wand anging. Ford gefielen ganz besonders die Bilder von Mia, wie sie aufwuchs von einem schönen Baby, zu einem süßen kleinen Mädchen mit Zöpfen und Zahnlücken zu einem umwerfenden Teenager, fein herausgeputzt für ihren Abschlussball. Er war schon auf Tour, als sein Abschlussball anstand, und hatte keinen Gedanken daran verloren. Jetzt fragte er sich, wie es wohl gewesen wäre, mit einem Mädchen wie Mia Sullivan an seinem Arm hinzugehen.

Aber er wusste bereits, wie großartig es gewesen wäre, der glücklichste Kerl auf Erden zu sein … weil er sich jetzt genauso fühlte, jede Sekunde, in der sie zusammen waren.

Am meisten überraschte ihn, wie unbefangen die Sullivans miteinander umgingen. Während des ganzen

Abendessens hatte es so viel zu lachen gegeben, freundliches Geplauder und gegenseitige Unterstützung. Es erinnerte Ford in vielerlei Hinsicht an die Art, wie sein Team und seine Band miteinander umgingen, wenn sie monatelang auf Tournee waren.

Dieser Gedanke überraschte ihn und er hielt inne. Die ganze Zeit über hatte er gedacht, dass er keine Familie hatte. Hatte er sich eine neue mit anderen Musikern geschaffen? Er hatte zwar viele Bier mit ihnen getrunken und Nächte mit ihnen im Backstage-Bereich um den Pokertisch gesessen, aber er hatte keinem von ihnen so vertraut, wie Mia es ihm in dieser Woche gezeigt hatte.

„Du verbringst viel Zeit auf Tournee, nicht wahr?“, fragte Adam, sobald sich die Tür hinter Mia und ihrer Mutter geschlossen hatte.

Ford wandte seine Aufmerksamkeit wieder Mias Bruder zu. Er nickte und sagte: „Ich habe den Großteil der letzten zehn Jahre auf Tournee verbracht.“

„Und wann soll’s wieder losgehen?“ Adam war während des Essens ein wenig aufgetaut, aber offensichtlich noch immer bereit, für seine Schwester in den Ring zu steigen.

„Ich hab ziemlich viel zu tun mit dem Musik-Camp für Kinder, das ich hier in der Stadt aufbaue. Ich plane nicht, bald wieder auf Tournee zu gehen.“ Er wusste aber, was Adam dachte, nämlich, dass Ford mit Mia herumspielte, solange er in der Stadt war. Es gab nur eine Möglichkeit, ihren Brüdern zu beweisen, dass er es ernst mit ihr meinte. „Aber der Hauptgrund, warum ich nicht wieder auf Tournee gehe, ist, weil ich hoffe, eure Schwester zu überzeugen, mich zu heiraten."

„Dich zu heiraten?" Adam warf seinem Bruder und Vater einen schnellen Blick zu. Max wirkte nicht besonders überrascht, aber Ford war sich nicht sicher, ob er wirklich erfreut war. „Wie gut habt ihr beide euch vor fünf Jahren gekannt?"

Mia hatte wieder und wieder gesagt, dass die Vergangenheit nicht zählte, aber Ford plante trotzdem für den Rest seines Lebens, diese Vergangenheit wiedergutzumachen, ihr gegenüber und allen, die sie liebten. „Ich habe Mia vom ersten Augenblick an geliebt, ich war aber jung und dumm."

Dieses Mal knurrte Dylan: „Hast du sie mit einem Groupie betrogen?"

„Nein. Aber nur, weil ich sie nicht betrogen habe, heißt das nicht, dass ich sie verdient hätte."

Endlich ergriff Max Sullivan das Wort. „Was lässt Sie glauben, dass Sie es jetzt verdienen, mit meiner Tochter zusammen zu sein?"

Ford hatte vermutet, dass Max ein toller Vater war, einfach, weil Mia ihn so anbetete. Er hatte den Mann sofort gemocht, aber während des Abendessens war sein Respekt für Max noch gewachsen. Er hatte nicht nur fünf wunderbare Kinder großgezogen, es war ihm auch gelungen, die Liebe zu seiner Frau während vier

Jahrzehnten am Leben zu halten.

Fords Eltern waren das gegenteilige Beispiel von guten, liebevollen Eltern. Er hoffte, dass er noch viele Möglichkeiten haben würde, Max und Claudia zu beobachten und von ihnen zu lernen.

„Ich weiß, dass Sie denken, dass niemand für Ihre Tochter gut genug sein wird. Und Sie haben recht – sie verdient einen besseren Mann als mich. Aber ich kann Ihnen versprechen, dass sich niemand je mehr ins Zeug legen wird, um sie zum Lächeln zu bringen. Kein anderer Mann wird je ihre Träume so sehr unterstützen wie ich. Und ich will sie jeden Tag meines Lebens mehr und mehr lieben."

Wieder tauschten die Brüder und der Vater einen Blick, bevor Adam sagte: „Erwartest du, dass wir dir glauben, dass du alles für sie aufgeben willst?"

Ford hatte sich den ganzen Abend mit Mias Bruder beherrscht. Jetzt hielt er sich nicht mehr zurück, als er sich vorlehnte und knurrte: „Deine Schwester ist schön. Sie ist intelligent. Sie ist durch und durch loyal gegenüber ihren Freunden, Angestellten und ihrer Familie. Und ich würde keinen Augenblick zögern, alles aufzugeben, was ich habe, wenn ich dafür den Rest meines Lebens mit ihr verbringen kann."

Die drei Männer schwiegen einige lange Augenblicke, während sie ihn musterten, um zu sehen, wie aufrichtig er war. Schließlich sagte ihr Vater: „Als Mia geboren wurde, wusste ich, obwohl ich schon vier

Kinder hatte, dass ich mich auf etwas gefasst machen konnte. Ich hab nicht nur den Mumm und die Intelligenz in ihren Augen gesehen, sondern auch wie schön sie war und ich hab die Gefahr gesehen, dass Männer sie ausnutzen, sie verletzen könnten, Männer, die nur ihre Schönheit sahen und sich mit ihr schmücken wollten."

Vor fünf Jahren hatte sich Ford wenigstens zum Teil auf diese Weise schuldig gemacht. Er hatte aber schon vor ihrer Familie seine Idiotie gebeichtet und schwieg, bis ihr Vater fortfuhr.

„Ich hatte mir an jenem Tag vorgenommen, dass ich Mia vertrauen würde, dass sie die richtigen Entscheidungen trifft und mit unserem Beispiel wollte ich ihr zeigen, dass sie immer auf die größte und stärkste Liebe bestehen musste." Max Sullivan hob sein Glas. „Ich will nicht sagen, dass es leicht sein wird, mein kleines Mädchen ziehen zu lassen und zu wissen, dass ich nicht länger der erste Mann bin, an den sie sich wendet. Wenn aber jemand meinen Platz einnehmen soll, dann bin ich froh, dass Sie es sind, Ford."

Bevor Ford aussprechen konnte, wie viel ihm Max' Vertrauen bedeutete, nachdem sie mit den Gläsern kurz angestoßen hatten, kamen Mia und ihre Mutter mit einem riesigen warmen Apfelkuchen und sechs Gabeln in den Händen zurück. Auch, wenn Mias Vater nicht gerade gesagt hätte, dass er mit ihrer Beziehung einverstanden war, hätte er es daraus schließen können, wie sich jeder über den Kuchen hermachte und annahm, dass er wie alle anderen um die Apfelstücke in der Mitte des Kuchens kämpfen würde … und dann, wie Mia sich zu ihm herüberlehnte, noch halb am Kauen und ihn vor den Menschen, die sie am meisten liebte, küsste.

Bevor er die Augen schloss und Mias Kuss erwiderte, bemerkte Ford, wie Max und Claudia Sullivan sich anlächelten.

Kapitel 29

Gewöhnlich hatte es Mia nicht so eilig, nach einem Freitagabendessen aus ihrem Elternhaus rauszukommen, aber heute Abend sprang sie von ihrem Stuhl hoch, sobald das letzte Apfelstück aus der Kuchenform herausgekratzt war, und riss Ford mit sich hoch.

„Danke für das Abendessen. Es war spitze. Ich verspreche, dass ich das nächste Mal den ganzen Abwasch mache!" Sie ließ Fords Hand gerade lange genug los, um ihrer Mutter und ihrem Vater einen Kuss zu geben und ihre Brüder zum Abschied zu umarmen. Ford hatte kaum Zeit, sich ebenfalls zu bedanken, als sie ihn schon aus dem Speisezimmer, durch das Wohnzimmer und zum Eingang zerrte. „Ich liebe euch, Leute, und morgen Abend sehen wir uns alle bei der Show."

Bevor jemand aus ihrer Familie etwas tun oder sagen konnte, was ihren Abschied hinausgezögert hätte, öffnete sie die Eingangstür, schob Ford hinaus und schlug sie hinter ihnen zu.

„Mach schon!", drängte sie Ford, während sie schneller, als sie es je in ihren High Heels zuwege gebracht hatte, losrannte und sich auf den Beifahrersitz seines Wagens warf. Er saß kaum hinter dem Lenkrad, als sie sein Shirt vorne packte und ihm einen irre heißen Kuss gab. Er schmeckte nach Äpfeln und Bier und *Ford*. „Auch, wenn ich weiß, dass meine ganze Familie jetzt am Fenster steht und uns beobachtet, wenn du den Motor nicht in den nächsten paar Sekunden anlässt, werde ich dich anspringen."

Sein Grinsen war zugleich strahlend glücklich und sinnlich dunkel, als er den Wagen startete. Als er halb draußen in die Straße einbog, hatte sie die Hälfte der Knöpfe seines Hemdes geöffnet.

Er legte eine Hand über ihre beiden und hielt sie fest an seiner Brust. „Sag mir, wo es einen dunklen Platz gibt, wo ich parken kann. Und mach schnell, sonst verhaften sie uns beide wegen unsittlicher Handlungen in der Öffentlichkeit."

Jedes Quäntchen in ihr wurde bei dieser sinnlichen Drohung und dem Hard-Rock-Herzschlag unter ihren Händen erregt. „Bieg' jetzt rechts ab. Da links, jetzt wieder rechts." Bei jedem Mal Abbiegen gab es weniger Häuser und Straßenbeleuchtung, bis sie das Viertel verließen, die Bäume dichter wurden und sie den Wald erreichten. „Fahr jetzt geradeaus, bis wir das Ende der Straße erreichen."

Sie waren vollständig von Dunkelheit umgeben, als Ford den Motor abschaltete. Sie sprang über den Schaltknüppel auf seinen Schoß. Es war zwar recht eng zwischen dem Lenkrad und seinem Sitz, sie genoss aber trotzdem den harten Druck seiner Muskeln an ihren Kurven.

Sie liebte es, wie hart er zwischen ihren Schenkeln war, wie hungrig seine Hände waren, als sie von ihren Brüsten zu ihren Hüften strichen und dann wieder in einem ruhelosen Schema der Lust zurück. Obwohl es schon stockdunkel im Auto war, schloss sie die Augen, während sie ihr Becken an seinem wiegte, um jedes Quäntchen ihrer Konzentration auf die Lust zu lenken, die sie in Wellen überkam.

Ihre Hände waren in seinen Haaren, ihre Wange drückte sich an seine, während ihr Kleid unter seinen Händen hochgerafft wurde – da hielt er abrupt inne und hielt ihre Hüften fest, um sie stillzuhalten.

„Mia."

Sie war so froh, dass er gerade ihre nackte Haut gefunden hatte, und informierte ihn: „Ich habe meinen Slip vor dem Dessert ausgezogen."

„Du", sagte er, während seine Hände langsam unter ihren Rock glitten, um ihre nackten Hüften zu streicheln, „bist ein unartiges Mädchen."

Das sündhafte Gefühl seiner Fingerspitzen, die ihre empfindliche Haut auf der Innenseite ihrer Schenkel streichelten, ließ ihr Lachen rauchig werden, als sie ihn drängte: „Sei unartig mit mir, Ford."

„Es ist so weit gekommen", sagte er mit einer vor Lust und Gefühl rauen Stimme, „dass ich jede verflixte

Minute eines jeden Tages eine neue Fantasie mit dir habe. Wie ich dir die Kleider ausziehe. Wie du mich anflehst, dass ich dich küsse, dich berühre. Aber …“

„Die ganze Woche hast du mich gereizt“, knurrte sie an seinem Mund, bevor sie fest an seiner Unterlippe nibbelte. „Es ist Schluss damit, Ford.“

„Schluss womit?“

Der Mond über ihnen schien nicht hell genug, dass sie seine Augen hätte sehen können, sie hörte aber die Anspannung – und Hoffnung – aus seiner Frage heraus.

„Schluss mit Zweifeln an dir.“ Sie hielt sein Gesicht zwischen ihren Händen und drehte es leicht, so dass sie einen Kuss auf eine Wange drücken konnte. „Es ist Schluss mit der Angst vor meinen Gefühlen für dich.“ Sie küsste seine andere Wange. „Und ich habe mich in meinen besten Freund verliebt.“

„Erkläre mir, was du da sagst.“ Seine Worte waren rau anstatt zärtlich. „Erkläre mir *genau*, was du sagst, Mia.“

„Ich weiß, wir können die Vergangenheit nicht auslöschen, aber in dieser ersten Woche, bevor alles implodierte, hatten wir so viel Gutes, dass ich nicht glaube, ich würde es auslöschen wollen, selbst, wenn wir es könnten. In dieser Woche habe ich gesehen, wie eine Zukunft mit dir sein könnte.“ Himmel ja, sie wollte verzweifelt mehr von ihm – ihn ganz – aber sie wollte auch all die Kleinigkeiten. „In deinen Armen einzuschlafen, mich geborgen und geliebt fühlen. Am

Morgen neben dir aufzuwachen und zu wissen, dass ich endlich meine andere Hälfte gefunden habe. In unserer Freizeit untertags mit dir zu lachen und dich jede Sekunde mehr zu lieben, auch wenn du mich auf die Palme treibst." Sie schob ihre Finger zwischen seine, als sie hinzufügte: „Und du musst wissen, dass du auch die Zustimmung meiner Mutter hast."

Mia war sich nicht bewusst gewesen, wie sehr sie diese Unterstützung und Zustimmung brauchte, bis ihre Mutter sie liebevoll dazu gedrängt hatte, Vertrauen in ihre Gefühle für Ford zu haben … und sie wissen ließ, dass es nur natürlich war, eine so große Liebe zu hinterfragen, auch für eine so staunenswerte Frau wie ihre Mutter.

„Du bist der Mann, mit dem ich lachen will. Du bist der Mann, mit dem ich weinen will. Du bist der Mann, dem ich alle meine Geheimnisse erzählen will. Du bist der Erste, den ich anrufen will, wenn ich einen großen Vertrag abgeschlossen habe und mit dem ich neue Schimpfwörter erfinden will, wenn mir einer durch die Lappen geht. Du bist mein bester Freund, Ford, und ich weiß, dass du es immer bleiben wirst. Ich will sagen, dass ich dir gehören will, *und zwar* auf jede mögliche Art."

Die ganze Woche, wenn die Dinge zwischen ihnen zu feurig und unbändig wurden, war es immer Ford gewesen, der sie davon abgehalten hatte, zu weit zu gehen. Aber heute Abend, nachdem sie ihm gesagt hatte, dass er ihr bester Freund war, zog er sofort den Hebel, der den Sitz zurücksinken ließ und drehte beide herum, so dass sie unter ihm lag.

„Erinnerst du dich an unsere erste Nacht zusammen?“, fragte er.

Die Erinnerung gab ihr eine Gänsehaut, obwohl sie wegen seiner Nähe von innen heraus brannte. *„Himmel, ja.“*

Als sie das Lokal verlassen hatten, war die Tür der Limousine kaum geschlossen und die Sichtblende noch nicht bis ganz oben ausgerollt, als sie übereinander herfielen. Sie konnte sich an alle Details des ersten Mals mit Ford auf dem Rücksitz der Limousine erinnern, nur nicht, wessen Kleider zuerst ausgezogen waren. So heiß waren sie aufeinander.

„Du hast Limousinen für mich ruiniert“, sagte er zu ihr.

Im Dunkeln konnte sie nur fühlen, wie herrlich schwer Ford sie in den Sitz drückte, sein sauberer, männlicher Duft übermannte mit jedem zittrigen Atemzug ihre Sinne.

„Bei der nächsten Limousine, in der wir sind“, flüsterte sie in sein Ohr, „verspreche ich, dass ich es wiedergutmache.“ Ihre Zähne schlossen sich um sein Ohrläppchen, als sie sein Shirt ganz aufriss. „Willst du heute Abend eine Vorschau?“

„Ich will *alles* heute Nacht“, sagte er einen Herzschlag, bevor sein Mund ihren mit einem Kuss bedeckte, der atemberaubend besitzergreifend, erregend dominant … und voll Liebe war.

⋆ ⋆ ⋆

Mia war heiß und begierig und so verflucht bereit überall, wo er sie berührte, aber als er unersättlich Küsse über ihr Gesicht, die Schultern, die Schwellung ihrer Brüste und dann ihre Schenkel hinauf zu ihren Hüften verstreute, erkannte er, dass er auf dem engen Sitz nie genug von ihr bekommen würde. Er wollte ihre Haut erröten sehen, ihre Augen, wenn sie funkelten, dann dunkelten, wenn er sie näher und näher der Lust brachte und sie dann über den Gipfel fliegen ließ.

„Nach Hause." Noch während er die fast unmögliche Entscheidung traf, noch ein paar Minuten zu warten, bevor er sie haben würde, musste er den Mund auf jene Stelle an ihrem Hals drücken, wo ihre Ader pochte und sie wie Treibhausblumen roch. „Ich bring dich nach Hause und dann werde ich dich lieben, bis sich keiner von uns mehr bewegen kann."

„Nein." Ihre Arme schlangen sich enger um seinen Rücken und sie wandte das Gesicht ihm zu, so dass ihre Lippen gegen seine streiften. „Ich schaffe es nicht so weit, so wie ich mich fühle."

Sie wiegte sich gelenkig und hartnäckig an ihm, und als seine Hand unter ihrem Rock an ihre heiße Nässe glitt, stimmte er ihr im Stillen zu, dass er sie selbst während der kurzen Fahrt nicht so leiden lassen konnte.

Ohne auch nur ein Wort der Warnung stieß er zwei Finger hart und tief in sie hinein. Sie lohnte es ihm mit einem dunklen lustvollen Stöhnen, das tief in seiner Seele widerhallte. Sie rutschte auf dem Sitz, so dass sie ihre Hüften gegen seine Hand pressen konnte.

„Zeig mir, was für ein unartiges Mädchen du bist und komm für mich, Mia. Genauso, hier im Auto, mit meinen Fingern in dir."

Oh ja, dachte er, während sich ihr Orgasmus wie ein dahinrasender Zug näherte, sie liebte immer noch Dirty Talk. Fünf Jahre lang hatte er sich an alle pikanten Augenblicke mit ihr in jener Woche, die sie zusammen verbracht hatten, erinnert. Er würde sie mindestens noch fünfzig Jahre lieben müssen, um alle geilen Fantasien zu verwirklichen, die er in dieser Woche hatte.

Er umfasste ihre linke Brust mit der freien Hand und reizte gnadenlos ihre harte Brustwarze, während er den Rhythmus und die Stärke seiner Finger in ihr steigerte. Und, obwohl er auf ihren Orgasmus hätte vorbereitet sein sollen, so war er bei weitem noch nicht dafür bereit.

Denn sie kam nicht nur für ihn, sie ging an ihm und unter ihm in tausend Stücke. Nicht nur überließ sie ihm ihren Körper …, sondern auch ihre Zweifel und Ängste.

Obwohl er härter als je in seinem Leben war, zog er sie eng an sich und hielt sie einfach, bis ihr Atem wieder regelmäßig ging. Irgendwie gelang es ihm, sich so lange von ihr zu lösen, bis er sie zart auf ihren Sitz zurückgesetzt hatte, sie angeschnallt war und er sich so weit gesammelt hatte, dass er sicher aus dem Viertel und auf die Autobahn fahren konnte, um zu seinem Haus zu gelangen.

Er hatte sie kommen hören, gefühlt, wie sie kam, aber verdammt, er musste sie kommen *sehen.* Und das war in seinem Wagen auf einer dunklen, menschenleeren Straße nicht möglich. Er musste sie heil zurück zu seinem Haus bringen, damit er sie hineintragen und jedes verfluchte Licht andrehen konnte. Dann würde er ihr die Kleider ausziehen, um jeden Zentimeter an ihr zu genießen.

Im schwachen Licht der Straßenbeleuchtung war Mia so schön, dass er es kaum wagen konnte, sie anzusehen, ohne einen Unfall zu riskieren. Er fuhr zwar vorsichtig, hatte aber einfach nicht mehr genug Selbstbeherrschung und musste jedes Mal einen kurzen Blick auf sie werfen, wenn die Straße es erlaubte.

Ihre High Heels waren ihr von den Füßen gerutscht, als sie auf seinem Sitz herummachten und jetzt hatte sie die Beine auf den Sitz hochgezogen. Sie wandte ihm ihr Gesicht zu, während sie sich an die Kopfstütze gelehnt entspannte. Ihre Augen waren geschlossen und er hätte glauben können, dass sie die

Nachwirkung ihres mächtigen Orgasmus ausschlief, wäre ihre Hand nicht stetig und sicher über seinen Schenkel gekrochen.

„Sind wir bald da?“, murmelte sie mit schwerer Stimme, ohne die Augen zu öffnen.

„Mach weiter so mit deiner Hand, und ich werde todsicher gleich kommen“, warnte er sie.

Anstatt natürlich ihre Hand wegzuziehen, bogen sich ihre Lippen zu einem Lächeln hinauf und sie verlagerte ihr Gewicht, um ihn noch besser berühren zu können.

Lieber Himmel, ihre Finger waren nur mehr ein paar Zentimeter von seiner Erektion entfernt. Sie riskierten, den Wagen in einen Strommasten zu rammen. Zum Glück bog er jetzt in seine Straße ein und durch sein Sicherheitstor, bevor sie ihn dazu brachte, einen Unfall zu bauen.

Wenige Sekunden später hob er sie in seine Arme und rannte mit ihr zum Turm. Sie schlang die Arme um seinen Nacken und schnupperte an ihm, so weich und voll Vertrauen in das, was er für sie geplant hatte, jetzt, da sie zu Hause waren.

Zu Hause. An den Turmtreppen angekommen zögerte er und endlich öffnete sie die Augen, um zu ihm aufzusehen. „Ford?“

Ihre Schönheit und ihre Güte schüchterten ihn ein. „Ich liebe dich.“

„Ich liebe dich auch.“

Obwohl sie ihm im Auto gesagt hatte, was sie für ihn empfand, so war es doch das erste Mal, dass sie in fünf Jahren diese einfachen und klaren drei Worte sagte.

Er hielt sie enger an sich. „Sag es noch einmal."

„Ich liebe dich."

Er hätte diese Worte von ihr in einer Endlosschleife hören können und wäre nie müde geworden, sie wieder und wieder zu hören. „Noch einmal."

„Oh, Ford." Ihre Hände wanderten von seinem Nacken zu seinem Gesicht, das sie umrahmten. „Ich liebe dich so sehr. Mehr als ich dir sagen kann. Mehr als ich je imstande sein werde, dir zu zeigen."

Der Kuss, den sie ihm gab, war so süß, dass ihn sein Herz schmerzte, das sich zwischen seinen Rippen auszudehnen schien.

„Das hast du schon getan", versicherte er ihr. Es war einen Augenblick auf der Kippe, ob er sie einfach auf den Boden runterlassen würde und sie nehmen. Aber dann gelang es ihm um Haaresbreite, das allerletzte bisschen Selbstbeherrschung zusammenzukratzen, und sich zu zwingen, mit ihr in den Armen die Treppen hinaufzusteigen.

Vom ersten Augenblick, in dem er das Haus gesehen hatte, wollte er Mia im Turm lieben. Nachdem er am Montagabend eingezogen war, hatte er einen in den Steinmauern eingelassenen Schrank voll weicher Decken und Kissen gefunden.

Er konnte es kaum ertragen, sie so lange loszulassen, bis ein Bett gemacht war, aber sobald er die Schranktür zu der Bettwäsche geöffnet hatte, gab sie einen kleinen glücklichen Schrei von sich. Sie zog einen bunten Quilt heraus und breitete ihn auf dem gefliesten Boden aus, so dass er die Decken und Kissen darauflegen konnte.

Barfuß stand Mia mitten auf dem improvisierten Bett und streckte die Hände nach ihm aus. „Komm her, Rockstar und lass mich dich lieben."

Er näherte sich ihr und sie verschränkte ihre Finger mit seinen, bevor sie den Mund zu seinem hob. Vielleicht vergingen Minuten, vielleicht Stunden, während sie so standen, sich küssten und das helle Mondlicht durch die Turmfenster auf sie schien.

„Ich muss dich nackt haben", sagte sie atemlos, als sich ihre Lippen schließlich voneinander lösten.

„Was immer du willst", sagte er und zog ein Kondom aus der Gesäßtasche, das er auf die Decken warf. Dann machte er sich an seiner Gürtelschnalle zu schaffen und öffnete den Reißverschluss seiner Jeans, während sie ihm das Hemd über die Schultern zog. Als er die Hose runterschob, war sie auf ihren Knien und öffnete die Schnürsenkel seiner Schuhe.

Als sie ihm die Schuhe ausgezogen hatte, sah sie mit einem sehr *verruchten* Leuchten in ihren schönen Augen zu ihm auf. Bevor er sie aufhalten konnte, hatte sie eine Hand um seinen Schaft und ihr Mund war auf ihm.

Ford war schon zu nahe am Rand, als dass er sie noch viel länger ihn hätte so lieben lassen können, aber Himmel, sie leckte und saugte an ihm, als hätte ihr noch nie etwas so gut geschmeckt …

Er zog sich gerade noch rechtzeitig zurück. Als er sah, wie ihre Wangen vor Lust gerötet waren und wie dunkel ihre Pupillen sich erweitert hatten, während sie sich über ihn hermachte, machte es fast keinen Unterschied, dass sie ihn nicht mehr berührte. Er war schon so weit hinüber.

Mit einem Knurren stieß er die Jeans und Boxer weg. Er bückte sich, nahm ihr Kleid in seine Faust, um sie wieder auf die Füße zu bringen, bevor er es ihr vom Leib riss. Sie hatte aber immer schon gewusst, wie sie das Vorspiel noch mehr aufheizen konnte. Sie nahm ihm das Kondom aus der anderen Hand und Sekunden später stülpte sie es ihm über.

„Jetzt, Ford", verlangte sie. „Ich kann keine Sekunde mehr auf dich warten."

Sie hatten ein Bett aus Kissen und Decken gemacht, aber als sie in seine Arme sprang und ihre Arme und Beine um ihn schlang, so wie sie es Mittwochabend im Stadion in Oregon getan hatte, brauchten sie kein Bett mehr. Gut, dass dieses Mal keine Kleider zwischen ihnen waren, als Ford sie instinktiv zur Wand trug.

Ihre Zungen glitten und schlüpften aneinander, als er in sie eindrang, ihr glitschiges Fleisch dehnte sich und spannte sich dann eng um ihn. Er konnte sich an keine intensivere Lust erinnern und musste dem Drang nachgeben, bis zum Heft in sie zu stoßen.

Und die ganze Zeit war *Ich liebe dich* der Refrain des schönsten Songs, den Ford je gehört hatte … aber auch der inspirierteste, den er das Glück hatte zu spielen. Wieder und wieder erklang die Melodie in einem endlosen Lied ihrer Körper mit lustvollem Stöhnen, streichelnden Händen und schließlich mit der wunderbaren Erfüllung, die hart und unbändig durch sie beide pulsierte.

Kapitel 30

Mia lag über Fords Brust ausgebreitet auf dem Bett, das sie im Turmzimmer gerichtet hatten, sein Herz schlug stark und schnell unter ihrem Ohr. Ihre Beine waren nicht mehr standfest, nachdem sie sich an der Wand geliebt hatten und sie genoss es, mit ihm so wieder zu Kräften zu kommen.

Es gab keine Geheimnisse mehr zwischen ihnen, keinen Zorn, keine Bitterkeit. Nur Liebe … und Freude ohne Ende.

Der Abend war kühl und klar und von ihrem improvisierten Bett aus hätten sie durch die großen Fenster gut die glitzernden Lichter und den Mond über dem Wasser sehen können. Vorausgesetzt, dass sie Lust gehabt hätten, das Panorama anzuschauen und nicht sich gegenseitig.

„Deine Eltern sind spitze“, sagte Ford plötzlich und sie richtete sich auf seiner Brust auf, um ihm besser ins Gesicht sehen zu können. „Deine Brüder sind auch nicht so übel. Besonders, nachdem du Adam dazu gebracht hattest, mir keine so tödlichen Blicke mehr zuzuwerfen.“

Sie mochte es, dass sie noch bis vor ein paar Minuten frenetischen Sex hatten und es jetzt ebenso natürlich war, über die Familie zu plaudern. Zumal das vor fünf Jahren überhaupt nicht der Fall gewesen war.

Endlich wusste sie, dass ihr Sexleben so heiß sein würde, wie ihre Freundschaft zärtlich war.

„Er musste dich ja praktisch mögen, als du über die historischen Gebäude zu sprechen anfingst, die du in der ganzen Welt gesehen hast. Und dann dein Angebot, Tickets für morgen Abend an der Abendkasse zu hinterlegen, damit sie mit mir zu deiner Show gehen können, war auch keine schlechte Idee."

„Wer hätte gedacht, dass ein Abendessen mit der Familie meines Mädchens ein solches Aphrodisiakum sein würde?", sagte er mit einem sexy Grinsen, während er sie an seinem Körper höher hinaufzog, um sie küssen zu können.

Seine Küsse machten sie schwach. Seine Hände, die ihre Rundungen liebkosten, ließen sie sich nach ihm verzehren. Aber obwohl Ford jetzt wusste, wie sehr sie ihn liebte, gab es noch andere Dinge, die sie ihn auch wissen lassen wollte. Wichtige Dinge.

Dinge, die *für immer* Bestand hatten.

„Ich habe diese Woche viel darüber nachgedacht, warum Menschen sich verlieben."

„Das hab ich auch", sagte er, während er ihr zärtlich die Haare aus der Stirn strich. „Die Chemie spielt dabei entschieden eine Rolle." Er glitt mit einer

Fingerspitze seitlich über ihre Rippen, und als sie erschauerte und eine wunderbare Gänsehaut bekam, war dies ein weiterer Beweis für seine Feststellung.

„Ja. Und Respekt“, sagte sie. Sie hätte ewig in seine dunklen Augen blicken können, ohne je woandershin schauen zu wollen.

„Und Vertrauen.“ Dieses Wort aus seinem Mund war reines Gefühl.

Sie legte die Hand flach auf sein Herz, als sie hinzufügte: „Und wahre, solide Freundschaft.“

Eine Freundschaft, von der sie hoffte, dass sie in all den *guten* Zeiten stärker werden und auch all den *schlechten* würde standhalten können … Es gelang ihr kaum, diese heimliche Stimme in ihrem Kopf zum Schweigen zu bringen, die ihr sagte, dass ein Freund nie den Freund davon abhalten würde, zu tun, wozu er geboren war.

„Ich hab eine Idee“, murmelte Mia und streckte sich aus. Sie genoss es, wie Fords Brusthaar leicht über ihre Brüste kratzte. Sie hatten sich gerade auf so unglaubliche Weise geliebt, aber anstatt sie befriedigt und satt zu machen, hatte sie noch lange nicht genug von ihm. „Möchtest du sie hören?“

Seine Erektion wuchs sofort um ein paar Zentimeter und sein Herzschlag beschleunigte sich unter ihr. Sie hatte gelernt sich davor zu hüten, den Sex alles andere überschatten zu lassen, aber sie konnte es nicht ertragen, ihre perfekte Nacht mit ihren Bedenken zu ruinieren, dass Fords Entscheidung falsch war, die Tourneen aufzugeben und sich in Seattle niederzulassen. Davon abgesehen würde sie morgen Abend bei seiner Show endlich beurteilen können, ob er die Bühne für sie aufgab oder ob er einfach bereit war, sich aus dem Showbusiness zurückzuziehen.

Bis dann würde sie sich nicht schuldig fühlen, dass sie ganz in der ausschweifenden, überwältigenden Lust unterging, die nur Ford allein imstande war, ihr zu bereiten.

„Himmel, ja“, bestätigte er. „Ich will deine Idee hören.“

„Also … weißt du, diese Liste von Fantasien, die dir in dieser Woche eingefallen sind?“ Er drehte sie beide bereits auf dem Bett herum, so dass sie unter seinen herrlich harten Muskeln lag, als sie sagte: „Ich möchte, dass du eine aussuchst und heute Abend verwirklichst.“

Er fuhr mit den Fingern durch ihre Haare und seine Hand ballte sich total sexy zusammen. „Nur eine?“, fragte er.

Sie hob den Kopf, um an seinen Lippen zu flüstern: „Mindestens eine.“

Er presste seinen Mund auf ihren und sie erwiderte das Gleiten seiner Zunge mit ihrer, seinen Biss mit ihrem, sein Keuchen aus tiefster Kehle mit ihrem Keuchen. Schließlich sagte er: „Seit du mir gesagt hast, dass du es dir diese Woche selbst besorgt hast, hab ich kaum mehr an etwas anderes denken können. Zeig mir, wie du es dir gemacht hast. Ich muss es sehen. Ich muss *dich* sehen."

Sie wollte ihm alles geben, was er wollte. Aber sie hatte so lange darauf gewartet, wieder von ihm berührt zu werden, dass sie zwar ihre Zustimmung nickte, aber sagte: „Hilf mir, es dir zu zeigen, Ford. Hilf mir, wieder für dich zu kommen."

Er küsste sie nochmals hart und schnell. „Wo willst du mich?"

„Hinter mir, mein Rücken auf deiner Brust und deine Beine an der Seite von meinen."

Er richtete sich schnell an den Kissen ein wenig auf und zog sie an sich. Seine Erektion war riesig und pulsierte an ihrem Kreuz, als sie sich auf ihm sinken ließ.

„Und jetzt?" Seine zwei Worte waren kaum mehr als ein lustvolles Flüstern.

„Leg jetzt die Hände auf meine Schenkel und öffne sie weit."

Er schluckte hörbar, während er mit den Fingerspitzen von ihrer Mitte zu ihren Schenkeln strich. Sie mochte es, wie groß seine Hände auf ihr aussahen und Wärme und Nässe sammelten sich zwischen ihren Beinen an, als er zärtlich die zarte Haut an der Innenseite ihrer Schenkel berührte und ihre Beine spreizte.

„Mmm", ermutigte sie ihn, „das ist perfekt."

„So verflixt perfekt", stimmte er in seiner tiefen

klingenden Stimme zu, die sie vom ersten Augenblick, als sie ihn damals auf der Bühne sah, gefangen genommen hatte. „Sag mir, was du jetzt willst, Mia."

„Dich", sagte sie, bevor sie ihr Gesicht für einen Kuss zu ihm umdrehte. „Und dass du weißt, dass du siehst und *fühlst*, wie sehr ich dich will. Wie sehr ich dich brauche, Ford."

Sie legte die Hände über seine und gemeinsam glitten sie langsam über ihre Haut, von ihren Schenkeln zu ihren Hüften, von den Hüften zu ihrem Magen, bis sie die Unterseite ihrer Brüste gemeinsam umfassten.

„Himmel, ich liebe es, dass du Gitarre spielst", sagte sie mit zittriger Stimme, während seine schwieligen Fingerspitzen über ihre beiden Brustwarzen gleichzeitig kratzten und schabten.

Sie wölbte sich in ihre gemeinsame Berührung, zeigte ihm mit ihren Händen, dass sie mehr wollte, dass sie alles wollte, was er ihr geben musste.

Während zuvor geflüsterte Zärtlichkeiten über seine Lippen gekommen waren, brauchte er jetzt nur mehr zu sagen: „Ich liebe dich, Baby. Ich liebe dich total. Und du musst mir zeigen, wie du willst, dass ich es dir besorge. *Jetzt.*"

Sie hob die Hüften, um sich von ihm berühren zu lassen und führte seine rechte Hand wieder von ihren Brüsten hinunter zu dem feuchten, begehrenden Fleisch zwischen ihren Schenkeln. Und als er sie genau dort berührte, wo sie berührt werden wollte – als seine schwieligen Fingerspitzen so umwerfend geil über sie hinweg- und dann in sie hineinglitten – erreichte Mia sofort ihren Höhepunkt.

Seine Finger spielten in einem perfekten Rhythmus der Lust über ihr feuchtes Fleisch, bis sie aufhörte zu zittern. Und obwohl die Heftigkeit ihres Orgasmus den letzten Rest Energie aus ihr gewrungen haben müsste, hatte sie sich nie kraftvoller gefühlt. Sie drehte sich schnell auf den Bettlaken, um rittlings auf seinen Hüften sitzen zu können.

Sie hatte keine Ahnung, woher er sein zweites Kondom hatte, aber war mehr als dankbar, dass er es bereits übergezogen hatte, als sie auf ihn hinuntersank, einen wunderbaren Zentimeter nach dem anderen.

„Wie hast du gewusst, dass dies meine nächste Fantasie sein würde?"

Sie liebte es, wie er sie neckte, sogar während sie sich leidenschaftlich liebten. Vor fünf Jahren hatten sie während dem Sex nie gelacht. Ja, es war unglaublich heiß gewesen, aber damals waren es schnell entzündbare Flammen und keine langsamen Dauerbrenner, die bestimmt nicht erloschen.

„Mir kommt so vor, dass praktisch *alles* auf der Liste deiner Fantasien steht", neckte sie ihn ihrerseits.

„Da gibt es nur eine Möglichkeit, das herauszufinden", sagte er, als er sie wieder herumdrehte, so dass er abgestützt über ihr war. „Wir müssen jede meiner Fantasien mindestens einmal Wirklichkeit werden lassen."

„Na gut", sagte sie, als sie ihre Hüften verlagerte, um ihn tiefer aufnehmen zu können, „Wenn du *unbedingt* darauf bestehst."

Kapitel 31

Mitten in der Nacht, als es im Turm zu kalt wurde, um noch unter dem Stoß Decken warm zu bleiben, trug Ford die schlafende Mia hinunter in sein Schlafzimmer.

„Mein Prinz", hatte sie an seiner Brust gemurmelt. „Schon immer hab ich gewusst, dass du es bist."

Sein Herz floss über und beinahe hätte er sie aufgeweckt, um ihr wieder zu sagen, wie sehr er sie liebte. Aber er hatte sie bereits bis spät in die Nacht wach gehalten, und da seine letzte Show in weniger als vierundzwanzig Stunden stattfand, war es sicher eine gute Idee, wenn auch er etwas Schlaf bekam.

Als er mit Mia weich und warm an ihn gekuschelt im Bett lag, war er froh, dass sie schliefen und nicht nur, weil sie sich beide ausruhen mussten. Sie in den Armen zu halten, während sie leicht und regelmäßig atmete, war fast so gut wie das, womit er sie am Morgen zu wecken plante.

Während seine Finger mit den weichen Haaren auf dem Kissen spielten, legte er die andere Hand mit gespreizten Fingern auf ihren Magen. Auch wenn er nicht bemerkt hätte, dass sich sofort der Rhythmus ihres Atems veränderte, hätte er gewusst, dass sie wach war, da sie ein wenig mit ihrem Hintern an seiner Erektion wackelte.

Alles an ihrem heftigen, schnellen Liebesspiel hatte ihm gefallen, aber jetzt wollte er sie schlaftrunken und langsam lieben. Er drückte die Lippen auf ihre Halsbeuge und glitt mit der Hand von ihrem Magen hinauf zur Unterseite einer Brust.

Das leise wonnige Stöhnen ging ihm durch und durch und ließ ihn noch härter werden, als er ohnehin schon war.

„Guten Morgen", murmelte sie, als sie die Hand auf seine Hüfte legte und leicht mit den Fingernägeln über seine Haut kratzte.

Vom ersten Augenblick, in dem sie ihn im Backstage-Bereich in Seattle vor all diesen Jahren zum ersten Mal berührt hatte, war er überwältigt gewesen von der Intensität ihrer Verbindung. So lange ohne sie gelebt zu haben – und dann zurückzukommen und eine Woche endloses erotisches Vorspiel mit ihr zu erleben, hatte Fords Hunger unersättlich gemacht. Mia endlich vergangene Nacht zu lieben, hatte seine Besessenheit und seine Begierde nicht gestillt …

Nein, je mehr er von ihr bekam, desto mehr *musste* er von ihr haben.

„Jeden Tag, Mia", knurrte er zwischen den Küssen, die er an der Seite ihres Halses hinauf säte. Seine Fingerspitzen fanden ihre Brustwarzen schon hart und auf seine Berührung wartend. „Ich will jeden Tag so mit dir aufwachen."

„Ja", sagte sie, als er die harte Spitze ihrer Brust zusammendrückte. „Himmel ja. Genau so. Jeden Tag."

Er war noch nie ein Morgenmensch und die Jahre unterwegs hatten seine nächtlichen Gewohnheiten noch gefestigt. Aber mit Mia nackt und warm unter den dicken Bettdecken an ihn geschmiegt, konnte er plötzlich die Schönheit der frühen Morgenstunden sehen. Er liebte es, wie sich ihre Haut mit jedem Kuss, jeder Liebkosung über ihre Rundungen mehr erhitzte. Es gab so viele Fantasien, die er mit ihr ausleben wollte. Ungeduldig wollte er jede einzelne verwirklichen.

„Gestern Nacht hast du mir gezeigt, wie du mit dir gespielt, wie du es dir selbst besorgt hast. Und ich hab es genossen." Seine Hand glitt auf die andere Brust und den schmerzhaft harten Nippel, der um seine Berührung bettelte. Als sie an ihm erzitterte, fragte er: „Aber weißt du, was ich heute Morgen will, Baby?"

Liebe Güte, sie reagierte so schön, ihre Hüften drückten sich noch enger an seine Erektion und ihre Schenkel öffneten sich, als wollte sie ihn aufnehmen, noch bevor er gesagt hatte, was er zu tun plante. „Bitte", sagte sie. Ihre Stimme war noch vom Schlaf verhangen, aber auch durchtränkt von Verlangen, „nimm mich einfach, Ford."

Noch nie hatte eine Frau ihn mehr gelockt, aber

nach gestern Nacht musste er genießen. Verweilen. Anbeten.

Und langsam grinsend dachte er: reizen.

„Bald“, versprach er. Aber nicht, bevor er ihr noch einen Vorgeschmack auf die abgefahrene und unzüchtige Zukunft, die sie zusammen haben würden, gab.

„Sag mir, was du willst“, drängte sie ihn, während sie mit der Hand von der Hüfte zu seiner Erektion fuhr und sie umschlang. „Sag es mir, und ich werde es machen.“

„Ich weiß, dass du das wirst“, sagte er mit einem tiefen, leisen Lachen an ihrem weichen Haar. So, wie er ihr immer alles geben würde, was sie wollte. Er zog seine Hand von ihrer Brust und sie gab einen kleinen Wehlaut von sich, den er bald in ein lustvolles Stöhnen zu verwandeln plante. „Dreh dich auf den Rücken.“

Sie bewegte sich mit angeborener Sinnlichkeit, hob langsam ihr Gewicht, bis sie flach auf ihrem Rücken lag und ihre Hände die Bettlaken an ihren Seiten festhielten, die Augen groß vor Erwartung, während sie darauf wartete, dass er ihr sagte, was sie als Nächstes tun sollte.

Aber anstatt zu sprechen, nahm er einfach ihre Hände in seine und hob sie über ihren Kopf, so dass sie das Kopfende des Bettes greifen konnte. Er schlang ihre Finger um die kühlen Eisenstangen.

„Egal, was ich mit dir mache, ich will, dass du dich

hier festhältst."

Er liebte es, wie sich ihre Augen noch mehr weiteten und sich ihre Brust immer schneller hob und senkte. Ihre Haut errötete tiefer, während er seinen Blick langsam über ihre perfekten Brüste zu ihrer Taille wandern ließ und dann hinunter zum prächtigen Schwung ihrer Hüften. Er schob die Bettdecken vollkommen weg, damit er das feuchte, bereits erregte Fleisch zwischen ihren Schenkeln bewundern konnte.

„Was willst du mit mir machen?"

Ihre atemlose Frage hätte ihn beinahe dem Drang nachgeben lassen, ihre vollen Lippen zu küssen, die glänzend und dort feucht waren, wo sie in trunkener Erwartung mit der Zunge darüberstrich. Aber er wusste, wohin dieser eine Kuss führen würde … viel schneller, als er wollte.

„Ich werde dafür sorgen, dass du dich gut fühlst."

„Wie gut?" Er liebte die Herausforderung in ihren Augen ebenso, wie er es liebte, ihrer Herausforderung gerecht zu werden.

„Besser, als du dich je gefühlt hast."

Ein Schauer durchfuhr sie bei seinem Versprechen. Ihre Finger klammerten sich fester um die Eisenstangen, als wollte sie ihm zeigen, wie strikt sie sich an seine Weisungen halten wollte.

„Schließ die Augen, Baby."

Dieses Mal zögerte sie nicht, hinterfragte ihn nicht. Sie *vertraute* ihm einfach … und das bedeutete ihm die ganze Welt. Jede Minute jeden Tages, seit sie wieder zusammen waren, hatte er das Ziel verfolgt, ihr Vertrauen zurückzugewinnen. Jetzt, da er es hatte, gelobte er sich, es nie zu missbrauchen. Egal, was er tun musste, um zu beweisen, dass er ihrer würdig war.

Jeder einzelne Zentimeter ihres Körpers war so schön, dass er sich kaum entscheiden konnte, wo er beginnen wollte. Als wollte sie seine stillschweigende Frage beantworten, rutschte sie mit dem Oberkörper ein wenig hin und her, und als er ihre vollen, natürlichen Brüste sich bewegen sah, wurde ihm der Mund wässerig. Er wollte zwar nichts mehr, als dieses wunderbar zarte Fleisch mit seinen Händen zu umfassen und mit seiner Zunge über ihre Brustwarzen zu lecken, aber er wusste, dass es für sie noch schöner sein würde, wenn er sich Zeit ließ, um dorthin zu gelangen.

Er beugte sich vor und leckte langsam über ihre zwei untersten Rippen, zuerst auf einer Seite und dann auf der anderen. „Du schmeckst so gut“, sagte er zu ihr, bevor er sich auf ihrem Brustkorb höher schob. Er wollte jeden Zentimeter von ihr kosten, er war aber so realistisch, um einzusehen, dass er bei weitem heute Morgen nicht so lange durchhalten würde. Denn ihren prächtigen Körper nackt und so nahe zu haben, brachte ihn schon jetzt praktisch an den Abgrund des Wahnsinns.

Wenigstens war er offensichtlich nicht der Einzige,

der Mühe hatte, sein Begehren im Zaum zu halten, dachte er, als er einen Kuss auf die süße Stelle direkt unter ihrer linken Brust drückte. Denn er hatte nur ein paar Mal mit der nassen Zunge über ihre Haut geleckt und schon umklammerte sie die Bettpfosten so heftig, dass ihre Fingerknöchel weiß wurden.

Besonders, als er einen Augenblick später seine Aufmerksamkeit von ihrem Brustkorb hinunter zu ihren Hüftknochen lenkte, anstatt hinauf zu ihren Brüsten zu gehen und die harten Spitzen in den Mund zu nehmen. Er näherte sich mit jedem Schnipsen seiner Zunge und jedem Streifen seiner Lippen jenen Teilen von ihr, die um seine Aufmerksamkeit flehten … aber absichtlich schaffte er es nie ganz bis dorthin. Sie umklammerte zwar noch die Eisenstangen, aber das hielt sie nicht davon ab, ihren Ober- und Unterkörper so zu bewegen zu versuchen, dass sie seinen Mund dorthin bekam, wo sie ihn wollte.

Ein anderes Mal würde er das Spiel auf die nächste Ebene anheben und sie auffordern, sich nicht zu bewegen, aber heute Morgen würde das für keinen von beiden fair sein. Sie hatten ja beide so lange gewartet, um wieder zusammen zu sein. Somit beschloss Ford plötzlich, dass es schon höchste Zeit war, sie beide zu belohnen.

Ohne irgendeine Vorwarnung glitt seine Hand hoch auf ihre Brüste in genau dem Augenblick, indem er ihr Geschlecht mit seinem Mund bedeckte. Sein

Name entschlüpfte ihren Lippen mit einem Schrei der Lust, während er sie weit für seine Zunge öffnete und diese dann in die sich zusammenpressende Hitze eintauchte. Ihre Haut war unter seinen Händen feucht, ihre Brustwarzen unter den Fingerspitzen hart und ihre Erregung an seiner Zunge süß.

Ohne Zweifel war es eines der schwierigsten Dinge, die er je getan hatte, seinen Mund und seine Hände einen Augenblick später von ihr zu lösen. Noch schwieriger als es für ihn gewesen war, es während der ganzen Woche beim Gutenachtkuss zu belassen.

„Ford?“ Sein Name war eher ein Stöhnen als ein Wort. „Warum hast du aufgehört?“

„Schsch“, flüsterte er und rutschte zu ihr hinauf, um einen zärtlichen Kuss auf ihren Hals zu drücken. Ihr Mund war immer noch verbotenes Terrain, wenn er auch nur die kleinste Chance haben wollte, ihre Lust noch hinauszuzögern. „Wir sind bald so weit.“

Ihre Augen waren noch geschlossen, deshalb konnte sie nicht sehen, dass seine Hände zitterten, als er sich aufsetzte und ein Kondom überzog. Oder, dass es auch noch den letzten Hauch Selbstbeherrschung erforderte, sich zwischen ihren Beinen in Position zu bringen, ohne in ihre herrlich glitschige Hitze hineinzustoßen.

„Öffne dich für mich, Baby.“ Sie war so angetörnt, so bereit, von ihm geliebt zu werden, dass sein Herz beinahe stillstand, als sie tat, was er gefordert hatte.

„Weiter", drängte er sie. Es war kaum mehr als ein Flüstern. Er wollte mehr, obwohl er wusste, dass er nie genug von ihr bekommen konnte.

Als sie ihre Schenkel noch weiter spreizte, kam ein leises Stöhnen über ihre Lippen und er musste die Hand ausstrecken und mit dem Daumen über sie streichen, als wollte er sie besänftigen. Ihre Zunge kam hervor, um seinen Daumen zu lecken. Sie saugte ihn ganz in den Mund, schabte auf eine Weise mit den Zähnen darüber, dass seine Erektion im Kondom zu pulsieren begann, ohne, dass er sie überhaupt berührt hatte.

Er löste seine Hand von ihrem Mund und legte sie auf ihre Hüfte, um sie stillzuhalten. Als er sah, dass ihre Augen zu blinzeln begannen, sagte er: „Vergiss nicht, die Hände an den Stangen und die Augen geschlossen."

Er konnte sehen, wie sie ein paar Augenblicke mit sich kämpfte, aber dann beschloss sie offenbar, dass es für sie wohl das Beste war, wenn sie seine sinnlichen Befehle befolgte. Und er plante todsicher dafür zu sorgen, dass sie es nicht bereute. Er umfasste ihre Hüften mit den Händen und hob sie leicht hoch, so dass sie sogar noch weiter offen war für ihn. Mit seiner anderen Hand stütze er sich auf dem Bett neben ihr ab … und dann ließ er die ganze Länge seiner Erektion an ihrem Geschlecht entlanggleiten.

Ihr überraschtes und lustvolles Aufstöhnen zerrte an ihm, ließ ihn wünschen, das sexy Spiel zu beenden und im nächsten Atemzug tief in sie hineinzustoßen. Nur das Wissen, dass er Mia diese Lust bescheren konnte und dass sie ihm vertraute, sie genau dorthin zu bringen, wo sie hin musste, gab ihm die Kraft, bei seiner ursprünglichen Absicht zu bleiben.

Dass sie sich besser fühlte als je zuvor.

Wieder und wieder glitt er nach vor und zurück und dann bewegte sie sich mit ihm, hob ihre Hüften vom Bett, so dass sie sich so nahe waren, wie sich zwei Menschen kommen konnten, ohne wirklich Sex zu haben.

„Ich muss sehen“, bettelte sie. „Bitte lass mich schauen.“

Sie hatte recht, es war nicht fair, dass nur er in den Genuss kam, ihrer beider Körper zu beobachten, wie sie aneinander entlangglitten und sich rieben. „Öffne die Augen.“

Sie atmete erleichtert auf, öffnete die Lider und ihr Blick blieb sofort an seiner Erektion hängen, als er nochmals an ihrem vor Erregung nassen Geschlecht nach oben glitt. „Oh Ford. Du bist so schön.“

„Das bist du auch“, sagte er. „Das Schönste, was ich je gesehen habe.“

Er hielt durch, solange er konnte, reizte sie beide so, bis ihre Bauchmuskeln sich zusammenzuziehen begannen und er wusste, dass sie kurz vor ihrem Höhepunkt war. Ford legte seine Hände über die von Mia und zusammen hielten sie sich an den

Eisenstangen fest, als er endlich hart und tief in sie hineinstieß.

Beide jagten sie zusammen auf die Ekstase zu, und als ihr Körper zu pulsieren und an seinem zu ziehen begann, senkte er den Mund auf ihren, um ihr zu sagen, wie sehr er sie auf jede mögliche Art liebte.

* * *

Kurze Zeit später saß Mia auf einem Hocker an Fords Kücheninsel und trank in kleinen Schlucken den Kaffee, den sie gemacht hatte. Sie trug eines der langärmeligen Shirts mit nichts darunter. Er hatte ein Paar Boxer angezogen, die tief auf seinen Hüften saßen. Fast jeder Zentimeter seiner Haut, seiner Muskeln und seiner Tattoos war gut sichtbar und das machte sie entschieden hungrig. Aber sie hungerte nicht so sehr nach dem lecker duftenden Frühstück, als nach *ihm*.

„Wow", sagte sie, als er schnell den Teig mischte und auf das glühend heiße Waffeleisen goss und dann sechs Eier aufschlug, die er aus dem Kühlschrank holte. „Ich wusste gar nicht, dass du kochen kannst."

„Wenn man in einem Tourneebus lebt wie ich, lernst du ziemlich bald, dass du ein paar Sachen selbst machen kannst, ohne jedes Mal in eine stinkende Kaschemme gehen oder aus einem To-Go-Karton essen zu müssen. Außerdem passen Waffeln und Eier zum Frühstück, Mittag- und Abendessen, wenn es sein muss."

Einerseits konnte sie sehen, dass das Leben unterwegs nicht immer so glamourös war, egal wie cool sein Bus war oder dass er Geld hatte, um den Weg von Stadt zu Stadt damit zu pflastern. Aber andrerseits, auch wenn er sagte, dass er stinkende Kaschemmen und zu viele Mahlzeiten aus Kartons satthatte, war es doch offensichtlich, dass ihn die negativen Seiten seiner Karriere nicht allzu sehr störten. Außerdem hatte wohl jeder Job seine unangenehmen Aspekte, oder? Immobilienhändlerin zu sein, zum Beispiel, bedeutete, dass sie an Wochenenden gewöhnlich Hausbesichtigungen machen musste, während die meisten Menschen Samstag und Sonntag frei hatten und sich mit Freunden und der Familie entspannen konnten. Aber sie liebte ihre Arbeit, deshalb hatte es sie nie gestört, sich den Montag anstelle des Samstags frei nehmen zu müssen.

Nachdem er die Waffeln großzügig mit Butter und Sirup übergossen hatte, trug er einen großen Teller Essen hinüber zum Tisch.

„Hast du vor, ein wenig zu teilen?"

Er setzte sich und klopfte auf seinen Schoß. „Komm her und du erfährst genau, was ich geplant habe."

Obwohl er sie gerade im Bett ein halbes Dutzend Mal auf verschiedene Art und Weise fast um den Verstand gebracht hatte, regte sich ihr Körper sofort und war bereit für eine weitere Runde. Sein Baumwollshirt kratzte total sexy über ihre empfindlichen Brüste, als sie langsam zu ihm hinüberging, dann ein Bein über seine beiden hob, so dass sie rittlings auf ihm zu sitzen kam.

Ihre Münder fanden sich im selben Augenblick und seine Erektion wurde größer und heißer an dem V zwischen ihren Beinen, als sie sich näher an ihn heranwiegte.

„Himmel, Mia“, sagte er, als er sich endlich löste, „ich schwöre, ich hatte vor, dich mit Frühstück zu verköstigen.“

Sie wollte gerade sagen, dass das Frühstück noch ein Weilchen warten konnte, aber dummerweise knurrte ihr Magen gerade in diesem Augenblick laut vor Hunger. Jetzt war er eindeutig entschlossen, ihr zu essen zu geben. Er schnitt ein großes Stück Waffel mit seiner Gabel ab und steckte es ihr in den Mund.

„Mmm.“ Sie schloss die Augen, um seine Kochkünste zu genießen und das Gefühl seines wunderbar harten Körpers unter ihrem. „So gut.“

Er schob noch ein Stück an ihre Lippen und sie öffnete sie, um es in den Mund zu nehmen und wenige Sekunden später bot er ihr das nächste Stück an. Bald verzehrten sie das sexyeste Frühstück mit derselben Gabel. Das halbe Stück Waffel ging in ihren Mund und die andere Hälfte in seinen. Aber unter dem nicht endenden Verlangen nach ihm war noch etwas Süßeres als der Sirup, den er so großzügig darüber gegossen hatte. Sie fühlte seine Liebe nicht nur in der Art, wie er sie berührte, wie er ihr so sehr Lust bereiten wollte, sondern auch wie er sich vergewisserte, dass sie gesättigt und glücklich war.

Sie wollte genau dasselbe für ihn … mehr als alles wollte sie, dass er glücklich war.

„Ich kann es nicht erwarten, deine Show heute Abend zu sehen."

Er schob ihr noch ein Stück Waffel in den Mund. „Das letzte Mal, als du im Publikum warst, hab ich die beste Show meines Lebens gegeben." Er grinste, als er sich vorbeugte und einen Tropfen Sirup von ihrem Kinn leckte.

„Du kannst dir nicht vorstellen, wie glücklich ich bin, dass du bei meiner letzten großen Show dabei bist. Ich habe vor, heute Abend eine grandiose Show für dich hinzulegen."

Die gestrige Nacht und dieser Morgen waren märchenhaft perfekt. Nicht nur der atemberaubende Sex, sondern zu wissen, dass Ford sie ebenso liebte wie sie ihn. Aber als er jetzt davon sprach, für sie die Tourneen aufzugeben, kamen all ihre Bedenken wieder hoch, die sie für eine kleine Weile verdrängt hatte. „Ford …"

Aber bevor sie ihre Bedenken aussprechen konnte, sagte er: „Ich hab mir tausendmal gewünscht, dass du im Publikum wärst, Mia. Monatelang, nachdem wir uns getrennt hatten, glaubte ich, ich hätte dich in der Menge gesehen. Aber ich wusste natürlich, dass du nie dabei sein würdest."

„Eigentlich", sagte sie, da sie beschlossen hatte, dass es höchste Zeit war, vollkommen reinen Tisch mit ihm zu machen, „hast du zwar recht, dass ich nie bei deinen Live-Shows im Publikum war, aber ich habe ein paar deiner Auftritte live im Internet gesehen."

Sie konnte sich noch erinnern, wie schmerzhaft es war, ihn wiederzusehen, wie sie unmöglich aufhören konnte, auf den Bildschirm des Computers zu starren. Und, obwohl er ihr so wehgetan hatte, war sie hilflos von seinem Auftritt verzaubert.

Als er sie überrascht ansah, sagte sie: „Du bist umwerfend auf der Bühne. Noch nie habe ich jemanden einen Song so vortragen hören wie du, mit deinem Herzen und deiner Seele in jeder Note, in jeder Zeile. Obwohl ich mir sagte, dass ich deinen Anblick nicht ertragen konnte, gelang es mir nicht wegzuschauen … und ich konnte nicht anders, als mich noch mehr in dich zu verlieben."

Er küsste sie einmal, zweimal und dann wieder und wieder, bis alles andere, das sie zu sagen geplant hatte, dass es nicht richtig war, dass er seine Leidenschaft für sie aufgab, ihr aus dem Kopf wirbelte. Nur das gleichzeitige Klingeln ihrer beider Mobiltelefone konnte sie dazu bringen, wieder Luft zu schöpfen.

„Apropos Shows", keuchte sie, als sie versuchte,

wieder zu Atem zu kommen, „ich wette, das ist Carol, die sich fragt, wo du bleibst."

„Und Orlando, der dich an all die Leute erinnert, die wollen, dass du ihnen heute ein perfektes Zuhause findest. Das heißt, dass ich dich wahrscheinlich gehen lassen muss, oder?"

„Ich schätze, ja." Sie schlang die Arme noch enger um seinen Hals, obwohl er recht hatte, denn für heute stand eine Handvoll sehr wichtiger Besichtigungen auf dem Programm. „Jedenfalls brauche ich jetzt, da ich gefrühstückt habe, eine Dusche. Du weißt schon, ein bisschen Seife", neckte sie ihn, als sie an ihre supersexy Dusche im Tourneebus in Oregon dachte, „ein bisschen Shampoo."

In weniger als einem Wimpernschlag schob er sich vom Tisch weg und trug sie aus der Küche hinaus und in das große luxuriöse Badezimmer. „Ich kann es fast nicht glauben, dass ich endlich diese Seifenbläschen über deine nackte Haut werde rollen sehen."

„Diese Waffeln, die du uns zum Frühstück gemacht hast, waren echt gut", sagte sie, während sie mit einem Grinsen, das der Sündhaftigkeit seines Liebesspiels von zuvor entsprach, zu ihm aufblickte: „Vielleicht lasse ich dich auch mehr als das sehen."

Sein Stöhnen – und dann sein Kuss – zeigte ihr genau, wie sehr ihm dieser Plan gefiel.

* * *

Als ihm Billy am Nachmittag sagte, Mia sei am Hintereingang des Stadions, hatte Ford das Gefühl, dass er ewig darauf gewartet hatte, dass sie endlich auftauchte. Er war von seinem Team, Natasha und seinen Kameraleuten umgeben, aber als Mia in ihrem kleinen silbernen Kleid hereinkam, gab es für ihn nur mehr sie.

„Mia."

Er musste sie einmal, zweimal küssen und dann noch ein drittes Mal, bevor es ihm gelang, sich zusammenzureißen. Er war so stolz, sie endlich seine Freundin nennen zu können, als er sie allen vorstellte … aber gleichzeitig war es höllisch, noch länger warten zu müssen, um nach den endlosen Stunden, die er schon seit dem Vormittag ohne sie hatte ertragen müssen, wieder allein mit ihr zu sein.

Natashas Grinsen war das einer siegesbewussten Kupplerin, und alle Typen in seiner Band und seinem Team schenkten ihm einen Blick, der besagte: „Toll gemacht, Mann." Aber sobald sie die Hand des letzten Teammitglieds geschüttelt hatte, brachte er den miesesten Vorwand der Welt vor, um sie in seine Garderobe zu schleppen. Es war ihm stinkegal, dass alle wussten, was genau sie beide gerade vorhatten.

Er war ein Rockstar, oder? Also konnte er auch einmal in seinem Leben dem Image gerecht werden und etwas Anstößiges in seiner Garderobe machen … zumal er die hübscheste, sexyeste Frau der Welt bei sich hatte.

Sobald sie die kleine Garderobe betreten und Ford die Tür hinter ihnen abgesperrt hatte, ging Mia sofort zu seiner Gitarre. Sie strich mit der Hand darüber, bewunderte ihre Kurven und Hohlräume, nahm sie dann vom Ständer und hob sie über ihren Kopf.

„Ich hab mich immer gefragt, wie sich das anfühlt." Sie strich ehrfürchtig über das dunkle, glänzende Mahagoniholz und warf ihm einen schmutzigen Blick zu. „Kein Wunder, dass du sie so gern hältst. Sie fühlt sich gut an. Und sexy." Sie strich mit dem Nagel über eine Saite und schien überrascht, als ein Ton von dem großen Verstärker neben ihr erklang.

Er hatte plötzlich diese Vision, dass Mia nackt auf seinem Bett lag, die Gitarre auf ihren prächtigen Kurven. Der Gurt der Gitarre war noch über ihren Schultern, als er sie hochhob, um sie auf den Verstärker zu setzen, der eingesteckt war. Jetzt trat er zwischen ihre Beine. Ihre Münder trafen aufeinander, hungrig nach den Stunden der Trennung. Ihre Hände fuhren in seine Haare, er zog ihre Hüften enger an seine, und obwohl seine Gitarre im Weg hätte sein sollen, hatte er keine Eile, sie ihr abzunehmen.

Im Gegenteil, dass die Frau, die er liebte, eines seiner wertvollsten Besitztümer in den Armen hielt, war total berauschend.

Seine Hände strichen automatisch von ihrem

Hintern zu ihrer Hüfte und den Brüsten. Er hatte zwar gestern Nacht und heute Morgen jede Beherrschung aufgegeben und jetzt wollte er den schmalen Träger, der ihr Kleid hielt, wegstreifen, aber er versuchte seine Beherrschung wiederzufinden, um sie nicht zu überfordern.

„Ich weiß, dass es zu viel ist", sagte er, als er sein Gesicht in dem süß duftenden Haar vergrub und versuchte, sich wieder in den Griff zu kriegen. „Auch, wenn ich dich schon ein halbes Dutzend Mal seit gestern Nacht gehabt habe, brauche ich dich immer noch zu sehr."

„Es ist *nicht* zu viel. Es kann nie genug sein." Seine Hände hatten am Leibchen ihres Kleides innegehalten. Jetzt hob sie ihre, um ihm zu helfen, den Stoff hinunterzuziehen. „Ich will dich genauso sehr, Ford."

Sie unterstrich ihre Worte, indem sie auf ihrem Sitz auf dem Verstärker ein bisschen hin und her wackelte. Als ihre Brüste aus dem Leibchen heraussprangen und weich und perfekt an der oberen Kante seiner Gitarre lagen, konnte Ford nur hinstarren. Zumal Mia begann, langsam ihren Körper und die Gitarre in entgegengesetze Richtungen zu bewegen, so dass das kühle Holz ihre Brustwarzen so reizte, wie nur Stunden vorher seine Hände und sein Mund.

„Willst du mich spielen, Rockstar?"

„Zum Teufel, ja. Aber zuerst musst du nackt sein."

Ihre Augen wurden den Bruchteil einer Sekunde

groß und dann von der unersättlichen Lust wieder dunkel, von einer Lust, die sich in seinen Augen widerspiegelte. „Ich hab Stunden und Stunden darauf gewartet, wieder mit dir nackt zu sein."

Wäre es irgendein anderes Kleid gewesen, hätte er es ihr einfach vom Leib gerissen. Aber dieses war zu sehr Teil ihrer Geschichte – der vergangenen, gegenwärtigen und hoffentlich zukünftigen – um es in der Hitze des Augenblicks zu ruinieren.

Seine Hände zitterten vor Verlangen nach ihr, also musste sie ihm helfen, es über ihre Hüften abzustreifen. Jetzt trug sie nur mehr einen kleinen roten Spitzenslip und saß mit der Gitarre auf dem Schoß auf seinem Verstärker. Sie war der zum Leben erwachte Traum eines jeden Teenagerjungen – nein, eines jeden Mannes auf Erden.

Er kniete vor ihr und griff hinter die Gitarre nach der Spitze, dabei drückte er zarte Küsse auf ihre Unterschenkel, ihre Knie, ihre Schenkel. „Heb nochmals deine Hüften, Baby", drängte er sie und schnell hatte er ihr den Slip ausgezogen und in der Hand zusammengeknüllt.

Er steckte die Spitzen in die Tasche, machte dann einen Schritt zurück, um sie noch besser anzusehen und zu bewundern. Sie war jetzt schon mehr, als er handhaben konnte – die Schönheit ihrer geröteten Haut, wie sie sich ihm anvertraute und sich die Kleider ausziehen ließ, obwohl Dutzende Leute seines Teams direkt vor der Tür zur Garderobe herumstrichen – aber dann hob sie mit einer langsamen, verführerischen Bewegung ein Bein auf den Verstärker. Die Gitarre bedeckte sie kaum und Ford wusste, dass er keine Chance hatte, sich viel länger zurückhalten zu können. Himmel, unter diesen Umständen würde er explodieren, ohne auch nur den Reißverschluss seiner Jeans zu öffnen oder sie zu berühren.

Sie strich sich mit der Zunge über die Lippen und sagte: „Ich bin bereit, gespielt zu werden."

Mit einem Stöhnen trat er schnell hinter sie. Er zog ein Kondom aus der hinteren Hosentasche, bevor er die Hose über seine Hüften schob. Schnell stülpte er das Kondom über, bevor er sie an der Taille hochhob, so dass er auf dem Verstärker saß … und sie auf ihm.

Als er sie langsam auf sich heruntersenkte, einen heißen Zentimeter um den anderen und sie den Kopf an ihn zurücklehnte, schloss sie blinzelnd die Augen.

„Schau uns zu, Baby", drängte er sie. „Sieh, wie schön du bist."

Er konnte fühlen, welche Anstrengung es sie kostete, die Augen zu öffnen, aber als sie den Anblick von ihnen beiden im Spiegel sah, wusste er, dass seine Forderung richtig war.

„Herrgott, Ford. Das ist so heiß." Ihre Worte klangen rau aus ihrem Hals. „Ich liebe es." Sie erwiderte seinen Blick im Spiegel. „Ich liebe dich."

„Halt die Gitarre fest", sagte er leise zu ihr, und

sobald sie seine heißen Weisungen befolgte, begann er mit den Hüften gegen ihre zu stoßen, ging tief, dann noch tiefer. Mit den Händen an ihrer Taille hob er ihren Körper hoch, so dass sein Glied fast vollkommen herausglitt, dann schob er sie zurück hinunter auf seine Erektion, wieder und wieder.

Ihre Finger glitten und streiften über die Saiten und eine zufällig entstehende Musik erklang, die sich mit dem Stöhnen und Keuchen der Lust vermischte, während er sie näher und näher zum Gipfel trieb.

„Ja. Bitte. Härter.“ Ihre Augen waren wieder geschlossen. Er wusste, dass sie nicht mehr zuschauen musste, weil sie beide diesen perfekten sexy Augenblick Backstage für immer in ihr Gedächtnis gebrannt hatten. *„Jetzt!“*

Er vergrub sein Gesicht in ihrem Nacken, als er ein letztes Mal in sie stieß, dann hielt er sie eng an sich gedrückt, während sie ihren Höhepunkt erreichte. Ein perfekter Akkord erklang wie der Soundtrack zu ihrem Liebesspiel.

Kapitel 32

Mia genoss es, mit ihren Eltern und Brüdern in Fords Publikum zu sitzen. Wenn man bedachte, wie viel Ford ihr bedeutete, dann war es sonderbar, dass sie ihn nur einmal auf einer Show spielen gesehen hatte. In jener Woche hatte er keine weiteren Auftritte gehabt, so konnten sie sich im Hotel verbunkern. Nachdem sie sich getrennt hatten, konnte sie den Gedanken, ihn spielen zu sehen, nicht ertragen. Die Menge im ausverkauften Stadion wartete aufgeregt darauf, ihn auf der Bühne zu sehen, nachdem das Vorprogramm vorüber war, aber Mias Erwartung übertraf doch die aller anderen im Stadion.

Ihre Eltern waren kurz, nachdem sie aus der Garderobe gekommen war, eingetroffen. Ihre Mutter umarmte Ford und der Händedruck ihres Vaters war warm und total freundlich. Dann war Dylan gekommen und sah aus, als wäre er wieder direkt von einem seiner Boote gestiegen. Mia fragte sich, wo Adam nur blieb.

Ihre Mutter erriet ihre Gedanken und legte einen beruhigenden Arm um Mias Schultern. „Er wird gleich hier sein. Mach dir keine Gedanken.“

Als hätte sie eine Zauberformel gesprochen, tauchte Adam plötzlich auf. Er versuchte, sich wegen ihrer Sitzplätze in einem abgegrenzten Bereich direkt vor der Bühne cool zu geben, aber Mia wusste, dass sich sein Rock-'n-Roll-Traum verwirklicht hatte.

Sie war versucht, ihm wieder einen Boxhieb zu versetzen, weil er sie hatte befürchten lassen, er sei wegen ihrer Beziehung mit Ford noch sauer auf sie. Stattdessen reicht Mia ihm ihr Slushie. Wäre die Situation umgekehrt gewesen und ihr Bruder hätte sich in eine Frau verliebt, von der sie nicht sicher war, dass sie mit ihm durch dick und dünn gehen würde, dann hätte auch Mia nicht ihren Mund halten können. Sie liebten sich zu sehr, um still zuzusehen, während jemand dem Bruder oder der Schwester wehtat.

Adam nahm den Friedenstrunk aus ihrer Hand und nach einem langen Schluck, bei dem er die Hälfte austrank, erloschen die Lichter auf der Bühne und dann vollkommen im ganzen Stadion. Jetzt begann ein richtiges Johlen und Brüllen und Fords Name wurde skandiert.

Und da war er plötzlich, ihr schöner Rockstar. Er stand mitten im Kegel der Scheinwerfer und ohne Anstrengung gelang es ihm, die Aufmerksamkeit der riesigen Menge zu fesseln.

Ab der ersten Note auf seiner elektrischen Gitarre, die sie in seiner Garderobe während ihres Liebesspiels gehalten hatte, war Mia vollkommen verzaubert. Seine Songs, sein musikalisches Können, sein Humor, seine Intensität – jeder einzelne Aspekt von Fords Show war einfach überwältigend. Dazu kam noch, dass er sie in der riesigen Menschenmenge herausgesucht hatte und all seine Liebeslieder nur für sie sang. Mia war so in der Musik verloren, dass sie neunzig Minuten später ein bisschen überrascht war, als plötzlich die Lichter für die Pause angingen.

Ihre Eltern und Dylan sagten ihr, wie großartig sie Ford fanden, und gingen dann hinaus, um ein paar T-Shirts für alle zu holen, bevor Ford für den zweiten Teil der Show zurückkam. Da Adam zurückgeblieben war, nahm sie an, dass er ihr etwas sagen wollte.

„Du hast recht gehabt", gestand er widerwillig. „Ford ist ein guter Kerl."

Sie grinste und dankte Gott, dass ihr Bruder keinen Schimmer hatte, was Ford mit ihr vor zwei Stunden in seiner Garderobe gemacht hatte. „Ich weiß. Du brauchst dich aber über die Art, wie du dich während fast des ganzen Abendessens benommen hast, nicht zu schuldig fühlen. Ich habe nämlich vor, mich genauso tough zu geben, wenn du dich endlich verliebst."

Adam wollte die Drohung seiner Schwester offensichtlich ignorieren und deutete auf die riesige Menschenmenge hinter ihnen. „Ich weiß nicht, wie viele Menschen all das aufgeben würden, wie Ford es vorhat. Er liebt dich wirklich, Mia."

Sie wusste, dass ihr Bruder nur versuchte, endlich das Richtige zu sagen und sie wissen zu lassen, dass er ihre Beziehung guthieß. Aber anstatt sich zu entspannen, zog sich ihre Brust bei dem Gedanken, dass Ford Shows wie diese für sie aufgeben wollte, eng zusammen.

Adam verließ ihre Loge in dem Augenblick, als Natasha eintrat. „Noch nie habe ich Ford wie heute gesehen. Ehrlich, das ist eines der besten Rockkonzerte, die ich in meinem ganzen Leben erlebt habe. Ich hab gewusst, dass du ihm guttun würdest, Mia, aber ich hatte keine Ahnung, dass die Veränderung so *enorm* sein würde. Er war auch zuvor umwerfend, aber jetzt …“ Die Filmemacherin grinste. „Naja, ich brauche es dir nicht zu erzählen. Du warst ja hier und hast es selbst gesehen.“

Und das hatte sie. Sie hatte gesehen, wie glücklich er die Menschen machte. Wie unglaublich er sie begeisterte.

Sie hatte sich gesagt, dass sie mit eigenen Augen sehen musste, ob er wirklich die Tourneen für sie aufgab oder ob er sowieso bereit war, sich von den Shows zurückzuziehen. Jetzt kannte sie die Wahrheit.

Ford sollte sich *auf keinen Fall* zurückziehen.

Gerade, als sie endlich sich selbst und Ford gestanden hatte, dass sie ihn von ganzem Herzen liebte, musste sich Mia der schmerzlichen Wahrheit stellen: Er gehörte nicht in ein Haus am Wasser in

Seattle mit ihr, wo er versuchte, sich mit Projekten zu beschäftigen, während sie ihre Immobilienfirma managte.

Er gehörte *hierher.*

Natasha presste ihren Finger an den Ohrhörer und horchte einen Augenblick aufmerksam, bevor sie nickte und sagte: „Gewiss, ich werde es ihr sagen." Sie sah Mia an. „Ford möchte, dass du in den Backstage-Bereich kommst, bevor er wieder weitermacht." Natasha lachte und verdrehte die Augen. „Typische Rockstar-Manier, stimmt's?"

Mia zwang sich mit der anderen Frau mitzulachen, obwohl sie nicht mehr ignorieren konnte, wie sich ihr Magen verkrampfte. Und die Bruchstücke der Gespräche von Fords Fans, die sie im Vorübergehen hörte, während sie zur Seite der Bühne ging, bestärkte sie noch in dem, was sie tun musste.

„Ich bin jetzt seit fünf Jahren trocken, seit ich Ford live spielen gesehen habe und da sagte ich mir, ich brauche ja nur von einer Show bis zur nächsten durchhalten."

„Ich hätte nie eine Gitarre in die Hand genommen, wenn ich nicht zu seinen Songs hätte spielen wollen und jetzt unterrichte ich in einer Musikschule."

„Heute war ein hundsmiserabler Tag, bevor ich hierherkam, und jetzt ist es mein allerbester je."

Natasha verschwand, um sich zu ihrem Filmteam zu gesellen, sobald sie Ford gefunden hatten. Er redete mit seinem Schlagzeuger, aber als er Mia sah, trat er schnell auf sie zu, hob sie hoch und drehte sich mit ihr im Kreis.

„Ich liebe es, dass du heute Abend hier bist."

Ihre Kehle war zugeschnürt, als sie sagte: „Deine Show ist umwerfend, Ford. Ich hatte nicht vergessen, wie gut du bist, aber dich wieder auf der Bühne zu sehen, ist einfach überwältigend."

Er küsste sie und sie ließ ihre ganze Liebe zu ihm in diesen Kuss fließen.

„Ich liebe dich auch", flüsterte er an ihren Lippen. „Bleib hier Backstage für die restliche Show. Direkt hier, wo ich dich sehen und wo ich dich jederzeit küssen kann. So wie jetzt." Er zeichnete die Konturen ihrer Lippen mit der Zunge nach. „Und jetzt." Der zärtliche Biss seiner Zähne auf ihre Unterlippe machte ihre Knie noch schwächer, als sie es bereits waren.

Seine Band hatte schon die einleitenden Takte des ersten Songs des zweiten Teils zu spielen begonnen, als sie flüsterte: „Ich würde alles für dich tun."

Und wenige Minuten später hörte sie, wie Ford der Menge für all die wunderbaren Jahre dankte, die sie ihm auf seinen Tourneen geschenkt hatte, und wusste, dass es seine Art war, sich von seinem Publikum zu verabschieden. Die Leute verstanden es zwar noch nicht, Mia fühlte aber, dass sie für den Mann, den sie liebte, wahrhaftig alles tun würde.

Auch wenn es bedeutete, ihn ziehen zu lassen … anstatt ihm zu erlauben, alles für sie aufzugeben.

* * *

Der Regen prasselte herunter, als sie wieder bei seinem Haus ankamen und zum Turm rannten. Im Turmzimmer gab es keine Dusche, aber der schwere Wolkenbruch hatte ihn bereits zur Genüge geduscht.

Da sie sich an den Händen hielten, konnte Ford fühlen, wie sehr Mia zitterte, als sie oben auf den Turmtreppen angekommen waren. Vorgestern hatte er sie absichtlich nass gemacht, als er sie in den Pool geworfen hatte, aber heute Abend wollte er sie nur trocken und warm in seinen Armen, obwohl ihr Silberkleid wie eine sexy zweite Haut an ihren Kurven haftete. Es wäre vielleicht sinnvoll gewesen, zuerst im Hauptschlafzimmer vorbeizuschauen und zu baden, um sich aufzuwärmen und zu trocknen, aber ohne es auch nur besprechen zu müssen, war es klar, dass sie am Haus vorbei und direkt zu ihrem ganz speziellen Raum hoch oben am Himmel von Seattle wollten.

Sekunden, nachdem er die Turmtür hinter ihnen geschlossen und die Lichter angemacht hatte, zog er ihr das Kleid aus und wickelte sie in eine dicke Decke. Wieder und wieder strich er mit den Händen über sie, bis sie aufhörte, so heftig zu zittern.

„Ich verspreche, dass ich dich in einer Minute überall warm kriegen werde."

Er zog sich ebenso schnell aus, wie er sie ausgekleidet hatte, hob noch eine Decke auf und wickelte sie um seinen feuchten Körper, dann zog er sie hinunter auf seinen Schoß. Da heute Nacht ihr gemeinsamen Leben begann, hatte er eine kleine blaue Schachtel unter einem der Kissen versteckt.

„Ich will dich näher“, flüsterte sie und wühlte sich auf seinem Schoß unter seine Decke, so dass sie Haut an Haut waren, sich ihre Brust an seine presste, ihre Arme um seinen Rücken und ihre Beine um seine Taille geschlungen. „Ich will dich nie mehr gehen lassen, Ford.“

Zum ersten Mal hatte er keinen Schutz dabei, aber er wusste, wie sehr sie sich eine Familie wünschte und er konnte es nicht mehr erwarten, mit ihr eine so bald wie möglich zu gründen. Kleine Mädchen und Jungs, die ihr Zuhause mit Lachen und Liebe erfüllen würden.

„Ich will dich auch nie mehr gehen lassen“, sagte er und hob sie leicht über sich, so dass sie ihre Beine ganz um ihn schlingen und mit einem lustvollen Seufzer, der beiden durch und durch ging, auf seine Erektion niedersinken konnte. Es war das erste Mal, dass er ohne Schutz in ihr war, mit nichts zwischen ihnen, als feuchte Haut und Hitze, und er fühlte, dass es nichts auf der Welt gab, das sich so gut anfühlen konnte. Nur die Liebe mit Mia.

„Du zitterst noch“, murmelte er an der Beuge ihres Halses. Er war sich nicht mehr sicher, ob sie noch wegen des Regens fror. Für den Fall, dass sie doch noch Zweifel hatte, musste er sie unbedingt ausräumen.

„Weißt du nicht, dass ich alles für dich tun würde? Weißt du nicht, dass du immer an erster Stelle kommen wirst?"

„Ich liebe dich so sehr", sagte sie mit einer rauen Stimme, die ebenso zitterte wie ihr Körper, auch wenn sich ihr Liebesspiel mit jedem Stoß seines Körpers in sie mehr und mehr erhitzte. „Mehr als ich je dachte, dass es möglich sei."

Und als sie sich beide so zärtlich und sündhaft über den Rand der Lust trieben, wusste Ford, dass es endlich an der Zeit war, sie zu bitten, seine Frau zu werden.

Für immer.

* * *

Ford streichelte Mias Rücken und sie versuchte, ihre Synapsen wieder dazu zu bringen, logisch zu funktionieren, als er sagte: „Als ich dich das erste Mal hier im Turm gesehen habe, wollte ich dich bitten, mich zu heiraten."

Sie hob den Kopf von seiner Halsbeuge und sah, wie Ford eine kleine blaue Schachtel unter einem der Kissen hervorzog.

Oh Gott, das konnte er jetzt doch nicht machen. Er konnte sie doch nicht bitten, ihn zu heiraten, wo sie endlich akzeptiert hatte, wie sehr sie ihn liebte … und, dass ihn zu lieben bedeutete, dass sie ihn freigeben musste. Sie öffnete den Mund, um zu versuchen, ihn zu unterbrechen, bevor ihr Herz noch schmerzhafter brach, als es schon der Fall war. Die reine Kraft der Gefühle in seinen dunklen Augen nahm ihr die Worte.

„Ich sehe mich in diesem Haus um, ich gehe durch diese Stadt und du bist überall. Du hast nicht nur die Musik für mich wieder wichtig gemacht, du hast *alles* wichtig gemacht.“ Als er die Hand öffnete, lag ein Ring in ihr mit einem großen, funkelnden gelben Diamanten in der Mitte. „Heirate mich, Mia und mach mich zum glücklichsten Mann auf Erden.“

Sie hatte seit jener Nacht in Miami keine Tränen mehr wegen ihm vergossen, denn sie glaubte, dass keines der Gefühle, die sie füreinander hatten, echt war. Jetzt, da sie wusste, wie wahr ihre Liebe war, begannen ihre Tränen wieder zu laufen.

„Du kannst nicht in Seattle bleiben.“

Er starrte sie an, als hätte er nicht richtig gehört. Aber Unglaube wich sehr schnell Verwirrung. „Alles, was ich will, ist hier, Mia. Besonders du.“

„Das stimmt nicht.“ Als sie in seinen Augen sah, dass sie ihn verletzte, kniete sie sich vor ihm nieder und nahm sein Gesicht in ihre Hände. „Ich weiß, dass du mich liebst und dass du mit mir zusammen sein willst. Aber du gehörst auch auf die Bühne, Ford. Nicht nur bei einem gelegentlichen Fundraising, sondern in Stadien vor Hunderttausenden Menschen.“

„Vielleicht habe ich das früher gebraucht, ich bin kein Junge mehr, der nach Ruhm strebt.“

„Du redest immer von Ruhm, aber wenn du auf

der Bühne stehst, geht es um viel mehr als das. Wenn du singst, verzauberst du, Ford. Du machst Menschen glücklich. Du inspirierst sie. Du berührst ihre Herzen und Seelen mit dem, was du machst und wer du bist. Ich weiß, dass sich meine Brüder letzthin bei meinen Eltern zu Hause nicht gerade wie deine größten Fans benommen haben, aber du hättest hören sollen, wie sie über deine Shows reden. Und nicht nur, weil du so talentiert bist und deine Songs so wunderbar sind. Sondern, weil *du* auf der Bühne so glücklich und inspiriert bist, dass es sich einfach auf alle im Publikum übertragen muss."

Er bedeckte ihre Hände mit seinen, schloss die Augen und drehte das Gesicht so, dass ihre Handflächen sein von Stoppeln bedecktes Gesicht streichelten. Sie konnte den Ring zwischen ihnen fühlen, den Ring, von dem sie sich so wünschte, dass er ihn ihr an den Finger steckte.

Aber sie würde sich nie verzeihen können, ihn dem Ort weggenommen zu haben, an den er wirklich gehörte.

„Ich liebe es, auf der Bühne zu stehen", sagte er schließlich, als er die Augen wieder öffnete, so dass sie alles sehen konnte, was er fühlte. „Ich würde dich nie anlügen und sagen, dass es nicht so ist. Aber ich will für dich hier sein. Ich war früher nicht bereit, die Tourneen aufzugeben, habe es nicht einmal in Betracht gezogen, aber von dir hatte ich erwartet, dass du für mich auf dein Leben verzichtest. Aber Mia, du musst wissen, dass ich dich liebe, so sehr, dass ich absolut *alles* für dich aufgebe, ohne Bedauern, ohne jemals zurückzublicken."

„Oh, Ford." Sie lehnte die Stirn an seine. „Ich dachte immer, dass es sich bei der Liebe um große Gesten, rote Rosen und Serenaden bei Sonnenuntergang handelte. Aber jetzt weiß ich, dass Lieben bedeutet, dich all das sein zu lassen, zu dem du bestimmt bist und dass du nie aus irgendeinem Grund einen Teil von dir verändern musst. Nicht einmal mir zuliebe. Du brauchst nicht wegen mir durch ein brennendes Gebäude zu rennen oder mir ein Liebeslied zu schreiben, damit ich weiß, dass deine Liebe echt ist. Ich will nur, dass du mir sagst, was du *wirklich* willst."

„Dich, Mia. Ich hab es dir gerade gesagt. Du bist, was ich wirklich will. Warum glaubst du mir nicht?"

Das hätte genau das sein sollen, was sie hören wollte, aber wie mit Colbie und Brooke in der Bar, wusste sie in ihrem Herzen, wann ihre besten Freundinnen ihr nicht die Wahrheit, sondern das sagten, was sie ihrer Meinung nach hören wollte. Auf keinen Fall wollte sie, dass ihre Freundinnen glaubten, sie könnten ihr nicht sagen, was sie bewegte, weil sie besorgt waren, wie sie reagieren würde … und das würde sie auch nicht dem Mann, den sie liebte, durchgehen lassen.

„Natürlich glaube ich dir, dass du mich willst,

genauso wie ich dich will. Aber ich kann es ertragen, auch den Rest zu hören, Ford, zu hören, was du noch wirklich willst. Wir sind beste Freunde, weißt du noch? Und das tun Freunde – sie reden miteinander und sagen, was sie wirklich meinen, auch wenn sie glauben, es könnte die andere Person verletzen."

Er zögerte einen langen Augenblick, bevor er sagte: „Ich werde dich nicht wieder verlieren."

Sie wusste, woher seine Angst stammte, sie zu verlieren. Als seine Eltern ihn zu einer anderen Person machen wollten und er sich dem nicht beugen konnte, hatten sie ihm auf immer den Rücken zugekehrt. Natürlich dachte er, dass sie es jetzt auch tun würde.

In diesem Augenblick zuckte ein Blitz über den Himmel und Mia fühlte sich, als hätte er sie getroffen. Denn, was wäre, wenn Ford zu lieben nicht bedeutete, ihn ziehen zu lassen?

Was wäre, wenn Ford zu lieben bedeutete, ihn nie und nimmer gehen zu lassen?

Sie legte die Arme wieder um ihn und umarmte ihn fest. Der süße Druck ihrer noch miteinander verbundenen Körper war sowohl sinnlich als auch tröstlich. „Egal, was du sagst, dass du willst, du wirst mich nicht verlieren. Ich liebe dich, so wie du bist. Du brauchst dich nie für mich zu ändern. Du darfst nicht glauben, dass ich dich nicht liebe, wenn du dich nicht an meine Lebensregeln hältst." Sie drückte einen Kuss auf seine Lippen. „Sag mir jetzt, was du wirklich willst, egal was es ist. Ich verspreche, dass ich nicht davonlaufe, noch, dass ich dir meine Liebe entziehe."

„Dich", wiederholte er. „Ich will dich." Aber dann löste er sich schließlich aus ihren Armen. Er stand auf und ging im Turm auf und ab. Die Decke war von seinem Körper gerutscht, so dass er prachtvoll nackt war, als er endlich gestand: „Ich will Musik." Es klang, als würden ihm die Worte direkt aus dem Leib gewrungen werden. Er holte tief Luft. „Ich will eine Familie." Endlich drehte er sich um, um ihr ins Gesicht zu sehen. *„Alles.* Ich will alles, Mia."

Auch wenn er ihr endlich die Wahrheit sagte, konnte sie doch in seinen Augen die Angst sehen, als er hinzufügte: „Aber ich könnte dich nie bitten, deine Arbeit aufzugeben, deine Familie für mich zurückzulassen. Ich weiß ja, wie sehr dich beides verletzen würde. Ich will auch nicht, dass du dich für mich änderst."

Noch ein Blitz zuckte über den Himmel, als sie sich vor ihn stellte und seine Hände in ihre nahm. „Ich hab mich schon geändert, Ford."

Vor einer Stunde war sie sich dieser Tatsache noch nicht ganz bewusst gewesen. Sie hatte geglaubt, dass die einzige Möglichkeit, dass beide wirklich sie selbst bleiben konnten, die war, getrennte Leben zu führen. Aber jetzt verstand sie endlich etwas, wofür sie zu jung, zu verängstigt, zu überwältigt war, um es früher verstehen zu können. Obwohl ihre Mutter beim

Abendessen am Freitag versucht hatte, ihr zu helfen, es zu sehen.

„Ich weiß jetzt, wer ich bin, Ford, klarer als zuvor. Als ich dreiundzwanzig war, erschreckte es mich sehr, wie schnell ich mich an dich und dein Leben verloren hatte. Diese Angst, nicht zu wissen, wie ich meine Identität bewahren konnte, ließ mich glauben, dass ich ohne dich besser dran war. Aber jetzt hab ich endlich begriffen, dass dich zu lieben, dich zu unterstützen, meine Persönlichkeit nicht verändert. Es bedeutet nicht, dass ich nur mehr eine Verlängerung von dir sein würde, eine Fußnote in deinem Dokumentarfilm, wenn du nicht deine ganze Tourneeausrüstung in einem Lagerhaus in Seattle einlagerst, und du jeden Abend brav zu Hause bist und einen meiner Verkäufe feiern kannst."

„Also", sagte er langsam, während seine Daumen zärtliche Kreise auf die Rückseiten ihrer Hände rieben, „wenn du nicht willst, dass ich die Tourneen aufgebe und ich nicht will, dass du deine Karriere in Seattle aufgibst, aber keiner von uns beiden sich vom anderen trennen will …"

„Dann nehme ich an, müssen wir von Mal zu Mal sehen, wie wir es schaukeln können, auch wenn es bedeutet, dass ich gelegentlich ein paar große Verkäufe sausen lassen muss …"

„Und ich ein paar Stadien weglasse …"

„Und wir ein paar Familienessen versäumen, wenn

es sein muss."

„Nein, zu viele Familienessen will ich nicht versäumen", sagte er und seine Augen waren warm und voll Liebe.

„Einverstanden", sagte sie mit einem Lächeln, während sie ihrer beider Hände hob und sie über ihr Herz hielt. „Wir sollten entschieden nicht zu viele versäumen. Und wenn die Dinge aus dem Gleichgewicht zu geraten scheinen, dann arbeiten wir gemeinsam daran, sie wieder ins Lot zu bringen. Ich bin nicht mehr so jung und dumm zu glauben, dass es leicht sein wird, aber ..."

„Du bist es wert."

„Und du auch, Rockstar."

Und ehe sie es sich versah, legte er sie auf den Decken auf ihren Rücken und stützte sich über ihr ab. Ihre Brüste pressten sich hart in seine Brust, ihre Schenkel waren zwischen seinen eingeklemmt.

„Da wir jetzt das alles geregelt haben, wie wäre es denn mit einer Antwort auf die Frage, die ich dir vorhin gestellt habe?"

Natürlich musste er wissen wollen, welche Antwort sie ihm geben würde und das *Ja* lag ihr bereits auf der Zungenspitze. Aber da in der letzten Woche die Vorfreude und die Erwartung, sich wieder zu lieben, letztendlich mehr Spaß gemacht hatten, als sie es sich jemals hatte vorstellen können, musste sie sich fragen, wie viel Spaß es machen würde, ein wenig Erwartung auch in seinen Heiratsantrag einfließen zu lassen.

„Du hast versprochen, dass es dieses Mal keine Ultimaten geben würde", rief sie ihm ein wenig kess in Erinnerung. Sie wusste, dass ihn ihr kesser Ton immer groß anturnte. Ein Beweis dafür war der Druck seiner Erektion an ihrem Schenkel, als er begann, Küsse über ihren Körper zu säen.

Seine Bartstoppeln kratzten so köstlich sündhaft auf der Schwellung ihrer Brüste, als er sagte: „Stimmt, aber ich habe nie versprochen, dich nicht zu einem *Ja* zu verführen."

„Du wolltest keinen Sex mit mir, bis du nicht sicher warst, dass ich dich liebe, aber, da du es jetzt weißt, planst du vielleicht, Sex ab sofort dazu zu benutzen, dich immer durchzusetzen?"

Er hob den Kopf von ihren Brüsten und grinste sie an. „Todsicher."

„Aber …"

Wie hätte sie den Satz zu Ende sprechen können, wenn er über eine Brustwarze leckte und gleichzeitig mit der anderen Brust spielte? Während sie noch überlegte, wie sie wieder zu Atem kommen könnte, wechselte er mit Händen und Mund auf die andere Seite.

„Hmm?"

Das Vibrieren seines Halses auf ihrer Haut ließ sie zittern. Und als er begann, sich zur Unterseite beider Brüste vorzunibbeln und zu- lecken, wäre es so viel leichter gewesen, sich seiner Verführung hinzugeben und zu vergessen, was sie sagen musste. Aber irgendwie fand sie den nötigen Willen, um die nächsten Worte hervorzustoßen.

„… das ist nicht …“

Sie keuchte, als er die Finger zwischen ihre Schenkel und in sie hineinstieß. Es war eindeutig klug gewesen, Sex aus ihrer Beziehung zu verbannen, solange sie keine festen Grundlagen hatten, weil sie kaum einen Gedanken im Kopf behalten konnte, wenn er sie so berührte.

Aber noch mehr als seine Berührungen liebte sie *ihn*.

„Ach was“, sagte sie endlich, „tu, was du nicht lassen kannst.“

„Tu ich schon, Baby“, murmelte er an ihrem Bauch, bevor er sich tiefer vorküsste und dann noch tiefer. „Aber ich tu nicht, was ich nicht lassen kann, sondern mein *Allerbestes*.“

Und das war nicht gescherzt, denn in diesem Augenblick bedeckte er sie mit seinem Mund und seine Zunge und Hände schlüpften und glitten auf wunderbarste Weise über und in sie hinein. Sie war so nahe, so verdammt nahe dran und wurde fast wahnsinnig so knapp vor dem Höhepunkt … bis er plötzlich wie ein Laser mit Hüften, Zunge und Fingern dort war, wo sie ihn wollte und ihr genau das gab, was sie brauchte.

„Ja! Ja! Ja!“

Ihr Orgasmus rollte noch in heftigen Wellen durch sie, als er ihr den Ring an der linken Hand ansteckte. Sein Grinsen war meilenbreit, während er wieder über sie glitt, so dass sie die Arme und Beine um ihn schlingen konnte.

Dabei bewunderte sie natürlich über seiner Schulter ihren neuen Verlobungsring.

„Du bist ja ziemlich hinterlistig, nicht wahr? Du tust alles, um mich dazu zu bringen, ja zu sagen.“

„Wenn du glaubst, das war hinterlistig“, seine Stimme war kehlig und rau an ihrem Mund, während seine Hände besitzergreifend über sie strichen, „dann warte ab, was ich als Nächstes tun werde.“

„Lass mich raten – das steht auf dieser Liste von dir, nicht wahr?“

„Stimmt“, bestätigte er, während er mit einem harten Stoß tief in sie eindrang, um seinen Anspruch auf ihren Körper wie auch auf ihr Herz zu bestätigen.

„Hab ich erwähnt“, gelang es ihr, mit einem anzüglichen Grinsen hervorzubringen, obwohl es echt schwierig war, eine Reihe von kohärenten Worten zusammenzufügen, während er sich so in ihr bewegte, „dass ich meine eigene Liste habe? Eine, die damit beginnt, den ganzen morgigen Tag zu blockieren, um jedes einzelne Mitglied meiner Familie anzurufen und ihnen die Neuigkeit unserer Verlobung mitzuteilen, genauso, wie ich es angekündigt habe.“

Und als er ihr zeigte, wie sehr ihm dieser Plan gefiel, indem er ihren Mund und Körper noch näher an sich presste, war ihr letzter klarer Gedanke, bevor der Orgasmus ihr jede funktionierende Gehirnzelle aufzehrte, dass das Leben mit diesem Mann immer ein Abenteuer sein würde, denn er war nicht nur ihr bester Freund und Lover … sondern auch die andere Hälfte ihres Herzens und ihrer Seele.

Epilog

„Ich bin so glücklich", sagte Mia zu Ian. „Aber ich wäre noch glücklicher, wenn du heute Abend mit uns allen hier sein könntest."

Über die Skype-Verbindung auf seinem Tablet konnte Ian sehen, dass Mia strahlte. Alle waren im Haus der Eltern, um ihre Verlobung zu feiern, aber da es ihm nicht gelungen war, rechtzeitig für die Party von London nach Seattle zu gelangen, saß jetzt seine Schwester vor dem Laptop ihres Vaters in seinem Arbeitszimmer und versuchte, ihn an der Party teilhaben zu lassen.

„Auch ich wünschte, ich könnte bei euch sein." Er war noch verärgert über die Besprechungen, die er heute nicht hatte verschieben können, ohne möglicherweise Millionen der Gelder seiner Investoren zu verlieren. „Im nächsten Monat, wenn ich für immer in Seattle zurück bin, musst du dich einen Abend für mich freihalten, damit ich dich ausführen kann, um zu feiern."

„Mich *und* Ford", erinnerte sie ihn auf ihre gewohnt burschikose Art. In diesem Augenblick trat ihr

Verlobter neben sie und schlang seinen Arm um ihre Taille.

Ian war froh, dass sie nicht sehen konnte, wie sich seine Hände unter dem Schreibtisch zusammenballten, und nickte. „Stimmt. Euch beide." Da er wusste, dass er seine Schwester verärgern würde, wenn er sich nicht ein wenig mehr anstrengte, nickte er dem Rockstar zu. „Herzlichen Glückwunsch, Ford."

Der andere grinste ihn an und sah absurd erfreut darüber aus, wie sich die Dinge entwickelt hatten. „Danke, Ian. Ich bin der glücklichste Mann auf Erden."

Um seinen Standpunkt zu verdeutlichen, küsste Ford Mia direkt vor der Kamera. Als wollten sie es verhindern, dass sein Blutdruck zu sehr in die Höhe schoss, stimmten Ians Cousin Smith und seine Verlobte Valentina – die gleich, nachdem er und Mia zu plaudern begonnen hatten, in sein Büro gekommen waren – in die Glückwünsche mit ein.

„Wow, ihr habt eure eigene Sullivan Party in London, nicht wahr?", sagte Mia und grinste sie alle an.

„Nur noch für kurze Zeit, bis wir die Produktion unseres letzten Films unter Dach und Fach gebracht haben", sagte Smith. „Valentina und ich werden uns bald für einen neuen Film in Seattle niederlassen."

„Wird Tatiana nicht auch in der Gegend sein?", fragte Mia Valentina.

Valentina nickte erfreut. „Sie hat gerade bestätigt, dass sie ab nächsten Monat eine Weile in Seattle bleiben wird. Ich bin so froh, dass wir wieder in derselben Stadt sein werden."

„Wir werden alle zusammen sehr viel Spaß haben", sagte Mia und sah direkt ihren Bruder an, als sie hinzufügte: „Nicht wahr, Ian?"

Er konnte an ihrer spitzbübischen Miene sehen, dass sie seine Reaktion auf Tatiana auf Marcus' und Nicolas Hochzeit in Napa Valley nicht vergessen hatte. Zum Glück schien Valentina keine Ahnung zu haben, dass er ein wenig Zeit mit ihrer jüngeren Schwester verbracht hatte … oder dass in jenen fünfzehn Minuten in den Weinbergen stärkere Funken zwischen Ian und Tatiana geflogen waren, als er es seit Jahren mit einer anderen Frau erlebt hatte.

Einige Minuten später, als Mia und Ford sich abgemeldet hatten, um zu ihrer Party zurückzukehren, stand Ian von seinem ledernen Bürostuhl auf, um sich und seinen Gästen etwas Starkes einzuschenken. „Ich versuche noch, mich an den Gedanken von Mia mit …" Es viel ihm immer noch schwer, den Namen des Typen auszusprechen, ohne ihn zu knurren. „… Ford zu gewöhnen."

Er war nicht nur besorgt, weil Mia einen Mann mit diesem Lebensstil heiratete. Seine persönliche Erfahrung hatte Ian gelehrt, wie schwer es war, einer Ehe Bestand zu geben. Auch wenn er nie mehr den Fehler machen würde, wieder zu heiraten – oder sich zu verlieben – zwang er sich zu akzeptieren, dass dies trotzdem der richtige Weg für seine Schwester sein könnte.

„Sie weiß offensichtlich, dass du glücklich für sie bist", sagte Valentina mit einem freundlichen Lächeln. „Und dass man ein wenig Zeit braucht, um sich an einige Veränderungen zu gewöhnen."

Nachdem er jedem ein Glas gereicht hatte, nahm er einen langen Schluck von seinem. „Wie hast du auf die Beziehungen deiner Schwestern reagiert, Smith?"

„Ehrlich gesagt", sagte sein Cousin, „war es nicht leicht. Sophie und Lori gingen anfangs die Dinge ziemlich diskret an, aber nachdem Sophie im Krankenhaus gelandet war und ich herausfand, dass Jake sie mit Zwillingen geschwängert hatte, bin ich ziemlich ausgeflippt. Aber dann hab ich gesehen, wie sie ihn ansah und wie Lori Grayson ansah und das hat alles verändert. Ich habe mir für meine Schwestern immer nur gewünscht, dass sie glücklich werden. Als ich mir bewusst wurde, dass die Männer, die sie geheiratet haben, alles geben würden, um sie glücklich zu machen, war es leichter, damit fertigzuwerden."

„Ich weiß schon jetzt, dass ich ein total hoffnungsloser Fall sein werde, wenn sich meine Schwester verliebt", sagte Valentina. „Die ganze Welt sieht Tatiana als diesen schönen, selbstsicheren Filmstar, was sie ja auch ist, aber ich kenne die wahre Person tief drin … und wie unschuldig sie wirklich ist." Valentina seufzte. „Ich kann nur hoffen, dass, wenn sie sich letztendlich verlieben wird, der Mann es auch wert ist – und erkennt, wie besonders sie ist."

„Ansonsten", sagte Smith in einem ominösen Ton, „werde ich den Kerl umlegen müssen, wenn er meine neue kleine Schwester verletzt."

Ian trank den Rest seines Scotch in einem langen Zug aus.

Es war ihm seit der Hochzeit nicht gelungen aufzuhören, an Tatiana zu denken. Bevor sie beide nach Seattle zogen, musste er sich zwingen zu vergessen, wie unbändig er sie hatte berühren wollen.

Er musste alles tun, um nicht mehr daran zu denken, wie es wohl sein würde, sie zu küssen.

Und egal, was geschah, er musste unbedingt den verrückten Drang loswerden, sie haben zu müssen.

* * * * *

Neues zu den nächsten Büchern auf Deutsch:

bellaandre.com/DeutscherNewsletter

ÜBER DIE AUTORIN

Bella Andres Romane sind mit 6 Millionen verkauften Büchern weltweit Spitzenreiter unter den Bestsellern und standen bereits 30 Mal auf den Bestsellerlisten von *New York Times* und *USA Today*. Sie erreichte den ersten Platz der Top-Ten, zu denen auch Autoren wie Nora Roberts, JK Rowling, James Patterson und Steven King gehörten. Die Zeitschrift „Publishers Weekly" setzte ihren selbstgegründeten Verlag Oak Press (in dem Bella ihre eigenen Werke veröffentlicht) auf Platz 1 ihrer Liste der am schnellsten wachsenden unabhängigen Verlage der USA. Nach Unterzeichnung eines bahnbrechenden Print-Only-Vertrags in Millionenhöhe mit Harlequin MIRA wurde Bellas Romanreihe „Die Sullivans" als Taschenbuch in den USA, Kanada und Australien veröffentlicht.

Bereits zweimal wurden ihre als „sinnliche, befreiende und berauschend romantische Liebesgeschichten" (Publishers Weekly) bekannten und in zehn Sprachen übersetzten Bücher im Cosmopolitan unter der Rubrik „Red Hot Reads" empfohlen. Bella Andre erhielt die Auszeichnung „Award of Excellence" und die Washington Post bezeichnete sie als „Eine der Top-

Schriftstellerinnen Amerikas"; in Entertainment Weekly, NPR, USA Today, Forbes, The Wall Street Journal und im TIME Magazine wurde über sie berichtet. Sie ist Absolventin der Stanford University und hat Gastvorträge bei Verlegerkongressen von Kopenhagen über Berlin bis San Francisco gehalten, darunter auch eine Keynote Speech bei der Book Expo America in New York, bei der der Andrang so groß war, dass viele Zuhörer stehen mussten.

Bella schreibt unter dem Pseudonym Lucy Kevin auch die New-York-Times-Bestsellerreihe „Vier Hochzeiten und ein Fiasko". Zu ihren „zarten" modernen Liebesgeschichten gehört auch die ebenfalls unter dem Namen Lucy Kevin veröffentlichte USA-Today-Bestsellerreihe „Walker Island".

Wenn sie nicht gerade am Computer sitzt, ist sie sicher mit dem Lesen ihrer Lieblingsschriftsteller beschäftigt oder ist am Wandern, Schwimmen oder Lachen. Bella ist verheiratet, hat zwei Kinder und verbringt ihr Leben entweder in der Weingegend Nordkaliforniens oder einem hundert Jahre alten Blockhaus in den Adirondack Mountains.

Eine Liste all ihrer Bücher, Auszüge und Gewinnspiele finden Sie unter folgenden Links, über die Sie auch Kontakt mit Bella aufnehmen können:

Melden Sie sich für Bellas Newsletter an:
bellaandre.com/germany

Besuchen Sie Bellas Website:
www.BellaAndre.com

Folgen Sie Bella auf Twitter:
twitter.com/bellaandre

Besuchen Sie Bella auf Facebook:
facebook.com/bellaandrefans

Folgen Sie Bella auf Instagram:
instagram.com/bellaandrebooks

44537165R00247

Printed in Poland
by Amazon Fulfillment
Poland Sp. z o.o., Wrocław